Collection

Alexandre Dumas

1802 - 1870

59 - Le Vicomte de Bragelonne

Tome III

© Éditions Ararauna, 2022

ISBN : 978-2-37884-703-6

Éditions Ararauna, 34400 Lunel, France

Dépôt légal : Mai 2022

TABLE DES MATIÈRES

I. *Une foule de coups d'épée dans l'eau* .... *p. 9*

II. *M. Baisemeaux de Montlezun* .... *p. 26*

III. *Le jeu du roi* .... *p. 35*

IV. *Les petits comptes de M. Baisemeaux de Montlezun* .... *p. 46*

V. *Le déjeuner de M. de Baisemeaux* .... *p. 58*

VI. *Le deuxième de la Bertaudière* .... *p. 66*

VII. *Les deux amies* .... *p. 76*

VIII. *L'argenterie de Mme de Bellière* .... *p. 84*

IX. *La dot* .... *p. 90*

X. *Le terrain de Dieu* .... *p. 98*

XI. *Triple amour* .... *p. 106*

XII. *La jalousie de M. de Lorraine* .... *p. 111*

XIII. *Monsieur est jaloux de Guiche* .... *p. 119*

XIV. *Le médiateur* .... *p. 127*

XV. *Les conseilleurs* .... *p. 136*

XVI. *Fontainebleau* .... *p. 147*

XVII. *Le bain* .... *p. 153*

XVIII. *La chasse aux papillons* .... p. *157*

XIX. *Ce que l'on prend en chassant aux papillons* .... p. *162*

XX. *Le ballet des Saisons* .... p. *172*

XXI. *Les nymphes du parc de Fontainebleau* .... p. *179*

XXII. *Ce qui se disait sous le chêne royal* .... p. *188*

XXIII. *L'inquiétude du roi* .... p. *198*

XXIV. *Le secret du roi* .... p. *203*

XXV. *Courses de nuit* .... p. *213*

XXVI. *Où Madame acquiert la preuve que l'on peut, en écoutant, entendre ce qui se dit* .... p. *221*

XXVII. *La correspondance d'Aramis* .... p. *228*

XXVIII. *Le commis d'ordre* .... p. *237*

XXIX. *Fontainebleau à deux heures du matin* .... p. *246*

XXX. *Le labyrinthe* .... p. *254*

XXXI. *Comment Malicorne avait été délogé de l'hôtel du Beau-Paon* .... p. *263*

XXXII. *Ce qui s'était passé en réalité à l'auberge du Beau-Paon* .... p. *271*

XXXIII. *Un jésuite de la onzième année* .... p. *282*

XXXIV. *Le secret de l'État* .... p. *288*

XXXV. *Mission* .... p. *300*

XXXVI. *Heureux comme un prince* .... *p. 308*

XXXVII. *Histoire d'une naïade et d'une dryade* .... *p. 325*

XXXVIII. *Fin de l'histoire d'une naïade et d'une dryade* .... *p. 336*

XXXIX. *Psychologie royale* .... *p. 344*

XL. *Ce que n'avaient prévu ni naïade ni dryade* .... *p. 353*

I

Une foule de coups d'épée dans l'eau

Raoul, en se rendant chez de Guiche, trouva celui-ci causant avec de Wardes et Manicamp. De Wardes, depuis l'aventure de la barrière, traitait Raoul en étranger.

On eût dit qu'il ne s'était rien passé entre eux ; seulement, ils avaient l'air de ne pas se connaître.

Raoul entra, de Guiche marcha au-devant de lui.

Raoul, tout en serrant la main de son ami, jeta un regard rapide sur les deux jeunes gens. Il espérait lire sur leur visage ce qui s'agitait dans leur esprit.

De Wardes était froid et impénétrable.

Manicamp semblait perdu dans la contemplation d'une garniture qui l'absorbait.

De Guiche emmena Raoul dans un cabinet voisin et le fit asseoir.

– Comme tu as bonne mine ! lui dit-il.

– C'est assez étrange, répondit Raoul, car je suis fort peu joyeux.

– C'est comme moi, n'est-ce pas, Raoul ? L'amour va mal.

– Tant mieux, de ton côté, comte ; la pire nouvelle, celle qui pourrait le plus m'attrister, serait une bonne nouvelle.

– Oh ! alors, ne t'afflige pas, car non seulement je suis très malheureux, mais encore je vois des gens heureux autour de moi.

– Voilà ce que je ne comprends plus, répondit Raoul ; explique, mon ami, explique.

– Tu vas comprendre. J'ai vainement combattu le sentiment que tu as vu naître en moi, grandir en moi, s'emparer de moi ; j'ai appelé à la fois tous les conseils et toute ma force ; j'ai bien considéré le malheur où je m'engageais ; je l'ai sondé, c'est un abîme, je le sais ; mais n'importe, je poursuivrai mon chemin.

– Insensé ! tu ne peux faire un pas de plus sans vouloir aujourd'hui ta ruine, demain ta mort.

– Advienne que pourra !

– De Guiche !

– Toutes réflexions sont faites ; écoute.

– Oh ! tu crois réussir, tu crois que Madame t'aimera !

– Raoul, je ne crois rien, j'espère, parce que l'espoir est dans l'homme et qu'il y vit jusqu'au tombeau.

– Mais j'admets que tu obtiennes ce bonheur que tu espères, et tu es plus sûrement perdu encore que si tu ne l'obtiens pas.

– Je t'en supplie, ne m'interromps plus, Raoul, tu ne me convaincras point ; car, je te le dis d'avance, je ne veux pas être convaincu ; j'ai tellement marché que je ne puis reculer, j'ai tellement souffert que la mort me paraîtrait un bienfait. Je ne suis plus seulement amoureux jusqu'au délire, Raoul, je suis jaloux jusqu'à la fureur.

Raoul frappa l'une contre l'autre ses deux mains avec un sentiment qui ressemblait à de la colère.

– Bien ! dit-il.

– Bien ou mal, peu importe. Voici ce que je réclame de toi, de mon ami, de mon frère. Depuis trois jours, Madame est en fêtes, en ivresse. Le premier jour, je n'ai point osé la regarder ; je la haïssais de ne pas être aussi malheureuse que moi. Le lendemain, je ne la pouvais plus perdre de vue ; et de son côté, oui, je crus le remarquer, du moins, Raoul, de son côté, elle me regarda, sinon avec quelque pitié, du moins avec quelque douceur. Mais entre ses regards et les miens vint s'interposer une ombre ; le sourire d'un autre provoque son sourire. À côté de son cheval galope éternellement un cheval qui n'est pas le mien ; à son oreille vibre incessamment une voix caressante qui n'est pas ma voix. Raoul, depuis trois jours, ma tête est en feu ; c'est de la flamme qui coule dans mes veines. Cette ombre, il faut que je la chasse ; ce sourire, que je l'éteigne ; cette voix, que je l'étouffe.

– Tu veux tuer Monsieur ? s'écria Raoul.

– Eh ! non. Je ne suis pas jaloux de Monsieur ; je ne suis pas jaloux du mari ; je suis jaloux de l'amant.

– De l'amant ?

– Mais ne l'as-tu donc pas remarqué ici, toi qui là-bas étais si clairvoyant ?

– Tu es jaloux de M. de Buckingham ?

– À en mourir !

– Encore.

– Oh ! cette fois la chose sera facile à régler entre nous, j'ai pris les devants, je lui ai fait passer un billet.

– Tu lui as écrit ? c'est toi ?

– Comment sais-tu cela ?

– Je le sais, parce qu'il me l'a appris. Tiens.

Et il tendit à de Guiche la lettre qu'il avait reçue presque en même temps que la sienne. De Guiche la lut avidement.

– C'est d'un brave homme et surtout d'un galant homme, dit-il.

– Oui, certes, le duc est un galant homme ; je n'ai pas besoin de te demander si tu lui as écrit en aussi bons termes.

– Je te montrerai ma lettre quand tu l'iras trouver de ma part.

– Mais c'est presque impossible.

– Quoi ?

– Que j'aille le trouver.

– Comment ?

– Le duc me consulte, et toi aussi.

– Oh ! tu me donneras la préférence, je suppose. Écoute, voici ce que je te prie de dire à Sa Grâce... C'est bien simple... Un de ces jours, aujourd'hui, demain, après-demain, le jour qui lui conviendra, je veux le rencontrer à Vincennes.

– Réfléchis.

– Je croyais t'avoir déjà dit que mes réflexions étaient faites.

– Le duc est étranger ; il a une mission qui le fait inviolable... Vincennes est tout près de la Bastille.

– Les conséquences me regardent.

– Mais la raison de cette rencontre ? quelle raison veux-tu que je lui donne ?

– Il ne t'en demandera pas, sois tranquille... Le duc doit être aussi las de moi que je le suis de lui ; le duc doit me haïr autant que je le hais. Ainsi, je t'en supplie, va trouver le duc, et, s'il faut que je le supplie d'accepter ma proposition, je le supplierai.

– C'est inutile... Le duc m'a prévenu qu'il me voulait parler. Le duc est au jeu du roi... Allons-y tous deux. Je le tirerai à quartier dans la galerie. Tu resteras à l'écart. Deux mots suffiront.

– C'est bien. Je vais emmener de Wardes pour me servir de contenance.

– Pourquoi pas Manicamp ? De Wardes nous rejoindra toujours, le laissassions-nous ici.

– Oui, c'est vrai.

– Il ne sait rien ?

– Oh ! rien absolument. Vous êtes toujours en froid, donc !

– Il ne t'a rien raconté ?

– Non.

– Je n'aime pas cet homme, et, comme je ne l'ai jamais aimé, il résulte de cette antipathie que je ne suis pas plus en froid avec lui aujourd'hui que je ne l'étais hier.

– Partons alors.

Tous quatre descendirent. Le carrosse de de Guiche attendait à la porte et les conduisit au Palais-Royal.

En chemin, Raoul se forgeait un thème. Seul dépositaire des deux secrets, il ne désespérait pas de conclure un accommodement entre les deux parties.

Il se savait influent près de Buckingham ; il connaissait son ascendant sur de Guiche : les choses ne lui paraissaient donc point désespérées.

En arrivant dans la galerie, resplendissante de lumière, où les femmes les plus belles et les plus illustres de la cour s'agitaient comme des astres dans leur atmosphère de flammes, Raoul ne put s'empêcher d'oublier un instant de Guiche pour regarder Louise, qui, au milieu de ses compagnes, pareille à une colombe fascinée, dévorait des yeux le cercle royal, tout éblouissant de diamants et d'or.

Les hommes étaient debout, le roi seul était assis.

Raoul aperçut Buckingham.

Il était à dix pas de Monsieur, dans un groupe de Français et d'Anglais qui admiraient le grand air de sa personne et l'incomparable magnificence de ses habits.

Quelques-uns des vieux courtisans se rappelaient avoir vu le père, et ce souvenir ne faisait aucun tort au fils.

Buckingham causait avec Fouquet. Fouquet lui parlait tout haut de Belle-Île.

– Je ne puis l'aborder dans ce moment, dit Raoul.

– Attends et choisis ton occasion, mais termine tout sur l'heure. Je brûle.

– Tiens, voici notre sauveur, dit Raoul apercevant d'Artagnan, qui, magnifique dans son habit neuf de capitaine des mousquetaires, venait de faire dans la galerie une entrée de conquérant.

Et il se dirigea vers d'Artagnan.

– Le comte de La Fère vous cherchait, chevalier, dit Raoul.

– Oui, répondit d'Artagnan, je le quitte.

– J'avais cru comprendre que vous deviez passer une partie de la nuit ensemble.

– Rendez-vous est pris pour nous retrouver.

Et tout en répondant à Raoul, d'Artagnan promenait ses regards distraits à droite et à gauche, cherchant dans la foule quelqu'un ou dans l'appartement quelque chose.

Tout à coup son œil devint fixe comme celui de l'aigle qui aperçoit sa proie.

Raoul suivit la direction de ce regard. Il vit que de Guiche et d'Artagnan se saluaient. Mais il ne put distinguer à qui s'adressait ce coup d'œil si curieux et si fier du capitaine.

– Monsieur le chevalier, dit Raoul, il n'y a que vous qui puissiez me rendre un service.

– Lequel, mon cher vicomte ?

– Il s'agit d'aller déranger M. de Buckingham, à qui j'ai deux mots à dire, et comme M. de Buckingham cause avec M. Fouquet, vous comprenez que ce n'est point moi qui puis me jeter au milieu de la conversation.

– Ah ! ah ! M. Fouquet ; il est là ? demanda d'Artagnan.

– Le voyez-vous ? Tenez.

– Oui, ma foi ! Et tu crois que j'ai plus de droits que toi ?

– Vous êtes un homme plus considérable.

– Ah ! c'est vrai, je suis capitaine des mousquetaires ; il y a si longtemps qu'on me promettait ce grade et si peu de temps que je l'ai, que j'oublie toujours ma dignité.

– Vous me rendrez ce service, n'est-ce pas ?

– M. Fouquet, diable !

– Avez-vous quelque chose contre lui ?

– Non, ce serait plutôt lui qui aurait quelque chose contre moi ; mais enfin, comme il faudra qu'un jour ou l'autre...

– Tenez, je crois qu'il vous regarde ; ou bien serait-ce ?...

– Non, non, tu ne te trompes pas, c'est bien à moi qu'il fait cet honneur.

– Le moment est bon, alors.

– Tu crois ?

– Allez, je vous en prie.

– J'y vais.

De Guiche ne perdait pas de vue Raoul ; Raoul lui fit signe que tout était arrangé.

D'Artagnan marcha droit au groupe, et salua civilement M. Fouquet comme les autres.

– Bonjour, monsieur d'Artagnan. Nous parlions de Belle-Île-en-Mer, dit Fouquet avec cet usage du monde et cette science du regard qui demandent la moitié de la vie pour être bien appris, et auxquels certaines gens, malgré toute leur étude, n'arrivent jamais.

– De Belle-Île-en-Mer ? Ah ! ah ! fit d'Artagnan. C'est à vous, je crois, monsieur Fouquet ?

– Monsieur vient de me dire qu'il l'avait donnée au roi, dit Buckingham. Serviteur, monsieur d'Artagnan.

– Connaissez-vous Belle-Île, chevalier ? demanda Fouquet au mousquetaire.

– J'y ai été une seule fois, monsieur, répondit d'Artagnan en homme d'esprit et en galant homme.

– Y êtes-vous resté longtemps ?

– À peine une journée, monseigneur.

– Et vous y avez vu ?

– Tout ce qu'on peut voir en un jour.

– C'est beaucoup d'un jour quand on a votre regard, monsieur.

D'Artagnan s'inclina.

Pendant ce temps, Raoul faisait signe à Buckingham.

– Monsieur le surintendant, dit Buckingham, je vous laisse le capitaine, qui se connaît mieux que moi en bastions, en escarpes et en contrescarpes, et je vais rejoindre un ami qui me fait signe. Vous comprenez...

En effet, Buckingham se détacha du groupe et s'avança vers Raoul, mais tout en s'arrêtant un instant à la table où jouaient Madame, la reine mère, la jeune reine et le roi.

– Allons, Raoul, dit de Guiche, le voilà ; ferme et vite !

Buckingham en effet, après avoir présenté un compliment à Madame, continuait son chemin vers Raoul.

Raoul vint au-devant de lui. De Guiche demeura à sa place.

Il le suivit des yeux.

La manœuvre était combinée de telle façon que la rencontre des deux jeunes gens eut lieu dans l'espace resté vide entre le groupe du jeu et la galerie où se promenaient, en s'arrêtant de temps en temps, pour causer, quelques braves gentilshommes.

Mais, au moment où les deux lignes allaient s'unir, elles furent rompues par une troisième.

C'était Monsieur qui s'avançait vers le duc de Buckingham.

Monsieur avait sur ses lèvres roses et pommadées son plus charmant sourire.

– Eh ! mon Dieu ! dit-il avec une affectueuse politesse, que vient-on de m'apprendre, mon cher duc ?

Buckingham se retourna : il n'avait pas vu venir Monsieur ; il avait entendu sa voix, voilà tout.

Il tressaillit malgré lui. Une légère pâleur envahit ses joues.

– Monseigneur, demanda-t-il, qu'a-t-on dit à Votre Altesse qui paraisse lui causer ce grand étonnement ?

– Une chose qui me désespère, monsieur, dit le prince, une chose qui sera un deuil pour toute la cour.

– Ah ! Votre Altesse est trop bonne, dit Buckingham, car je vois qu'elle veut parler de mon départ.

– Justement.

– Hélas ! monseigneur, à Paris depuis cinq à six jours à peine, mon départ ne peut être un deuil que pour moi.

De Guiche entendit le mot de la place où il était resté et tressaillit à son tour.

– Son départ ! murmura-t-il. Que dit-il donc ?

Philippe continua avec son même air gracieux :

– Que le roi de la Grande-Bretagne vous rappelle, monsieur, je conçois cela ; on sait que Sa Majesté Charles II, qui se connaît en gentilshommes, ne peut se passer de vous. Mais que nous vous perdions sans regret, cela ne se peut comprendre ; recevez donc l'expression des miens.

– Monseigneur, dit le duc, croyez que si je quitte la cour de France...

– C'est qu'on vous rappelle, je comprends cela ; mais enfin, si vous croyez que mon désir ait quelque poids près du roi, je m'offre à supplier Sa Majesté Charles II de vous laisser avec nous quelque temps encore.

– Tant d'obligeance me comble, monseigneur, répondit Buckingham ; mais j'ai reçu des ordres précis. Mon séjour en France était limité ; je l'ai prolongé au risque de déplaire à mon gracieux souverain. Aujourd'hui seulement, je me rappelle que, depuis quatre jours, je devrais être parti.

– Oh ! fit Monsieur.

— Oui, mais, ajouta Buckingham en élevant la voix, même de manière à être entendu des princesses, mais je ressemble à cet homme de l'Orient qui, pendant plusieurs jours, devint fou d'avoir fait un beau rêve, et qui, un beau matin, se réveilla guéri, c'est-à-dire raisonnable. La cour de France a des enivrements qui peuvent ressembler à ce rêve, monseigneur, mais on se réveille enfin et l'on part. Je ne saurais donc prolonger mon séjour comme Votre Altesse veut bien me le demander.

— Et quand partez-vous ? demanda Philippe d'un air plein de sollicitude.

— Demain, monseigneur... Mes équipages sont prêts depuis trois jours.

Le duc d'Orléans fit un mouvement de tête qui signifiait : « Puisque c'est une résolution prise, duc, il n'y a rien à dire. »

Buckingham leva les yeux sur les reines ; son regard rencontra celui d'Anne d'Autriche, qui le remercia et l'approuva par un geste.

Buckingham lui rendit ce geste en cachant sous un sourire le serrement de son cœur.

Monsieur s'éloigna par où il était venu.

Mais en même temps, du côté opposé, s'avançait de Guiche.

Raoul craignit que l'impatient jeune homme ne vînt faire la proposition lui-même, et se jeta au-devant de lui.

— Non, non, Raoul, tout est inutile maintenant, dit de Guiche en tendant ses deux mains au duc et en l'entraînant derrière une colonne... Oh ! duc, duc ! dit de Guiche, pardonnez-moi ce que je vous ai écrit ; j'étais un fou ! Rendez-moi ma lettre !

— C'est vrai, répliqua le jeune duc avec un sourire mélancolique, vous ne pouvez plus m'en vouloir.

— Oh ! duc, duc, excusez-moi !... Mon amitié, mon amitié éternelle...

— Pourquoi, en effet, m'en voudriez-vous, comte, du moment où je la quitte, du moment où je ne la verrai plus ?

Raoul entendit ces mots, et, comprenant que sa présence était désormais inutile entre ces deux jeunes gens qui n'avaient plus que des paroles amies, il recula de quelques pas.

Ce mouvement le rapprocha de de Wardes.

De Wardes parlait du départ de Buckingham. Son interlocuteur était le chevalier de Lorraine.

— Sage retraite ! disait de Wardes.

— Pourquoi cela ?

— Parce qu'il économise un coup d'épée au cher duc.

Et tous se mirent à rire.

Raoul, indigné, se retourna, le sourcil froncé, le sang aux tempes, la bouche dédaigneuse.

Le chevalier de Lorraine pivota sur ses talons ; de Wardes demeura ferme et attendit.

– Monsieur, dit Raoul à de Wardes, vous ne vous déshabituerez donc pas d'insulter les absents ? Hier, c'était M. d'Artagnan ; aujourd'hui, c'est M. de Buckingham.

– Monsieur, monsieur, dit de Wardes, vous savez bien que parfois aussi j'insulte ceux qui sont là.

De Wardes touchait Raoul, leurs épaules s'appuyaient l'une à l'autre, leurs visages se penchaient l'un vers l'autre comme pour s'embraser réciproquement du feu de leur souffle et de leur colère.

On sentait que l'un était au sommet de sa haine, l'autre au bout de sa patience.

Tout à coup ils entendirent une voix pleine de grâce et de politesse qui disait derrière eux :

– On m'a nommé, je crois.

Ils se retournèrent : c'était d'Artagnan qui l'œil souriant et la bouche en cœur, venait de poser sa main sur l'épaule de de Wardes.

Raoul s'écarta d'un pas pour faire place au mousquetaire.

De Wardes frissonna par tout le corps, pâlit, mais ne bougea point.

D'Artagnan, toujours avec son sourire, prit la place que Raoul lui abandonnait.

– Merci, mon cher Raoul, dit-il. Monsieur de Wardes, j'ai à causer avec vous. Ne vous éloignez pas, Raoul ; tout le monde peut entendre ce que j'ai à dire à M. de Wardes.

Puis son sourire s'effaça, et son regard devint froid et aigu comme une lame d'acier.

– Je suis à vos ordres, monsieur, dit de Wardes.

– Monsieur, reprit d'Artagnan, depuis longtemps je cherchais l'occasion de causer avec vous ; aujourd'hui seulement, je l'ai trouvée. Quant au lieu, il est mal choisi, j'en conviens ; mais si vous voulez vous donner la peine de venir jusque chez moi, mon chez-moi est justement dans l'escalier qui aboutit à la galerie.

– Je vous suis, monsieur, dit de Wardes.

– Est-ce que vous êtes seul ici, monsieur ? fit d'Artagnan.

– Non pas, j'ai MM. Manicamp et de Guiche, deux de mes amis.

– Bien, dit d'Artagnan ; mais deux personnes, c'est peu. Vous en trouverez bien encore quelques-unes, n'est-ce pas ?

– Certes ! dit le jeune homme, qui ne savait pas où d'Artagnan voulait en venir. Tant que vous en voudrez.

– Des amis ?

– Oui, monsieur.

– De bons amis ?

– Sans doute.

– Eh bien ! faites-en provision, je vous prie. Et vous, Raoul, venez... Amenez aussi M. de Guiche ; amenez M. de Buckingham, s'il vous plaît.

– Oh ! mon Dieu, monsieur, que de tapage ! répondit de Wardes en essayant de sourire.

Le capitaine lui fit, de la main, un petit signe pour lui recommander la patience.

– Je suis toujours impassible. Donc, je vous attends, monsieur, dit-il.

– Attendez-moi.

– Alors, au revoir !

Et il se dirigea du côté de son appartement.

La chambre de d'Artagnan n'était point solitaire : le comte de La Fère attendait, assis dans l'embrasure d'une fenêtre.

– Eh bien ? demanda-t-il à d'Artagnan en le voyant rentrer.

– Eh bien ! dit celui-ci, M. de Wardes veut bien m'accorder l'honneur de me faire une petite visite, en compagnie de quelques-uns de ses amis et des nôtres.

En effet, derrière le mousquetaire apparurent de Wardes et Manicamp.

De Guiche et Buckingham les suivaient, assez surpris et ne sachant ce qu'on leur voulait.

Raoul venait avec deux ou trois gentilshommes. Son regard erra, en entrant, sur toutes les parties de la chambre. Il aperçut le comte et alla se placer près de lui.

D'Artagnan recevait ses visiteurs avec toute la courtoisie dont il était capable.

Il avait conservé sa physionomie calme et polie.

Tous ceux qui se trouvaient là étaient des hommes de distinction occupant un poste à la cour.

Puis, lorsqu'il eut fait à chacun ses excuses du dérangement qu'il lui causait, il se retourna vers de Wardes, qui, malgré sa puissance sur lui-même, ne pouvait empêcher sa physionomie d'exprimer une surprise mêlée d'inquiétude.

– Monsieur, dit-il, maintenant que nous voici hors du palais du roi, maintenant que nous pouvons causer tout haut sans manquer aux convenances, je vais vous faire savoir pourquoi j'ai pris la liberté de vous prier de passer chez moi et d'y convoquer en même temps ces messieurs. J'ai appris, par M. le comte de La Fère, mon ami, les bruits injurieux que vous semiez sur mon compte ; vous m'avez dit que vous me teniez pour votre ennemi mortel, attendu que j'étais, dites-vous, celui de votre père.

– C'est vrai, monsieur, j'ai dit cela, reprit de Wardes, dont la pâleur se colora d'une légère flamme.

– Ainsi, vous m'accusez d'un crime, d'une faute ou d'une lâcheté. Je vous prie de préciser votre accusation.

– Devant témoins, monsieur ?

– Oui, sans doute, devant témoins, et vous voyez que je les ai choisis experts en matière d'honneur.

– Vous n'appréciez pas ma délicatesse, monsieur. Je vous ai accusé, c'est vrai ; mais j'ai gardé le secret sur l'accusation. Je ne suis entré dans aucun détail, je me suis contenté d'exprimer ma haine devant des personnes pour lesquelles c'était presque un devoir de vous la faire connaître. Vous ne m'avez pas tenu compte de ma discrétion, quoique vous fussiez intéressé à mon silence. Je ne reconnais point là votre prudence habituelle, monsieur d'Artagnan.

D'Artagnan se mordit le coin de la moustache.

– Monsieur, dit-il, j'ai déjà eu l'honneur de vous prier d'articuler les griefs que vous aviez contre moi.

– Tout haut ?

– Parbleu !

– Je parlerai donc.

– Parlez, monsieur, dit d'Artagnan en s'inclinant, nous vous écoutons tous.

– Eh bien ! monsieur, il s'agit, non pas d'un tort envers moi, mais d'un tort envers mon père.

– Vous l'avez déjà dit.

– Oui, mais il y a certaines choses qu'on n'aborde qu'avec hésitation.

– Si cette hésitation existe réellement, je vous prie de la surmonter, monsieur.

– Même dans le cas où il s'agirait d'une action honteuse ?

– Dans tous les cas.

Les témoins de cette scène commencèrent par se regarder entre eux avec une certaine inquiétude. Cependant, ils se rassurèrent en voyant que le visage de d'Artagnan ne manifestait aucune émotion.

De Wardes gardait le silence.

– Parlez, monsieur, dit le mousquetaire. Vous voyez bien que vous nous faites attendre.

– Eh bien ! écoutez. Mon père aimait une femme, une femme noble ; cette femme aimait mon père.

D'Artagnan échangea un regard avec Athos.

De Wardes continua.

– M. d'Artagnan surprit des lettres qui indiquaient un rendez-vous, se substitua, sous un déguisement, à celui qui était attendu et abusa de l'obscurité.

– C'est vrai, dit d'Artagnan.

Un léger murmure se fit entendre parmi les assistants.

– Oui, j'ai commis cette mauvaise action. Vous auriez dû ajouter, monsieur, puisque vous êtes si impartial, qu'à l'époque où se passa l'événement que vous me reprochez, je n'avais point encore vingt et un ans.

– L'action n'en est pas moins honteuse, dit de Wardes, et l'âge de raison suffit à un gentilhomme pour ne pas commettre une indélicatesse.

Un nouveau murmure se fit entendre, mais d'étonnement et presque de doute.

– C'était une supercherie honteuse, en effet, dit d'Artagnan, et je n'ai point attendu que M. de Wardes me la reprochât pour me la reprocher moi-même et bien amèrement. L'âge m'a fait plus raisonnable, plus probe surtout, et j'ai expié ce tort par de longs regrets. Mais j'en appelle à vous, messieurs ; cela se passait en 1626, et c'était un temps, heureusement pour vous, vous ne savez cela que par tradition, et c'était un temps où l'amour n'était pas scrupuleux, où les consciences ne distillaient pas, comme aujourd'hui, le venin et la myrrhe. Nous étions de jeunes soldats toujours battants, toujours battus, toujours l'épée hors du fourreau ou tout au moins à moitié tirée, toujours entre deux morts ; la guerre nous faisait durs, et le cardinal nous faisait pressés. Enfin, je me suis repenti, et, il y a plus, je me repens encore, monsieur de Wardes.

– Oui, monsieur, je comprends cela, car l'action comportait le repentir ; mais vous n'en avez pas moins causé la perte d'une femme. Celle dont vous parlez, voilée par sa honte, courbée sous son affront, celle dont vous parlez a fui, elle a quitté la France, et l'on n'a jamais su ce qu'elle était devenue...

– Oh ! fit le comte de La Fère en étendant le bras vers de Wardes avec un sinistre sourire, si fait, monsieur, on l'a vue, et il est même ici quelques personnes qui, en ayant entendu parler, peuvent la reconnaître au portrait que j'en vais faire. C'était une femme de vingt-cinq ans, mince, pâle, blonde, qui s'était mariée en Angleterre.

– Mariée ? fit de Wardes.

– Ah ! vous ignoriez qu'elle fût mariée ? Vous voyez que nous sommes mieux instruits que vous, monsieur de Wardes. Savez-vous qu'on l'appelait habituellement Milady, sans ajouter aucun nom à cette qualification ?

– Oui, monsieur, je sais cela.

– Mon Dieu ! murmura Buckingham.

– Eh bien ! cette femme, qui venait d'Angleterre, retourna en Angleterre, après avoir trois fois conspiré la mort de M. d'Artagnan. C'était justice, n'est-ce pas ? Je le veux bien, M. d'Artagnan l'avait insultée. Mais ce qui n'est plus justice, c'est qu'en Angleterre, par ses séductions, cette femme conquit un jeune homme qui était au service de lord de Winter, et que l'on nommait Felton. Vous pâlissez, milord de Buckingham ? vos yeux s'allument à la fois de colère et de douleur ? Alors, achevez le récit, milord, et dites à M. de Wardes quelle était cette femme qui mit le couteau à la main de l'assassin de votre père.

Un cri s'échappa de toutes les bouches. Le jeune duc passa un mouchoir sur son front inondé de sueur.

Un grand silence s'était fait parmi tous les assistants.

– Vous voyez, monsieur de Wardes, dit d'Artagnan, que ce récit avait d'autant plus impressionné que ses propres souvenirs se ravivaient aux paroles d'Athos ; vous voyez que mon crime n'est point la cause d'une perte d'âme, et que l'âme était bel et bien perdue avant mon regret. C'est donc bien un acte de conscience. Or, maintenant que ceci est établi, il me reste, monsieur de Wardes, à vous demander bien humblement pardon de cette action honteuse, comme bien certainement j'eusse demandé pardon à M. votre père, s'il vivait encore, et si je l'eusse rencontré après mon retour en France depuis la mort de Charles Ier.

– Mais c'est trop, monsieur d'Artagnan, s'écrièrent vivement plusieurs voix.

– Non, messieurs, dit le capitaine. Maintenant, monsieur de Wardes, j'espère que tout est fini entre nous deux, et qu'il ne vous arrivera plus de mal parler de moi. C'est une affaire purgée, n'est-ce pas ?

De Wardes s'inclina en balbutiant.

– J'espère aussi, continua d'Artagnan en se rapprochant du jeune homme, que vous ne parlerez plus mal de personne comme vous en avez la fâcheuse habitude ; car un homme aussi consciencieux, aussi parfait que vous l'êtes, vous qui reprochez une vétille de jeunesse à un vieux soldat, après trente-cinq ans, vous, dis-je, qui arborez cette pureté de conscience, vous prenez de votre côté, l'engagement tacite de ne rien faire contre la conscience et l'honneur. Or, écoutez bien ce qui me reste à vous dire, monsieur de Wardes. Gardez-vous qu'une histoire où votre nom figurera ne parvienne à mes oreilles.

– Monsieur, dit de Wardes, il est inutile de menacer pour rien.

– Oh ! je n'ai point fini, monsieur de Wardes, reprit d'Artagnan, et vous êtes condamné à m'entendre encore.

Le cercle se rapprocha curieusement.

– Vous parliez haut tout à l'heure de l'honneur d'une femme et de l'honneur de votre père ; vous nous avez plu en parlant ainsi, car il est doux de songer que ce sentiment de délicatesse et de probité qui ne vivait pas, à ce qu'il paraît, dans notre âme, vit dans l'âme de nos enfants, et il est beau enfin de voir un jeune homme à l'âge où d'habitude on se fait le larron de l'honneur des femmes, il est beau de voir ce jeune homme le respecter et le défendre.

De Wardes serrait les lèvres et les poings, évidemment fort inquiet de savoir comment finirait ce discours dont l'exorde s'annonçait si mal.

– Comment se fait-il donc alors, continua d'Artagnan, que vous vous soyez permis de dire à M. le vicomte de Bragelonne qu'il ne connaissait point sa mère ?

Les yeux de Raoul étincelèrent.

– Oh ! s'écria-t-il en s'élançant, monsieur le chevalier, monsieur le chevalier, c'est une affaire qui m'est personnelle.

De Wardes sourit méchamment.

D'Artagnan repoussa Raoul du bras.

– Ne m'interrompez pas, jeune homme, dit-il.

Et dominant de Wardes du regard :

– Je traite ici une question qui ne se résout point par l'épée, continua-t-il. Je la traite devant des hommes d'honneur, qui tous ont mis plus d'une fois l'épée à la main. Je les ai choisis exprès. Or, ces messieurs savent que tout secret pour lequel on se bat cesse d'être un secret. Je réitère donc ma question à M. de Wardes : À quel propos avez-vous offensé ce jeune homme en offensant à la fois son père et sa mère ?

– Mais il me semble, dit de Wardes, que les paroles sont libres, quand on offre de les soutenir par tous les moyens qui sont à la disposition d'un galant homme.

– Ah ! monsieur, quels sont les moyens, dites-moi, à l'aide desquels un galant homme peut soutenir une méchante parole ?

– Par l'épée.

– Vous manquez non seulement de logique en disant cela, mais encore de religion et d'honneur ; vous exposez la vie de plusieurs hommes, sans parler de la vôtre, qui me paraît fort aventurée. Or, toute mode passe, monsieur, et la mode est passée des rencontres, sans compter les édits de Sa Majesté qui défendent le duel. Donc, pour être conséquent avec vos idées de chevalerie, vous allez présenter vos excuses à M. Raoul de Bragelonne ; vous lui direz que vous regrettez d'avoir tenu un propos léger ; que la noblesse et la pureté de sa race sont écrites non seulement dans son cœur, mais encore dans toutes les actions de sa vie. Vous allez faire cela, monsieur de Wardes, comme je l'ai fait tout à l'heure, moi, vieux capitaine, devant votre moustache d'enfant.

– Et si je ne le fais pas ? demanda de Wardes.

– Eh bien ! il arrivera...

– Ce que vous croyez empêcher, dit de Wardes en riant ; il arrivera que votre logique de conciliation aboutira à une violation des défenses du roi.

– Non, monsieur, dit tranquillement le capitaine, et vous êtes dans l'erreur.

– Qu'arrivera-t-il donc, alors ?

– Il arrivera que j'irai trouver le roi, avec qui je suis assez bien ; le roi, à qui j'ai eu le bonheur de rendre quelques services qui datent d'un temps où vous n'étiez pas encore né ; le roi, enfin, qui, sur ma demande, vient de m'envoyer un ordre en blanc pour M. Baisemeaux de Montlezun, gouverneur de la Bastille, et que je dirai au roi : « Sire, un homme a insulté lâchement M. de Bragelonne dans la personne de sa mère. J'ai écrit le nom de cet homme sur la lettre de cachet que Votre Majesté a bien voulu me donner, de sorte que M. de Wardes est à la Bastille pour trois ans. »

Et d'Artagnan, tirant de sa poche l'ordre signé du roi, le tendit à de Wardes.

Puis, voyant que le jeune homme n'était pas bien convaincu, et prenait l'avis pour une menace vaine, il haussa les épaules et se dirigea froidement vers la table sur laquelle étaient une écritoire et une plume dont la longueur eût épouvanté le topographe Porthos.

Alors de Wardes vit que la menace était on ne peut plus sérieuse ; la Bastille, à cette époque, était déjà chose effrayante. Il fit un pas vers Raoul, et d'une voix presque inintelligible :

– Monsieur, dit-il, je vous fais les excuses que m'a dictées tout à l'heure M. d'Artagnan, et que force m'est de vous faire.

– Un instant, un instant, monsieur, dit le mousquetaire avec la plus grande tranquillité ; vous vous trompez sur les termes. Je n'ai pas dit : « Et que force m'est de vous faire. » J'ai dit : « Et que ma conscience me porte à vous faire. » Ce mot vaut mieux que l'autre, croyez-moi ; il vaudra d'autant mieux qu'il sera l'expression plus vraie de vos sentiments.

– J'y souscris donc, dit de Wardes ; mais, en vérité messieurs, avouez qu'un coup d'épée au travers du corps, comme on se le donnait autrefois, valait mieux qu'une pareille tyrannie.

– Non, monsieur, répondit Buckingham, car le coup d'épée ne signifie pas, si vous le recevez, que vous avez tort ou raison ; il signifie seulement que vous êtes plus ou moins adroit.

– Monsieur ! s'écria de Wardes.

– Ah ! vous allez dire quelque mauvaise chose, interrompit d'Artagnan coupant la parole à de Wardes, et je vous rends service en vous arrêtant là.

– Est-ce tout, monsieur ? demanda de Wardes.

– Absolument tout, répondit d'Artagnan, et ces messieurs et moi sommes satisfaits de vous.

– Croyez-moi, monsieur, répondit de Wardes, vos conciliations ne sont pas heureuses !

– Et pourquoi cela ?

– Parce que nous allons nous séparer, je le gagerais, M. de Bragelonne et moi, plus ennemis que jamais.

– Vous vous trompez quant à moi, monsieur, répondit Raoul, et je ne conserve pas contre vous un atome de fiel dans le cœur.

Ce dernier coup écrasa de Wardes. Il jeta les yeux autour de lui en homme égaré.

D'Artagnan salua gracieusement les gentilshommes qui avaient bien voulu assister à l'explication, et chacun se retira en lui donnant la main.

Pas une main ne se tendit vers de Wardes.

– Oh ! s'écria le jeune homme succombant à la rage qui lui mangeait le cœur ; oh ! je ne trouverai donc personne sur qui je puisse me venger !

– Si fait, monsieur, car je suis là, moi, dit à son oreille une voix toute chargée de menaces.

De Wardes se retourna et vit le duc de Buckingham qui, resté sans doute dans cette intention, venait de s'approcher de lui.

– Vous, monsieur ! s'écria de Wardes.

– Oui, moi. Je ne suis pas sujet du roi de France, moi, monsieur ; moi, je ne reste pas sur le territoire, puisque je pars pour l'Angleterre. J'ai amassé aussi du désespoir et de la rage, moi. J'ai donc, comme vous, besoin de me venger sur quelqu'un. J'approuve fort les principes de M. d'Artagnan, mais je ne suis pas tenu de les appliquer à vous. Je suis Anglais, et je viens vous proposer à mon tour ce que vous avez inutilement proposé aux autres.

– Monsieur le duc !

– Allons, cher monsieur de Wardes, puisque vous êtes si fort courroucé, prenez-moi pour quintaine. Je serai à Calais dans trente-quatre heures. Venez avec moi, la route nous paraîtra moins longue ensemble que séparés. Nous tirerons l'épée là-bas, sur le sable que couvre la marée, et qui, six heures par jour, est le territoire de la France, mais pendant six autres heures le territoire de Dieu.

– C'est bien, répliqua de Wardes ; j'accepte.

– Pardieu ! dit le duc, si vous me tuez, mon cher monsieur de Wardes, vous me rendrez, je vous en réponds, un signalé service.

– Je ferai ce que je pourrai pour vous être agréable, duc, dit de Wardes.

– Ainsi, c'est convenu, je vous emmène.

– Je serai à vos ordres. Pardieu ! j'avais besoin pour me calmer d'un bon danger, d'un péril mortel.

– Eh bien ! je crois que vous avez trouvé votre affaire. Serviteur, monsieur de Wardes ; demain, au matin, mon valet de chambre vous dira l'heure précise du départ ; nous voyagerons ensemble comme deux bons amis. Je voyage d'ordinaire en homme pressé. Adieu !

Buckingham salua de Wardes et rentra chez le roi.

De Wardes, exaspéré, sortit du Palais-Royal et prit rapidement le chemin de la maison qu'il habitait.

II

M. Baisemeaux de Montlezun

Après la leçon un peu dure donnée à de Wardes, Athos et d'Artagnan descendirent ensemble l'escalier qui conduit à la cour du Palais-Royal.

– Voyez-vous, disait Athos à d'Artagnan, Raoul ne peut échapper tôt ou tard à ce duel avec de Wardes ; de Wardes est brave autant qu'il est méchant.

– Je connais ces drôles-là, répliqua d'Artagnan ; j'ai eu affaire au père. Je vous déclare, et en ce temps j'avais de bons muscles et une sauvage assurance, je vous déclare, dis-je, que le père m'a donné du mal. Il fallait voir cependant comme j'en décousais. Ah ! mon ami, on ne fait plus des assauts pareils aujourd'hui ; j'avais une main qui ne pouvait rester un moment en place, une main de vif-argent, vous le savez, Athos, vous m'avez vu à l'œuvre. Ce n'était plus un simple morceau d'acier, c'était un serpent qui prenait toutes ses formes et toutes ses longueurs pour parvenir à placer convenablement sa tête, c'est-à-dire sa morsure ; je me donnais six pieds, puis trois, je pressais l'ennemi corps à corps, puis je me jetais à dix pieds. Il n'y avait pas force humaine capable de résister à ce féroce entrain. Eh bien ! de Wardes le père, avec sa bravoure de race, sa bravoure hargneuse, m'occupa fort longtemps, et je me souviens que mes doigts, à l'issue du combat, étaient fatigués.

– Donc, je vous le disais bien, reprit Athos, le fils cherchera toujours Raoul et finira par le rencontrer, car on trouve Raoul facilement lorsqu'on le cherche.

– D'accord, mon ami, mais Raoul calcule bien ; il n'en veut point à de Wardes, il l'a dit : il attendra d'être provoqué ; alors sa position est bonne. Le roi ne peut se fâcher ; d'ailleurs, nous saurons le moyen de calmer le roi. Mais pourquoi ces craintes, ces inquiétudes chez vous qui ne vous alarmez pas aisément ?

– Voici : tout me trouble. Raoul va demain voir le roi qui lui dira sa volonté sur certain mariage. Raoul se fâchera comme un amoureux qu'il est, et, une fois dans sa mauvaise humeur, s'il rencontre de Wardes, la bombe éclatera.

– Nous empêcherons l'éclat, cher ami.

– Pas moi, car je veux retourner à Blois. Toute cette élégance fardée de cour, toutes ces intrigues me dégoûtent. Je ne suis plus un jeune homme pour pactiser avec les mesquineries d'aujourd'hui. J'ai lu dans le grand livre de Dieu beaucoup de choses trop belles et trop larges pour m'occuper avec intérêt des petites phrases que se chuchotent ces hommes quand ils veulent se tromper. En un mot, je m'ennuie à Paris, partout où je ne vous ai pas, et, comme je ne puis toujours vous avoir, je veux m'en retourner à Blois.

– Oh ! que vous avez tort, Athos ! que vous mentez à votre origine et à la destinée de votre âme ! Les hommes de votre trempe sont faits pour aller jusqu'au dernier jour dans la plénitude de leurs facultés. Voyez ma vieille épée de La Rochelle, cette lame espagnole ; elle servit trente ans aussi parfaite ; un jour d'hiver, en tombant sur le marbre du Louvre, elle se cassa net, mon cher. On m'en a fait un couteau de chasse qui durera cent ans encore. Vous, Athos, avec votre loyauté, votre franchise, votre courage froid et votre instruction solide, vous êtes l'homme qu'il faut pour avertir et diriger les rois. Restez ici : M. Fouquet ne durera pas aussi longtemps que ma lame espagnole.

– Allons, dit Athos en souriant, voilà d'Artagnan qui, après m'avoir élevé aux nues, fait de moi une sorte de dieu, me jette du haut de l'Olympe et m'aplatit sur terre. J'ai des ambitions plus grandes, ami. Être ministre, être esclave, allons donc ! Ne suis-je pas plus grand ? je ne suis rien. Je me souviens de vous avoir entendu m'appeler quelquefois le grand Athos. Or, je vous défie, si j'étais ministre, de me confirmer cette épithète. Non, non, je ne me livre pas ainsi.

– Alors n'en parlons plus ; abdiquez tout, même la fraternité !

– Oh ! cher ami, c'est presque dur, ce que vous me dites là !

D'Artagnan serra vivement la main d'Athos.

– Non, non, abdiquez sans crainte. Raoul peut se passer de vous, je suis à Paris.

– Eh bien ! alors, je retournerai à Blois. Ce soir, vous me direz adieu ; demain, au point du jour, je remonterai à cheval.

– Vous ne pouvez pas rentrer seul à votre hôtel ; pourquoi n'avez-vous pas amené Grimaud ?

– Mon ami, Grimaud dort ; il se couche de bonne heure. Mon pauvre vieux se fatigue aisément. Il est venu avec moi de Blois, et je l'ai forcé de garder le logis ; car s'il lui fallait, pour reprendre haleine, remonter les quarante lieues qui nous séparent de Blois, il en mourrait sans se plaindre. Mais je tiens à mon Grimaud.

– Je vais vous donner un mousquetaire pour porter le flambeau. Holà ! quelqu'un !

Et d'Artagnan se pencha sur la rampe dorée.

Sept ou huit têtes de mousquetaires apparurent.

— Quelqu'un de bonne volonté pour escorter M. le comte de La Fère, cria d'Artagnan.

— Merci de votre empressement, messieurs, dit Athos. Je ne saurais ainsi déranger des gentilshommes.

— J'escorterais bien Monsieur, dit quelqu'un, si je n'avais à parler à M. d'Artagnan.

— Qui est là ? fit d'Artagnan en cherchant dans la pénombre.

— Moi, cher monsieur d'Artagnan.

— Dieu me pardonne, si ce n'est pas la voix de Baisemeaux !

— Moi-même, monsieur.

— Eh ! mon cher Baisemeaux, que faites-vous là dans la cour ?

— J'attends vos ordres, mon cher monsieur d'Artagnan.

— Ah ! malheureux que je suis, pensa d'Artagnan ; c'est vrai, vous avez été prévenu pour une arrestation ; mais venir vous-même au lieu d'envoyer un écuyer !

— Je suis venu parce que j'avais à vous parler.

— Et vous ne m'avez pas fait prévenir ?

— J'attendais, dit timidement M. Baisemeaux.

— Je vous quitte. Adieu, d'Artagnan, fit Athos à son ami.

— Pas avant que je vous présente M. Baisemeaux de Montlezun, gouverneur du château de la Bastille.

Baisemeaux salua. Athos également.

— Mais vous devez vous connaître, ajouta d'Artagnan.

— J'ai un vague souvenir de Monsieur, dit Athos.

— Vous savez bien, mon cher ami, Baisemeaux, ce garde du roi avec qui nous fîmes de si bonnes parties autrefois sous le cardinal.

— Parfaitement, dit Athos en prenant congé avec affabilité.

— M. le comte de La Fère, qui avait nom de guerre Athos, dit d'Artagnan à l'oreille de Baisemeaux.

— Oui, oui, un galant homme, un des quatre fameux, dit Baisemeaux.

— Précisément. Mais, voyons, mon cher Baisemeaux, causons-nous ?

— S'il vous plaît !

— D'abord, quant aux ordres, c'est fait, pas d'ordres. Le roi renonce à faire arrêter la personne en question.

— Ah ! tant pis, dit Baisemeaux avec un soupir.

– Comment, tant pis ? s'écria d'Artagnan en riant.

– Sans doute, s'écria le gouverneur de la Bastille, mes prisonniers sont mes rentes, à moi.

– Eh ! c'est vrai. Je ne voyais pas la chose sous ce jour-là.

– Donc, pas d'ordres ?

Et Baisemeaux soupira encore.

– C'est vous, reprit-il, qui avez une belle position : capitaine-lieutenant des mousquetaires !

– C'est assez bon, oui. Mais je ne vois pas ce que vous avez à m'envier : gouverneur de la Bastille, qui est le premier château de France.

– Je le sais bien, dit tristement Baisemeaux.

– Vous dites cela comme un pénitent, mordioux ! Je changerai mes bénéfices contre les vôtres, si vous voulez ?

– Ne parlons pas bénéfices, dit Baisemeaux, si vous ne voulez pas me fendre l'âme.

– Mais vous regardez de droite et de gauche comme si vous aviez peur d'être arrêté, vous qui gardez ceux qu'on arrête.

– Je regarde qu'on nous voit et qu'on nous entend, et qu'il serait plus sûr de causer à l'écart, si vous m'accordiez cette faveur.

– Baisemeaux ! Baisemeaux ! vous oubliez donc que nous sommes des connaissances de trente-cinq ans. Ne prenez donc pas avec moi des airs contrits. Soyez à l'aise. Je ne mange pas crus des gouverneurs de la Bastille.

– Plût au Ciel !

– Voyons, venez dans la cour, nous nous prendrons par le bras ; il fait un clair de lune superbe, et le long des chênes, sous les arbres, vous me conterez votre histoire lugubre. Venez.

Il attira le dolent gouverneur dans la cour, lui prit le bras, comme il l'avait dit, et avec sa brusque bonhomie :

– Allons, flamberge au vent ! dit-il, dégoisez. Baisemeaux, que voulez-vous me dire ?

– Ce sera bien long.

– Vous aimez donc mieux vous lamenter ? M'est avis que ce sera plus long encore. Gage que vous vous faites cinquante mille livres sur vos pigeons de la Bastille.

– Quand cela serait, cher monsieur d'Artagnan ?

– Vous m'étonnez, Baisemeaux ; regardez-vous donc, mon cher. Vous faites l'homme contrit, mordioux ! je vais vous conduire devant une glace, vous y verrez que vous êtes grassouillet, fleuri, gras et rond comme un fromage ; que vous avez des yeux comme des charbons allumés, et que, sans ce vilain pli que vous affectez de vous creuser au front, vous ne paraîtriez pas cinquante ans. Or, vous en avez soixante, hein ?

– Tout cela est vrai...

– Pardieu ! je le sais bien que c'est vrai, vrai comme les cinquante mille livres de bénéfice.

Le petit Baisemeaux frappa du pied.

– Là, là ! dit d'Artagnan, je m'en vais vous faire votre compte ; vous étiez capitaine des gardes de M. de Mazarin : douze mille livres par an ; vous les avez touchées douze ans, soit cent quarante mille livres.

– Douze mille livres ! Êtes-vous fou ! s'écria Baisemeaux. Le vieux grigou n'a jamais donné que six mille, et les charges de la place allaient à six mille cinq cents. M. Colbert, qui m'avait fait rogner les six mille autres livres, daignait me faire toucher cinquante pistoles comme gratification. En sorte que, sans ce petit fief de Montlezun, qui donne douze mille livres, je n'eusse pas fait honneur à mes affaires.

– Passons condamnation, arrivons aux cinquante mille livres de la Bastille. Là, j'espère, vous êtes nourri, logé ; vous avez six mille livres de traitement.

– Soit.

– Bon an mal an, cinquante prisonniers qui, l'un dans l'autre, vous rapportent mille livres.

– Je n'en disconviens pas.

– C'est bien cinquante mille livres par an ; vous occupez depuis trois ans, c'est donc cent cinquante mille livres que vous avez.

– Vous oubliez un détail, cher monsieur d'Artagnan.

– Lequel ?

– C'est que, vous, vous avez reçu la charge de capitaine des mains du roi.

– Je le sais bien.

– Tandis que, moi, j'ai reçu celle de gouverneur de MM. Tremblay et Louvière.

– C'est juste, et Tremblay n'était pas homme à vous laisser sa charge pour rien.

– Oh ! Louvière non plus. Il en résulte que j'ai donné soixante-quinze mille livres à Tremblay pour sa part.

– Joli ! Et à Louvière ?

– Autant.

– Tout de suite ?

– Non pas, c'eût été impossible. Le roi ne voulait pas, ou plutôt M. de Mazarin ne voulait pas paraître destituer ces deux gaillards issus de la barricade ; il a donc souffert qu'ils fissent pour se retirer des conditions léonines.

– Quelles conditions ?

– Frémissez !... trois années du revenu comme pot-de-vin.

– Diable ! en sorte que les cent cinquante mille livres ont passé dans leurs mains ?

– Juste.

– Et outre cela ?

– Une somme de quinze mille écus ou cinquante mille pistoles, comme il vous plaira, en trois paiements.

– C'est exorbitant.

– Ce n'est pas tout.

– Allons donc !

– Faute à moi de remplir l'une des conditions, ces messieurs rentrent dans leur charge. On a fait signer cela au roi.

– C'est énorme, c'est incroyable !

– C'est comme cela.

– Je vous plains, mon pauvre Baisemeaux. Mais alors, cher ami, pourquoi diable M. de Mazarin vous a-t-il accordé cette prétendue faveur ? Il était plus simple de vous la refuser.

– Oh ! oui ! mais il a eu la main forcée par mon protecteur.

– Votre protecteur ! qui cela ?

– Parbleu ! un de vos amis, M. d'Herblay.

– M. d'Herblay ? Aramis ?

– Aramis, précisément, il a été charmant pour moi.

– Charmant ! de vous faire passer sous ces fourches ?

– Écoutez donc ! je voulais quitter le service du cardinal. M. d'Herblay parla pour moi à Louvière et à Tremblay ; ils résistèrent ; j'avais envie de la place, car je sais ce qu'elle peut donner ; je m'ouvris à M. d'Herblay sur ma détresse : il m'offrit de répondre pour moi à chaque paiement.

– Bah ! Aramis ? Oh ! vous me stupéfiez. Aramis répondit pour vous ?

– En galant homme. Il obtint la signature ; Tremblay et Louvière se démirent ; j'ai fait payer vingt-cinq mille livres chaque année de bénéfice à un de ces deux messieurs ; chaque année aussi, en mai, M. d'Herblay vint lui-même à la Bastille m'apporter deux mille cinq cents pistoles pour distribuer à mes crocodiles.

– Alors, vous devez cent cinquante mille livres à Aramis ?

– Eh ! voilà mon désespoir, je ne lui en dois que cent mille.

– Je ne vous comprends pas parfaitement.

– Eh ! sans doute, il n'est venu que deux ans. Mais aujourd'hui nous sommes le 31 mai, et il n'est pas venu, et c'est demain l'échéance, à midi. Et demain, si je n'ai pas payé, ces messieurs, aux termes du contrat, peuvent rentrer dans le marché ; je serai dépouillé et j'aurai travaillé trois ans et donné deux cent cinquante mille livres pour rien, mon cher monsieur d'Artagnan, pour rien absolument.

– Voilà qui est curieux, murmura d'Artagnan.

– Concevez-vous maintenant que je puisse avoir un pli sur le front ?

– Oh ! oui.

– Concevez-vous que, malgré cette rondeur de fromage et cette fraîcheur de pomme d'api, malgré ces yeux brillants comme des charbons allumés, je sois arrivé à craindre de n'avoir plus même un fromage ni une pomme d'api à manger, et de n'avoir plus que des yeux pour pleurer ?

– C'est désolant.

– Je suis donc venu à vous, monsieur d'Artagnan, car vous seul pouvez me tirer de peine.

– Comment cela ?

– Vous connaissez l'abbé d'Herblay ?

– Pardieu !

– Vous le connaissez mystérieux ?

– Oh ! oui.

– Vous pouvez me donner l'adresse de son presbytère, car j'ai cherché à Noisy-le-Sec, et il n'y est plus.

– Parbleu ! il est évêque de Vannes.

– Vannes, en Bretagne ?

– Oui.

Le petit homme se mit à s'arracher les cheveux.

– Hélas ! dit-il, comment aller à Vannes d'ici demain à midi ?... Je suis un homme perdu. Vannes ! Vannes ! criait Baisemeaux.

– Votre désespoir me fait mal. Écoutez donc, un évêque ne réside pas toujours ; Mgr d'Herblay pourrait n'être pas si loin que vous le craignez.

– Oh ! dites-moi son adresse.

– Je ne sais, mon ami.

– Décidément me voilà perdu ! Je vais aller me jeter aux pieds du roi.

– Mais, Baisemeaux, vous m'étonnez ; comment, la Bastille pouvant produire cinquante mille livres, n'avez-vous pas poussé la vis pour en faire produire cent mille ?

– Parce que je suis un honnête homme, cher monsieur d'Artagnan, et que mes prisonniers sont nourris comme des potentats.

– Pardieu ! vous voilà bien avancé ; donnez-vous une bonne indigestion avec vos belles nourritures, et crevez-moi d'ici à demain midi.

– Cruel ! il a le cœur de rire.

– Non, vous m'affligez... Voyons, Baisemeaux, avez-vous une parole d'honneur ?

– Oh ! capitaine !

– Eh bien ! donnez-moi votre parole que vous n'ouvrirez la bouche à personne de ce que je vais vous dire.

– Jamais ! jamais !

– Vous voulez mettre la main sur Aramis ?

– À tout prix !

– Eh bien ! allez trouver M. Fouquet.

– Quel rapport...

– Niais que vous êtes !... Où est Vannes ?

– Dame !...

– Vannes est dans le diocèse de Belle-Île, ou Belle-Île dans le diocèse de Vannes. Belle-Île est à M. Fouquet : M. Fouquet a fait nommer M. d'Herblay à cet évêché.

– Vous m'ouvrez les yeux et vous me rendez la vie.

– Tant mieux. Allez donc dire tout simplement à M. Fouquet que vous désirez parler à M. d'Herblay.

– C'est vrai ! c'est vrai ! s'écria Baisemeaux transporté.

– Et, fit d'Artagnan en l'arrêtant avec un regard sévère, la parole d'honneur ?

– Oh ! sacrée ! répliqua le petit homme en s'apprêtant à courir.

– Où allez-vous ?

– Chez M. Fouquet.

– Non pas, M. Fouquet est au jeu du roi. Que vous alliez chez M. Fouquet demain de bonne heure, c'est tout ce que vous pouvez faire.

– J'irai ; merci !

– Bonne chance !

– Merci !

– Voilà une drôle d'histoire, murmura d'Artagnan, qui, après avoir quitté Baisemeaux, remonta lentement son escalier. Quel diable d'intérêt Aramis peut-il avoir à obliger ainsi Baisemeaux ? Hein !... nous saurons cela un jour ou l'autre.

III

Le jeu du roi

Fouquet assistait, comme l'avait dit d'Artagnan, au jeu du roi.

Il semblait que le départ de Buckingham eût jeté du baume sur tous les cœurs ulcérés la veille.

Monsieur, rayonnant, faisait mille signaux affectueux à sa mère.

Le comte de Guiche ne pouvait se séparer de Buckingham, et, tout en jouant, il s'entretenait avec lui des éventualités de son voyage.

Buckingham, rêveur et affectueux comme un homme de cœur qui a pris son parti, écoutait le comte et adressait de temps en temps à Madame un regard de regrets et de tendresse éperdue.

La princesse, au sein de son enivrement, partageait encore sa pensée entre le roi, qui jouait avec elle, Monsieur, qui la raillait doucement sur des gains considérables, et de Guiche, qui témoignait une joie extravagante.

Quant à Buckingham, elle s'en occupait légèrement ; pour elle, ce fugitif, ce banni était un souvenir, non plus un homme.

Les cœurs légers sont ainsi faits ; entiers au présent, ils rompent violemment avec tout ce qui peut déranger leurs petits calculs de bien-être égoïste.

Madame se fût accommodée des sourires, des gentillesses, des soupirs de Buckingham présent ; mais de loin, soupirer, sourire, s'agenouiller, à quoi bon ?

Le vent du détroit, qui enlève les navires pesants, où balaie-t-il les soupirs ? Le sait-on ?

Le duc ne se dissimula point ce changement ; son cœur en fut mortellement blessé.

Nature délicate, fière et susceptible de profond attachement, il maudit le jour où la passion était entrée dans son cœur.

Les regards qu'il envoyait à Madame se refroidirent peu à peu au souffle glacial de sa pensée. Il ne pouvait mépriser encore, mais il fut assez fort pour imposer silence aux cris tumultueux de son cœur.

À mesure que Madame devinait ce changement, elle redoublait d'activité pour recouvrer le rayonnement qui lui échappait ; son esprit, timide et indécis d'abord, se fit jour en brillants éclats ; il fallait à tout prix qu'elle fût remarquée par-dessus tout, par-dessus le roi lui-même.

Elle le fut. Les reines, malgré leur dignité, le roi, malgré les respects de l'étiquette, furent éclipsés.

Les reines, roides et guindées, dès l'abord, s'humanisèrent et rirent. Madame Henriette, reine mère, fut éblouie de cet éclat qui revenait sur sa race, grâce à l'esprit de la petite-fille de Henri IV.

Le roi, si jaloux comme jeune homme, si jaloux comme roi de toutes les supériorités qui l'entouraient, ne put s'empêcher de rendre les armes à cette pétulance française dont l'humeur anglaise rehaussait encore l'énergie. Il fut saisi comme un enfant par cette radieuse beauté que suscitait l'esprit.

Les yeux de Madame lançaient des éclairs. La gaieté s'échappait de ses lèvres de pourpre comme la persuasion des lèvres du vieux Grec Nestor.

Autour des reines et du roi, toute la cour, soumise à ces enchantements, s'apercevait, pour la première fois, qu'on pouvait rire devant le plus grand roi du monde, comme des gens dignes d'être appelés les plus polis et les plus spirituels du monde.

Madame eut, dès ce soir, un succès capable d'étourdir quiconque n'eût pas pris naissance dans ces régions élevées qu'on appelle un trône et qui sont à l'abri de semblables vertiges, malgré leur hauteur.

À partir de ce moment, Louis XIV regarda Madame comme un personnage.

Buckingham la regarda comme une coquette digne des plus cruels supplices.

De Guiche la regarda comme une divinité.

Les courtisans, comme un astre dont la lumière devait devenir un foyer pour toute faveur, pour toute puissance.

Cependant Louis XIV, quelques années auparavant, n'avait pas seulement daigné donner la main à ce *laideron* pour un ballet.

Cependant Buckingham avait adoré cette coquette à deux genoux.

Cependant de Guiche avait regardé cette divinité comme une femme.

Cependant les courtisans n'avaient pas osé applaudir sur le passage de cet astre dans la crainte de déplaire au roi, à qui cet astre avait autrefois déplu.

Voilà ce qui se passait, dans cette mémorable soirée, au jeu du roi.

La jeune reine, quoique Espagnole et nièce d'Anne d'Autriche, aimait le roi et ne savait pas dissimuler.

Anne d'Autriche, observatrice, comme toute femme et impérieuse comme toute reine, sentit la puissance de Madame et s'inclina tout aussitôt.

Ce qui détermina la jeune reine à lever le siège et à rentrer chez elle.

À peine le roi fit-il attention à ce départ, malgré les symptômes affectés d'indisposition qui l'accompagnaient.

Fort des lois de l'étiquette qu'il commençait à introduire chez lui comme élément de toute relation, Louis XIV ne s'émut point ; il offrit la main à Madame sans regarder Monsieur, son frère, et conduisit la jeune princesse jusqu'à la porte de son appartement.

On remarqua que, sur le seuil de la porte, Sa Majesté, libre de toute contrainte ou moins forte que la situation, laissa échapper un énorme soupir.

Les femmes, car elles remarquent tout, Mlle de Montalais, par exemple, ne manquèrent pas de dire à leurs compagnes :

– Le roi a soupiré.

– Madame a soupiré.

C'était vrai.

Madame avait soupiré sans bruit, mais avec un accompagnement bien plus dangereux pour le repos du roi.

Madame avait soupiré en fermant ses beaux yeux noirs, puis elle les avait rouverts, et, tout chargés qu'ils étaient d'une indicible tristesse, elle les avait relevés sur le roi, dont le visage, à ce moment, s'était empourpré visiblement.

Il résultait de cette rougeur, de ces soupirs échangés et de tout ce mouvement royal, que Montalais avait commis une indiscrétion, et que cette indiscrétion avait certainement affecté sa compagne, car Mlle de La Vallière, moins perspicace sans doute, pâlit quand rougit le roi, et, son service l'appelant chez Madame, entra toute tremblante derrière la princesse, sans songer à prendre les gants, ainsi que le cérémonial le voulait.

Il est vrai que cette provinciale pouvait alléguer pour excuse le trouble où la jetait la majesté royale. En effet, Mlle de La Vallière, tout occupée de refermer la porte, avait involontairement les yeux attachés sur le roi, qui marchait à reculons.

Le roi rentra dans la salle de jeu ; il voulut parler à diverses personnes mais l'on put voir qu'il n'avait pas l'esprit fort présent.

Il brouilla divers comptes dont profitèrent divers seigneurs qui avaient retenu ces habitudes depuis M. de Mazarin, mauvaise mémoire, mais bonne arithmétique.

Ainsi Manicamp, distrait personnage s'il en fut, que le lecteur ne s'y trompe pas, Manicamp, l'homme le plus honnête du monde, ramassa purement et simplement vingt mille livres qui traînaient sur le tapis et dont la propriété ne paraissait légitimement acquise à personne.

Ainsi M. de Wardes, qui avait la tête un peu embarrassée par les affaires de la soirée, laissa-t-il soixante louis doubles qu'il avait gagnés à M. de Buckingham, et que celui-ci, incapable comme son père de salir ses mains avec une monnaie quelconque, abandonna au chandelier, ce chandelier dût-il être vivant.

Le roi ne recouvra un peu de son attention qu'au moment où M. Colbert, qui guettait depuis quelques instants, s'approcha, et, fort respectueusement sans doute, mais avec insistance, déposa un de ses conseils dans l'oreille encore bourdonnante de Sa Majesté.

Au conseil, Louis prêta une attention nouvelle, et, aussitôt, jetant ses regards devant lui :

– Est-ce que M. Fouquet, dit-il, n'est plus là ?

– Si fait, si fait, sire, répliqua la voix du surintendant, occupé avec Buckingham.

Et il s'approcha. Le roi fit un pas vers lui d'un air charmant et plein de négligence.

– Pardon, monsieur le surintendant, si je trouble votre conversation, dit Louis ; mais je vous réclame partout où j'ai besoin de vous.

– Mes services sont au roi toujours, répliqua Fouquet.

– Et surtout votre caisse, dit le roi en riant d'un sourire faux.

– Ma caisse plus encore que le reste, dit froidement Fouquet.

– Voici le fait, monsieur : je veux donner une fête à Fontainebleau. Quinze jours de maison ouverte. J'ai besoin de...

Il regarda obliquement Colbert.

Fouquet attendit sans se troubler.

– De... dit-il.

– De quatre millions, fit le roi, répondant au sourire cruel de Colbert.

– Quatre millions ? dit Fouquet en s'inclinant profondément.

Et ses ongles, entrant dans sa poitrine, y creusèrent un sillon sanglant sans que la sérénité de son visage en fût un moment altérée.

– Oui, monsieur, dit le roi.

– Quand, sire ?

– Mais... prenez votre temps... C'est-à-dire... non... le plus tôt possible.

– Il faut le temps.

– Le temps ! s'écria Colbert triomphant.

– Le temps de compter les écus, fit le surintendant avec un majestueux mépris ; l'on ne tire et l'on ne pèse qu'un million par jour, monsieur.

– Quatre jours, alors, dit Colbert.

– Oh ! répliqua Fouquet en s'adressant au roi, mes commis font des prodiges pour le service de Sa Majesté. La somme sera prête dans trois jours.

Colbert pâlit à son tour. Louis le regarda étonné.

Fouquet se retira sans forfanterie, sans faiblesse, souriant aux nombreux amis dans le regard desquels, seul, il sait une véritable amitié, un intérêt allant jusqu'à la compassion.

Il ne fallait pas juger Fouquet sur ce sourire ; Fouquet avait, en réalité, la mort dans le cœur.

Quelques gouttes de sang tachaient, sous son habit, le fin tissu qui couvrait sa poitrine.

L'habit cachait le sang, le sourire, la rage.

À la façon dont il aborda son carrosse, ses gens devinèrent que le maître n'était pas de joyeuse humeur. Il résulta de cette intelligence que les ordres s'exécutèrent avec cette précision de manœuvre que l'on trouve sur un vaisseau de guerre commandé pendant l'orage par un capitaine irrité.

Le carrosse ne roula point, il vola.

À peine si Fouquet eut le temps de se recueillir durant le trajet.

En arrivant, il monta chez Aramis.

Aramis n'était point encore couché.

Quant à Porthos, il avait soupé fort convenablement d'un gigot braisé, de deux faisans rôtis et d'une montagne d'écrevisses ; puis il s'était fait oindre le corps avec des huiles parfumées, à la façon des lutteurs antiques ; puis, l'onction achevée, il s'était étendu dans des flanelles et fait transporter dans un lit bassiné.

Aramis, nous l'avons dit, n'était point couché. À l'aise dans une robe de chambre de velours, il écrivait lettres sur lettres, de cette écriture si fine et si pressée dont une page tient un quart de volume.

La porte s'ouvrit précipitamment ; le surintendant parut, pâle, agité, soucieux.

Aramis releva la tête.

– Bonsoir, cher hôte ! dit-il.

Et son regard observateur devina toute cette tristesse, tout ce désordre.

– Beau jeu chez le roi ? demanda Aramis pour engager la conversation.

Fouquet s'assit, et, du geste, montra la porte au laquais qui l'avait suivi.

Puis, quand le laquais fut sorti :

– Très beau ! dit-il.

Et Aramis, qui le suivait de l'œil, le vit, avec une impatience fébrile, s'allonger sur les coussins.

– Vous avez perdu, comme toujours ? demanda Aramis, sa plume à la main.

– Mieux que toujours, répliqua Fouquet.

– Mais on sait que vous supportez bien la perte, vous.

– Quelquefois.

– Bon ! M. Fouquet, mauvais joueur ?

– Il y a jeu et jeu, monsieur d'Herblay.

– Combien avez-vous donc perdu, monseigneur ? demanda Aramis avec une certaine inquiétude.

Fouquet se recueillit un moment pour poser convenablement sa voix, et puis, sans émotion aucune :

– La soirée me coûte quatre millions, dit-il.

Et un rire amer se perdit sur la dernière vibration de ces paroles. Aramis ne s'attendait point à un pareil chiffre ; il laissa tomber sa plume.

– Quatre millions ! dit-il. Vous avez joué quatre millions ? Impossible !

– M. Colbert tenait mes cartes, répondit le surintendant avec le même rire sinistre.

– Ah ! je comprends maintenant, monseigneur. Ainsi, nouvel appel de fonds ?

– Oui, mon ami.

– Par le roi ?

– De sa bouche même. Il est impossible d'assommer un homme avec un plus beau sourire.

– Diable !

– Que pensez-vous de cela ?

– Parbleu ! je pense que l'on veut vous ruiner : c'est clair.

– Ainsi, c'est toujours votre avis ?

– Toujours. Il n'y a rien là, d'ailleurs, qui doive vous étonner, puisque c'est ce que nous avons prévu.

– Soit ; mais je ne m'attendais pas aux quatre millions.

– Il est vrai que la somme est lourde ; mais, enfin, quatre millions ne sont point la mort d'un homme, c'est là le cas de le dire, surtout quand cet homme s'appelle M. Fouquet.

– Si vous connaissiez le fond du coffre, mon cher d'Herblay, vous seriez moins tranquille.

– Et vous avez promis ?

– Que vouliez-vous que je fisse ?

– C'est vrai.

– Le jour où je refuserai, Colbert en trouvera ; où ? je n'en sais rien ; mais il en trouvera et je serai perdu !

– Incontestablement. Et dans combien de jours avez-vous promis ces quatre millions ?

– Dans trois jours. Le roi paraît fort pressé.

– Dans trois jours !

– Oh ! mon ami, reprit Fouquet, quand on pense que tout à l'heure, quand je passais dans la rue, des gens criaient : « Voilà le riche M. Fouquet qui passe ! » En vérité, cher d'Herblay, c'est à en perdre la tête !

– Oh ! non, monseigneur, halte-là ! la chose n'en vaut pas la peine, dit flegmatiquement Aramis en versant de la poudre sur la lettre qu'il venait d'écrire.

– Alors, un remède, un remède à ce mal sans remède ?

– Il n'y en a qu'un : payez.

– Mais à peine si j'ai la somme. Tout doit être épuisé ; on a payé Belle-Île ; on a payé la pension ; l'argent, depuis les recherches des traitants, est rare. En admettant qu'on paie cette fois, comment paiera-t-on l'autre ? Car, croyez-le bien, nous ne sommes pas au bout ! Quand les rois ont goûté de l'argent, c'est comme les tigres quand ils ont goûté de la chair : ils dévorent ! Un jour, il faudra bien que je dise : « Impossible, sire ! » Eh bien ! ce jour-là, je serai perdu !

Aramis haussa légèrement les épaules.

– Un homme dans votre position, monseigneur, dit-il, n'est perdu que lorsqu'il veut l'être.

– Un homme, dans quelque position qu'il soit, ne peut lutter contre un roi.

– Bah ! dans ma jeunesse, j'ai bien lutté, moi, avec le cardinal de Richelieu, qui était roi de France, plus, cardinal !

– Ai-je des armées, des troupes, des trésors ? Je n'ai même plus Belle-Île !

– Bah ! la nécessité est la mère de l'invention. Quand vous croirez tout perdu...

– Eh bien ?

– On découvrira quelque chose d'inattendu qui sauvera tout.

– Et qui découvrira ce merveilleux quelque chose ?

– Vous.

– Moi ? Je donne ma démission d'inventeur.

– Alors, moi.

– Soit. Mais alors mettez-vous à l'œuvre sans retard.

– Ah ! nous avons bien le temps.

– Vous me tuez avec votre flegme, d'Herblay, dit le surintendant en passant son mouchoir sur son front.

– Ne vous souvenez-vous donc pas de ce que je vous ai dit un jour ?

– Que m'avez-vous dit ?

– De ne pas vous inquiéter, si vous avez du courage. En avez-vous ?

– Je le crois.

– Ne vous inquiétez donc pas.

– Alors, c'est dit, au moment suprême, vous venez à mon aide, d'Herblay ?

– Ce ne sera que vous rendre ce que je vous dois, monseigneur.

– C'est le métier des gens de finance que d'aller au-devant des besoins des hommes comme vous, d'Herblay.

– Si l'obligeance est le métier des hommes de finance, la charité est la vertu des gens d'Église. Seulement, cette fois encore, exécutez-vous, monseigneur. Vous n'êtes pas encore assez bas ; au dernier moment, nous verrons.

– Nous verrons dans peu, alors.

– Soit. Maintenant, permettez-moi de vous dire que, personnellement, je regrette beaucoup que vous soyez si fort à court d'argent.

– Pourquoi cela ?

– Parce que j'allais vous en demander, donc !

– Pour vous ?

– Pour moi ou pour les miens, pour les miens ou pour les nôtres.

– Quelle somme ?

– Oh ! tranquillisez-vous ; une somme rondelette, il est vrai, mais peu exorbitante.

– Dites le chiffre !

– Oh ! cinquante mille livres.

– Misère !

– Vraiment ?

– Sans doute, on a toujours cinquante mille livres. Ah ! pourquoi ce coquin que l'on nomme M. Colbert ne se contente-t-il pas comme vous, je me mettrais moins en peine que je ne le fais. Et quand vous faut-il cette somme ?

– Pour demain matin.

– Bien, et...

– Ah ! c'est vrai, la destination, voulez-vous dire ?

– Non, chevalier, non ; je n'ai pas besoin d'explication.

– Si fait ; c'est demain le 1er juin ?

– Eh bien ?

– Échéance d'une de nos obligations.

– Nous avons donc des obligations ?

– Sans doute, nous payons demain notre dernier tiers.

– Quel tiers ?

– Des cent cinquante mille livres de Baisemeaux.

– Baisemeaux ! Qui cela ?

– Le gouverneur de la Bastille.

– Ah ! oui, c'est vrai ; vous me faites payer cent cinquante mille francs pour cet homme.

– Allons donc !

– Mais à quel propos ?

– À propos de sa charge qu'il a achetée, ou plutôt que nous avons achetée à Louvière et à Tremblay.

– Tout cela est fort vague dans mon esprit.

– Je conçois cela, vous avez tant d'affaires ! Cependant, je ne crois pas que vous en ayez de plus importante que celle-ci.

– Alors, dites-moi à quel propos nous avons acheté cette charge.

– Mais pour lui être utile.

– Ah !

– À lui d'abord.

– Et puis ensuite ?

– Ensuite à nous.

– Comment, à nous ? Vous vous moquez.

– Monseigneur, il y a des temps où un gouverneur de la Bastille est une fort belle connaissance.

– J'ai le bonheur de ne pas vous comprendre, d'Herblay.

– Monseigneur, nous avons nos postes, notre ingénieur, notre architecte, nos musiciens, notre imprimeur, nos peintres ; il nous fallait notre gouverneur de la Bastille.

– Ah ! vous croyez ?

– Monseigneur, ne nous faisons pas illusion ; nous sommes fort exposés à aller à la Bastille, cher monsieur Fouquet, ajouta le prélat en montrant sous ses lèvres pâles des dents qui étaient encore ces belles dents adorées trente ans auparavant par Marie Michon.

– Et vous croyez que ce n'est pas trop de cent cinquante mille livres pour cela, d'Herblay ? Je vous assure que d'ordinaire vous placez mieux votre argent.

– Un jour viendra où vous reconnaîtrez votre erreur.

– Mon cher d'Herblay, le jour où l'on entre à la Bastille, on n'est plus protégé par le passé.

– Si fait, si les obligations souscrites sont bien en règle ; et puis, croyez-moi, cet excellent Baisemeaux n'a pas un cœur de courtisan. Je suis sûr qu'il me gardera bonne reconnaissance de cet argent ; sans compter, comme je vous le dis, monseigneur, que je garde les titres.

– Quelle diable d'affaire ! De l'usure en matière de bienfaisance !

– Monseigneur, monseigneur, ne vous mêlez point de tout cela ; s'il y a usure, c'est moi qui la fais seul ; nous en profitons à nous deux, voilà tout.

– Quelque intrigue, d'Herblay ?...

– Je ne dis pas non.

– Et Baisemeaux complice.

– Et pourquoi pas ? On en a de pires. Ainsi je puis compter demain sur les cinq mille pistoles ?

– Les voulez-vous ce soir ?

– Ce serait encore mieux, car je veux me mettre en chemin de bonne heure ; ce pauvre Baisemeaux, qui ne sait pas ce que je suis devenu, il est sur des charbons ardents.

– Vous aurez la somme dans une heure. Ah ! d'Herblay, l'intérêt de vos cent cinquante mille francs ne paiera jamais mes quatre millions, dit Fouquet en se levant.

– Pourquoi pas, monseigneur ?

– Bonsoir ! j'ai affaire aux commis avant de me coucher.

– Bonne nuit, monseigneur !

– D'Herblay vous me souhaitez l'impossible.

– J'aurai mes cinquante mille livres ce soir ?

– Oui.

– Eh bien ! dormez sur les deux oreilles, c'est moi qui vous le dis. Bonne nuit, monseigneur !

Malgré cette assurance et le ton avec lequel elle était donnée, Fouquet sortit en hochant la tête et en poussant un soupir.

IV

Les petits comptes de M. Baisemeaux
de Montlezun

Sept heures sonnaient à Saint-Paul, lorsque Aramis à cheval, en costume de bourgeois, c'est-à-dire vêtu de drap de couleur, ayant pour toute distinction une espèce de couteau de chasse au côté, passa devant la rue du Petit-Musc et vint s'arrêter en face de la rue des Tournelles, à la porte du château de la Bastille.

Deux factionnaires gardaient cette porte. Ils ne firent aucune difficulté pour admettre Aramis, qui entra tout à cheval comme il était, et le conduisirent du geste par un long passage bordé de bâtiments à droite et à gauche.

Ce passage conduisait jusqu'au pont-levis, c'est-à-dire jusqu'à la véritable entrée.

Le pont-levis était baissé, le service de la place commençait à se faire.

La sentinelle du corps de garde extérieur arrêta Aramis, et lui demanda d'un ton assez brusque quelle était la cause qui l'amenait.

Aramis expliqua avec sa politesse habituelle que la cause qui l'amenait était le désir de parler à M. Baisemeaux de Montlezun.

Le premier factionnaire appela un second factionnaire placé dans une cage intérieure.

Celui-ci mit la tête à son guichet et regarda fort attentivement le nouveau venu.

Aramis réitéra l'expression de son désir.

Le factionnaire appela aussitôt un bas officier qui se promenait dans une cour assez spacieuse, lequel, apprenant ce dont il s'agissait, courut chercher un officier de l'état-major du gouverneur.

Ce dernier, après avoir écouté la demande d'Aramis, le pria d'attendre un moment, fit quelques pas et revint pour lui demander son nom.

– Je ne puis vous le dire, monsieur, dit Aramis ; seulement sachez que j'ai des choses d'une telle importance à communiquer à M. le gouverneur, que je puis répondre d'avance d'une chose, c'est que M. de Baisemeaux sera enchanté de me voir. Il y a plus, c'est que, lorsque vous lui aurez dit que c'est la personne qu'il attend au 1er juin, je suis convaincu qu'il accourra lui-même.

L'officier ne pouvait faire entrer dans sa pensée qu'un homme aussi important que M. le gouverneur se dérangeât pour un autre homme aussi peu important que paraissait l'être ce petit bourgeois à cheval.

– Justement, monsieur, cela tombe à merveille. M. le gouverneur se préparait à sortir, et vous voyez son carrosse attelé dans la cour du Gouvernement ; il n'aura donc pas besoin de venir au-devant de vous, mais il vous verra en passant.

Aramis fit de la tête un signe d'assentiment : il ne voulait pas donner de lui-même une trop haute idée ; il attendit donc patiemment et en silence, penché sur les arçons de son cheval.

Dix minutes ne s'étaient pas écoulées, l'on vit s'ébranler le carrosse du gouverneur. Il s'approcha de la porte. Le gouverneur parut, monta dans le carrosse qui s'apprêta à sortir.

Mais alors la même cérémonie eut lieu pour le maître du logis que pour un étranger suspect ; la sentinelle de la cage s'avança au moment où le carrosse allait passer sous la voûte, et le gouverneur ouvrit sa portière pour obéir le premier à la consigne.

De cette façon, la sentinelle put se convaincre que nul ne sortait de la Bastille en fraude.

Le carrosse roula sous la voûte.

Mais, au moment où l'on ouvrait la grille, l'officier s'approcha du carrosse arrêté pour la seconde fois, et dit quelques mots au gouverneur.

Aussitôt le gouverneur passa la tête hors de la portière et aperçut Aramis à cheval à l'extrémité du pont-levis.

Il poussa aussitôt un grand cri de joie, et sortit, ou plutôt s'élança de son carrosse, et vint, tout courant, saisir les mains d'Aramis en lui faisant mille excuses. Peu s'en fallut qu'il ne les lui baisât.

– Que de mal pour entrer à la Bastille, monsieur le gouverneur ! Est-ce de même pour ceux qu'on y envoie malgré eux que pour ceux qui y viennent volontairement ?

– Pardon, pardon. Ah ! monseigneur, que de joie j'éprouve à voir Votre Grandeur !

– Chut ! Y songez-vous, mon cher monsieur de Baisemeaux ! Que voulez-vous qu'on pense de voir un évêque dans l'attirail où je suis ?

– Ah ! pardon, excuse, je n'y songeais pas... Le cheval de Monsieur à l'écurie ! cria Baisemeaux.

– Non pas, non pas, dit Aramis, peste !

– Pourquoi cela ?

– Parce qu'il y a cinq mille pistoles dans le portemanteau.

Le visage du gouverneur devint si radieux, que les prisonniers, s'ils l'eussent vu, eussent pu croire qu'il lui arrivait quelque prince du sang.

– Oui, oui, vous avez raison, au Gouvernement le cheval. Voulez-vous, mon cher monsieur d'Herblay, que nous remontions en voiture pour aller jusque chez moi ?

– Monter en voiture pour traverser une cour, monsieur le gouverneur ! me croyez-vous donc si invalide ? Non pas, à pied, monsieur le gouverneur, à pied.

Baisemeaux offrit alors son bras comme appui, mais le prélat n'en fit point usage. Ils arrivèrent ainsi au Gouvernement, Baisemeaux se frottant les mains et lorgnant le cheval du coin de l'œil, Aramis regardant les murailles noires et nues.

Un vestibule assez grandiose, un escalier droit en pierres blanches, conduisaient aux appartements de Baisemeaux.

Celui-ci traversa l'antichambre, la salle à manger, où l'on apprêtait le déjeuner, ouvrit une petite porte dérobée, et s'enferma avec son hôte dans un grand cabinet dont les fenêtres s'ouvraient obliquement sur les cours et les écuries.

Baisemeaux installa le prélat avec cette obséquieuse politesse dont un bon homme ou un homme reconnaissant connaît seul le secret.

Fauteuil à bras, coussin sous les pieds, table roulante pour appuyer la main, le gouverneur prépara tout lui-même.

Lui-même aussi plaça sur cette table avec un soin religieux le sac d'or qu'un de ses soldats avait monté avec non moins de respect qu'un prêtre apporte le saint sacrement.

Le soldat sortit. Baisemeaux alla fermer derrière lui la porte, tira un rideau de la fenêtre, et regarda dans les yeux d'Aramis pour voir si le prélat ne manquait de rien.

– Eh bien ! monseigneur, dit-il sans s'asseoir, vous continuez à être le plus fidèle des gens de parole ?

– En affaires, cher monsieur de Baisemeaux, l'exactitude n'est pas une vertu, c'est un simple devoir.

– Oui, en affaires, je comprends ; mais ce n'est point une affaire que vous faites avec moi, monseigneur, c'est un service que vous me rendez.

– Allons, allons, cher monsieur Baisemeaux, avouez que, malgré cette exactitude, vous n'avez point été sans quelque inquiétude.

– Sur votre santé, oui, certainement, balbutia Baisemeaux.

– Je voulais venir hier, mais je n'ai pu, étant trop fatigué, continua Aramis.

Baisemeaux s'empressa de glisser un autre coussin sous les reins de son hôte.

– Mais, reprit Aramis, je me suis promis de venir vous visiter aujourd'hui de bon matin.

– Vous êtes excellent, monseigneur.

– Et bien m'en a pris de ma diligence, ce me semble.

– Comment cela ?

– Oui, vous alliez sortir.

Baisemeaux rougit.

– En effet, dit-il, je sortais.

– Alors je vous dérange ?

L'embarras de Baisemeaux devint visible.

– Alors je vous gêne, continua Aramis, en fixant son regard incisif sur le pauvre gouverneur. Si j'eusse su cela, je ne fusse point venu.

– Ah ! monseigneur, comment pouvez-vous croire que vous me gênez jamais, vous !

– Avouez que vous alliez en quête d'argent.

– Non ! balbutia Baisemeaux ; non, je vous jure.

– M. le gouverneur va-t-il toujours chez M. Fouquet ? cria d'en bas la voix du major.

Baisemeaux courut comme un fou à la fenêtre.

– Non, non, cria-t-il désespéré. Qui diable parle donc de M. Fouquet ? Est-on ivre là-bas ? Pourquoi me dérange-t-on quand je suis en affaire ?

– Vous allez chez M. Fouquet, dit Aramis en se pinçant les lèvres ; chez l'abbé ou chez le surintendant ?

Baisemeaux avait bonne envie de mentir, mais il n'en eut pas le courage.

– Chez M. le surintendant, dit-il.

– Alors, vous voyez bien que vous aviez besoin d'argent, puisque vous alliez chez celui qui en donne.

– Mais non, monseigneur.

– Allons, vous vous défiez de moi.

– Mon cher seigneur, la seule incertitude, la seule ignorance où j'étais du lieu que vous habitez...

– Oh ! vous eussiez eu de l'argent chez M. Fouquet, cher monsieur Baisemeaux, c'est un homme qui a la main ouverte.

– Je vous jure que je n'eusse jamais osé demander de l'argent à M. Fouquet. Je lui voulais demander votre adresse, voilà tout.

– Mon adresse chez M. Fouquet ? s'écria Aramis en ouvrant malgré lui les yeux.

– Mais, fit Baisemeaux troublé par le regard du prélat, oui, sans doute, chez M. Fouquet.

– Il n'y a pas de mal à cela, cher monsieur Baisemeaux ; seulement, je me demande pourquoi chercher mon adresse chez M. Fouquet.

– Pour vous écrire.

– Je comprends, fit Aramis en souriant ; aussi, n'était-ce pas cela que je voulais dire ; je ne vous demande pas pour quoi faire vous cherchiez mon adresse, je vous demande à quel propos vous alliez la chercher chez M. Fouquet ?

– Ah ! dit Baisemeaux, parce que M. Fouquet ayant Belle-Île...

– Eh bien ?

– Belle-Île, qui est du diocèse de Vannes, et que, comme vous êtes évêque de Vannes...

– Cher monsieur de Baisemeaux, puisque vous saviez que j'étais évêque de Vannes, vous n'aviez point besoin de demander mon adresse à M. Fouquet.

– Enfin, monsieur, dit Baisemeaux aux abois, ai-je commis une inconséquence ? En ce cas, je vous en demande bien pardon.

– Allons donc ! Et en quoi pouviez-vous avoir commis une inconséquence ? demanda tranquillement Aramis.

Et tout en rassérénant son visage, et tout en souriant au gouverneur, Aramis se demandait comment Baisemeaux, qui ne savait pas son adresse, savait cependant que Vannes était sa résidence.

« J'éclaircirai cela », dit-il en lui-même.

Puis tout haut :

– Voyons, mon cher gouverneur, dit-il, voulez-vous que nous fassions nos petits comptes ?

– À vos ordres, monseigneur. Mais auparavant, dites-moi, monseigneur...

– Quoi ?

– Ne me ferez-vous point l'honneur de déjeuner avec moi comme d'habitude ?

– Si fait, très volontiers.

– À la bonne heure !

Baisemeaux frappa trois coups sur un timbre.

– Cela veut dire ? demanda Aramis.

– Que j'ai quelqu'un à déjeuner et que l'on agisse en conséquence.

– Ah ! diable ! Et vous frappez trois fois ! Vous m'avez l'air, savez-vous bien, mon cher gouverneur, de faire des façons avec moi ?

– Oh ! par exemple ! D'ailleurs, c'est bien le moins que je vous reçoive du mieux que je puis.

– À quel propos ?

– C'est qu'il n'y a pas de prince qui ait fait pour moi ce que vous avez fait, vous !

– Allons, encore !

– Non, non...

– Parlons d'autre chose. Ou plutôt, dites-moi, faites-vous vos affaires à la Bastille ?

– Mais oui.

– Le prisonnier donne donc ?

– Pas trop.

– Diable !

– M. de Mazarin n'était pas assez rude.

– Ah ! oui, il vous faudrait un gouvernement soupçonneux, notre ancien cardinal.

– Oui, sous celui-là, cela allait bien. Le frère de Son Éminence grise y a fait sa fortune.

– Croyez-moi, mon cher gouverneur, dit Aramis en se rapprochant de Baisemeaux, un jeune roi vaut un vieux cardinal. La jeunesse a ses défiances, ses colères, ses passions, si la vieillesse a ses haines, ses précautions, ses craintes. Avez-vous payé vos trois ans de bénéfices à Louvière et à Tremblay ?

– Oh ! mon Dieu, oui.

– De sorte qu'il ne vous reste plus à leur donner que les cinquante mille livres que je vous apporte ?

– Oui.

– Ainsi, pas d'économies ?

– Ah ! monseigneur, en donnant cinquante mille livres de mon côté à ces messieurs, je vous jure que je leur donne tout ce que je gagne. C'est ce que je disais encore hier au soir à M. d'Artagnan.

– Ah ! fit Aramis, dont les yeux brillèrent mais s'éteignirent à l'instant, ah ! hier, vous avez vu d'Artagnan !... Et comment se porte-t-il, ce cher ami ?

– À merveille.

– Et que lui disiez-vous, monsieur de Baisemeaux ?

– Je lui disais, continua le gouverneur sans s'apercevoir de son étourderie, je lui disais que je nourrissais trop bien mes prisonniers.

– Combien en avez-vous ? demanda négligemment Aramis.

– Soixante.

– Eh ! eh ! c'est un chiffre assez rond.

– Ah ! monseigneur, autrefois il y avait des années de deux cents.

– Mais enfin un minimum de soixante, voyons, il n'y a pas encore trop à se plaindre.

– Non, sans doute, car à tout autre que moi chacun devrait rapporter cent cinquante pistoles.

– Cent cinquante pistoles !

– Dame ! calculez : pour un prince du sang, par exemple, j'ai cinquante livres par jour.

– Seulement, vous n'avez pas de prince du sang, à ce que je suppose du moins, fit Aramis avec un léger tremblement dans la voix.

– Non, Dieu merci ! c'est-à-dire non, malheureusement.

– Comment, malheureusement ?

– Sans doute, ma place en serait bonifiée.

– C'est vrai.

– J'ai donc, par prince du sang, cinquante livres.

– Oui.

– Par maréchal de France, trente-six livres.

– Mais pas plus de maréchal de France en ce moment que de prince du sang, n'est-ce pas ?

– Hélas ! non ; il est vrai que les lieutenants généraux et les brigadiers sont à vingt-quatre livres, et que j'en ai deux.

– Ah ! ah !

– Il y a après cela les conseillers au Parlement, qui me rapportent quinze livres.

– Et combien en avez-vous ?

– J'en ai quatre.

– Je ne savais pas que les conseillers fussent d'un si bon rapport.

– Oui, mais de quinze livres, je tombe tout de suite à dix.

– À dix ?

– Oui, pour un juge ordinaire, pour un homme défenseur, pour un ecclésiastique, dix livres.

– Et vous en avez sept ? Bonne affaire !

– Non, mauvaise !

– En quoi ?

– Comment voulez-vous que je ne traite pas ces pauvres gens, qui sont quelque chose, enfin, comme je traite un conseiller au Parlement ?

– En effet, vous avez raison, je ne vois pas cinq livres de différence entre eux.

– Vous comprenez, si j'ai un beau poisson, je le paie toujours quatre ou cinq livres ; si j'ai un beau poulet, il me coûte une livre et demie. J'engraisse bien des élèves de basse-cour ; mais il me faut acheter le grain, et vous ne pouvez-vous imaginer l'armée de rats que nous avons ici.

– Eh bien ! pourquoi ne pas leur opposer une demi-douzaine de chats ?

– Ah ! bien oui, des chats, ils les mangent ; j'ai été forcé d'y renoncer ; jugez comme ils traitent mon grain. Je suis forcé d'avoir des terriers que je fais venir d'Angleterre pour étrangler les rats. Les chiens ont un appétit féroce ; ils mangent autant qu'un prisonnier de cinquième ordre, sans compter qu'ils m'étranglent quelquefois mes lapins et mes poules.

Aramis écoutait-il, n'écoutait-il pas ? nul n'eût pu le dire : ses yeux baissés annonçaient l'homme attentif, sa main inquiète annonçait l'homme absorbé.

Aramis méditait.

– Je vous disais donc, continua Baisemeaux, qu'une volaille passable me revenait à une livre et demie, et qu'un bon poisson me coûtait quatre ou cinq livres. On fait trois repas à la Bastille, les prisonniers, n'ayant rien à faire, mangent toujours ; un homme de dix livres me coûte sept livres et dix sous.

– Mais vous me disiez que ceux de dix livres, vous les traitiez comme ceux de quinze livres ?

– Oui, certainement.

– Très bien ! alors vous gagnez sept livres dix sous sur ceux de quinze livres ?

– Il faut bien compenser, dit Baisemeaux, qui vit qu'il s'était laissé prendre.

– Vous avez raison, cher gouverneur ; mais est-ce que vous n'avez pas de prisonniers au-dessous de dix livres ?

– Oh ! que si fait ; nous avons le bourgeois et l'avocat.

– À la bonne heure. Taxés à combien ?

– À cinq livres.

– Est-ce qu'ils mangent, ceux-là ?

– Pardieu ! seulement, vous comprenez qu'on ne leur donne pas tous les jours une sole ou un poulet dégraissé, ni des vins d'Espagne à tous leurs repas ; mais enfin ils voient encore trois fois la semaine un bon plat à leur dîner.

– Mais c'est de la philanthropie, cela, mon cher gouverneur, et vous devez vous ruiner.

– Non. Comprenez bien : quand le quinze livres n'a pas achevé sa volaille, ou que le dix livres a laissé un bon reste, je l'envoie au cinq livres ; c'est une ripaille pour le pauvre diable. Que voulez-vous ! il faut être charitable.

– Et qu'avez-vous à peu près sur les cinq livres ?

– Trente sous.

– Allons, vous êtes un honnête homme, Baisemeaux !

– Merci !

– Non, en vérité, je le déclare.

– Merci, merci, monseigneur. Mais je crois que vous avez raison, maintenant. Savez-vous pourquoi je souffre ?

– Non.

– Eh bien ! c'est pour les petits-bourgeois et les clercs d'huissier taxés à trois livres. Ceux-là ne voient pas souvent des carpes du Rhin ni des esturgeons de la Manche.

– Bon ! est-ce que les cinq livres ne feraient pas de restes par hasard ?

– Oh ! monseigneur, ne croyez pas que je sois ladre à ce point, et je comble de bonheur le petit-bourgeois ou le clerc d'huissier, en lui donnant une aile de perdrix rouge, un filet de chevreuil, une tranche de pâté aux truffes, des mets qu'il n'a jamais vus qu'en songe ; enfin ce sont les restes des vingt-quatre livres ; il mange, il boit, au dessert il crie : « Vive le roi ! » et bénit la Bastille, avec deux bouteilles d'un joli vin de Champagne qui me revient à cinq sous, je le grise chaque dimanche. Oh ! ceux-là me bénissent, ceux-là regrettent la prison lorsqu'ils la quittent. Savez-vous ce que j'ai remarqué ?

– Non, en vérité.

– Eh bien ! j'ai remarqué... Savez-vous que c'est un bonheur pour ma maison ? Eh bien ! j'ai remarqué que certains prisonniers libérés se sont fait réincarcérer presque aussitôt. Pour quoi serait-ce faire, sinon pour goûter de ma cuisine ? Oh ! mais c'est à la lettre !

Aramis sourit d'un air de doute.

– Vous souriez ?

– Oui.

– Je vous dis que nous avons des noms portés trois fois dans l'espace de deux ans.

– Il faudrait que je le visse pour le croire.

– Oh ! l'on peut vous montrer cela, quoiqu'il soit défendu de communiquer les registres aux étrangers.

– Je le crois.

– Mais vous, monseigneur, si vous tenez à voir la chose de vos yeux...

– J'en serais enchanté, je l'avoue.

– Eh bien ! soit !

Baisemeaux alla vers une armoire et en tira un grand registre.

Aramis le suivait ardemment des yeux.

Baisemeaux revint, posa le registre sur la table, le feuilleta un instant, et s'arrêta à la lettre M.

– Tenez, dit-il, par exemple, vous voyez bien.

– Quoi ?

– « Martinier, janvier 1659. Martinier, juin 1660. Martinier, mars 1661, pamphlets, mazarinades, etc. » Vous comprenez que ce n'est qu'un prétexte : on n'était pas embastillé pour des mazarinades ; le compère allait se dénoncer lui-même pour qu'on l'embastillât. Et dans quel but, monsieur ? Dans le but de revenir manger ma cuisine à trois livres.

– À trois livres ! le malheureux !

– Oui, monseigneur ; le poète est au dernier degré, cuisine du petit-bourgeois et du clerc d'huissier ; mais, je vous le disais, c'est justement à ceux-là que je fais des surprises.

Et Aramis, machinalement, tournait les feuillets du registre, continuant de lire sans paraître seulement s'intéresser aux noms qu'il lisait.

– En 1661, vous voyez, dit Baisemeaux, quatre-vingts écrous ; en 1659, quatre-vingts.

– Ah ! Seldon, dit Aramis ; je connais ce nom, ce me semble. N'est-ce pas vous qui m'aviez parlé d'un jeune homme ?

– Oui ! oui ! un pauvre diable d'étudiant qui fit... Comment appelez-vous ça, deux vers latins qui se touchent ?

– Un distique.

– Oui, c'est cela.

– Le malheureux ! pour un distique !

– Peste ! comme vous y allez ! Savez-vous qu'il l'a fait contre les jésuites, ce distique ?

– C'est égal, la punition me paraît bien sévère.

– Ne le plaignez pas : l'année passée, vous avez paru vous intéresser à lui.

– Sans doute.

– Eh bien ! comme votre intérêt est tout-puissant ici, monseigneur, depuis ce jour je le traite comme un quinze livres.

– Alors, comme celui-ci, dit Aramis, qui avait continué de feuilleter, et qui s'était arrêté à un des noms qui suivaient celui de Martinier.

– Justement, comme celui-ci.

– Est-ce un Italien que ce Marchiali ? demanda Aramis en montrant du bout du doigt le nom qui avait attiré son attention.

– Chut ! fit Baisemeaux.

– Comment, chut ? dit Aramis en crispant involontairement sa main blanche.

– Je croyais vous avoir déjà parlé de ce Marchiali.

– Non, c'est la première fois que j'entends prononcer son nom.

– C'est possible, je vous en aurai parlé sans vous le nommer.

– Et c'est un vieux pêcheur, celui-là ? demanda Aramis en essayant de sourire.

– Non, il est tout jeune, au contraire.

– Ah ! ah ! son crime est donc bien grand ?

– Impardonnable !

– Il a assassiné ?

– Bah !

– Incendié ?

– Bah !

– Calomnié ?

– Eh ! non. C'est celui qui...

Et Baisemeaux s'approcha de l'oreille d'Aramis en faisant de ses deux mains un cornet d'acoustique.

– C'est celui qui se permet de ressembler au...

– Ah ! oui, oui, dit Aramis. Je sais en effet, vous m'en aviez déjà parlé l'an dernier ; mais le crime m'avait paru si léger...

– Léger !

– Ou plutôt si involontaire...

– Monseigneur, ce n'est pas involontairement que l'on surprend une pareille ressemblance.

– Enfin, je l'avais oublié, voilà le fait. Mais, tenez, mon cher hôte, dit Aramis en fermant le registre, voilà, je crois, que l'on nous appelle.

Baisemeaux prit le registre, le reporta vivement vers l'armoire qu'il ferma, et dont il mit la clef dans sa poche.

– Vous plaît-il que nous déjeunions, monseigneur ? dit-il. Car vous ne vous trompez pas, on nous appelle pour le déjeuner.

– À votre aise, mon cher gouverneur.

Et ils passèrent dans la salle à manger.

V

Le déjeuner de M. de Baisemeaux

Aramis était sobre d'ordinaire ; mais, cette fois, tout en se ménageant fort sur le vin, il fit honneur au déjeuner de Baisemeaux, qui d'ailleurs était excellent.

Celui-ci, de son côté, s'animait d'une gaieté folâtre ; l'aspect des cinq mille pistoles, sur lesquelles il tournait de temps en temps les yeux, épanouissait son cœur.

De temps en temps aussi, il regardait Aramis avec un doux attendrissement.

Celui-ci se renversait sur sa chaise et prenait du bout des lèvres dans son verre quelques gouttes de vin qu'il savourait en connaisseur.

– Qu'on ne vienne plus me dire du mal de l'ordinaire de la Bastille, dit-il en clignant les yeux ; heureux les prisonniers qui ont par jour seulement une demi-bouteille de ce bourgogne !

– Tous les quinze francs en boivent, dit Baisemeaux. C'est un Volnay fort vieux.

– Ainsi notre pauvre écolier, notre pauvre Seldon, en a, de cet excellent Volnay ?

– Non pas ! non pas !

– Je croyais vous avoir entendu dire qu'il était à quinze livres.

– Lui ! jamais ! un homme qui fait des districts... Comment dites-vous cela ?

– Des distiques.

– À quinze livres ! allons donc ! C'est son voisin qui est à quinze livres.

– Son voisin ?

– Oui.

– Lequel ?

– L'autre ; le deuxième Bertaudière.

– Mon cher gouverneur, excusez-moi, mais vous parlez une langue pour laquelle il faut un certain apprentissage.

– C'est vrai, pardon ; deuxième Bertaudière, voyez-vous, veut dire celui qui occupe le deuxième étage de la tour de la Bertaudière.

– Ainsi la Bertaudière est le nom d'une des tours de la Bastille ? J'ai, en effet, entendu dire que chaque tour avait son nom. Et où est cette tour ?

– Tenez, venez, dit Baisemeaux en allant à la fenêtre. C'est cette tour à gauche, la deuxième.

– Très bien. Ah ! c'est là qu'est le prisonnier à quinze livres ?

– Oui.

– Et depuis combien de temps y est-il ?

– Ah ! dame ! depuis sept ou huit ans, à peu près.

– Comment, à peu près ? Vous ne savez pas plus sûrement vos dates ?

– Ce n'était pas de mon temps, cher monsieur d'Herblay.

– Mais Louvière, mais Tremblay, il me semble qu'ils eussent dû vous instruire.

– Oh ! mon cher monsieur... Pardon, pardon, monseigneur.

– Ne faites pas attention. Vous disiez ?

– Je disais que les secrets de la Bastille ne se transmettent pas avec les clefs du gouvernement.

– Ah çà ? c'est donc un mystère que ce prisonnier, un secret d'État ?

– Oh ! un secret d'État, non, je ne crois pas ; c'est un secret comme tout ce qui se fait à la Bastille.

– Très bien, dit Aramis ; mais alors pourquoi parlez-vous plus librement de Seldon que de...

– Que du deuxième Bertaudière ?

– Oui.

– Mais parce qu'à mon avis le crime d'un homme qui a fait un distique est moins grand que celui qui ressemble au...

– Oui, oui, je vous comprends, mais les guichetiers...

– Eh bien ! les guichetiers ?

– Ils causent avec vos prisonniers.

– Sans doute.

– Alors vos prisonniers doivent leur dire qu'ils ne sont pas coupables.

– Ils ne leur disent que cela, c'est la formule générale, c'est l'antienne universelle.

– Oui, mais maintenant cette ressemblance dont vous parliez tout à l'heure ?

– Après ?

– Ne peut-elle pas frapper vos guichetiers ?

– Oh ! mon cher monsieur d'Herblay, il faut être homme de cour comme vous pour s'occuper de tous ces détails-là.

– Vous avez mille fois raison, mon cher monsieur de Baisemeaux. Encore une goutte de ce Volnay, je vous prie.

– Pas une goutte, un verre.

– Non, non. Vous êtes resté mousquetaire jusqu'au bout des ongles, tandis que, moi, je suis devenu évêque. Une goutte pour moi, un verre pour vous.

– Soit.

Aramis et le gouverneur trinquèrent.

– Et puis, dit Aramis en fixant son regard brillant sur le rubis en fusion élevé par sa main à la hauteur de son œil, comme s'il eût voulu jouir par tous les sens à la fois ; et puis ce que vous appelez une ressemblance, vous, un autre ne la remarquerait peut-être pas.

– Oh ! que si. Tout autre qui connaîtrait, enfin, la personne à laquelle il ressemble.

– Je crois, cher monsieur de Baisemeaux, que c'est tout simplement un jeu de votre esprit.

– Non pas, sur ma parole.

– Écoutez, continua Aramis : j'ai vu beaucoup de gens ressembler à celui que nous disons, mais par respect on n'en parlait pas.

– Sans doute parce qu'il y a ressemblance et ressemblance ; celle-là est frappante, et si vous le voyiez...

– Eh bien ?

– Vous en conviendriez vous-même.

– Si je le voyais, dit Aramis d'un air dégagé ; mais je ne le verrai pas, selon toute probabilité.

– Et pourquoi ?

– Parce que, si je mettais seulement le pied dans une de ces horribles chambres, je me croirais à tout jamais enterré.

– Eh non ! l'habitation est bonne.

– Nenni.

– Comment, nenni ?

– Je ne vous crois pas sur parole, voilà tout.

– Permettez, permettez, ne dites pas de mal de la deuxième Bertaudière. Peste ! c'est une bonne chambre, meublée fort agréablement, ayant tapis.

– Diable !

– Oui ! oui ! il n'a pas été malheureux, ce garçon-là, le meilleur logement de la Bastille a été pour lui. En voilà une chance !

– Allons ! allons ! dit froidement Aramis, vous ne me ferez jamais croire qu'il y ait de bonnes chambres à la Bastille ; et quant à vos tapis...

– Eh bien ! quant à mes tapis ?...

– Eh bien ! ils n'existent que dans votre imagination ; je vois des araignées, des rats, des crapauds même.

– Des crapauds ? Ah ! dans les cachots, je ne dis pas.

– Mais je vois peu de meubles et pas du tout de tapis.

– Êtes-vous homme à vous convaincre par vos yeux ? dit Baisemeaux avec entraînement.

– Non ! oh ! pardieu, non !

– Même pour vous assurer de cette ressemblance, que vous niez comme les tapis ?

– Quelque spectre, quelque ombre, un malheureux mourant.

– Non pas ! non pas ! Un gaillard se portant comme le pont Neuf.

– Triste, maussade ?

– Pas du tout : folâtre.

– Allons donc !

– C'est le mot. Il est lâché, je ne le retire pas.

– C'est impossible !

– Venez.

– Où cela ?

– Avec moi.

– Quoi faire ?

– Un tour de Bastille.

– Comment ?

– Vous verrez, vous verrez par vous-même, vous verrez de vos yeux

– Et les règlements ?

– Oh ! qu'à cela ne tienne. C'est le jour de sortie de mon major ; le lieutenant est en ronde sur les bastions ; nous sommes maîtres chez nous.

– Non, non, cher gouverneur ; rien que de penser au bruit des verrous qu'il nous faudra tirer, j'en ai le frisson.

– Allons donc !

— Vous n'auriez qu'à m'oublier dans quelque troisième ou quatrième Bertaudière... Brou !...

— Vous voulez rire ?

— Non, je vous parle sérieusement.

— Vous refusez une occasion unique. Savez-vous que, pour obtenir la faveur que je vous propose gratis, certains princes du sang ont offert jusqu'à cinquante mille livres ?

— Décidément, c'est donc bien curieux ?

— Le fruit défendu, monseigneur ! le fruit défendu ! Vous qui êtes d'Église, vous devez savoir cela.

— Non. Si j'avais quelque curiosité, moi, ce serait pour le pauvre écolier du distique.

— Eh bien ! voyons, celui-là ; il habite la troisième Bertaudière, justement.

— Pourquoi dites-vous justement ?

— Parce que, moi, si j'avais une curiosité, ce serait pour la belle chambre tapissée et pour son locataire.

— Bah ! des meubles, c'est banal ; une figure insignifiante, c'est sans intérêt.

— Un quinze livres, monseigneur, un quinze livres, c'est toujours intéressant.

— Eh ! justement j'oubliais de vous interroger là-dessus. Pourquoi quinze livres à celui-là et trois livres seulement au pauvre Seldon ?

— Ah ! voyez, c'est une chose superbe que cette distinction, mon cher monsieur, et voilà où l'on voit éclater la bonté du roi...

— Du roi ! du roi !

— Du cardinal, je veux dire. « Ce malheureux, s'est dit M. de Mazarin, ce malheureux est destiné à demeurer toujours en prison. »

— Pourquoi ?

— Dame ! il me semble que son crime est éternel, et que, par conséquent, le châtiment doit l'être aussi.

— Éternel ?

— Sans doute. S'il n'a pas le bonheur d'avoir la petite vérole, vous comprenez... et cette chance même lui est difficile, car on n'a pas de mauvais air à la Bastille.

— Votre raisonnement est on ne peut plus ingénieux, cher monsieur de Baisemeaux.

– N'est-ce pas ?

– Vous vouliez donc dire que ce malheureux devait souffrir sans trêve et sans fin...

– Souffrir, je n'ai pas dit cela, monseigneur ; un quinze livres ne souffre pas.

– Souffrir la prison, au moins ?

– Sans doute, c'est une fatalité ; mais cette souffrance, on la lui adoucit. Enfin, vous en conviendrez, ce gaillard-là n'était pas venu au monde pour manger toutes les bonnes choses qu'il mange. Pardieu ! vous allez voir : nous avons ici ce pâté intact, ces écrevisses auxquelles nous avons à peine touché, des écrevisses de Marne, grosses comme des langoustes, voyez. Eh bien ! tout cela va prendre le chemin de la Deuxième Bertaudière, avec une bouteille de ce Volnay que vous trouvez si bon. Ayant vu, vous ne douterez plus, j'espère.

– Non, mon cher gouverneur, non ; mais, dans tout cela, vous ne pensez qu'aux bienheureuses quinze livres, et vous oubliez toujours le pauvre Seldon, mon protégé.

– Soit ! à votre considération, jour de fête pour lui : il aura des biscuits et des confitures, avec ce flacon de porto.

– Vous êtes un brave homme, je vous l'ai déjà dit et je vous le répète, mon cher Baisemeaux.

– Partons, partons, dit le gouverneur un peu étourdi, moitié par le vin qu'il avait bu, moitié par les éloges d'Aramis.

– Souvenez-vous que c'est pour vous obliger, ce que j'en fais, dit le prélat.

– Oh ! vous me remercierez en rentrant.

– Partons donc.

– Attendez que je prévienne le porte-clefs.

Baisemeaux sonna deux coups, un homme parut.

– Je vais aux tours ! cria le gouverneur. Pas de gardes, pas de tambours, pas de bruit, enfin !

– Si je ne laissais ici mon manteau, dit Aramis, en affectant la crainte, je croirais, en vérité, que je vais en prison pour mon propre compte.

Le porte-clefs précéda le gouverneur ; Aramis prit la droite ; quelques soldats épars dans la cour se rangèrent, fermes comme des pieux, sur le passage du gouverneur.

Baisemeaux fit franchir à son hôte plusieurs marches qui menaient à une espèce d'esplanade ; de là, on vint au pont-levis, sur lequel les factionnaires reçurent le gouverneur et le reconnurent.

– Monsieur, dit alors le gouverneur en se retournant du côté d'Aramis et en parlant de façon que les factionnaires ne perdissent point une de ses paroles ; monsieur, vous avez bonne mémoire, n'est-ce pas ?

– Pourquoi ? demanda Aramis.

– Pour vos plans et pour vos mesures, car vous savez qu'il n'est pas permis, même aux architectes, d'entrer chez les personnes avec du papier, des plumes ou un crayon.

« Bon ! se dit Aramis à lui-même, il paraît que je suis un architecte. N'est-ce pas encore là une plaisanterie de d'Artagnan, qui m'a vu ingénieur à Belle-Île ? »

Puis, tout haut :

– Tranquillisez-vous, monsieur le gouverneur ; dans notre état, le coup d'œil et la mémoire suffisent.

Baisemeaux ne sourcilla point : les gardes prirent Aramis pour ce qu'il semblait être.

– Eh bien ! allons d'abord à la Bertaudière, dit Baisemeaux toujours avec l'intention d'être entendu des factionnaires.

– Allons, répondit Aramis.

Puis, s'adressant au porte-clefs :

– Tu profiteras de cela, lui dit-il, pour porter au numéro 2 les friandises que j'ai désignées.

– Le numéro 3, cher monsieur de Baisemeaux, le numéro 3, vous l'oubliez toujours.

– C'est vrai.

Ils montèrent.

Ce qu'il y avait de verrous, de grilles et de serrures pour cette seule cour eût suffi à la sûreté d'une ville entière.

Aramis n'était ni un rêveur ni un homme sensible ; il avait fait des vers dans sa jeunesse ; mais il était sec de cœur, comme tout homme de cinquante-cinq ans qui a beaucoup aimé les femmes ou plutôt qui en a été fort aimé.

Mais, lorsqu'il posa le pied sur les marches de pierre usées par lesquelles avaient passé tant d'infortunes, lorsqu'il se sentit imprégné de l'atmosphère de ces sombres voûtes humides de larmes, il fut, sans nul doute, attendri, car son front se baissa, car ses yeux se troublèrent, et il suivit Baisemeaux sans lui adresser une parole.

VI

Le deuxième de la Bertaudière

Au deuxième étage, soit fatigue, soit émotion, la respiration manqua au visiteur.

Il s'adossa contre le mur.

– Voulez-vous commencer par celui-ci ? dit Baisemeaux. Puisque nous allons de l'un chez l'autre, peu importe, ce me semble, que nous montions du second au troisième, ou que nous descendions du troisième au second. Il y a, d'ailleurs, aussi certaines réparations à faire dans cette chambre, se hâta-t-il d'ajouter à l'intention du guichetier qui se trouvait à la portée de la voix.

– Non ! non ! s'écria vivement Aramis ; plus haut, plus haut, monsieur le gouverneur, s'il vous plaît ; le haut est le plus pressé.

Ils continuèrent de monter.

– Demandez les clefs au geôlier, souffla tout bas Aramis.

– Volontiers.

Baisemeaux prit les clefs et ouvrit lui-même la porte de la troisième chambre. Le porte-clefs entra le premier et déposa sur une table les provisions que le bon gouverneur appelait des friandises.

Puis il sortit.

Le prisonnier n'avait pas fait un mouvement.

Alors Baisemeaux entra à son tour, tandis qu'Aramis se tenait sur le seuil.

De là, il vit un jeune homme, un enfant de dix-huit ans qui, levant la tête au bruit inaccoutumé, se jeta à bas de son lit en apercevant le gouverneur, et, joignant les mains, se mit à crier :

– Ma mère ! ma mère !

L'accent de ce jeune homme contenait tant de douleur, qu'Aramis se sentit frissonner malgré lui.

– Mon cher hôte, lui dit Baisemeaux en essayant de sourire, je vous apporte à la fois une distraction et un extra, la distraction pour l'esprit et l'extra pour le corps. Voilà Monsieur qui va prendre des mesures sur vous, et voilà des confitures pour votre dessert.

– Oh ! monsieur ! monsieur ! dit le jeune homme, laissez-moi seul pendant un an, nourrissez-moi de pain et d'eau pendant un an, mais dites-moi qu'au bout d'un an je sortirai d'ici, dites-moi qu'au bout d'un an je reverrai ma mère !

– Mais, mon cher ami, dit Baisemeaux, je vous ai entendu dire à vous-même qu'elle était fort pauvre, votre mère, que vous étiez fort mal logé chez elle, tandis qu'ici, peste !

– Si elle était pauvre, monsieur, raison de plus pour qu'on lui rende son soutien. Mal logé chez elle ? Oh ! monsieur, on est toujours bien logé quand on est libre.

– Enfin, puisque vous dites vous-même que vous n'avez fait que ce malheureux distique...

– Et sans intention, monsieur, sans intention aucune, je vous jure ; je lisais Martial quand l'idée m'en est venue. Oh ! monsieur, qu'on me punisse, moi, qu'on me coupe la main avec laquelle je l'ai écrit, je travaillerai de l'autre ; mais qu'on me rende ma mère.

– Mon enfant, dit Baisemeaux, vous savez que cela ne dépend pas de moi ; je ne puis que vous augmenter votre ration, vous donner un petit verre de porto, vous glisser un biscuit entre deux assiettes.

– Ô mon Dieu ! mon Dieu ! s'écria le jeune homme en se renversant en arrière et en se roulant sur le parquet.

Aramis, incapable de supporter plus longtemps cette scène, se retira jusque sur le palier.

– Le malheureux ! murmurait-il tout bas.

– Oh ! oui, monsieur, il est bien malheureux ; mais c'est la faute de ses parents.

– Comment cela ?

– Sans doute... Pourquoi lui faisait-on apprendre le latin ?... Trop de science, voyez-vous, monsieur, ça nuit... Moi, je ne sais ni lire ni écrire : aussi je ne suis pas en prison.

Aramis regarda cet homme, qui appelait n'être pas en prison être geôlier à la Bastille.

Quant à Baisemeaux, voyant le peu d'effet de ses conseils et de son vin de Porto, il sortit tout troublé.

– Eh bien ! et la porte ! la porte ! dit le geôlier, vous oubliez de refermer la porte.

– C'est vrai, dit Baisemeaux. Tiens, tiens, voilà les clefs.

– Je demanderai la grâce de cet enfant, dit Aramis.

– Et si vous ne l'obtenez pas, dit Baisemeaux, demandez au moins qu'on le porte à dix livres, cela fait que nous y gagnerons tous les deux.

– Si l'autre prisonnier appelle aussi sa mère, fit Aramis, j'aime mieux ne pas entrer, je prendrai mesure du dehors.

– Oh ! oh ! dit le geôlier, n'ayez pas peur, monsieur l'architecte, celui-là, il est doux comme un agneau ; pour appeler sa mère, il faudrait qu'il parlât, et il ne parle jamais.

– Alors entrons, dit sourdement Aramis.

– Oh ! monsieur, dit le porte-clefs, vous êtes architecte des prisons ?

– Oui.

– Et vous n'êtes pas plus habitué à la chose ? C'est étonnant !

Aramis vit que, pour ne pas inspirer de soupçons, il lui fallait appeler toute sa force à son secours.

Baisemeaux avait les clefs, il ouvrit la porte.

– Reste dehors, dit-il au porte-clefs, et attends-nous au bas du degré.

Le porte-clefs obéit et se retira.

Baisemeaux passa le premier et ouvrit lui-même la deuxième porte.

Alors on vit, dans le carré de lumière qui filtrait par la fenêtre grillée, un beau jeune homme, de petite taille, aux cheveux courts, à la barbe déjà croissante ; il était assis sur un escabeau, le coude dans un fauteuil auquel s'appuyait tout le haut de son corps.

Son habit, jeté sur le lit, était de fin velours noir, et il aspirait l'air frais qui venait s'engouffrer dans sa poitrine couverte d'une chemise de la plus belle batiste que l'on avait pu trouver.

Lorsque le gouverneur entra, ce jeune homme tourna la tête avec un mouvement plein de nonchalance, et, comme il reconnut Baisemeaux, il se leva et salua courtoisement.

Mais, quand ses yeux se portèrent sur Aramis, demeuré dans l'ombre, celui-ci frissonna ; il pâlit et son chapeau, qu'il tenait à la main, lui échappa comme si tous les muscles venaient de se détendre à la fois.

Baisemeaux, pendant ce temps, habitué à la présence de son prisonnier, semblait ne partager aucune des sensations que partageait Aramis ; il étalait sur la table son pâté et ses écrevisses, comme eût pu faire un serviteur plein de zèle. Ainsi occupé, il ne remarquait point le trouble de son hôte.

Mais, quand il eut fini, adressant la parole au jeune prisonnier :

– Vous avez bonne mine, dit-il, cela va bien ?

– Très bien, monsieur, merci, répondit le jeune homme.

Cette voix faillit renverser Aramis. Malgré lui il fit un pas en avant, les lèvres frémissantes.

Ce mouvement était si visible, qu'il ne put échapper à Baisemeaux, tout préoccupé qu'il était.

– Voici un architecte qui va examiner votre cheminée, dit Baisemeaux ; fume-t-elle ?

– Jamais, monsieur.

– Vous disiez qu'on ne pouvait pas être heureux en prison, dit le gouverneur en se frottant les mains ; voici pourtant un prisonnier qui l'est. Vous ne vous plaignez pas, j'espère ?

– Jamais.

– Vous ne vous ennuyez pas ? dit Aramis.

– Jamais.

– Hein ! fit tout bas Baisemeaux, avais-je raison ?

– Dame ! que voulez-vous, mon cher gouverneur, il faut bien se rendre à l'évidence. Est-il permis de lui faire des questions ?

– Tout autant qu'il vous plaira.

– Eh bien ! faites-moi donc le plaisir de lui demander s'il sait pourquoi il est ici.

– Monsieur me charge de vous demander, dit Baisemeaux, si vous connaissez la cause de votre détention.

– Non, monsieur, dit simplement le jeune homme, je ne la connais pas.

– Mais c'est impossible, dit Aramis emporté malgré lui. Si vous ignoriez la cause de votre détention, vous seriez furieux.

– Je l'ai été pendant les premiers jours.

– Pourquoi ne l'êtes-vous plus ?

– Parce que j'ai réfléchi.

– C'est étrange, dit Aramis.

– N'est-ce pas qu'il est étonnant ? fit Baisemeaux.

– Et à quoi avez-vous réfléchi ? demanda Aramis. Peut-on vous le demander, monsieur ?

– J'ai réfléchi que, n'ayant commis aucun crime, Dieu ne pouvait me châtier.

– Mais qu'est-ce donc que la prison, demanda Aramis, si ce n'est un châtiment ?

– Hélas ! dit le jeune homme, je ne sais ; tout ce que je puis vous dire, c'est que c'est tout le contraire de ce que j'avais dit il y a sept ans.

– À vous entendre, monsieur, à voir votre résignation, on serait tenté de croire que vous aimez la prison.

– Je la supporte.

– C'est dans la certitude d'être libre un jour ?

– Je n'ai pas de certitude, monsieur ; de l'espoir, voilà tout ; et cependant, chaque jour, je l'avoue, cet espoir se perd.

– Mais enfin, pourquoi ne seriez-vous pas libre, puisque vous l'avez déjà été ?

– C'est justement, répondit le jeune homme, la raison qui m'empêche d'attendre la liberté ; pourquoi m'eût-on emprisonné, si l'on avait l'intention de me faire libre plus tard ?

– Quel âge avez-vous ?

– Je ne sais.

– Comment vous nommez-vous ?

– J'ai oublié le nom qu'on me donnait.

– Vos parents ?

– Je ne les ai jamais connus.

– Mais ceux qui vous ont élevé ?

– Ils ne m'appelaient pas leur fils.

– Aimiez-vous quelqu'un avant de venir ici ?

– J'aimais ma nourrice et mes fleurs.

– Est-ce tout ?

– J'aimais aussi mon valet.

– Vous regrettez cette nourrice et ce valet ?

– J'ai beaucoup pleuré quand ils sont morts.

– Sont-ils morts depuis que vous êtes ici ou auparavant que vous y fussiez ?

– Ils sont morts la veille du jour où l'on m'a enlevé.

– Tous deux en même temps ?

– Tous deux en même temps.

– Et comment vous enleva-t-on ?

– Un homme me vint chercher, me fit monter dans un carrosse qui se trouva fermé avec des serrures, et m'amena ici.

– Cet homme, le reconnaîtriez-vous ?

– Il avait un masque.

– N'est-ce pas que cette histoire est extraordinaire ? dit tout bas Baisemeaux à Aramis.

Aramis pouvait à peine respirer.

– Oui, extraordinaire, murmura-t-il.

– Mais ce qu'il y a de plus extraordinaire encore, c'est que jamais il ne m'en a dit autant qu'il vient de vous en dire.

– Peut-être cela tient-il aussi à ce que vous ne l'avez jamais questionné, dit Aramis.

– C'est possible, répondit Baisemeaux, je ne suis pas curieux. Au reste, vous voyez la chambre : elle est belle, n'est-ce pas ?

– Fort belle.

– Un tapis...

– Superbe.

– Je gage qu'il n'en avait pas de pareil avant de venir ici.

– Je le crois.

Puis, se retournant vers le jeune homme :

– Ne vous rappelez-vous point avoir été jamais visité par quelque étranger ou quelque étrangère ? demanda Aramis au jeune homme.

– Oh ! si fait, trois fois par une femme, qui chaque fois s'arrêta en voiture à la porte, entra, couverte d'un voile qu'elle ne leva que lorsque nous fûmes enfermés et seuls.

– Vous vous rappelez cette femme ?

– Oui.

– Que vous disait-elle ?

Le jeune homme sourit tristement.

– Elle me demandait ce que vous me demandez, si j'étais heureux et si je m'ennuyais.

– Et lorsqu'elle arrivait ou partait ?

– Elle me pressait dans ses bras, me serrait sur son cœur, m'embrassait.

– Vous vous la rappelez ?

– À merveille.

– Je vous demande si vous vous rappelez les traits de son visage.

– Oui.

– Donc, vous la reconnaîtriez si le hasard l'amenait devant vous ou vous conduisait à elle ?

– Oh ! bien certainement.

Un éclair de fugitive satisfaction passa sur le visage d'Aramis.

En ce moment Baisemeaux entendit le porte-clefs qui remontait.

– Voulez-vous que nous sortions ? dit-il vivement à Aramis.

Probablement Aramis savait tout ce qu'il voulait savoir.

– Quand il vous plaira, dit-il.

Le jeune homme les vit se disposer à partir et les salua poliment.

Baisemeaux répondit par une simple inclination de tête.

Aramis, rendu respectueux par le malheur sans doute, salua profondément le prisonnier.

Ils sortirent. Baisemeaux ferma la porte derrière eux.

– Eh bien ! fit Baisemeaux dans l'escalier, que dites-vous de tout cela ?

– J'ai découvert le secret, mon cher gouverneur, dit-il.

– Bah ! Et quel est ce secret ?

– Il y a eu un assassinat commis dans cette maison.

– Allons donc !

– Comprenez-vous, le valet et la nourrice morts le même jour ?

– Eh bien ?

– Poison.

– Ah ! ah !

– Qu'en dites-vous ?

– Que cela pourrait bien être vrai... Quoi ! ce jeune homme serait un assassin ?

– Eh ! qui vous dit cela ? Comment voulez-vous que le pauvre enfant soit un assassin ?

– C'est ce que je disais.

– Le crime a été commis dans sa maison ; c'est assez ; peut-être a-t-il vu les criminels, et l'on craint qu'il ne parle.

– Diable ! si je savais cela.

– Eh bien ?

– Je redoublerais de surveillance.

– Oh ! il n'a pas l'air d'avoir envie de se sauver.

– Ah ! les prisonniers, vous ne les connaissez pas.

– A-t-il des livres ?

– Jamais ; défense absolue de lui en donner.

– Absolue ?

– De la main même de M. Mazarin.

– Et vous avez cette note ?

– Oui, monseigneur ; la voulez-vous voir en revenant prendre votre manteau ?

– Je le veux bien, les autographes me plaisent fort.

– Celui-là est d'une certitude superbe ; il n'y a qu'une rature.

– Ah ! ah ! une rature ! et à quel propos, cette rature ?

– À propos d'un chiffre.

– D'un chiffre ?

– Oui. Voilà ce qu'il y avait d'abord : pension à cinquante livres.

– Comme les princes du sang, alors ?

– Mais le cardinal aura vu qu'il se trompait, vous comprenez bien ; il a biffé le zéro et a ajouté un un devant le cinq. Mais, à propos...

– Quoi ?

– Vous ne parlez pas de la ressemblance.

– Je n'en parle pas, cher monsieur de Baisemeaux, par une raison bien simple ; je n'en parle pas, parce qu'elle n'existe pas.

– Oh ! par exemple !

– Ou que, si elle existe, c'est dans votre imagination, et que même, existât-elle ailleurs, je crois que vous feriez bien de n'en point parler.

– Vraiment !

– Le roi Louis XIV, vous le comprenez bien, vous en voudrait mortellement s'il apprenait que vous contribuez à répandre ce bruit qu'un de ses sujets a l'audace de lui ressembler.

– C'est vrai, c'est vrai, dit Baisemeaux tout effrayé, mais je n'ai parlé de la chose qu'à vous, et vous comprenez, monseigneur, que je compte assez sur votre discrétion.

– Oh ! soyez tranquille.

– Voulez-vous toujours voir la note ? dit Baisemeaux ébranlé.

– Sans doute.

En causant ainsi, ils étaient rentrés ; Baisemeaux tira de l'armoire un registre particulier pareil à celui qu'il avait déjà montré à Aramis, mais fermé par une serrure.

La clef qui ouvrait cette serrure faisait partie d'un petit trousseau que Baisemeaux portait toujours sur lui.

Puis, posant le livre sur la table, il l'ouvrit à la lettre M et montra à Aramis cette note à la colonne des observations :

Jamais de livres, linge de la plus grande finesse, habits recherchés, pas de promenades, pas de changement de geôlier, pas de communications.

Instruments de musique ; toute licence pour le bien-être ; quinze livres de nourriture. M. de Baisemeaux peut réclamer si les 15 livres ne lui suffisent pas.

– Tiens, au fait, dit Baisemeaux, j'y songe : je réclamerai.

Aramis referma le livre.

– Oui, dit-il, c'est bien de la main de M. de Mazarin ; je reconnais son écriture. Maintenant, mon cher gouverneur, continua-t-il, comme si cette dernière communication avait épuisé son intérêt, passons, si vous le voulez bien, à nos petits arrangements.

– Eh bien ! quel terme voulez-vous que je prenne ? Fixez vous-même.

– Ne prenez pas de terme ; faites-moi une reconnaissance pure et simple de cent cinquante mille francs.

– Exigible ?

– À ma volonté. Mais, vous comprenez, je ne voudrai que lorsque vous voudrez vous-même.

– Oh ! je suis tranquille, dit Baisemeaux en souriant ; mais je vous ai déjà donné deux reçus.

– Aussi, vous voyez, je les déchire.

Et Aramis, après avoir montré les deux reçus au gouverneur, les déchira en effet.

Vaincu par une pareille marque de confiance, Baisemeaux souscrivit sans hésitation une obligation de cent cinquante mille francs remboursable à la volonté du prélat.

Aramis, qui avait suivi la plume par-dessus l'épaule du gouverneur, mit l'obligation dans sa poche sans avoir l'air de l'avoir lue, ce qui donna toute tranquillité à Baisemeaux.

– Maintenant, dit Aramis, vous ne m'en voudrez point, n'est-ce pas, si je vous enlève quelque prisonnier ?

– Comment cela ?

– Sans doute en obtenant sa grâce. Ne vous ai-je pas dit, par exemple, que le pauvre Seldon m'intéressait ?

– Ah ! c'est vrai !

– Eh bien ?

– C'est votre affaire ; agissez comme vous l'entendrez. Je vois que vous avez le bras long et la main large.

Et Aramis partit, emportant les bénédictions du gouverneur.

VII

Les deux amies

À l'heure où M. de Baisemeaux montrait à Aramis les prisonniers de la Bastille, un carrosse s'arrêtait devant la porte de Mme de Bellière, et à cette heure encore matinale déposait au perron une jeune femme enveloppée de coiffes de soie.

Lorsqu'on annonça Mme Vanel à Mme de Bellière, celle-ci s'occupait ou plutôt s'absorbait à lire une lettre qu'elle cacha précipitamment.

Elle achevait à peine sa toilette du matin, ses femmes étaient encore dans la chambre voisine.

Au nom, au pas de Marguerite Vanel, Mme de Bellière courut à sa rencontre. Elle crut voir dans les yeux de son amie un éclat qui n'était pas celui de la santé ou de la joie.

Marguerite l'embrassa, lui serra les mains, lui laissa à peine le temps de parler.

– Ma chère, dit-elle, tu m'oublies donc ? Tu es donc tout entière aux plaisirs de la cour ?

– Je n'ai pas vu seulement les fêtes du mariage.

– Que fais-tu alors ?

– Je me prépare à aller à Bellière.

– À Bellière !

– Oui.

– Campagnarde alors. J'aime à te voir dans ces dispositions. Mais tu es pâle.

– Non, je me porte à ravir.

– Tant mieux, j'étais inquiète. Tu ne sais pas ce qu'on m'avait dit ?

– On dit tant de choses !

– Oh ! celle-là est extraordinaire.

– Comme tu sais faire languir ton auditoire, Marguerite.

– M'y voici. C'est que j'ai peur de te fâcher.

– Oh ! jamais. Tu admires toi-même mon égalité d'humeur.

– Eh bien ! on dit que... Ah ! vraiment, je ne pourrai jamais t'avouer cela.

– N'en parlons plus alors, fit Mme de Bellière, qui devinait une méchanceté sous ces préambules, mais qui cependant se sentait dévorée de curiosité.

– Eh bien ! ma chère marquise, on dit que depuis quelque temps tu regrettes beaucoup moins M. de Bellière, le pauvre homme !

– C'est un mauvais bruit, Marguerite ; je regrette et regretterai toujours mon mari ; mais voilà deux ans qu'il est mort ; je n'en ai que vingt-huit, et la douleur de sa perte ne doit pas dominer toutes les actions, toutes les pensées de ma vie. Je le dirais, que toi, toi, Marguerite, la femme par excellence, tu ne le croirais pas.

– Pourquoi ? Tu as le cœur si tendre ! répliqua méchamment Mme Vanel.

– Tu l'as aussi, Marguerite, et je n'ai pas vu que tu te laissasses abattre par le chagrin quand le cœur était blessé.

Ces mots étaient une allusion directe à la rupture de Marguerite avec le surintendant. Ils étaient aussi un reproche voilé, mais direct, fait au cœur de la jeune femme.

Comme si elle n'eût attendu que ce signal pour décocher sa flèche, Marguerite s'écria :

– Eh bien ! Élise, on dit que tu es amoureuse.

Et elle dévora du regard Mme de Bellière, qui rougit sans pouvoir s'en empêcher.

– On ne se fait jamais faute de calomnier les femmes, répliqua la marquise après un instant de silence.

– Oh ! on ne te calomnie pas, Élise.

– Comment ! on dit que je suis amoureuse, et on ne me calomnie pas ?

– D'abord, si c'est vrai, il n'y a pas de calomnie, il n'y a que médisance ; ensuite, car tu ne me laisses pas achever, le public ne dit pas que tu t'abandonnes à cet amour. Il te peint, au contraire, comme une vertueuse amante armée de griffes et de dents, te renfermant chez toi comme dans une forteresse, et dans une forteresse autrement impénétrable que celle de Danaé, bien que la tour de Danaé fût faite d'airain.

– Tu as de l'esprit, Marguerite, dit Mme de Bellière, tremblante.

– Tu m'as toujours flattée, Élise... Bref, on te dit incorruptible et inaccessible. Tu vois si l'on te calomnie... Mais à quoi rêves-tu pendant que je te parle ?

– Moi ?

– Oui, tu es toute rouge et toute muette.

– Je cherche, dit la marquise relevant ses beaux yeux brillant d'un commencement de colère, je cherche à quoi tu as pu faire allusion, toi, si savante dans la mythologie, en me comparant à Danaé.

– Ah ! ah ! fit Marguerite en riant, tu cherches cela ?

– Oui ; ne te souvient-il pas qu'au couvent, lorsque nous cherchions des problèmes d'arithmétique... Ah ! c'est savant aussi ce que je vais te dire, mais à mon tour... Ne te souviens-tu pas que, si l'un des termes était donné, nous devions trouver l'autre ? Cherche, alors, cherche.

– Mais je ne devine pas ce que tu veux dire.

– Rien de plus simple, pourtant. Tu prétends que je suis amoureuse, n'est-ce pas ?

– On me l'a dit.

– Eh bien ! on ne dit pas que je sois amoureuse d'une abstraction. Il y a un nom dans tout ce bruit ?

– Certes, oui, il y a un nom.

– Eh bien ! ma chère, il n'est pas étonnant que je doive chercher ce nom, puisque tu ne me le dis pas.

– Ma chère marquise, en te voyant rougir, je croyais que tu ne chercherais pas longtemps.

– C'est ton mot Danaé qui m'a surprise. Qui dit Danaé dit pluie d'or, n'est-ce pas ?

– C'est-à-dire que le Jupiter de Danaé se changea pour elle en pluie d'or.

– Mon amant alors... celui que tu me donnes...

– Oh ! pardon ; moi, je suis ton amie et ne te donne personne.

– Soit !... mais les ennemis.

– Veux-tu que je te dise le nom ?

– Il y a une demi-heure que tu me le fais attendre.

– Tu vas l'entendre. Ne t'effarouche pas, c'est un homme puissant.

– Bon !

La marquise s'enfonçait dans les mains ses ongles effilés, comme le patient à l'approche du fer.

– C'est un homme très riche, continua Marguerite, le plus riche peut-être. C'est enfin...

La marquise ferma un instant les yeux.

– C'est le duc de Buckingham, dit Marguerite en riant aux éclats.

La perfidie avait été calculée avec une adresse incroyable. Ce nom, qui tombait à faux à la place du nom que la marquise attendait, faisait bien l'effet sur la pauvre femme de ces haches mal aiguisées qui avaient déchiqueté, sans les tuer, MM. de Chalais et de Thou sur leurs échafauds.

Elle se remit pourtant.

– J'avais bien raison, dit-elle, de t'appeler une femme d'esprit ; tu me fais passer un agréable moment. La plaisanterie est charmante... Je n'ai jamais vu M. de Buckingham.

– Jamais ? fit Marguerite en contenant ses éclats.

– Je n'ai pas mis le pied hors de chez moi depuis que le duc est à Paris.

– Oh ! reprit Mme Vanel en allongeant son pied mutin vers un papier qui frissonnait près de la fenêtre sur un tapis. On peut ne pas se voir, mais on s'écrit.

La marquise frémit. Ce papier était l'enveloppe de la lettre qu'elle lisait à l'entrée de son amie. Cette enveloppe était cachetée aux armes du surintendant.

En se reculant sur son sofa, Mme de Bellière fit rouler sur ce papier les plis épais de sa large robe de soie, et l'ensevelit ainsi.

– Voyons, dit-elle alors, voyons, Marguerite, est-ce pour me dire toutes ces folies que tu es venue de si bon matin ?

– Non, je suis venue pour te voir d'abord et pour te rappeler nos anciennes habitudes si douces et si bonnes, tu sais, lorsque nous allions nous promener à Vincennes, et que, sous un chêne, dans un taillis, nous causions de ceux que nous aimions et qui nous aimaient.

– Tu me proposes une promenade.

– J'ai mon carrosse et trois heures de liberté.

– Je ne suis pas vêtue, Marguerite... et... si tu veux que nous causions, sans aller au bois de Vincennes, nous trouverions dans le jardin de l'hôtel un bel arbre, des charmilles touffues, un gazon semé de pâquerettes, et toute cette violette que l'on sent d'ici.

– Ma chère marquise, je regrette que tu me refuses... J'avais besoin d'épancher mon cœur dans le tien.

– Je te le répète, Marguerite, mon cœur est à toi, aussi bien dans cette chambre, aussi bien ici près, sous ce tilleul de mon jardin, que là-bas, sous un chêne dans le bois.

– Pour moi, ce n'est pas la même chose... En me rapprochant de Vincennes, marquise, je rapprochais mes soupirs du but vers lequel ils tendent depuis quelques jours.

La marquise leva tout à coup la tête.

– Cela t'étonne, n'est-ce pas... que je pense encore à Saint-Mandé ?

– À Saint-Mandé ! s'écria Mme de Bellière.

Et les regards des deux femmes se croisèrent comme deux épées inquiètes au premier engagement du combat.

– Toi, si fière ?... dit avec dédain la marquise.

– Moi... si fière !... répliqua Mme Vanel. Je suis ainsi faite... Je ne pardonne pas l'oubli, je ne supporte pas l'infidélité. Quand je quitte et qu'on pleure, je suis tentée d'aimer encore ; mais, quand on me quitte et qu'on rit, j'aime éperdument.

Mme de Bellière fit un mouvement involontaire.

« Elle est jalouse », se dit Marguerite.

– Alors, continua la marquise, tu es éperdument éprise... de M. de Buckingham... non, je me trompe... de M. Fouquet ?

Elle sentit le coup, et tout son sang afflua sur son cœur.

– Et tu voulais aller à Vincennes... à Saint-Mandé même !

– Je ne sais ce que je voulais, tu m'eusses conseillée peut-être.

– En quoi ?

– Tu l'as fait souvent.

– Certes, ce n'eût point été en cette occasion ; car, moi, je ne pardonne pas comme toi. J'aime moins peut-être ; mais quand mon cœur a été froissé, c'est pour toujours.

– Mais M. Fouquet ne t'a pas froissée, dit avec une naïveté de vierge Marguerite Vanel.

– Tu comprends parfaitement ce que je veux te dire. M. Fouquet ne m'a pas froissée ; il ne m'est connu ni par faveur, ni par injure, mais tu as à te plaindre de lui. Tu es mon amie, je ne te conseillerais donc pas comme tu voudrais.

– Ah ! tu préjuges ?

– Les soupirs dont tu parlais sont plus que des indices.

– Ah ! mais tu m'accables, fit tout à coup la jeune femme en rassemblant toutes ses forces comme le lutteur qui s'apprête à porter le dernier coup ; tu ne comptes qu'avec mes mauvaises passions et mes faiblesses. Quant à ce que j'ai de sentiments purs et généreux, tu n'en parles point. Si je me sens entraînée en ce moment vers M. le surintendant, si je fais même un pas vers lui, ce qui est probable, je te le confesse, c'est que le sort de M. Fouquet me touche profondément, c'est qu'il est, selon moi, un des hommes les plus malheureux qui soient.

– Ah ! fit la marquise en appuyant une main sur son cœur, il y a donc quelque chose de nouveau ?

– Tu ne sais donc pas ?

– Je ne sais rien, dit Mme de Bellière avec cette palpitation de l'angoisse qui suspend la pensée et la parole, qui suspend jusqu'à la vie.

– Ma chère, il y a d'abord que toute la faveur du roi s'est retirée de M. Fouquet pour passer à M. Colbert.

– Oui, on le dit.

– C'est tout simple, depuis la découverte du complot de Belle-Île.

– On m'avait assuré que cette découverte de fortifications avait tourné à l'honneur de M. Fouquet.

Marguerite se mit à rire d'une façon si cruelle, que Mme de Bellière lui eût en ce moment plongé avec joie un poignard dans le cœur.

– Ma chère, continua Marguerite, il ne s'agit plus même de l'honneur de M. Fouquet ; il s'agit de son salut. Avant trois jours, la ruine du surintendant est consommée.

– Oh ! fit la marquise en souriant à son tour, c'est aller un peu vite.

– J'ai dit trois jours, parce que j'aime à me leurrer d'une espérance. Mais très certainement la catastrophe ne passera pas vingt-quatre heures.

– Et pourquoi ?

– Par la plus humble de toutes les raisons : M. Fouquet n'a plus d'argent.

– Dans la finance, ma chère Marguerite, tel n'a pas d'argent aujourd'hui, qui demain fait rentrer des millions.

– Cela pouvait être pour M. Fouquet alors qu'il avait deux amis riches et habiles qui amassaient pour lui et faisaient sortir l'argent de tous les coffres ; mais ces amis sont morts.

– Les écus ne meurent pas, Marguerite ; ils sont cachés, on les cherche, on les achète et on les trouve.

– Tu vois en blanc et en rose, tant mieux pour toi. Il est bien fâcheux que tu ne sois pas l'égérie de M. Fouquet, tu lui indiquerais la source où il pourra puiser les millions que le roi lui a demandés hier.

– Des millions ? fit la marquise avec effroi.

– Quatre... c'est un nombre pair.

– Infâme ! murmura Mme de Bellière torturée par cette féroce joie.

– M. Fouquet a bien quatre millions, je pense, répliqua-t-elle courageusement.

– S'il a ceux que le roi lui demande aujourd'hui, dit Marguerite, peut-être n'aura-t-il pas ceux que le roi lui demandera dans un mois.

– Le roi lui redemandera de l'argent ?

– Sans doute, et voilà pourquoi je te dis que la ruine de ce pauvre M. Fouquet devient infaillible. Par orgueil, il fournira de l'argent, et, quand il n'en aura plus, il tombera.

– C'est vrai, dit la marquise en frissonnant ; le plan est fort... Dis-moi, M. Colbert hait donc bien M. Fouquet ?

– Je crois qu'il ne l'aime pas... Or, c'est un homme puissant que M. Colbert ; il gagne à être vu de près ; des conceptions gigantesques, de la volonté, de la discrétion ; il ira loin.

– Il sera surintendant ?

– C'est probable... Voilà pourquoi, ma bonne marquise, je me sentais émue en faveur de ce pauvre homme qui m'a aimée, adorée même ; voilà pourquoi, le voyant si malheureux, je lui pardonnais son infidélité... dont il se repent, j'ai lieu de le croire ; voilà pourquoi je n'eusse pas été éloignée de lui porter une consolation, un bon conseil ; il aurait compris ma démarche et m'en aurait su gré. C'est doux d'être aimée, vois-tu. Les hommes apprécient fort l'amour quand ils ne sont pas aveuglés par la puissance.

La marquise, étourdie, écrasée par ces atroces attaques, calculées avec la justesse et la précision d'un tir d'artillerie, ne savait plus comment répondre ; elle ne savait plus comment penser.

La voix de la perfide avait pris les intonations les plus affectueuses ; elle parlait comme une femme et cachait les instincts d'une panthère.

– Eh bien ! dit Mme de Bellière, qui espéra vaguement que Marguerite cessait d'accabler l'ennemi vaincu ; eh bien ! que n'allez-vous trouver M. Fouquet ?

– Décidément, marquise, tu m'as fait réfléchir. Non, il serait inconvenant que je fisse la première démarche. M. Fouquet m'aime sans doute, mais il est trop fier. Je ne puis m'exposer à un affront... J'ai mon mari, d'ailleurs, à ménager. Tu ne me dis rien. Allons ! je consulterai là-dessus M. Colbert.

Elle se leva en souriant comme pour prendre congé. La marquise n'eut pas la force de l'imiter.

Marguerite fit quelques pas pour continuer à jouir de l'humiliante douleur où sa rivale était plongée ; puis soudain :

– Tu ne me reconduis pas ? dit-elle.

La marquise se leva, pâle et froide, sans s'inquiéter davantage de cette enveloppe qui l'avait si fort préoccupée au commencement de la conversation et que son premier pas laissa à découvert.

Puis elle ouvrit la porte de son oratoire, et, sans même retourner la tête du côté de Marguerite Vanel, elle s'y enferma.

Marguerite prononça ou plutôt balbutia trois ou quatre paroles que Mme de Bellière n'entendit même pas.

Mais, aussitôt que la marquise eut disparu, son envieuse ennemie ne put résister au désir de s'assurer que ses soupçons étaient fondés ; elle s'allongea comme une panthère et saisit l'enveloppe.

– Ah ! dit-elle en grinçant des dents, c'était bien une lettre de M. Fouquet qu'elle lisait quand je suis arrivée !

Et elle s'élança, à son tour, hors de la chambre.

Pendant ce temps, la marquise, arrivée derrière le rempart de sa porte, sentait qu'elle était au bout de ses forces ; un instant elle resta roide, pâle et immobile comme une statue ; puis, comme une statue qu'un vent d'orage ébranle sur sa base, elle chancela et tomba inanimée sur le tapis.

Le bruit de sa chute retentit en même temps que retentissait le roulement de la voiture de Marguerite sortant de l'hôtel.

VIII

L'argenterie de Mme de Bellière

Le coup avait été d'autant plus douloureux qu'il était inattendu ; la marquise fut donc quelque temps à se remettre ; mais, une fois remise, elle se prit aussitôt à réfléchir sur les événements tels qu'ils s'annonçaient.

Alors elle reprit, dût sa vue se briser encore en chemin, cette ligne d'idées que lui avait fait suivre son implacable amie.

Trahison, puis noires menaces voilées sous un semblant d'intérêt public, voilà pour les manœuvres de Colbert.

Joie odieuse d'une chute prochaine, efforts incessants pour arriver à ce but, séductions non moins coupables que le crime lui-même : voilà ce que Marguerite mettait en œuvre.

Les atomes crochus de Descartes triomphaient ; à l'homme sans entrailles s'était unie la femme sans cœur.

La marquise vit avec tristesse, encore plus qu'avec indignation, que le roi trempât dans un complot qui décelait la duplicité de Louis XIII déjà vieux, et l'avarice de Mazarin lorsqu'il n'avait pas encore eu le temps de se gorger de l'or français. Mais bientôt l'esprit de cette courageuse femme reprit toute son énergie et cessa de s'arrêter aux spéculations rétrogrades de la compassion.

La marquise n'était point de ceux qui pleurent quand il faut agir et qui s'amusent à plaindre un malheur qu'ils ont moyen de soulager.

Elle appuya, pendant dix minutes à peu près, son front dans ses mains glacées ; puis, relevant le front, elle sonna ses femmes d'une main ferme et avec un geste plein d'énergie.

Sa résolution était prise.

– A-t-on tout préparé pour mon départ ? demanda-t-elle à une de ses femmes qui entrait.

– Oui, madame ; mais on ne comptait pas que Madame la marquise dût partir pour Bellière avant trois jours.

– Cependant tout ce qui est parures et valeurs est en caisse ?

– Oui, madame ; mais nous avons l'habitude de laisser tout cela à Paris ; Madame, ordinairement, n'emporte pas ses pierreries à la campagne.

– Et tout cela est rangé, dites-vous ?

– Dans le cabinet de Madame.

– Et l'orfèvrerie ?

– Dans les coffres.

– Et l'argenterie ?

– Dans la grande armoire de chêne.

La marquise se tut ; puis, d'une voix tranquille :

– Que l'on fasse venir mon orfèvre, dit-elle.

Les femmes disparurent pour exécuter l'ordre.

Cependant la marquise était entrée dans son cabinet, et, avec le plus grand soin, considérait ses écrins.

Jamais elle n'avait donné pareille attention à ces richesses qui font l'orgueil d'une femme ; jamais elle n'avait regardé ces parures que pour les choisir selon leurs montures ou leurs couleurs. Aujourd'hui elle admirait la grosseur des rubis et la limpidité des diamants ; elle se désolait d'une tache, d'un défaut ; elle trouvait l'or trop faible et les pierres misérables.

L'orfèvre la surprit dans cette occupation lorsqu'il arriva.

– Monsieur Faucheux, dit-elle, vous m'avez fourni mon orfèvrerie, je crois ?

– Oui, madame la marquise.

– Je ne me souviens plus à combien se montait la note.

– De la nouvelle, madame, ou de celle que M. de Bellière vous donna en vous épousant ? Car j'ai fourni les deux.

– Eh bien ! de la nouvelle, d'abord.

– Madame, les aiguières, les gobelets et les plats avec leurs étuis, le surtout et les mortiers à glace, les bassins à confitures et les fontaines ont coûté à Madame la marquise soixante mille livres.

– Rien que cela, mon Dieu ?

– Madame trouva ma note bien chère...

– C'est vrai ! c'est vrai ! Je me souviens qu'en effet c'était cher ; le travail, n'est-ce pas ?

– Oui, madame : gravures, ciselures, formes nouvelles.

– Le travail entre pour combien dans le prix ? N'hésitez pas.

– Un tiers de la valeur, madame. Mais...

– Nous avons encore l'autre service, le vieux, celui de mon mari ?

– Oh ! madame, il est moins ouvré que celui dont je vous parle. Il ne vaut que trente mille livres, valeur intrinsèque.

– Soixante-dix ! murmura la marquise. Mais, monsieur Faucheux, il y a encore l'argenterie de ma mère ; vous savez, tout ce massif dont je n'ai pas voulu me défaire à cause du souvenir ?

– Ah ! madame, par exemple, c'est là une fameuse ressource pour des gens qui, comme Madame la marquise, ne seraient pas libres de garder leur vaisselle. En ce temps, madame, on ne travaillait pas léger comme aujourd'hui. On travaillait dans des lingots. Mais cette vaisselle n'est plus présentable ; seulement, elle pèse.

– Voilà tout, voilà tout ce qu'il faut. Combien pèse-t-elle ?

– Cinquante mille livres, au moins. Je ne parle pas des énormes vases de buffet qui, seuls, pèsent cinq mille livres d'argent : soit dix mille livres les deux.

– Cent trente ! murmura la marquise. Vous êtes sûr de ces chiffres, monsieur Faucheux ?

– Sûr, madame. D'ailleurs, ce n'est pas difficile à peser.

– Les quantités sont écrites sur mes livres.

– Oh ! vous êtes une femme d'ordre, madame la marquise.

– Passons à autre chose, dit Mme de Bellière.

Et elle ouvrit un écrin.

– Je reconnais ces émeraudes, dit le marchand, c'est moi qui les ai fait monter ; ce sont les plus belles de la cour ; c'est-à-dire, non : les plus belles sont à Mme de Châtillon ; elles lui viennent de MM. de Guise ; mais les vôtres, madame, sont les secondes.

– Elles valent ?

– Montées ?

– Non ; supposez qu'on voulût les vendre.

– Je sais bien qui les achèterait ! s'écria M. Faucheux.

– Voilà précisément ce que je vous demande. On les achèterait donc ?

– On achèterait toutes vos pierreries, madame ; on sait que vous avez le plus bel écrin de Paris. Vous n'êtes pas de ces femmes qui changent ; quand vous achetez, c'est du beau ; lorsque vous possédez, vous gardez.

– Donc, on paierait ces émeraudes ?

– Cent trente mille livres.

La marquise écrivit sur des tablettes, avec un crayon, le chiffre cité par l'orfèvre.

– Ce collier de rubis ? dit-elle.

– Des rubis balais ?

– Les voici.

– Ils sont beaux, ils sont superbes. Je ne vous connaissais pas ces pierres, madame.

– Estimez.

– Deux cent mille livres. Celui du milieu en vaut cent à lui seul.

– Oui, oui, c'est ce que je pensais, dit la marquise. Les diamants, les diamants ! oh ! j'en ai beaucoup : bagues, chaînes, pendants et girandoles, agrafes, ferrets ! Estimez, monsieur Faucheux, estimez.

L'orfèvre prit sa loupe, ses balances, pesa, lorgna, et tout bas, faisant son addition :

– Voilà des pierres, dit-il, qui coûtent à Madame la marquise quarante mille livres de rente.

– Vous estimez huit cent mille livres ?...

– À peu près.

– C'est bien ce que je pensais. Mais les montures sont à part.

– Comme toujours, madame, si j'étais appelé à vendre ou à acheter, je me contenterais, pour bénéfice, de l'or seul de ces montures ; j'aurais encore vingt-cinq bonnes mille livres.

– C'est joli !

– Oui, madame, très joli.

– Acceptez-vous le bénéfice à la condition de faire argent comptant des pierreries ?

– Mais, madame ! s'écria l'orfèvre effaré, vous ne vendez pas vos diamants, je suppose ?

– Silence, monsieur Faucheux, ne vous inquiétez pas de cela, rendez-moi seulement réponse. Vous êtes honnête homme, fournisseur de ma maison depuis trente ans, vous avez connu mon père et ma mère, que servaient votre père et votre mère. Je vous parle comme à un ami ; acceptez-vous l'or des montures contre une somme comptant que vous verserez entre mes mains ?

– Huit cent mille livres ! mais c'est énorme !

– Je le sais.

– Impossible à trouver !

– Oh ! que non.

– Mais madame, songez à l'effet que ferait, dans le monde, le bruit d'une vente de vos pierreries !

– Nul ne le saurait... Vous me ferez fabriquer autant de parures fausses semblables aux fines. Ne répondez rien : je le veux. Vendez en détail, vendez seulement les pierres.

– Comme cela, c'est facile... Monsieur cherche des écrins, des pierres nues pour la toilette de Madame. Il y a concours. Je placerai facilement chez Monsieur pour six cent mille livres. Je suis sûr que les vôtres sont les plus belles.

– Quand cela ?

– Sous trois jours.

– Eh bien ! le reste, vous le placerez à des particuliers ; pour le présent, faites-moi un contrat de vente garanti... paiement sous quatre jours.

– Madame, madame, réfléchissez, je vous en conjure... Vous perdrez là cent mille livres, si vous vous hâtez.

– J'en perdrai deux cent mille s'il le faut. Je veux que tout soit fait ce soir. Acceptez-vous ?

– J'accepte, madame la marquise... Je ne dissimule pas que je gagnerai à cela cinq mille pistoles.

– Tant mieux ! comment aurai-je l'argent ?

– En or ou en billets de la Banque de Lyon, payables chez M. Colbert.

– J'accepte, dit vivement la marquise ; retournez chez vous et apportez vite la somme en billets, entendez-vous ?

– Oui, madame ; mais, de grâce...

– Plus un mot, monsieur Faucheux. À propos, l'argenterie, que j'oubliais... Pour combien en ai-je ?

– Cinquante mille livres, madame.

– C'est un million, se dit tout bas la marquise. Monsieur Faucheux, vous ferez prendre aussi l'orfèvrerie et l'argenterie avec toute la vaisselle. Je prétexte une refonte pour des modèles plus à mon goût... Fondez, dis-je, et rendez-moi la valeur en or... sur-le-champ.

– Bien, madame la marquise.

– Vous mettrez cet or dans un coffre ; vous ferez accompagner cet or d'un de vos commis et sans que mes gens le voient ; ce commis m'attendra dans un carrosse.

– Celui de Mme Faucheux ? dit l'orfèvre.

– Si vous le voulez, je le prendrai chez vous.

– Oui, madame la marquise.

– Prenez trois de mes gens pour porter chez vous l'argenterie.

– Oui, madame.

La marquise sonna.

– Le fourgon, dit-elle, à la disposition de M. Faucheux.

L'orfèvre salua et sortit en commandant que le fourgon le suivit de près et en annonçant, lui-même, que la marquise faisait fondre sa vaisselle pour en avoir de plus nouvelle.

Trois heures après, elle se rendait chez M. Faucheux et recevait de lui huit cent mille livres en billets de la Banque de Lyon, deux cent cinquante mille livres en or, enfermées dans un coffre que portait péniblement un commis jusqu'à la voiture de Mme Faucheux.

Car Mme Faucheux avait un coche. Fille d'un président des comptes, elle avait apporté trente mille écus à son mari, syndic des orfèvres. Les trente mille écus avaient fructifié depuis vingt ans. L'orfèvre était millionnaire et modeste. Pour lui, il avait fait l'emplette d'un vénérable carrosse, fabriqué en 1648, dix années après la naissance du roi. Ce carrosse, ou plutôt cette maison roulante, faisait l'admiration du quartier ; elle était couverte de peintures allégoriques et de nuages semés d'étoiles d'or et d'argent doré.

C'est dans cet équipage, un peu grotesque, que la noble femme monta, en regard du commis, qui dissimulait ses genoux de peur d'effleurer la robe de la marquise.

C'est ce même commis qui dit au cocher, fier de conduire une marquise :

– Route de Saint-Mandé !

IX

La dot

Les chevaux de M. Faucheux étaient d'honnêtes chevaux du Perche, ayant de gros genoux et des jambes tant soit peu engorgées. Comme la voiture, ils dataient de l'autre moitié du siècle.

Ils ne couraient donc pas comme les chevaux anglais de M. Fouquet.

Aussi mirent-ils deux heures à se rendre à Saint-Mandé.

On peut dire qu'ils marchaient majestueusement.

La majesté exclut le mouvement.

La marquise s'arrêta devant une porte bien connue, quoiqu'elle ne l'eût vue qu'une fois, on se le rappelle, dans une circonstance non moins pénible que celle qui l'amenait cette fois encore.

Elle tira de sa poche une clef, l'introduisit de sa petite main blanche dans la serrure, poussa la porte qui céda sans bruit, et donna l'ordre au commis de monter le coffret au premier étage.

Mais le poids de ce coffret était tel, que le commis fut forcé de se faire aider par le cocher.

Le coffret fut déposé dans ce petit cabinet, antichambre ou plutôt boudoir, attenant au salon où nous avons vu M. Fouquet aux pieds de la marquise.

Mme de Bellière donna un louis au cocher, un sourire charmant au commis, et les congédia tous deux.

Derrière eux, elle referma la porte et attendit ainsi, seule et barricadée. Nul domestique n'apparaissait à l'intérieur.

Mais toute chose était apprêtée comme si un génie invisible eût deviné les besoins et les désirs de l'hôte ou plutôt de l'hôtesse qui était attendue.

Le feu préparé, les bougies aux candélabres, les rafraîchissements sur l'étagère, les livres sur les tables, les fleurs fraîches dans les vases du Japon.

On eût dit une maison enchantée.

La marquise alluma les candélabres, respira le parfum des fleurs, s'assit et tomba bientôt dans une profonde rêverie.

Mais cette rêverie, toute mélancolique, était imprégnée d'une certaine douceur.

Elle voyait devant elle un trésor étalé dans cette chambre. Un million qu'elle avait arraché de sa fortune comme la moissonneuse arrache un bleuet de sa couronne.

Elle se forgeait les plus doux songes.

Elle songeait surtout et avant tout au moyen de laisser tout cet argent à M. Fouquet sans qu'il pût savoir d'où venait le don. Ce moyen était celui qui naturellement s'était présenté le premier à son esprit.

Mais, quoique, en y réfléchissant, la chose lui eût paru difficile, elle ne désespérait point de parvenir à ce but.

Elle devait sonner pour appeler M. Fouquet, et s'enfuir plus heureuse que si, au lieu de donner un million, elle trouvait un million elle-même.

Mais, depuis qu'elle était arrivée là, depuis qu'elle avait vu ce boudoir si coquet, qu'on eût dit qu'une femme de chambre venait d'en enlever jusqu'au dernier atome de poussière ; quand elle avait vu ce salon si bien tenu, qu'on eût dit qu'elle en avait chassé les fées qui l'habitaient, elle se demanda si déjà les regards de ceux qu'elle avait fait fuir, génies, fées, lutins ou créatures humaines, ne l'avaient pas reconnue.

Alors Fouquet saurait tout ; ce qu'il ne saurait pas, il le devinerait ; Fouquet refuserait d'accepter comme don ce qu'il eût peut-être accepté à titre de prêt, et, ainsi menée, l'entreprise manquerait de but comme de résultat.

Il fallait donc que la démarche fût faite sérieusement pour réussir. Il fallait que le surintendant comprît toute la gravité de sa position pour se soumettre au caprice généreux d'une femme ; il fallait enfin, pour le persuader, tout le charme d'une éloquente amitié, et, si ce n'était point assez, tout l'enivrement d'un ardent amour que rien ne détournerait dans son absolu désir de convaincre.

En effet, le surintendant n'était-il pas connu pour un homme plein de délicatesse et de dignité ? Se laisserait-il charger des dépouilles d'une femme ? Non, il lutterait, et si une voix au monde pouvait vaincre sa résistance, c'était la voix de la femme qu'il aimait.

Maintenant, autre doute, doute cruel qui passait dans le cœur de Mme de Bellière avec la douleur et le froid aigu d'un poignard :

Aimait-il ?

Cet esprit léger, ce cœur volage se résoudrait-il à se fixer un moment, fût-ce pour contempler un ange ?

N'en était-il pas de Fouquet, malgré tout son génie, malgré toute sa probité, comme des conquérants qui versent des larmes sur le champ de bataille lorsqu'ils ont remporté la victoire ?

« Eh bien ! c'est de cela qu'il faut que je m'éclaircisse, c'est sur cela qu'il faut que je le juge, dit la marquise. Qui sait si ce cœur tant convoité n'est pas un cœur vulgaire et plein d'alliage, qui sait si cet esprit ne se trouvera pas être, quand j'y appliquerai la pierre de touche, d'une nature triviale et inférieure ? Allons ! allons ! s'écria-t-elle, c'est trop de doute, trop d'hésitation, l'épreuve ! l'épreuve ! »

Elle regarda la pendule.

« Voilà sept heures, il doit être arrivé, c'est l'heure des signatures. Allons ! »

Et, se levant avec une fébrile impatience, elle marcha vers la glace, dans laquelle elle se souriait avec l'énergique sourire du dévouement ; elle fit jouer le ressort et tira le bouton de la sonnette.

Puis, comme épuisée à l'avance par la lutte qu'elle venait d'engager, elle alla s'agenouiller éperdue devant un vaste fauteuil, où sa tête s'ensevelit dans ses mains tremblantes.

Dix minutes après, elle entendit grincer le ressort de la porte.

La porte roula sur ses gonds invisibles.

Fouquet parut.

Il était pâle ; il était courbé sous le poids d'une pensée amère.

Il n'accourait pas ; il venait, voilà tout.

Il fallait que la préoccupation fût bien puissante pour que cet homme de plaisir, pour qui le plaisir était tout, vînt si lentement à un semblable appel.

En effet, la nuit, féconde en rêves douloureux, avait amaigri ses traits d'ordinaire si noblement insoucieux, avait tracé autour de ses yeux des orbites de bistre.

Il était toujours beau, toujours noble, et l'expression mélancolique de sa bouche, expression si rare chez cet homme, donnait à sa physionomie un caractère nouveau qui la rajeunissait.

Vêtu de noir, la poitrine toute gonflée de dentelles ravagées par sa main inquiète, le surintendant s'arrêta l'œil plein de rêverie au seuil de cette chambre où tant de fois il était venu chercher le bonheur attendu.

Cette douceur morne, cette tristesse souriante remplaçant l'exaltation de la joie, firent sur Mme de Bellière, qui le regardait de loin, un effet indicible.

L'œil d'une femme sait lire tout orgueil ou toute souffrance sur les traits de l'homme qu'elle aime ; on dirait qu'en raison de leur faiblesse, Dieu a voulu accorder aux femmes plus qu'il n'accorde aux autres créatures.

Elles peuvent cacher leurs sentiments à l'homme ; l'homme ne peut leur cacher les siens.

La marquise devina d'un seul coup d'œil tout le malheur du surintendant.

Elle devina une nuit passée sans sommeil, un jour passé en déceptions.

Dès lors elle fut forte, elle sentait qu'elle aimait Fouquet au-delà de toute chose.

Elle se releva, et, s'approchant de lui :

– Vous m'écriviez ce matin, dit-elle, que vous commenciez à m'oublier, et que, moi que vous n'aviez pas revue, j'avais sans doute fini de penser à vous. Je viens vous démentir, monsieur, et cela d'autant plus sûrement que je lis dans vos yeux une chose.

– Laquelle, madame ? demanda Fouquet étonné.

– C'est que vous ne m'avez jamais tant aimée qu'à cette heure ; de même que vous devez lire dans ma démarche, à moi, que je ne vous ai point oublié.

– Oh ! vous, marquise, dit Fouquet, dont un éclair de joie illumina un instant la noble figure, vous, vous êtes un ange, et les hommes n'ont pas le droit de douter de vous ! Ils n'ont donc qu'à s'humilier et à demander grâce !

– Grâce vous soit donc accordée alors !

Fouquet voulut se mettre à genoux.

– Non, dit-elle, à côté de moi, asseyez-vous. Ah ! voilà une pensée mauvaise qui passe dans votre esprit !

– Et à quoi voyez-vous cela, madame ?

– À votre sourire, qui vient de gâter toute votre physionomie. Voyons, à quoi songez-vous ? Dites, soyez franc, pas de secrets entre amis ?

– Eh bien ! madame, dites-moi alors pourquoi cette rigueur de trois ou quatre mois.

– Cette rigueur ?

– Oui ; ne m'avez-vous pas défendu de vous visiter ?

– Hélas ! mon ami, dit Mme de Bellière avec un profond soupir, parce que votre visite chez moi vous a causé un grand malheur, parce que l'on veille sur ma maison, parce que les mêmes yeux qui vous ont vu pourraient vous voir encore, parce que je trouve moins dangereux pour vous, à moi de venir ici, qu'à vous de venir chez moi ; enfin, parce que je vous trouve assez malheureux pour ne pas vouloir augmenter encore votre malheur...

Fouquet tressaillit.

Ces mots venaient de le rappeler aux soucis de la surintendance, lui qui pendant quelques minutes ne se souvenait plus que des espérances de l'amant.

– Malheureux, moi ? dit-il en essayant un sourire. Mais en vérité, marquise, vous me le feriez croire avec votre tristesse. Ces beaux yeux ne sont-ils donc levés sur moi que pour me plaindre ? Oh ! j'attends d'eux un autre sentiment.

– Ce n'est pas moi qui suis triste, monsieur : regardez dans cette glace ; c'est vous.

– Marquise, je suis un peu pâle, c'est vrai, mais c'est l'excès du travail ; le roi m'a demandé hier de l'argent.

– Oui, quatre millions ; je sais cela.

– Vous le savez ! s'écria Fouquet, surpris. Et comment le savez-vous ? C'est au jeu seulement, après le départ des reines et en présence d'une seule personne, que le roi...

– Vous voyez que je le sais ; cela suffit, n'est-ce pas ? Eh bien ! continuez, mon ami : c'est que le roi vous a demandé...

– Eh bien ! vous comprenez, marquise, il a fallu se le procurer, puis le faire compter, puis le faire enregistrer, c'est long. Depuis la mort de M. de Mazarin, il y a un peu de fatigue et d'embarras dans le service des finances. Mon administration se trouve surchargée, voilà pourquoi j'ai veillé cette nuit.

– De sorte que vous avez la somme ? demanda la marquise, inquiète.

– Il ferait beau voir, marquise, répliqua gaiement Fouquet, qu'un surintendant des finances n'eût pas quatre pauvres millions dans ses coffres.

– Oui, je crois que vous les avez ou que vous les aurez.

– Comment, que je les aurai ?

– Il n'y a pas longtemps qu'il vous en avait déjà fait demander deux.

– Il me semble, au contraire, qu'il y a un siècle, marquise ; mais ne parlons plus argent, s'il vous plaît.

– Au contraire, parlons-en, mon ami.

– Oh !

– Écoutez, je ne suis venue que pour cela.

– Mais que voulez-vous donc dire ? demanda le surintendant, dont les yeux exprimèrent une inquiète curiosité.

– Monsieur, est-ce une charge inamovible que la surintendance ?

– Marquise !

– Vous voyez que je vous réponds, et franchement même.

– Marquise, vous me surprenez, vous me parlez comme un commanditaire.

– C'est tout simple : je veux placer de l'argent chez vous, et, naturellement, je désire savoir si vous êtes sûr.

– En vérité, marquise, je m'y perds ct ne sais plus où vous voulez en venir.

– Sérieusement, mon cher monsieur Fouquet, j'ai quelques fonds qui m'embarrassent. Je suis lasse d'acheter des terres et désire charger un ami de faire valoir mon argent.

– Mais cela ne presse pas, j'imagine ? dit Fouquet.

– Au contraire, cela presse, et beaucoup.

– Eh bien ! nous en causerons plus tard.

– Non pas plus tard, car mon argent est là.

La marquise montra le coffret au surintendant, et, l'ouvrant, lui fit voir des liasses de billets et une masse d'or.

Fouquet s'était levé en même temps que Mme de Bellière ; il demeura un instant pensif ; puis tout à coup, se reculant, il pâlit et tomba sur une chaise en cachant son visage dans ses mains.

– Oh ! marquise ! marquise ! murmura-t-il.

– Eh bien ?

– Quelle opinion avez-vous donc de moi pour me faire une pareille offre ?

– De vous ?

– Sans doute.

– Mais que pensez-vous donc vous-même ? Voyons.

– Cet argent, vous me l'apportez pour moi : vous me l'apportez parce que vous me savez embarrassé. Oh ! ne niez pas. Je devine. Est-ce que je ne connais pas votre cœur ?

– Eh bien ! si vous connaissez mon cœur, vous voyez que c'est mon cœur que je vous offre.

– J'ai donc deviné ! s'écria Fouquet. Oh ! madame, en vérité, je ne vous ai jamais donné le droit de m'insulter ainsi.

– Vous insulter ! dit-elle en pâlissant. Étrange délicatesse humaine ! Vous m'aimez, m'avez-vous dit ? Vous m'avez demandé au nom de cet amour ma réputation, mon honneur ? Et quand je vous offre mon argent, vous me refusez !

– Marquise, marquise, vous avez été libre de garder ce que vous appelez votre réputation et votre honneur. Laissez-moi la liberté de garder les miens. Laissez-moi me ruiner, laissez-moi succomber sous le fardeau des haines qui m'environnent, sous le fardeau des fautes que j'ai commises, sous le fardeau de mes remords même ; mais, au nom du Ciel ! marquise, ne m'écrasez pas sous ce dernier coup.

– Vous avez manqué tout à l'heure d'esprit, monsieur Fouquet, dit-elle.

– C'est possible, madame.

– Et maintenant, voilà que vous manquez de cœur.

Fouquet comprima de sa main crispée sa poitrine haletante.

– Accablez-moi, madame, dit-il, je n'ai rien à répondre.

– Je vous ai offert mon amitié, monsieur Fouquet.

– Oui, madame ; mais vous vous êtes bornée là.

– Ce que je fais est-il d'une amie ?

– Sans doute.

– Et vous refusez cette preuve de mon amitié ?

– Je la refuse.

– Regardez-moi, monsieur Fouquet.

Les yeux de la marquise étincelaient.

– Je vous offre mon amour.

– Oh ! madame ! dit Fouquet.

– Je vous aime, entendez-vous, depuis longtemps ; les femmes ont comme les hommes leur fausse délicatesse. Depuis longtemps je vous aime, mais je ne voulais pas vous le dire.

– Oh ! fit Fouquet en joignant les mains.

– Eh bien ! je vous le dis. Vous m'avez demandé cet amour à genoux, je vous l'ai refusé ; j'étais aveugle comme vous l'étiez tout à l'heure. Mon amour, je vous l'offre.

– Oui, votre amour, mais votre amour seulement.

– Mon amour, ma personne, ma vie ! tout, tout, tout !

– Oh ! mon Dieu ! s'écria Fouquet ébloui.

– Voulez-vous de mon amour ?

– Oh ! mais vous m'accablez sous le poids de mon bonheur !

– Serez-vous heureux ? Dites, dites... si je suis à vous, tout entière à vous ?

– C'est la félicité suprême !

– Alors, prenez-moi. Mais, si je vous fais le sacrifice d'un préjugé, faites-moi celui d'un scrupule.

– Madame, madame, ne me tentez pas !

– Mon ami, mon ami, ne me refusez pas !

– Oh ! faites attention à ce que vous proposez !

– Fouquet, un mot... « Non !... » et j'ouvre cette porte. Elle montra celle qui conduisait à la rue. Et vous ne me verrez plus. Un autre mot... « Oui !... » et je vous suis où vous voudrez, les yeux fermés, sans défense, sans refus, sans remords.

– Élise !... Élise !... Mais ce coffret ?

– C'est ma dot !

– C'est votre ruine ! s'écria Fouquet en bouleversant l'or et les papiers ; il y a là un million...

– Juste... Mes pierreries, qui ne me serviront plus si vous ne m'aimez pas ; qui ne me serviront plus si vous m'aimez comme je vous aime !

– Oh ! c'en est trop ! c'en est trop ! s'écria Fouquet. Je cède, je cède : ne fût-ce que pour consacrer un pareil dévouement. J'accepte la dot...

– Et voici la femme, dit la marquise en se jetant dans ses bras.

X

Le terrain de Dieu

Pendant ce temps, Buckingham et de Wardes faisaient en bons compagnons et en harmonie parfaite la route de Paris à Calais.

Buckingham s'était hâté de faire ses adieux, de sorte qu'il en avait brusqué la meilleure partie.

Les visites à Monsieur et à Madame, à la jeune reine et à la reine douairière avaient été collectives.

Prévoyance de la reine mère, qui lui épargnait la douleur de causer encore en particulier avec Monsieur, qui lui épargnait le danger de revoir Madame.

Buckingham embrassa de Guiche et Raoul ; il assura le premier de toute sa considération ; le second d'une constante amitié destinée à triompher de tous les obstacles et à ne se laisser ébranler ni par la distance ni par le temps.

Les fourgons avaient déjà pris les devants ; il partit le soir en carrosse avec toute sa maison.

De Wardes, tout froissé d'être pour ainsi dire emmené à la remorque par cet Anglais, avait cherché dans son esprit subtil tous les moyens d'échapper à cette chaîne ; mais nul ne lui avait donné assistance, et force lui était de porter la peine de son mauvais esprit et de sa causticité.

Ceux à qui il eût pu s'ouvrir, en qualité de gens spirituels l'eussent raillé sur la supériorité du duc.

Les autres esprits, plus lourds, mais plus sensés, lui eussent allégué les ordres du roi, qui défendaient le duel.

Les autres enfin, et c'étaient les plus nombreux, qui, par charité chrétienne ou par amour-propre national, lui eussent prêté assistance, ne se souciaient point d'encourir une disgrâce, et eussent tout au plus prévenu les ministres d'un départ qui pouvait dégénérer en un petit massacre.

Il en résulta que, tout bien pesé, de Wardes fit son portemanteau, prit deux chevaux, et, suivi d'un seul laquais, s'achemina vers la barrière où le carrosse de Buckingham le devait prendre.

Le duc reçut son adversaire comme il eût fait de la plus aimable connaissance, se rangea pour le faire asseoir, lui offrit des sucreries, étendit sur lui le manteau de martre zibeline jeté sur le siège de devant. Puis on causa :

De la cour, sans parler de Madame ;

De Monsieur, sans parler de son ménage ;

Du roi, sans parler de sa belle-sœur ;

De la reine mère, sans parler de sa bru ;

Du roi d'Angleterre, sans parler de sa sœur ;

De l'état de cœur de chacun des voyageurs, sans prononcer aucun nom dangereux.

Aussi le voyage, qui se faisait à petites journées, fut-il charmant.

Aussi Buckingham, véritablement Français par l'esprit et l'éducation, fut-il enchanté d'avoir si bien choisi son partner.

Bons repas effleurés du bout des dents, essais de chevaux dans les belles prairies que coupait la route, chasses aux lièvres, car Buckingham avait ses lévriers. Tel fut l'emploi du temps.

Le duc ressemblait un peu à ce beau fleuve de Seine, qui embrasse mille fois la France dans ses méandres amoureux avant de se décider à gagner l'Océan.

Mais, en quittant la France, c'était surtout la Française nouvelle qu'il avait amenée à Paris que Buckingham regrettait ; pas une de ses pensées qui ne fût un souvenir et, par conséquent, un regret.

Aussi quand, parfois, malgré sa force sur lui-même, il s'abîmait dans ses pensées, de Wardes le laissait-il tout entier à ses rêveries.

Cette délicatesse eût certainement touché Buckingham et changé ses dispositions à l'égard de de Wardes, si celui-ci, tout en gardant le silence, eût eu l'œil moins méchant et le sourire moins faux.

Mais les haines d'instinct sont inflexibles ; rien ne les éteint ; un peu de cendre les recouvre parfois, mais sous cette cendre elles couvent plus furieuses.

Après avoir épuisé toutes les distractions que présentait la route, on arriva, comme nous l'avons dit, à Calais.

C'était vers la fin du sixième jour.

Dès la veille, les gens du duc avaient pris les devants et avaient frété une barque. Cette barque était destinée à aller joindre le petit yacht qui courait des bordées en vue, ou s'embossait, lorsqu'il sentait ses ailes blanches fatiguées, à deux ou trois portées de canon de la jetée.

Cette barque allant et venant devait porter tous les équipages du duc.

Les chevaux avaient été embarqués ; on les hissait de la barque sur le pont du bâtiment dans des paniers faits exprès, et ouatés de telle façon que leurs membres, dans les plus violentes crises même de terreur ou d'impatience, ne quittaient pas l'appui moelleux des parois, et que leur poil n'était pas même rebroussé.

Huit de ces paniers juxtaposés emplissaient la cale. On sait que, pendant les courtes traversées, les chevaux tremblants ne mangent point et frissonnent en présence des meilleurs aliments qu'ils eussent convoités sur terre.

Peu à peu l'équipage entier du duc fut transporté à bord du yacht, et alors ses gens revinrent lui annoncer que tout était prêt, et que, lorsqu'il voudrait s'embarquer avec le gentilhomme français, on n'attendait plus qu'eux.

Car nul ne supposait que le gentilhomme français pût avoir à régler avec milord duc autre chose que des comptes d'amitié.

Buckingham fit répondre au patron du yacht qu'il eût à se tenir prêt, mais que la mer était belle, que la journée promettant un coucher de soleil magnifique, il comptait ne s'embarquer que la nuit et profiter de la soirée pour faire une promenade sur la grève.

D'ailleurs, il ajouta que, se trouvant en excellente compagnie, il n'avait pas la moindre hâte de s'embarquer.

En disant cela, il montra aux gens qui l'entouraient le magnifique spectacle du ciel empourpré à l'horizon, et d'un amphithéâtre de nuages floconneux qui montaient du disque du soleil jusqu'au zénith, en affectant les formes d'une chaîne de montagnes aux sommets entassés les uns sur les autres.

Tout cet amphithéâtre était teint à sa base d'une espèce de mousse sanglante, se fondant dans des teintes d'opale et de nacre au fur et à mesure que le regard montait de la base au sommet. La mer, de son côté, se teignait de ce même reflet, et sur chaque cime de vague bleue dansait un point lumineux comme un rubis exposé au reflet d'une lame.

Tiède soirée, parfums salins chers aux rêveuses imaginations, vent d'est épais et soufflant en harmonieuses rafales, puis au loin le yacht se profilant en noir avec ses agrès à jour, sur le fond empourpré du ciel, et çà et là sur l'horizon les voiles latines courbées sous l'azur comme l'aile d'une mouette qui plonge, le spectacle, en effet, valait bien qu'on l'admirât. La foule des curieux suivit les valets dorés, parmi lesquels, voyant l'intendant et le secrétaire, elle croyait voir le maître et son ami.

Quant à Buckingham, simplement vêtu d'une veste de satin gris et d'un pourpoint de petit velours violet, le chapeau sur les yeux, sans ordres ni broderies, il ne fut pas plus remarqué que de Wardes, vêtu de noir comme un procureur.

Les gens du duc avaient reçu l'ordre de tenir une barque prête au môle et de surveiller l'embarquement de leur maître, sans venir à lui avant que lui ou son ami appelât.

– Quelque chose qu'ils vissent, avait-il ajouté en appuyant sur ces mots de façon qu'ils fussent compris.

Après quelques pas faits sur la plage :

– Je crois, monsieur, dit Buckingham à de Wardes, je crois qu'il va falloir nous faire nos adieux. Vous le voyez, la mer monte ; dans dix minutes elle aura tellement imbibé le sable où nous marchons, que nous serons hors d'état de sentir le sol.

– Milord, je suis à vos ordres ; mais...

– Mais nous sommes encore sur le terrain du roi, n'est-ce pas ?

– Sans doute.

– Eh bien ! venez ; il y a là-bas, comme vous le voyez, une espèce d'île entourée par une grande flaque circulaire ; la flaque va s'augmentant et l'île disparaissant de minute en minute. Cette île est bien à Dieu, car elle est entre deux mers et le roi ne l'a point sur ses cartes. La voyez-vous ?

– Je la vois. Nous ne pouvons même guère l'atteindre maintenant sans nous mouiller les pieds.

– Oui ; mais remarquez qu'elle forme une éminence assez élevée, et que la mer monte de chaque côté en épargnant sa cime. Il en résulte que nous serons à merveille sur ce petit théâtre. Que vous en semble ?

– Je serai bien partout où mon épée aura l'honneur de rencontrer la vôtre, milord.

– Eh bien ! allons donc. Je suis désespéré de vous faire mouiller les pieds, monsieur de Wardes ; mais il est nécessaire, je crois, que vous puissiez dire au roi : « Sire, je ne me suis point battu sur la terre de Votre Majesté. » C'est peut-être un peu bien subtil, mais depuis Port-Royal vous nagez dans les subtilités. Oh ! ne nous en plaignons pas, cela vous donne un fort charmant esprit, et qui n'appartient qu'à vous autres. Si vous voulez bien, nous nous hâterons, monsieur de Wardes, car voici la mer qui monte et la nuit qui vient.

– Si je ne marchais pas plus vite, milord, c'était pour ne point passer devant Votre Grâce. Êtes-vous à pied sec, monsieur le duc ?

– Oui, jusqu'à présent. Regardez donc là-bas : voici mes drôles qui ont peur de nous voir nous noyer et qui viennent faire une croisière avec le canot. Voyez donc comme ils dansent sur la pointe des lames, c'est curieux ; mais cela me donne le mal de mer. Voudriez-vous me permettre de leur tourner le dos ?

– Vous remarquerez qu'en leur tournant le dos vous aurez le soleil en face, milord.

– Oh ! il est bien faible à cette heure et aura bien vite disparu ; ne vous inquiétez donc point de cela.

– Comme vous voudrez, milord ; ce que j'en disais, c'était par délicatesse.

– Je le sais, monsieur de Wardes, et j'apprécie votre observation. Voulez-vous ôter nos pourpoints ?

– Décidez, milord.

– C'est plus commode.

– Alors je suis tout prêt.

– Dites-moi, là, sans façon, monsieur de Wardes, si vous vous sentez mal sur le sable mouillé, ou si vous vous croyez encore un peu trop sur le territoire français ? Nous nous battrons en Angleterre ou sur mon yacht.

– Nous sommes fort bien ici, milord ; seulement j'aurai l'honneur de vous faire observer que, comme la mer monte, nous aurons à peine le temps...

Buckingham fit un signe d'assentiment, ôta son pourpoint et le jeta sur le sable.

De Wardes en fit autant.

Les deux corps, blancs comme deux fantômes pour ceux qui les regardaient du rivage, se dessinaient sur l'ombre d'un rouge violet qui descendait du ciel.

– Ma foi ! monsieur le duc, nous ne pouvons guère rompre, dit de Wardes. Sentez-vous comme nos pieds tiennent dans le sable ?

– J'y suis enfoncé jusqu'à la cheville, dit Buckingham, sans compter que voilà l'eau qui nous gagne.

– Elle m'a gagné déjà... Quand vous voudrez, monsieur le duc.

De Wardes mit l'épée à la main.

Le duc l'imita.

– Monsieur de Wardes, dit alors Buckingham, un dernier mot, s'il vous plaît... Je me bats contre vous, parce que je ne vous aime pas, parce que vous m'avez déchiré le cœur en raillant certaine passion que j'ai, que j'avoue en ce moment, et pour laquelle je serais très heureux de mourir. Vous êtes un méchant homme, monsieur de Wardes, et je veux faire tous mes efforts pour vous tuer ; car, je le sens, si vous ne mourez pas de ce coup, vous ferez dans l'avenir beaucoup de mal à mes amis. Voilà ce que j'avais à vous dire, monsieur de Wardes.

Et Buckingham salua.

– Et moi, milord, voici ce que j'ai à vous répondre : je ne vous haïssais pas ; mais, maintenant que vous m'avez deviné, je vous hais, et vais faire tout ce que je pourrai pour vous tuer.

Et de Wardes salua Buckingham.

Au même instant, les fers se croisèrent ; deux éclairs se joignirent dans la nuit.

Les épées se cherchaient, se devinaient, se touchaient.

Tous deux étaient habiles tireurs ; les premières passes n'eurent aucun résultat.

La nuit s'était avancée rapidement ; la nuit était si sombre, qu'on attaquait et se défendait d'instinct.

Tout à coup de Wardes sentit son fer arrêté ; il venait de piquer l'épaule de Buckingham.

L'épée du duc s'abaissa avec son bras.

– Oh ! fit-il.

– Touché, n'est-ce pas, milord ? dit de Wardes en reculant de deux pas.

– Oui, monsieur, mais légèrement.

– Cependant, vous avez quitté la garde.

– C'est le premier effet du froid du fer, mais je suis remis. Recommençons, s'il vous plaît, monsieur.

Et, dégageant avec un sinistre froissement de lame, le duc déchira la poitrine du marquis.

– Touché aussi, dit-il.

– Non, dit de Wardes restant ferme à sa place.

– Pardon ; mais, voyant votre chemise toute rouge... dit Buckingham.

– Alors, dit de Wardes furieux, alors... à vous !

Et, se fendant à fond, il traversa l'avant-bras de Buckingham. L'épée passa entre les deux os.

Buckingham sentit son bras droit paralysé ; il avança le bras gauche, saisit son épée, prête à tomber de sa main inerte, et avant que de Wardes se fût remis en garde, il lui traversa la poitrine.

De Wardes chancela, ses genoux plièrent, et, laissant son épée engagée encore dans le bras du duc, il tomba dans l'eau qui se rougit d'un reflet plus réel que celui que lui envoyaient les nuages.

De Wardes n'était pas mort. Il sentit le danger effroyable dont il était menacé : la mer montait.

Le duc sentit le danger aussi. Avec un effort et un cri de douleur, il arracha le fer demeuré dans son bras ; puis, se retournant vers de Wardes :

– Est-ce que vous êtes mort, marquis ? dit-il.

– Non, répliqua de Wardes d'une voix étouffée par le sang qui montait de ses poumons à sa gorge, mais peu s'en faut.

– Eh bien qu'y a-t-il à faire ? Voyons, pouvez-vous marcher ?

Buckingham le souleva sur un genou.

– Impossible, dit-il.

Puis, retombant :

– Appelez vos gens, fit-il, ou je me noie.

– Holà ! cria Buckingham ; holà ! de la barque ! nagez vivement, nagez !

La barque fit force de rames.

Mais la mer montait plus vite que la barque ne marchait.

Buckingham vit de Wardes prêt à être recouvert par une vague : de son bras gauche, sain et sans blessure, il lui fit une ceinture et l'enleva.

La vague monta jusqu'à mi-corps, mais ne put l'ébranler.

Mais à peine eut-il fait dix pas qu'une seconde vague, accourant plus haute, plus menaçante, plus furieuse que la première, vint le frapper à la hauteur de la poitrine, le renversa, l'ensevelit.

Puis, le reflux l'emportant, elle laissa un instant à découvert le duc et de Wardes couchés sur le sable.

De Wardes était évanoui.

En ce moment quatre matelots du duc, qui comprirent le danger, se jetèrent à la mer et en une seconde furent près du duc.

Leur terreur fut grande lorsqu'ils virent leur maître se couvrir de sang à mesure que l'eau dont il était imprégné coulait vers les genoux et les pieds.

Ils voulurent l'emporter.

– Non, non ! dit le duc ; à terre ! à terre, le marquis !

– À mort ! à mort, le Français ! crièrent sourdement les Anglais.

– Misérables drôles ! s'écria le duc se dressant avec un geste superbe qui les arrosa de sang, obéissez. M. de Wardes à terre, M. de Wardes en sûreté avant toutes choses ou je vous fais pendre !

La barque s'était approchée pendant ce temps. Le secrétaire et l'intendant sautèrent à leur tour à la mer et s'approchèrent du marquis. Il ne donnait plus signe de vie.

– Je vous recommande cet homme sur votre tête, dit le duc. Au rivage ! M. de Wardes au rivage !

On le prit à bras et on le porta jusqu'au sable sec.

Quelques curieux et cinq ou six pêcheurs s'étaient groupés sur le rivage, attirés par le singulier spectacle de deux hommes se battant avec de l'eau jusqu'aux genoux.

Les pêcheurs, voyant venir à eux un groupe d'hommes portant un blessé, entrèrent, de leur côté, jusqu'à mi-jambe dans la mer. Les Anglais leur remirent le blessé au moment où celui-ci commençait à rouvrir les yeux.

L'eau salée de la mer et le sable fin s'étaient introduits dans ses blessures et lui causaient d'inexprimables souffrances.

Le secrétaire du duc tira de sa poche une bourse pleine et la remit à celui qui paraissait le plus considérable d'entre les assistants.

– De la part de mon maître, milord duc de Buckingham, dit-il, pour que l'on prenne de M. le marquis de Wardes tous les soins imaginables.

Et il s'en retourna, suivi des siens, jusqu'au canot que Buckingham avait regagné à grand-peine, mais seulement lorsqu'il avait vu de Wardes hors de danger.

La mer était déjà haute ; les habits brodés et les ceintures de soie furent noyés. Beaucoup de chapeaux furent enlevés par les lames.

Quant aux habits de milord duc et à ceux de de Wardes, le flux les avait portés vers le rivage.

On enveloppa de Wardes dans l'habit du duc, croyant que c'était le sien, et on le transporta à bras vers la ville.

XI

Triple amour

Depuis le départ de Buckingham, de Guiche se figurait que la terre lui appartenait sans partage.

Monsieur, qui n'avait plus le moindre sujet de jalousie et qui, d'ailleurs, se laissait accaparer par le chevalier de Lorraine, accordait dans sa maison autant de liberté que les plus exigeants pouvaient en souhaiter.

De son côté, le roi, qui avait pris goût à la société de Madame, imaginait plaisirs sur plaisirs pour égayer le séjour de Paris, en sorte qu'il ne se passait pas un jour sans une fête au Palais-Royal ou une réception chez Monsieur.

Le roi faisait disposer Fontainebleau pour y recevoir la cour, et tout le monde s'employait pour être du voyage. Madame menait la vie la plus occupée. Sa voix, sa plume ne s'arrêtaient pas un moment.

Les conversations avec de Guiche prenaient peu à peu l'intérêt auquel on ne peut méconnaître les préludes des grandes passions.

Lorsque les yeux languissent à propos d'une discussion sur des couleurs d'étoffes, lorsque l'on passe une heure à analyser les mérites et le parfum d'un sachet ou d'une fleur, il y a dans ce genre de conversation des mots que tout le monde peut entendre, mais il y a des gestes ou des soupirs que tout le monde ne peut voir.

Quand Madame avait bien causé avec M. de Guiche, elle causait avec le roi, qui lui rendait visite régulièrement chaque jour. On jouait, on faisait des vers, on choisissait des devises et des emblèmes ; ce printemps n'était pas seulement le printemps de la nature, c'était la jeunesse de tout un peuple dont cette cour formait la tête.

Le roi était beau, jeune, galant plus que tout le monde. Il aimait amoureusement toutes les femmes, même la reine sa femme.

Seulement le grand roi était le plus timide ou le plus réservé de son royaume, tant qu'il ne s'était pas avoué à lui-même ses sentiments.

Cette timidité le retenait dans les limites de la simple politesse, et nulle femme ne pouvait se vanter d'avoir la préférence sur une autre.

On pouvait pressentir que le jour où il se déclarerait serait l'aurore d'une souveraineté nouvelle ; mais il ne se déclarait pas. M. de Guiche en profitait pour être le roi de toute la cour amoureuse.

On l'avait dit au mieux avec Mlle de Montalais, on l'avait dit assidu près de Mlle de Châtillon ; maintenant il n'était plus même civil avec aucune femme de la cour. Il n'avait d'yeux, d'oreilles que pour une seule.

Aussi prenait-il insensiblement sa place chez Monsieur, qui l'aimait et le retenait le plus possible dans sa maison.

Naturellement sauvage, il s'éloignait trop avant l'arrivée de Madame ; une fois que Madame était arrivée, il ne s'éloignait plus assez.

Ce qui, remarqué de tout le monde, le fut particulièrement du mauvais génie de la maison, le chevalier de Lorraine, à qui Monsieur témoignait un vif attachement parce qu'il avait l'humeur joyeuse, même dans ses méchancetés, et qu'il ne manquait jamais d'idées pour employer le temps.

Le chevalier de Lorraine, disons-nous, voyant que de Guiche menaçait de le supplanter, eut recours au grand moyen. Il disparut, laissant Monsieur bien empêché.

Le premier jour de sa disparition, Monsieur ne le chercha presque pas, car de Guiche était là, et, sauf les entretiens avec Madame, il consacrait bravement les heures du jour et de la nuit au prince.

Mais le second jour, Monsieur, ne trouvant personne sous la main, demanda où était le chevalier.

Il lui fut répondu que l'on ne savait pas.

De Guiche, après avoir passé sa matinée à choisir des broderies et des franges avec Madame, vint consoler le prince. Mais, après le dîner, il y avait encore des tulipes et des améthystes à estimer ; de Guiche retourna dans le cabinet de Madame.

Monsieur demeura seul ; c'était l'heure de sa toilette : il se trouva le plus malheureux des hommes et demanda encore si l'on avait des nouvelles du chevalier.

– Nul ne sait où trouver M. le chevalier, fut la réponse que l'on rendit au prince.

Monsieur, ne sachant plus où porter son ennui, s'en alla en robe de chambre et coiffé chez Madame.

Il y avait là grand cercle de gens qui riaient et chuchotaient à tous les coins : ici un groupe de femmes autour d'un homme et des éclats étouffés ; là Manicamp et Malicorne pillés par Montalais, Mlle de Tonnay-Charente et deux autres rieuses.

Plus loin, Madame, assise sur des coussins, et de Guiche éparpillant, à genoux près d'elle, une poignée de perles et de pierres dans lesquelles le doigt fin et blanc de la princesse désignait celles qui lui plaisaient le plus.

Dans un autre coin, un joueur de guitare qui chantonnait des séguedilles espagnoles dont Madame raffolait depuis qu'elle les avait entendu chanter à la jeune reine avec une certaine mélancolie ; seulement ce que l'Espagnole avait chanté avec des larmes dans les paupières, l'Anglaise le fredonnait avec un sourire qui laissait voir ses dents de nacre.

Ce cabinet, ainsi habité, présentait la plus riante image du plaisir.

En entrant, Monsieur fut frappé de voir tant de gens qui se divertissaient sans lui. Il en fut tellement jaloux, qu'il ne put s'empêcher de dire comme un enfant :

– Eh quoi ! vous vous amusez ici, et moi, je m'ennuie tout seul !

Sa voix fut comme le coup de tonnerre qui interrompt le gazouillement d'oiseaux sous le feuillage ; il se fit un grand silence.

De Guiche fut debout en un moment.

Malicorne se fit petit derrière les jupes de Montalais.

Manicamp se redressa et prit ses grands airs de cérémonie.

Le guitarrero fourra sa guitare sous une table et tira le tapis pour la dissimuler aux yeux du prince.

Madame seule ne bougea point, et, souriant à son époux, lui répondit :

– Est-ce que ce n'est pas l'heure de votre toilette ?

– Que l'on choisit pour se divertir, grommela le prince.

Ce mot malencontreux fut le signal de la déroute : les femmes s'enfuirent comme une volée d'oiseaux effrayés ; le joueur de guitare s'évanouit comme une ombre ; Malicorne, toujours protégé par Montalais, qui élargissait sa robe, se glissa derrière une tapisserie. Pour Manicamp, il vint en aide à de Guiche, qui, naturellement, restait auprès de Madame, et tous deux soutinrent bravement le choc avec la princesse. Le comte était trop heureux pour en vouloir au mari ; mais Monsieur en voulait à sa femme.

Il lui fallait un motif de querelle ; il le cherchait, et le départ précipité de cette foule, si joyeuse avant son arrivée et si troublée par sa présence, lui servit de prétexte.

– Pourquoi donc prend-on la fuite à mon aspect ? dit-il d'un ton rogue.

Madame répliqua froidement que, toutes les fois que le maître paraissait, la famille se tenait à l'écart par respect.

Et, en disant ces mots, elle fit une mine si drôle et si plaisante, que de Guiche et Manicamp ne purent se retenir. Ils éclatèrent de rire ; madame les imita ; l'accès gagna Monsieur lui-même, qui fut forcé de s'asseoir, parce que, en riant, il perdait trop de sa gravité.

Enfin il cessa, mais sa colère s'était augmentée. Il était encore plus furieux de s'être laissé aller à rire qu'il ne l'avait été de voir rire les autres.

Il regardait Manicamp avec de gros yeux, n'osant pas montrer sa colère au comte de Guiche.

Mais, sur un signe qu'il fit avec trop de dépit, Manicamp et de Guiche sortirent.

En sorte que Madame, demeurée seule, se mit à ramasser tristement ses perles, ne rit plus du tout et parla encore moins.

– Je suis bien aise de voir, dit le duc, que l'on me traite comme un étranger chez vous, madame.

Et il sortit exaspéré. En chemin, il rencontra Montalais, qui veillait dans l'antichambre.

– Il fait beau venir vous voir, dit-il, mais à la porte.

Montalais fit la révérence la plus profonde.

– Je ne comprends pas bien, dit-elle, ce que Votre Altesse Royale me fait l'honneur de me dire.

– Je dis, mademoiselle, que quand vous riez tous ensemble, dans l'appartement de Madame, est mal venu celui qui ne reste pas dehors.

– Votre Altesse Royale ne pense pas et ne parle pas ainsi pour elle, sans doute ?

– Au contraire, mademoiselle, c'est pour moi que je parle, c'est à moi que je pense. Certes, je n'ai pas lieu de m'applaudir des réceptions qui me sont faites ici. Comment ! pour un jour qu'il y a chez Madame, chez moi, musique et assemblée, pour un jour que je compte me divertir un peu à mon tour, on s'éloigne !... Ah çà ! craignait-on donc de me voir, que tout le monde a pris la fuite en me voyant ?... On fait donc mal, quand je suis absent ?...

– Mais, repartit Montalais, on ne fait pas aujourd'hui, monseigneur, autre chose que l'on ne fasse les autres jours.

– Quoi ! tous les jours on rit comme cela !

– Mais, oui, monseigneur.

– Tous les jours, ce sont des groupes comme ceux que je viens de voir ?

– Absolument pareils, monseigneur.

– Et enfin tous les jours on racle le boyau ?

– Monseigneur, la guitare est d'aujourd'hui ; mais, quand nous n'avons pas de guitare, nous avons les violons et les flûtes ; des femmes s'ennuient sans musique.

– Peste ! et des hommes ?

– Quels hommes, monseigneur ?

– M. de Guiche, M. de Manicamp et les autres.

– Tous de la maison de Monseigneur.

– Oui, oui, vous avez raison, mademoiselle.

Et le prince rentra dans ses appartements : il était tout rêveur. Il se précipita dans le plus profond de ses fauteuils, sans se regarder au miroir.

– Où peut être le chevalier ? dit-il.

Il y avait un serviteur auprès du prince.

Sa question fut entendue.

– On ne sait, monseigneur.

– Encore cette réponse !... Le premier qui me répondra : « Je ne sais », je le chasse.

Tout le monde, à cette parole, s'enfuit de chez Monsieur comme on s'était enfui de chez Madame.

Alors le prince entra dans une colère inexprimable. Il donna du pied dans un chiffonnier, qui roula sur le parquet brisé en trente morceaux.

Puis, du plus grand sang-froid, il alla aux galeries, et renversa l'un sur l'autre un vase d'émail, une aiguière de porphyre et un candélabre de bronze. Le tout fit un fracas effroyable. Tout le monde parut aux portes.

– Que veut Monseigneur ? se hasarda de dire timidement le capitaine des gardes.

– Je me donne de la musique, répliqua Monseigneur en grinçant des dents.

Le capitaine des gardes envoya chercher le médecin de Son Altesse Royale.

Mais avant le médecin, arriva Malicorne, qui dit au prince :

– Monseigneur, M. le chevalier de Lorraine me suit.

Le duc regarda Malicorne et lui sourit.

Le chevalier entra en effet.

XII

La jalousie de M. de Lorraine

Le duc d'Orléans poussa un cri de satisfaction en apercevant le chevalier de Lorraine.

– Ah ! c'est heureux, dit-il, par quel hasard vous voit-on ? N'étiez-vous pas disparu, comme on le disait ?

– Mais, oui, monseigneur.

– Un caprice ?

– Un caprice ! moi, avoir des caprices avec Votre Altesse ? Le respect...

– Laisse là le respect, auquel tu manques tous les jours. Je t'absous. Pourquoi étais-tu parti ?

– Parce que j'étais parfaitement inutile à Monseigneur.

– Explique-toi ?

– Monseigneur a près de lui des gens plus divertissants que je ne le serai jamais. Je ne me sens pas de force à lutter, moi ; je me suis retiré.

– Toute cette réserve n'a pas le sens commun. Quels sont ces gens contre qui tu ne veux pas lutter ? Guiche ?

– Je ne nomme personne.

– C'est absurde ! Guiche te gêne ?

– Je ne dis pas cela, monseigneur ; ne me faites pas parler : vous savez bien que de Guiche est de nos bons amis.

– Qui, alors ?

– De grâce, monseigneur, brisons là, je vous en supplie.

Le chevalier savait bien que l'on irrite la curiosité comme la soif en éloignant le breuvage ou l'explication.

– Non, je veux savoir pourquoi tu as disparu.

– Eh bien ! je vais vous le dire ; mais ne le prenez pas en mauvaise part.

– Parle.

– Je me suis aperçu que je gênais.

– Qui ?

– Madame.

– Comment cela ? dit le duc étonné.

– C'est tout simple : Madame est peut-être jalouse de l'attachement que vous voulez bien avoir pour moi.

– Elle te le témoigne ?

– Monseigneur, Madame ne m'adresse jamais la parole, surtout depuis un certain temps.

– Quel temps ?

– Depuis que M. de Guiche lui ayant plu mieux que moi, elle le reçoit à toute heure.

Le duc rougit.

– À toute heure... Qu'est-ce que ce mot-là, chevalier ? dit-il sévèrement.

– Vous voyez bien, monseigneur, que je vous ai déplu ; j'en étais bien sûr.

– Vous ne me déplaisez pas, mais vous dites les choses un peu vivement. En quoi Madame préfère-t-elle Guiche à vous ?

– Je ne dirai plus rien, fit le chevalier avec un salut plein de cérémonie.

– Au contraire, j'entends que vous parliez. Si vous vous êtes retiré pour cela, vous êtes donc bien jaloux ?

– Il faut être jaloux quand on aime, monseigneur ; est-ce que Votre Altesse n'est pas jalouse de Madame ? est-ce que Votre Altesse, si elle voyait toujours quelqu'un près de Madame, et quelqu'un traité favorablement, ne prendrait pas de l'ombrage ? On aime ses amis comme ses amours. Votre Altesse Royale m'a fait quelquefois l'insigne honneur de m'appeler son ami.

– Oui, oui, mais voilà encore un mot équivoque ; chevalier, vous avez la conversation malheureuse.

– Quel mot, monseigneur ?

– Vous avez dit : *Traité favorablement...* Qu'entendez-vous par ce *favorablement* ?

– Rien que de fort simple, monseigneur, dit le chevalier avec une grande bonhomie. Ainsi, par exemple, quand un mari voit sa femme appeler de préférence tel ou tel homme près d'elle ; quand cet homme se trouve toujours à la tête de son lit ou bien à la portière de son carrosse ; lorsqu'il y a toujours une petite place pour le pied de cet homme dans la circonférence des robes de la femme ; lorsque les gens se rencontrent hors des appels de la conversation ; lorsque le bouquet de celle-ci est de la couleur des rubans de celui-là ; lorsque les musiques sont dans l'appartement, les soupers dans les ruelles ; lorsque, le mari paraissant, tout se tait chez la femme ; lorsque le mari se trouve avoir soudain pour compagnon le plus assidu, le plus tendre des hommes qui, huit jours auparavant, semblait le moins à lui... alors...

– Alors, achève.

– Alors, je dis, monseigneur, qu'on est peut-être jaloux ; mais tous ces détails-là ne sont pas de mise, il ne s'agit en rien de cela dans notre conversation.

Le duc s'agitait et se combattait évidemment.

– Vous ne me dites pas, finit-il par dire, pourquoi vous vous éloignâtes. Tout à l'heure, vous disiez que c'était dans la crainte de gêner, vous ajoutiez même que vous aviez remarqué de la part de Madame un penchant à fréquenter un de Guiche.

– Ah ! monseigneur, je n'ai pas dit cela.

– Si fait.

– Mais si je l'ai dit, je ne voyais rien là que d'innocent.

– Enfin, vous voyiez quelque chose ?

– Monseigneur m'embarrasse.

– Qu'importe ! parlez. Si vous dites la vérité, pourquoi vous embarrasser ?

– Je dis toujours la vérité, monseigneur, mais j'hésite toujours aussi quand il s'agit de répéter ce que disent les autres.

– Ah ! vous répétez... Il paraît qu'on a dit alors ?

– J'avoue qu'on m'a parlé.

– Qui ?

Le chevalier prit un air presque courroucé.

– Monseigneur, dit-il, vous me soumettez à une question, vous me traitez comme un accusé sur la sellette... et les bruits qui effleurent en passant l'oreille d'un gentilhomme n'y séjournent pas. Votre Altesse veut que je grandisse le bruit à la hauteur d'un événement.

– Enfin, s'écria le duc avec dépit, un fait constant, c'est que vous vous êtes retiré à cause de ce bruit.

– Je dois dire la vérité : on m'a parlé des assiduités de M. de Guiche près de Madame, rien de plus ; plaisir innocent, je le répète, et, de plus, permis ; mais, monseigneur, ne soyez pas injuste et ne poussez pas les choses à l'excès. Cela ne vous regarde pas.

– Il ne me regarde pas qu'on parle des assiduités de Guiche chez Madame ?...

– Non, monseigneur, non ; et ce que je vous dis, je le dirais à de Guiche lui-même, tant je vois en beau la cour qu'il fait à Madame ; je le lui dirais à elle-même. Seulement vous comprenez ce que je crains ? Je crains de passer pour un jaloux de faveur, quand je ne suis qu'un jaloux d'amitié. Je connais votre faible, je connais que, quand vous aimez, vous êtes exclusif. Or, vous aimez Madame, et d'ailleurs qui ne l'aimerait pas ? Suivez bien le cercle où je me promène : Madame a distingué dans vos amis le plus beau et le plus attrayant ; elle va vous influencer de telle façon au sujet de celui-là, que vous négligerez les autres. Un dédain de vous me ferait mourir ; c'est assez déjà de supporter ceux de Madame. J'ai donc pris mon parti, monseigneur, de céder la place au favori dont j'envie le bonheur, tout en professant pour lui une amitié sincère et une sincère admiration. Voyons, avez-vous quelque chose contre ce raisonnement ? Est-il d'un galant homme ? La conduite est-elle d'un brave ami ? Répondez au moins, vous qui m'avez si rudement interrogé.

Le duc s'étaient assis, il tenait sa tête à deux mains et ravageait sa coiffure. Après un silence assez long pour que le chevalier eût pu apprécier tout l'effet de ses combinaisons oratoires, Monseigneur se releva.

– Voyons, dit-il, et sois franc.

– Comme toujours.

– Bon ! Tu sais que nous avons déjà remarqué quelque chose au sujet de cet extravagant de Buckingham.

– Oh ! monseigneur, n'accusez pas Madame, ou je prends congé de vous. Quoi ! vous allez à ces systèmes ? quoi, vous soupçonnez ?

– Non, non, chevalier, je ne soupçonne pas Madame ; mais enfin... je vois... je compare...

– Buckingham était un fou !

– Un fou sur lequel tu m'as parfaitement ouvert les yeux.

– Non ! non ! dit vivement le chevalier, ce n'est pas moi qui vous ai ouvert les yeux, c'est de Guiche. Oh ! ne confondons pas.

Et il se mit à rire de ce rire strident qui ressemble au sifflet d'une couleuvre.

– Oui, oui, en effet... tu dis quelques mots, mais Guiche se montra le plus jaloux.

– Je crois bien, continua le chevalier sur le même ton ; il combattait pour l'autel et le foyer.

– Plaît-il ? fit le duc impérieusement et révolté de cette plaisanterie perfide.

– Sans doute, M. de Guiche n'est-il pas le premier gentilhomme de votre maison ?

– Enfin, répliqua le duc un peu plus calme, cette passion de Buckingham avait été remarquée ?

– Certes !

– Eh bien ! dit-on que celle de M. de Guiche soit remarquée autant ?

– Mais, monseigneur, vous retombez encore ; on ne dit pas que M. de Guiche ait de la passion.

– C'est bien ! c'est bien !

– Vous voyez, monseigneur, qu'il valait mieux, cent fois mieux, me laisser dans ma retraite que d'aller vous forger avec mes scrupules des soupçons que Madame regardera comme des crimes, et elle aura raison.

– Que feras-tu, toi ?

– Une chose raisonnable.

– Laquelle ?

– Je ne ferais plus la moindre attention à la société de ces épicuriens nouveaux, et de cette façon les bruits tomberaient.

– Je verrai, je me consulterai.

– Oh ! vous avez le temps, le danger n'est pas grand, et puis il ne s'agit ni de danger ni de passion ; il s'agit d'une crainte que j'ai eue de voir s'affaiblir votre amitié pour moi. Dès que vous me la rendez avec une assurance aussi gracieuse, je n'ai plus d'autre idée en tête.

Le duc secoua la tête, comme s'il voulait dire : « Si tu n'as plus d'idées, moi, j'en ai. »

Mais l'heure du dîner étant arrivée, Monseigneur envoya prévenir Madame. Il fut répondu que Madame ne pouvait assister au grand couvert et qu'elle dînerait chez elle.

– Cela n'est pas ma faute, dit le duc ; ce matin, tombant au milieu de toutes leurs musiques, j'ai fait le jaloux, et on me boude.

– Nous dînerons seuls, dit le chevalier avec un soupir ; je regrette Guiche.

– Oh ! de Guiche ne boudera pas longtemps, c'est un bon naturel.

– Monseigneur, dit tout à coup le chevalier, il me vient une bonne idée : tantôt, dans notre conversation, j'ai pu aigrir Votre Altesse et donner sur lui des ombrages. Il convient que je sois le médiateur... Je vais aller à la recherche du comte et je le ramènerai.

– Ah ! chevalier, tu es une bonne âme.

– Vous dites cela comme si vous étiez surpris.

– Dame ! tu n'es pas tendre tous les jours.

– Soit ; mais je sais réparer un tort que j'ai fait, avouez.

– J'avoue.

– Votre Altesse veut bien me faire la grâce d'attendre ici quelques moments ?

– Volontiers, va... J'essaierai mes habits de Fontainebleau.

Le chevalier partit, il appela ses gens avec un grand soin, comme s'il leur donnait divers ordres.

Tous partirent dans différentes directions ; mais il retint son valet de chambre.

– Sache, dit-il, et sache tout de suite si M. de Guiche n'est pas chez Madame. Vois ; comment savoir cela ?

– Facilement, monsieur le chevalier ; je le demanderai à Malicorne, qui le saura de Mlle de Montalais. Cependant je dois dire que la demande sera vaine, car tous les gens de M. de Guiche sont partis : le maître a dû partir avec eux.

– Informe-toi, néanmoins.

Dix minutes ne s'étaient pas écoulées, que le valet de chambre revint. Il attira mystérieusement son maître dans un escalier de service, et le fit entrer dans une petite chambre dont la fenêtre donnait sur le jardin.

– Qu'y a-t-il ? dit le chevalier ; pourquoi tant de précautions ?

– Regardez, monsieur, dit le valet de chambre.

– Quoi ?

– Regardez sous le marronnier, en bas.

– Bien... Ah ! mon Dieu ! je vois Manicamp qui attend ; qu'attend-il ?

– Vous allez le voir, si vous prenez patience... Là ! voyez-vous, maintenant ?

– Je vois un, deux, quatre musiciens avec leurs instruments, et derrière eux, les poussant, de Guiche en personne. Mais que fait-il là ?

– Il attend qu'on lui ouvre la porte de l'escalier des dames d'honneur ; il montera par là chez Madame, où l'on va faire entendre une nouvelle musique pendant le dîner.

– C'est superbe ce que tu dis là.

– N'est-ce pas, monsieur ?

– Et c'est M. Malicorne qui t'a dit cela ?

116

– Lui-même.

– Il t'aime donc ?

– Il aime Monsieur.

– Pourquoi ?

– Parce qu'il veut être de sa maison.

– Mordieu ! il en sera. Combien t'a-t-il donné pour cela ?

– Le secret que je vous vends, monsieur.

– Je te le paie cent pistoles. Prends !

– Merci, monsieur... Voyez-vous, la petite porte s'ouvre, une femme fait entrer les musiciens...

– C'est la Montalais ?

– Tout beau, monsieur, ne criez pas ce nom ; qui dit Montalais dit Malicorne. Si vous vous brouillez avec l'un, vous serez mal avec l'autre.

– Bien, je n'ai rien vu.

– Et moi rien reçu, dit le valet en emportant la bourse.

Le chevalier, ayant la certitude que de Guiche était entré, revint chez Monsieur, qu'il trouva splendidement vêtu et rayonnant de joie comme de beauté.

– On dit, s'écria-t-il, que le roi prend le soleil pour devise ; vrai, monseigneur, c'est à vous que cette devise conviendrait.

– Et Guiche ?

– Introuvable ! Il a fui, il s'est évaporé. Votre algarade du matin l'a effarouché. On ne l'a pas trouvé chez lui.

– Bah ! il est capable, ce cerveau fêlé, d'avoir pris la poste pour aller dans ses terres. Pauvre garçon ! nous le rappellerons, va. Dînons.

– Monseigneur, c'est le jour des idées ; j'en ai encore une.

– Laquelle ?

– Monseigneur, Madame vous boude, et elle a raison. Vous lui devez une revanche ; allez dîner avec elle.

– Oh ! c'est d'un mari faible.

– C'est d'un bon mari. La princesse s'ennuie : elle va pleurer dans son assiette, elle aura les yeux rouges. Un mari se fait odieux qui rougit les yeux de sa femme. Allons, monseigneur, allons !

– Non, mon service est commandé pour ici.

– Voyons, voyons, monseigneur, nous serons tristes ; j'aurai le cœur gros de savoir que Madame est seule ; vous, tout féroce que vous voudrez être, vous soupirerez. Emmenez-moi au dîner de Madame, et ce sera une charmante surprise. Je gage que nous nous divertirons ; vous aviez tort ce matin.

– Peut-être bien.

– Il n'y a pas de peut-être, c'est un fait.

– Chevalier, chevalier ! tu me conseilles mal.

– Je vous conseille bien, vous êtes dans vos avantages : votre habit pensée, brodé d'or, vous va divinement. Madame sera encore plus subjuguée par l'homme que par le procédé. Voyons, monseigneur.

– Tu me décides, partons.

Le duc sortit avec le chevalier de son appartement, et se dirigea vers celui de Madame.

Le chevalier glissa ces mots à l'oreille de son valet :

– Du monde devant la petite porte ! Que nul ne puisse s'échapper par là ! Cours.

Et derrière le duc il parvint aux antichambres de Madame.

Les huissiers allaient annoncer.

– Que nul ne bouge, dit le chevalier en riant, Monseigneur veut faire une surprise.

XIII

Monsieur est jaloux de Guiche

Monsieur entra brusquement comme les gens qui ont une bonne intention et qui croient faire plaisir, ou comme ceux qui espèrent surprendre quelque secret, triste aubaine des jaloux.

Madame, enivrée par les premières mesures de la musique, dansait comme une folle, laissant là son dîner commencé.

Son danseur était M. de Guiche, les bras en l'air, les yeux à demi fermés, le genou en terre, comme ces danseurs espagnols aux regards voluptueux, au geste caressant.

La princesse tournait autour de lui avec le même sourire et la même séduction provocante.

Montalais admirait. La Vallière, assise dans un coin, regardait toute rêveuse.

Il est impossible d'exprimer l'effet que produisit sur ces gens heureux la présence de Monsieur. Il serait tout aussi impossible d'exprimer l'effet que produisit sur Philippe la vue de ces gens heureux.

Le comte de Guiche n'eut pas la force de se relever ; Madame demeura au milieu de son pas et de son attitude, sans pouvoir articuler un mot.

Le chevalier de Lorraine, adossé au chambranle de la porte, souriait comme un homme plongé dans la plus naïve admiration.

La pâleur du prince, le tremblement convulsif de ses mains et de ses jambes furent les premiers symptômes qui frappèrent les assistants. Un profond silence succéda au bruit de la danse.

Le chevalier de Lorraine profita de cet intervalle pour venir saluer respectivement Madame et de Guiche ; en affectant de les confondre dans ses révérences, comme les deux maîtres de la maison.

Monsieur, s'approchant à son tour :

– Je suis enchanté, dit-il d'une voix rauque ; j'arrivais ici croyant vous trouver malade et triste, je vous vois livrée à de nouveaux plaisirs ; en vérité, c'est heureux ! Ma maison est la plus joyeuse de l'univers.

Se retournant vers de Guiche :

– Comte, dit-il, je ne vous savais pas si brave danseur.

Puis, revenant à sa femme :

– Soyez meilleure pour moi, dit-il avec une amertume qui voilait sa colère ; chaque fois qu'on se réjouira chez vous, invitez-moi... Je suis un prince fort abandonné.

De Guiche avait repris toute son assurance, et, avec une fierté naturelle qui lui allait bien :

– Monseigneur, dit-il, sait bien que toute ma vie est à son service ; quand il s'agira de la donner, je suis prêt ; pour aujourd'hui il ne s'agit que de danser aux violons, je danse.

– Et vous avez raison, dit froidement le prince. Et puis, Madame, continua-t-il, vous ne remarquez pas que vos dames m'enlèvent mes amis : M. de Guiche n'est pas à vous, madame, il est à moi. Si vous voulez dîner sans moi, vous avez vos dames. Quand je dîne seul, j'ai mes gentilshommes ; ne me dépouillez pas tout à fait.

Madame sentit le reproche et la leçon.

La rougeur monta soudain jusqu'à ses yeux.

– Monsieur, répliqua-t-elle, j'ignorais, en venant à la cour de France, que les princesses de mon rang dussent être considérées comme les femmes de Turquie. J'ignorais qu'il fût défendu de voir des hommes ; mais, puisque telle est votre volonté, je m'y conformerai ; ne vous gênez point si vous voulez faire griller mes fenêtres.

Cette riposte, qui fit sourire Montalais et de Guiche, ramena dans le cœur du prince la colère, dont une bonne partie venait de s'évaporer en paroles.

– Très bien ! dit-il d'un ton concentré, voilà comme on me respecte chez moi !

– Monseigneur ! monseigneur ! murmura le chevalier à l'oreille de Monsieur, de façon que tout le monde remarquât bien qu'il le modérait.

– Venez ! répliqua le duc pour toute réponse, en l'entraînant et en pirouettant par un mouvement brusque, au risque de heurter Madame.

Le chevalier suivit son maître jusque dans l'appartement, où le prince ne fut pas plutôt assis, qu'il donna un libre cours à sa fureur.

Le chevalier levait les yeux au ciel, joignait les mains et ne disait mot.

– Ton avis ? s'écria Monsieur.

– Sur quoi, monseigneur ?

– Sur tout ce qui se passe ici.

– Oh ! monseigneur, c'est grave.

– C'est odieux ! la vie ne peut se passer ainsi.

– Voyez, comme c'est malheureux ! dit le chevalier. Nous espérions avoir la tranquillité après le départ de ce fou de Buckingham.

– Et c'est pire !

– Je ne dis pas cela, monseigneur.

– Non, mais je le dis, moi, car Buckingham n'eût jamais osé faire le quart de ce que nous avons vu.

– Quoi donc ?

– Se cacher pour danser, feindre une indisposition pour dîner tête à tête.

– Oh ! monseigneur, non ! non !

– Si ! si ! cria le prince en s'excitant lui-même comme les enfants volontaires ; mais je n'endurerai pas cela plus longtemps, il faut qu'on sache ce qui se passe.

– Monseigneur, un éclat...

– Pardieu ! dois-je me gêner quand on se gêne si peu avec moi ? Attends-moi ici, chevalier, attends-moi !

Le prince disparut dans la chambre voisine, et s'informa de l'huissier si la reine mère était revenue de la chapelle.

Anne d'Autriche était heureuse : la paix revenue au foyer de sa famille, tout un peuple charmé par la présence d'un souverain jeune et bien disposé pour les grandes choses, les revenus de l'État agrandis, la paix extérieure assurée, tout lui présageait un avenir tranquille.

Elle se reprenait parfois au souvenir de ce pauvre jeune homme qu'elle avait reçu en mère et chassé en marâtre.

Un soupir achevait sa pensée. Tout à coup le duc d'Orléans entra chez elle.

– Ma mère, s'écria-t-il en fermant vivement les portières, les choses ne peuvent subsister ainsi.

Anne d'Autriche leva sur lui ses beaux yeux, et, avec une inaltérable douceur :

– De quelle chose voulez-vous parler ? dit-elle.

– Je veux parler de Madame.

– Votre femme ?

– Oui, ma mère.

– Je gage que ce fou de Buckingham lui aura écrit quelque lettre d'adieu.

– Ah bien ! oui, ma mère, est-ce qu'il s'agit de Buckingham !

– Et de qui donc alors ? Car ce pauvre garçon était bien à tort le point de mire de votre jalousie, et je croyais...

– Ma mère, Madame a déjà remplacé M. de Buckingham.

– Philippe, que dites-vous ? Vous prononcez là des paroles légères.

– Non pas, non pas. Madame a si bien fait que je suis encore jaloux.

– Et de qui, bon Dieu ?

– Quoi ! vous n'avez pas remarqué ?

– Non.

– Vous n'avez pas vu que M. de Guiche est toujours chez elle, toujours avec elle ?

La reine frappa ses deux mains l'une contre l'autre et se mit à rire.

– Philippe, dit-elle, ce n'est pas un défaut que vous avez là ; c'est une maladie.

– Défaut ou maladie, madame, j'en souffre.

– Et vous prétendez qu'on guérisse un mal qui existe seulement dans votre imagination ? Vous voulez qu'on vous approuve, jaloux, quand il n'y a aucun fondement à votre jalousie ?

– Allons, voilà que vous allez recommencer pour celui-ci ce que vous disiez pour celui-là.

– C'est que, mon fils, dit sèchement la reine, ce que vous faisiez pour celui-là, vous le recommencez pour celui-ci.

Le prince s'inclina un peu piqué.

– Et si je cite des faits, dit-il, croirez-vous ?

– Mon fils, pour toute autre chose que la jalousie, je vous croirais sans l'allégation des faits ; mais, pour la jalousie, je ne vous promets rien.

– Alors, c'est comme si Votre Majesté m'ordonnait de me taire et me renvoyait hors de cause.

– Nullement ; vous êtes mon fils, je vous dois toute l'indulgence d'une mère.

– Oh ! dites votre pensée : vous me devez toute l'indulgence que mérite un fou.

– N'exagérez pas, Philippe, et prenez garde de me représenter votre femme comme un esprit dépravé...

– Mais les faits !

– J'écoute.

– Ce matin, on faisait de la musique chez Madame, à dix heures.

– C'est innocent.

– M. de Guiche causait seul avec elle... Ah ! j'oublie de vous dire que, depuis huit jours, il ne la quitte pas plus que son ombre.

– Mon ami, s'ils faisaient mal, ils se cacheraient.

– Bon ! s'écria le duc ; je vous attendais là. Retenez bien ce que vous venez de dire. Ce matin, dis-je, je les surpris, et témoignai vivement mon mécontentement.

– Soyez sûr que cela suffira ; c'est peut-être même un peu vif. Ces jeunes femmes sont ombrageuses. Leur reprocher le mal qu'elles n'ont pas fait, c'est parfois leur dire qu'elles pourraient le faire.

– Bien, bien, attendez. Retenez aussi ce que vous venez de dire, Madame : « La leçon de ce matin eût dû suffire, et, s'ils faisaient mal, ils se cacheraient. »

– Je l'ai dit.

– Or, tantôt, me repentant de cette vivacité du matin et sachant que Guiche boudait chez lui, j'allai chez Madame. Devinez ce que j'y trouvai ? D'autres musiques, des danses, et Guiche ; on l'y cachait.

Anne d'Autriche fronça le sourcil.

– C'est imprudent, dit-elle. Qu'a dit Madame ?

– Rien.

– Et Guiche ?

– De même... Si fait... il a balbutié quelques impertinences.

– Que concluez-vous, Philippe ?

– Que j'étais joué, que Buckingham n'était qu'un prétexte, et que le vrai coupable, c'est Guiche.

Anne haussa les épaules.

– Après ?

– Je veux que Guiche sorte de chez moi comme Buckingham, et je le demanderai au roi, à moins que...

– À moins que ?

– Vous ne fassiez vous-même la commission, madame, vous qui êtes si spirituelle et si bonne.

– Je ne la ferai point.

– Quoi, ma mère !

– Écoutez, Philippe, je ne suis pas tous les jours disposée à faire aux gens de mauvais compliments ; j'ai de l'autorité sur cette jeunesse, mais je ne saurais m'en prévaloir sans la perdre ; d'ailleurs, rien ne prouve que M. de Guiche soit coupable.

– Il m'a déplu.

– Cela vous regarde.

– Bien, je sais ce que je ferai, dit le prince impétueusement.

Anne le regarda inquiète.

– Et que ferez-vous ? dit-elle.

– Je le ferai noyer dans mon bassin la première fois que je le trouverai chez moi.

Et, cette férocité lancée, le prince attendit un effet d'effroi. La reine fut impassible.

– Faites, dit-elle.

Philippe était faible comme une femme, il se mit à hurler.

– On me trahit, personne ne m'aime : voilà ma mère qui passe à mes ennemis !

– Votre mère y voit plus loin que vous et ne se soucie pas de vous conseiller, puisque vous ne l'écoutez pas.

– J'irai au roi.

– J'allais vous le proposer. J'attends Sa Majesté ici, c'est l'heure de sa visite ; expliquez-vous.

Elle n'avait pas fini, que Philippe entendit la porte de l'antichambre s'ouvrir bruyamment.

La peur le prit. On distinguait le pas du roi, dont les semelles craquaient sur les tapis.

Le duc s'enfuit par une petite porte, laissant la reine aux prises.

Anne d'Autriche se mit à rire, et riait encore lorsque le roi entra.

Il venait, très affectueusement, savoir des nouvelles de la santé, déjà chancelante, de la reine mère. Il venait lui annoncer aussi que tous les préparatifs pour le voyage de Fontainebleau étaient terminés.

La voyant rire, il sentit diminuer son inquiétude et l'interrogea lui-même en riant.

Anne d'Autriche lui prit la main, et, d'une voix pleine d'enjouement ;

– Savez-vous, dit-elle, que je suis fière d'être Espagnole.

– Pourquoi, madame ?

– Parce que les Espagnoles valent mieux au moins que les Anglaises.

– Expliquez-vous.

– Depuis que vous êtes marié, vous n'avez pas un seul reproche à faire à la reine ?

– Non, certes.

– Et voilà un certain temps que vous êtes marié. Votre frère, au contraire, est marié depuis quinze jours...

– Eh bien ?

– Il se plaint de Madame pour la seconde fois.

– Quoi ! encore Buckingham ?

– Non, un autre.

– Qui ?

– Guiche.

– Ah çà ! mais c'est donc une coquette que Madame ?

– Je le crains.

– Mon pauvre frère ! dit le roi en riant.

– Vous excusez la coquetterie, à ce que je vois ?

– Chez Madame, oui ; Madame n'est pas coquette au fond.

– Soit ; mais votre frère en perdra la tête.

– Que demande-t-il ?

– Il veut faire noyer Guiche.

– C'est violent.

– Ne riez pas, il est exaspéré. Avisez à quelque moyen.

– Pour sauver Guiche, volontiers.

– Oh ! si votre frère vous entendait, il conspirerait contre vous comme faisait votre oncle, Monsieur, contre le roi votre père.

– Non. Philippe m'aime trop et je l'aime trop de mon côté ; nous vivrons bons amis. Le résumé de la requête ?

– C'est que vous empêchiez Madame d'être coquette et Guiche d'être aimable.

– Rien que cela ? Mon frère se fait une bien haute idée du pouvoir royal... corriger une femme ! Passe encore pour un homme.

– Comment vous y prendrez-vous ?

– Avec un mot dit à Guiche, qui est un garçon d'esprit, je le persuaderai.

– Mais Madame ?

– C'est plus difficile ; un mot ne suffira pas ; je composerai une homélie, je la prêcherai.

– Cela presse.

– Oh ! j'y mettrai toute la diligence possible. Nous avons répétition de ballet cette après-dînée.

– Vous prêcherez en dansant ?

– Oui, madame.

– Vous promettez de convertir ?

– J'extirperai l'hérésie par la conviction ou par le feu.

– À la bonne heure ! Ne me mêlez point dans tout cela, Madame ne me le pardonnerait de sa vie ; et, belle-mère, je dois vivre avec ma bru.

– Madame, ce sera le roi qui prendra tout sur lui. Voyons, je réfléchis.

– À quoi ?

– Il serait peut-être mieux que j'allasse trouver Madame chez elle ?

– C'est un peu solennel.

– Oui, mais la solennité ne messied pas aux prédicateurs, et puis le violon du ballet mangerait la moitié de mes arguments. En outre, il s'agit d'empêcher quelque violence de mon frère... Mieux vaut un peu de précipitation... Madame est-elle chez elle ?

– Je le crois.

– L'exposition des griefs, s'il vous plaît.

– En deux mots, voici : Musique perpétuelle... assiduité de Guiche... soupçons de cachotteries et de complots...

– Les preuves ?

– Aucune.

– Bien ; je me rends chez Madame.

Et le roi se prit à regarder, dans les glaces, sa toilette qui était riche et son visage qui resplendissait comme ses diamants.

– On éloigne bien un peu Monsieur ? dit-il.

– Oh ! le feu et l'eau ne se fuient pas avec plus d'acharnement.

– Il suffit. Ma mère, je vous baise les mains... les plus belles mains de France.

– Réussissez, sire... Soyez le pacificateur du ménage.

– Je n'emploie pas d'ambassadeur, répliqua Louis. C'est vous dire que je réussirai.

Il sortit en riant et s'épousseta soigneusement tout le long du chemin.

XIV

Le médiateur

Quand le roi parut chez Madame, tous les courtisans, que la nouvelle d'une scène conjugale avait disséminés autour des appartements, commencèrent à concevoir les plus graves inquiétudes.

Il se formait aussi de ce côté un orage dont le chevalier de Lorraine, au milieu des groupes, analysait avec joie tous les éléments, grossissant les plus faibles et manœuvrant, selon ses mauvais desseins, les plus forts, afin de produire les plus méchants effets possibles.

Ainsi que l'avait annoncé Anne d'Autriche, la présence du roi donna un caractère solennel à l'événement.

Ce n'était pas une petite affaire, en 1662, que le mécontentement de Monsieur contre Madame, et l'intervention du roi dans les affaires privées de Monsieur.

Aussi vit-on les plus hardis, qui entouraient le comte de Guiche dès le premier moment, s'éloigner de lui avec une sorte d'épouvante ; et le comte lui-même, gagné par la panique générale, se retirer chez lui tout seul.

Le roi entra chez Madame en saluant, comme il avait toujours l'habitude de le faire. Les dames d'honneur étaient rangées en file sur son passage dans la galerie.

Si fort préoccupée que fût Sa Majesté, elle donna un coup d'œil de maître à ces deux rangs de jeunes et charmantes femmes qui baissaient modestement les yeux.

Toutes étaient rouges de sentir sur elles le regard du roi. Une seule, dont les longs cheveux se roulaient en boucles soyeuses sur la plus belle peau du monde, une seule était pâle et se soutenait à peine, malgré les coups de coude de sa compagne.

C'était La Vallière, que Montalais étayait de la sorte en lui soufflant tout bas le courage dont elle-même était si abondamment pourvue.

Le roi ne put s'empêcher de se retourner. Tous les fronts, qui déjà s'étaient relevés, se baissèrent de nouveau ; mais la seule tête blonde demeura immobile, comme si elle eût épuisé tout ce qui lui restait de force et d'intelligence.

En entrant chez Madame, Louis trouva sa belle-sœur à demi couchée sur les coussins de son cabinet. Elle se souleva et fit une révérence profonde en balbutiant quelques remerciements sur l'honneur qu'elle recevait.

Puis elle se rassit, vaincue par une faiblesse, affectée sans doute, car un coloris charmant animait ses joues, et ses yeux, encore rouges de quelques larmes répandues récemment, n'avaient que plus de feu.

Quand le roi fut assis et qu'il eut remarqué, avec cette sûreté d'observation qui le caractérisait, le désordre de la chambre et celui, non moins grand, du visage de Madame, il prit un air enjoué.

– Ma sœur, dit-il, à quelle heure vous plaît-il que nous répétions le ballet aujourd'hui ?

Madame, secouant lentement et languissamment sa tête charmante :

– Ah ! sire, dit-elle, veuillez m'excuser pour cette répétition ; j'allais faire prévenir Votre Majesté que je ne saurais aujourd'hui.

– Comment ! dit le roi avec une surprise modérée ; ma sœur, seriez-vous indisposée ?

– Oui, sire.

– Je vais faire appeler vos médecins, alors.

– Non, car les médecins ne peuvent rien à mon mal.

– Vous m'effrayez !

– Sire, je veux demander à Votre Majesté la permission de m'en retourner en Angleterre.

Le roi fit un mouvement.

– En Angleterre ! Dites-vous bien ce que vous voulez dire, madame ?

– Je le dis à contrecœur, sire, répliqua la petite-fille de Henri IV avec résolution.

Et elle fit étinceler ses beaux yeux noirs.

– Oui, je regrette de faire à Votre Majesté des confidences de ce genre ; mais je me trouve trop malheureuse à la cour de Votre Majesté ; je veux retourner dans ma famille.

– Madame ! Madame !

Et le roi s'approcha.

– Écoutez-moi, sire, continua la jeune femme en prenant peu à peu sur son interlocuteur l'ascendant que lui donnaient sa beauté, sa nerveuse nature ; je suis accoutumée à souffrir. Jeune encore, j'ai été humiliée, j'ai été dédaignée. Oh ! ne me démentez pas, sire, dit-elle avec un sourire.

Le roi rougit.

– Alors, dis-je, j'ai pu croire que Dieu m'avait fait naître pour cela, moi, fille d'un roi puissant ; mais, puisqu'il avait frappé la vie dans mon père, il pouvait bien frapper en moi l'orgueil. J'ai bien souffert, j'ai bien fait souffrir ma mère ; mais j'ai juré que, si jamais Dieu me rendait une position indépendante, fût-ce celle de l'ouvrière du peuple qui gagne son pain avec son travail, je ne souffrirais plus la moindre humiliation. Ce jour est arrivé ; j'ai recouvré la fortune due à mon rang, à ma naissance ; j'ai remonté jusqu'aux degrés du trône ; j'ai cru que, m'alliant à un prince français, je trouverais en lui un parent, un ami, un égal ; mais je m'aperçois que je n'ai trouvé qu'un maître, et je me révolte, sire. Ma mère n'en saura rien, vous que je respecte et que... j'aime...

Le roi tressaillit ; nulle voix n'avait ainsi chatouillé son oreille.

– Vous, dis-je, sire, qui savez tout, puisque vous venez ici, vous me comprendrez peut-être. Si vous ne fussiez pas venu, j'allais à vous. C'est l'autorisation de partir librement que je veux. J'abandonne à votre délicatesse, à vous, l'homme par excellence, de me disculper et de me protéger.

– Ma sœur ! ma sœur ! balbutia le roi courbé par cette rude attaque, avez-vous bien réfléchi à l'énorme difficulté du projet que vous formez ?

– Sire, je ne réfléchis pas, je sens. Attaquée, je repousse d'instinct l'attaque ; voilà tout.

– Mais que vous a-t-on fait ? Voyons.

La princesse venait, on le voit, par cette manœuvre particulière aux femmes, d'éviter tout reproche et d'en formuler un plus grave, d'accusée elle devenait accusatrice. C'est un signe infaillible de culpabilité ; mais de ce mal évident, les femmes, même les moins adroites, savent toujours tirer parti pour vaincre.

Le roi ne s'aperçut pas qu'il était venu chez elle pour lui dire : « Qu'avez-vous fait à mon frère ? »

Et qu'il se réduisait à dire :

– Que vous a-t-on fait ?

– Ce qu'on m'a fait ? répliqua Madame. Oh ! il faut être femme pour le comprendre, sire : on m'a fait pleurer.

Et d'un doigt qui n'avait pas son égal en finesse et en blancheur nacrée, elle montrait des yeux brillants noyés dans le fluide, et elle recommençait à pleurer.

– Ma sœur, je vous en supplie, dit le roi en s'avançant pour lui prendre une main qu'elle lui abandonna moite et palpitante.

– Sire, on m'a tout d'abord privée de la présence d'un ami de mon frère. Milord de Buckingham était pour moi un hôte agréable, enjoué, un compatriote qui connaissait mes habitudes, je dirai presque un compagnon, tant nous avons passé de jours ensemble avec nos autres amis sur mes belles eaux de Saint-James.

– Mais, ma sœur, Villiers était amoureux de vous ?

– Prétexte ! Que fait cela, dit-elle sérieusement, que M. de Buckingham ait été ou non amoureux de moi ? Est-ce donc dangereux pour moi, un homme amoureux ?... Ah ! sire, il ne suffit pas qu'un homme vous aime.

Et elle sourit si tendrement, si finement, que le roi sentit son cœur battre et défaillir dans sa poitrine.

– Enfin, si mon frère était jaloux ? interrompit le roi.

– Bien, j'y consens, voilà une raison ; et l'on a chassé M. de Buckingham.

– Chassé !... Oh ! non.

– Expulsé, évincé, congédié, si vous aimez mieux, sire ; un des premiers gentilshommes de l'Europe s'est vu forcé de quitter la cour du roi de France, de Louis XIV, comme un manant, à propos d'une œillade ou d'un bouquet. C'est bien peu digne de la cour la plus galante... Pardon, sire, j'oubliais qu'en parlant ainsi j'attentais à votre souverain pouvoir.

– Ma foi ! non, ma sœur, ce n'est pas moi qui ai congédié M. de Buckingham... Il me plaisait fort.

– Ce n'est pas vous ? dit habilement Madame. Ah ! tant mieux !

Et elle accentua ce *tant mieux* comme si elle eût, à la place de ce mot, prononcé celui de *tant pis*.

Il y eut un silence de quelques minutes.

Elle reprit :

– M. de Buckingham parti... je sais à présent pourquoi et par qui... je croyais avoir recouvré la tranquillité... Point... Voilà que Monsieur trouve un autre prétexte ; voilà que...

– Voilà que, dit le roi avec enjouement, un autre se présente. Et c'est naturel ; vous êtes belle, madame ; on vous aimera toujours.

– Alors, s'écria la princesse, je ferai la solitude autour de moi. Oh ! c'est bien ce qu'on veut, c'est bien ce qu'on me prépare ; mais, non, je préfère retourner à Londres. Là, on me connaît, on m'apprécie. J'aurai mes amis sans craindre que l'on ose les nommer mes amants. Fi ! c'est un indigne soupçon de la part d'un gentilhomme ! Oh ! Monsieur a tout perdu dans mon esprit depuis que je le vois, depuis qu'il s'est révélé à moi, comme le tyran d'une femme.

– Là ! là ! mon frère n'est coupable que de vous aimer.

– M'aimer ! Monsieur m'aimer ? Ah ! sire...

Et elle rit aux éclats.

– Monsieur n'aimera jamais une femme, dit-elle ; Monsieur s'aime trop lui-même ; non, malheureusement pour moi, Monsieur est de la pire espèce des jaloux : jaloux sans amour.

– Avouez cependant, dit le roi, qui commençait à s'animer dans cet entretien varié, brûlant, avouez que Guiche vous aime.

– Ah ! sire, je n'en sais rien.

– Vous devez le voir. Un homme qui aime se trahit.

– M. de Guiche ne s'est pas trahi.

– Ma sœur, ma sœur, vous défendez M. de Guiche.

– Moi ! par exemple ! moi ? Oh ! sire, il ne manquerait plus à mon infortune qu'un soupçon de vous.

– Non, madame, non, reprit vivement le roi. Ne vous affligez pas. Oh ! vous pleurez ! Je vous en conjure, calmez-vous.

Elle pleurait cependant, de grosses larmes coulaient sur ses mains. Le roi prit une de ses mains et but une de ses larmes.

Elle le regarda si tristement et si tendrement, qu'il en fut frappé au cœur.

– Vous n'avez rien pour Guiche ? dit-il plus inquiet qu'il ne convenait à son rôle de médiateur.

– Mais rien, rien.

– Alors je puis rassurer mon frère.

– Eh ! sire, rien ne le rassurera. Ne croyez donc pas qu'il soit jaloux. Monsieur a reçu de mauvais conseils, et Monsieur est d'un caractère inquiet.

– On peut l'être lorsqu'il s'agit de vous.

Madame baissa les yeux et se tut. Le roi fit comme elle. Il lui tenait toujours la main.

Ce silence d'une minute dura un siècle.

Madame retira doucement sa main. Elle était sûre désormais du triomphe. Le champ de bataille était à elle.

– Monsieur se plaint, dit timidement le roi, que vous préférez à son entretien, à sa société, des sociétés particulières.

– Sire, Monsieur passe sa vie à regarder sa figure dans un miroir et à comploter des méchancetés contre les femmes avec M. le chevalier de Lorraine.

– Oh ! vous allez un peu loin.

– Je dis ce qui est. Observez, vous verrez, sire, si j'ai raison.

– J'observerai. Mais, en attendant, quelle satisfaction donner à mon frère ?

– Mon départ.

– Vous répétez ce mot ! s'écria imprudemment le roi, comme si depuis dix minutes un changement tel eût été produit, que Madame en eût toutes ses idées retournées.

– Sire, je ne puis plus être heureuse ici, dit-elle. M. de Guiche gêne Monsieur. Le fera-t-on partir aussi ?

– S'il le faut, pourquoi pas ? répondit en souriant Louis XIV.

– Eh bien ! après M. de Guiche ?... que je regretterai, du reste, je vous en préviens, sire.

– Ah ! vous le regretterez ?

– Sans doute ; il est aimable, il a pour moi de l'amitié, il me distrait.

– Ah ! si Monsieur vous entendait ! fit le roi piqué. Savez-vous que je ne me chargerais point de vous raccommoder et que je ne le tenterais même pas ?

– Sire, à l'heure qu'il est, pouvez-vous empêcher Monsieur d'être jaloux du premier venu ? Je sais bien que M. de Guiche n'est pas le premier venu.

– Encore ! Je vous préviens qu'en bon frère je vais prendre M. de Guiche en horreur.

– Ah ! sire, dit Madame, ne prenez, je vous en supplie, ni les sympathies ni les haines de Monsieur. Restez le roi ; mieux vaudra pour vous et pour tout le monde.

– Vous êtes une adorable railleuse, madame, et je comprends que ceux mêmes que vous raillez vous adorent.

– Et voilà pourquoi, vous, sire, que j'eusse pris pour mon défenseur, vous allez vous joindre à ceux qui me persécutent, dit Madame.

– Moi, votre persécuteur ? Dieu m'en garde !

– Alors, continua-t-elle languissamment, accordez-moi ma demande.

– Que demandez-vous ?

– À retourner en Angleterre.

– Oh ! cela, jamais ! jamais ! s'écria Louis XIV.

– Je suis donc prisonnière ?

– En France, oui.

– Que faut-il que je fasse alors ?

– Eh bien ! ma sœur, je vais vous le dire.

– J'écoute Votre Majesté en humble servante.

– Au lieu de vous livrer à des intimités un peu inconséquentes, au lieu de nous alarmer par votre isolement, montrez-vous à nous toujours, ne nous quittez pas, vivons en famille. Certes, M. de Guiche est aimable ; mais, enfin, si nous n'avons pas son esprit...

– Oh ! sire, vous savez bien que vous faites le modeste.

– Non, je vous jure. On peut être roi et sentir soi-même que l'on a moins de chance de plaire que tel ou tel gentilhomme.

– Je jure bien que vous ne croyez pas un seul mot de ce que vous dites là, sire.

Le roi regarda Madame tendrement.

– Voulez-vous me promettre une chose ? dit-il.

– Laquelle ?

– C'est de ne plus perdre dans votre cabinet, avec des étrangers, le temps que vous nous devez. Voulez-vous que nous fassions contre l'ennemi commun une alliance offensive et défensive ?

– Une alliance avec vous, sire ?

– Pourquoi pas ? N'êtes-vous pas une puissance ?

– Mais vous, sire, êtes-vous un allié bien fidèle ?

– Vous verrez, madame.

– Et de quel jour datera cette alliance ?

– D'aujourd'hui.

– Je rédigerai le traité ?

– Très bien !

– Et vous le signerez ?

– Aveuglément.

– Oh ! alors, sire, je vous promets merveille ; vous êtes l'astre de la cour, quand vous me paraîtrez...

– Eh bien ?

– Tout resplendira.

– Oh ! madame, madame, dit Louis XIV, vous savez bien que toute lumière vient de vous, et que, si je prends le soleil pour devise, ce n'est qu'un emblème.

– Sire, vous flattez votre alliée ; donc, vous voulez la tromper, dit Madame en menaçant le roi de son doigt mutin.

– Comment ! vous croyez que je vous trompe, lorsque je vous assure de mon affection ?

– Oui.

– Et qui vous fait douter ?

– Une chose.

– Une seule ?

– Oui.

– Laquelle ? Je serai bien malheureux si je ne triomphe pas d'une seule chose.

– Cette chose n'est point en votre pouvoir, sire, pas même au pouvoir de Dieu.

– Et quelle est cette chose ?

– Le passé.

– Madame, je ne comprends pas, dit le roi, justement parce qu'il avait trop bien compris.

La princesse lui prit la main.

– Sire, dit-elle, j'ai eu le malheur de vous déplaire si longtemps, que j'ai presque le droit de me demander aujourd'hui comment vous avez pu m'accepter comme belle-sœur.

– Me déplaire ! vous m'avez déplu ?

– Allons, ne le niez pas.

– Permettez.

– Non, non, je me rappelle.

– Notre alliance date d'aujourd'hui, s'écria le roi avec une chaleur qui n'était pas feinte ; vous ne vous souvenez donc plus du passé, ni moi non plus, mais je me souviens du présent. Je l'ai sous les yeux, le voici ; regardez.

Et il mena la princesse devant une glace, où elle se vit rougissante et belle à faire succomber un saint.

– C'est égal, murmura-t-elle, ce ne sera point là une bien vaillante alliance.

– Faut-il jurer ? demanda le roi, enivré par la tournure voluptueuse qu'avait prise tout cet entretien.

– Oh ! je ne refuse pas un bon serment, dit Madame. C'est toujours un semblant de sûreté.

Le roi s'agenouilla sur un carreau et prit la main de Madame.

Elle, avec un sourire qu'un peintre ne rendrait point et qu'un poète ne pourrait qu'imaginer, lui donna ses deux mains dans lesquelles il cacha son front brûlant.

Ni l'un ni l'autre ne put trouver une parole.

Le roi sentit que Madame retirait ses mains en lui effleurant les joues.

Il se releva aussitôt et sortit de l'appartement.

Les courtisans remarquèrent sa rougeur, et en conclurent que la scène avait été orageuse.

Mais le chevalier de Lorraine se hâta de dire :

– Oh ! non, messieurs, rassurez-vous. Quand Sa Majesté est en colère, elle est pâle.

XV

Les conseillers

Le roi quitta Madame dans un état d'agitation qu'il eût eu peine à s'expliquer lui-même.

Il est impossible, en effet, d'expliquer le jeu secret de ces sympathies étranges qui s'allument subitement et sans cause après de nombreuses années passées dans le plus grand calme, dans la plus grande indifférence de deux cœurs destinés à s'aimer.

Pourquoi Louis avait-il autrefois dédaigné, presque haï Madame ? Pourquoi maintenant trouvait-il cette même femme si belle, si désirable, et pourquoi non seulement s'occupait-il, mais encore était-il si occupé d'elle ? Pourquoi Madame enfin, dont les yeux et l'esprit étaient sollicités d'un autre côté, avait-elle depuis huit jours, pour le roi, un semblant de faveur qui faisait croire à de plus parfaites intimités ?

Il ne faut pas croire que Louis se proposât à lui-même un plan de séduction : le lien qui unissait Madame à son frère était, ou du moins lui semblait, une barrière infranchissable ; il était même encore trop loin de cette barrière pour s'apercevoir qu'elle existât. Mais sur la pente de ces passions dont le cœur se réjouit, vers lesquelles la jeunesse nous pousse, nul ne peut dire où il s'arrêtera, pas même celui qui, d'avance, a calculé toutes les chances de succès ou de chute.

Quant à Madame, on expliquera facilement son penchant pour le roi : elle était jeune, coquette, et passionnée pour inspirer de l'admiration.

C'était une de ces natures à élans impétueux qui, sur un théâtre, franchiraient les brasiers ardents pour arracher un cri d'applaudissement aux spectateurs.

Il n'était donc pas surprenant que, progression gardée, après avoir été adorée de Buckingham, de Guiche, qui était supérieur à Buckingham, ne fût-ce que par ce grand mérite si bien apprécié des femmes, la nouveauté, il n'était donc pas étonnant, disons-nous, que la princesse élevât son ambition jusqu'à être admirée par le roi, qui était non seulement le premier du royaume, mais un des plus beaux et des plus spirituels.

Quant à la soudaine passion de Louis pour sa belle-sœur, la physiologie en donnerait l'explication par des banalités, et la nature par quelques-unes de ses affinités mystérieuses. Madame avait les plus beaux yeux noirs, Louis les plus beaux yeux bleus du monde. Madame était rieuse et expansive, Louis mélancolique et discret. Appelés à se rencontrer pour la première fois sur le terrain d'un intérêt et d'une curiosité communs, ces deux natures opposées s'étaient enflammées par le contact de leurs aspérités réciproques. Louis, de retour chez lui, s'aperçut que Madame était la femme la plus séduisante de la cour. Madame, demeurée seule, songea, toute joyeuse, qu'elle avait produit sur le roi une vive impression.

Mais ce sentiment chez elle devait être passif, tandis que chez le roi il ne pouvait manquer d'agir avec toute la véhémence naturelle à l'esprit inflammable d'un jeune homme, et d'un jeune homme qui n'a qu'à vouloir pour voir ses volontés exécutées.

Le roi annonça d'abord à Monsieur que tout était pacifié : que Madame avait pour lui le plus grand respect, la plus sincère affection ; mais que c'était un caractère altier, ombrageux même, et dont il fallait soigneusement ménager les susceptibilités. Monsieur répliqua, sur le ton aigre-doux qu'il prenait d'ordinaire avec son frère, qu'il ne s'expliquait pas bien les susceptibilités d'une femme dont la conduite pouvait, à son avis, donner prise à quelque censure, et que si quelqu'un avait droit d'être blessé, c'était à lui, Monsieur, que ce droit appartenait sans conteste.

Mais alors le roi répondit d'un ton assez vif et qui prouvait tout l'intérêt qu'il prenait à sa belle-sœur :

— Madame est au-dessus des censures, Dieu merci !

— Des autres, oui, j'en conviens, dit Monsieur, mais pas des miennes, je présume.

— Eh bien ! dit le roi, à vous, mon frère, je dirai que la conduite de Madame ne mérite pas vos censures. Oui, c'est sans doute une jeune femme fort distraite et fort étrange, mais qui fait profession des meilleurs sentiments. Le caractère anglais n'est pas toujours bien compris en France, mon frère, et la liberté des mœurs anglaises étonne parfois ceux qui ne savent pas combien cette liberté est rehaussée d'innocence.

— Ah ! dit Monsieur, de plus en plus piqué, dès que Votre Majesté absout ma femme, que j'accuse, ma femme n'est pas coupable, et je n'ai rien à dire.

— Mon frère, repartit vivement le roi, qui sentait la voix de la conscience murmurer tout bas à son cœur que Monsieur n'avait pas tout à fait tort, mon frère, ce que j'en dis et surtout ce que j'en fais, c'est pour votre bonheur. J'ai appris que vous vous étiez plaint d'un manque de confiance ou d'égards de la part de Madame, et je n'ai point voulu que votre inquiétude se prolongeât plus longtemps. Il entre dans mon devoir de surveiller votre maison comme celle du plus humble de mes sujets. J'ai donc vu avec le plus grand plaisir que vos alarmes n'avaient aucun fondement.

— Et, continua Monsieur d'un ton interrogateur et en fixant les yeux sur son frère, ce que Votre Majesté a reconnu pour Madame, et je m'incline devant votre sagesse royale, l'avez-vous aussi vérifié pour ceux qui ont été la cause du scandale dont je me plains ?

– Vous avez raison, mon frère, dit le roi ; j'aviserai.

Ces mots renfermaient un ordre en même temps qu'une consolation. Le prince le sentit et se retira.

Quant à Louis, il alla retrouver sa mère ; il sentait qu'il avait besoin d'une absolution plus complète que celle qu'il venait de recevoir de son frère.

Anne d'Autriche n'avait pas pour M. de Guiche les mêmes raisons d'indulgence qu'elle avait eues pour Buckingham.

Elle vit, aux premiers mots, que Louis n'était pas disposé à être sévère, elle le fut.

C'était une des ruses habituelles de la bonne reine pour arriver à connaître la vérité.

Mais Louis n'en était plus à son apprentissage : depuis près d'un an déjà, il était roi. Pendant cette année, il avait eu le temps d'apprendre à dissimuler.

Écoutant Anne d'Autriche, afin de la laisser dévoiler toute sa pensée, l'approuvant seulement du regard et du geste, il se convainquit, à certains coups d'œil profonds, à certaines insinuations habiles, que la reine, si perspicace en matière de galanterie, avait, sinon deviné, du moins soupçonné sa faiblesse pour Madame.

De toutes ses auxiliaires, Anne d'Autriche devait être la plus importante : de toutes ses ennemies, Anne d'Autriche eût été la plus dangereuse.

Louis changea donc de manœuvre.

Il chargea Madame, excusa Monsieur, écouta ce que sa mère disait de Guiche comme il avait écouté ce qu'elle avait dit de Buckingham.

Puis, quand il vit qu'elle croyait avoir remporté sur lui une victoire complète, il la quitta.

Toute la cour, c'est-à-dire tous les favoris et les familiers, et ils étaient nombreux, puisque l'on comptait déjà cinq maîtres, se réunirent au soir pour la répétition du ballet.

Cet intervalle avait été rempli pour le pauvre de Guiche par quelques visites qu'il avait reçues.

Au nombre de ces visites, il en était une qu'il espérait et craignait presque d'un égal sentiment. C'était celle du chevalier de Lorraine. Vers les trois heures de l'après-midi, le chevalier de Lorraine entra chez de Guiche.

Son aspect était des plus rassurants. Monsieur, dit-il à de Guiche, était de charmante humeur, et l'on n'eût pas dit que le moindre nuage eût passé sur le ciel conjugal.

D'ailleurs, Monsieur avait si peu de rancune !

Depuis très longtemps à la cour, le chevalier de Lorraine avait établi que, des deux fils de Louis XIII, Monsieur était celui qui avait pris le caractère paternel, le caractère flottant, irrésolu ; bon par élan, mauvais au fond, mais certainement nul pour ses amis.

Il avait surtout ranimé de Guiche en lui démontrant que Madame arriverait avant peu à mener son mari, et que, par conséquent, celui-là gouvernerait Monsieur qui parviendrait à gouverner Madame.

Ce à quoi de Guiche, plein de défiance et de présence d'esprit, avait répondu :

– Oui, chevalier ; mais je crois Madame fort dangereuse.

– Et en quoi ?

– En ce qu'elle a vu que Monsieur n'était pas un caractère très passionné pour les femmes.

– C'est vrai, dit en riant le chevalier de Lorraine.

– Et alors...

– Eh bien ?

– Eh bien ! Madame choisit le premier venu pour en faire l'objet de ses préférences et ramener son mari par la jalousie.

– Profond ! profond ! s'écria le chevalier.

– Vrai ! répondit de Guiche.

Et ni l'un ni l'autre ne disait sa pensée.

De Guiche, au moment où il attaquait ainsi le caractère de Madame, lui en demandait mentalement pardon du fond du cœur.

Le chevalier, en admirant la profondeur de vue de Guiche, le conduisait les yeux fermés au précipice.

De Guiche alors l'interrogea plus directement sur l'effet produit par la scène du matin, sur l'effet plus sérieux encore produit par la scène du dîner.

– Mais je vous ai déjà dit qu'on en riait, répondit le chevalier de Lorraine, et Monsieur tout le premier.

– Cependant, hasarda de Guiche, on m'a parlé d'une visite du roi à Madame.

– Eh bien ! précisément ; Madame était la seule qui ne rît pas, et le roi est passé chez elle pour la faire rire.

– En sorte que ?

– En sorte que rien n'est changé aux dispositions de la journée.

– Et l'on répète le ballet ce soir ?

– Certainement.

– Vous en êtes sûr ?

– Très sûr.

En ce moment de la conversation des deux jeunes gens, Raoul entra le front soucieux.

En l'apercevant, le chevalier, qui avait pour lui, comme pour tout noble caractère, une haine secrète, le chevalier se leva.

– Vous me conseillez donc, alors ?... demanda de Guiche au chevalier.

– Je vous conseille de dormir tranquille, mon cher comte.

– Et moi, de Guiche, dit Raoul, je vous donnerai un conseil tout contraire.

– Lequel, ami ?

– Celui de monter à cheval, et de partir pour une de vos terres ; arrivé là, si vous voulez suivre le conseil du chevalier, vous y dormirez aussi longtemps et aussi tranquillement que la chose pourra vous être agréable.

– Comment, partir ? s'écria le chevalier en jouant la surprise ; et pourquoi de Guiche partirait-il ?

– Parce que, et vous ne devez pas l'ignorer, vous surtout, parce que tout le monde parle déjà d'une scène qui se serait passée ici entre Monsieur et de Guiche.

De Guiche pâlit.

– Nullement, répondit le chevalier, nullement, et vous avez été mal instruit, monsieur de Bragelonne.

– J'ai été parfaitement instruit, au contraire, monsieur, répondit Raoul, et le conseil que je donne à de Guiche est un conseil d'ami.

Pendant ce débat, de Guiche, un peu atterré, regardait alternativement l'un et l'autre de ses deux conseillers.

Il sentait en lui-même qu'un jeu, important pour le reste de sa vie, se jouait à ce moment-là.

– N'est-ce pas, dit le chevalier interpellant le comte lui-même, n'est-ce pas, de Guiche, que la scène n'a pas été aussi orageuse que semble le penser M. le vicomte de Bragelonne, qui, d'ailleurs, n'était pas là ?

– Monsieur, insista Raoul, orageuse ou non, ce n'est pas précisément de la scène elle-même que je parle, mais des suites qu'elle peut avoir. Je sais que Monsieur a menacé ; je sais que Madame a pleuré.

– Madame a pleuré ? s'écria imprudemment de Guiche en joignant les mains.

– Ah ! par exemple, dit en riant le chevalier, voilà un détail que j'ignorais. Vous êtes décidément mieux instruit que moi, monsieur de Bragelonne.

– Et c'est aussi comme étant mieux instruit que vous, chevalier, que j'insiste pour que de Guiche s'éloigne.

– Mais non, non encore une fois, je regrette de vous contredire, monsieur le vicomte, mais ce départ est inutile.

– Il est urgent.

– Mais pourquoi s'éloignerait-il ? Voyons.

– Mais le roi ? le roi ?

– Le roi ! s'écria de Guiche.

– Eh ! oui, te dis-je, le roi prend l'affaire à cœur.

– Bah ! dit le chevalier, le roi aime de Guiche et surtout son père ; songez que, si le comte partait, ce serait avouer qu'il a fait quelque chose de répréhensible.

– Comment cela ?

– Sans doute, quand on fuit, c'est qu'on est coupable ou qu'on a peur.

– Ou bien que l'on boude, comme un homme accusé à tort, dit Bragelonne ; donnons à son départ le caractère de la bouderie, rien n'est plus facile ; nous dirons que nous avons fait tous deux ce que nous avons pu pour le retenir, et vous au moins ne mentirez pas. Allons ! allons ! de Guiche, vous êtes innocent ; la scène d'aujourd'hui a dû vous blesser ; partez, partez, de Guiche.

– Eh ! non, de Guiche, restez, dit le chevalier, restez, justement, comme le disait M. de Bragelonne, parce que vous êtes innocent. Pardon, encore une fois, vicomte ; mais je suis d'un avis tout opposé au vôtre.

– Libre à vous, monsieur ; mais remarquez bien que l'exil que de Guiche s'imposera lui-même sera un exil de courte durée. Il le fera cesser lorsqu'il voudra, et, revenant d'un exil volontaire, il trouvera le sourire sur toutes les bouches ; tandis qu'au contraire une mauvaise humeur du roi peut amener un orage dont personne n'oserait prévoir le terme.

Le chevalier sourit.

– C'est pardieu ! bien ce que je veux, murmura-t-il tout bas, et pour lui-même.

Et en même temps, il haussait les épaules.

Ce mouvement n'échappa point au comte ; il craignit, s'il quittait la cour, de paraître céder à un sentiment de crainte.

– Non, non, s'écria-t-il ; c'est décidé. Je reste, Bragelonne.

– Prophète je suis, dit tristement Raoul. Malheur à toi, de Guiche, malheur !

– Moi aussi, je suis prophète, mais pas prophète de malheur ; au contraire, comte, et je vous dis : Restez, restez.

– Le ballet se répète toujours, demanda de Guiche, vous en êtes sûr ?

– Parfaitement sûr.

– Eh bien ! tu le vois, Raoul, reprit de Guiche en s'efforçant de sourire ; tu le vois, ce n'est pas une cour bien sombre et bien préparée aux guerres intestines qu'une cour où l'on danse avec une telle assiduité. Voyons, avoue cela, Raoul.

Raoul secoua la tête.

– Je n'ai plus rien à dire, répliqua-t-il.

– Mais enfin, demanda le chevalier, curieux de savoir à quelle source Raoul avait puisé des renseignements dont il était forcé de reconnaître intérieurement l'exactitude, vous vous dites bien informé, monsieur le vicomte ; comment le seriez-vous mieux que moi qui suis des plus intimes du prince ?

– Monsieur, répondit Raoul, devant une pareille déclaration, je m'incline. Oui, vous devez être parfaitement informé, je le reconnais, et, comme un homme d'honneur est incapable de dire autre chose que ce qu'il sait, de parler autrement qu'il ne le pense, je me tais, me reconnais vaincu, et vous laisse le champ de bataille.

Et effectivement, Raoul, en homme qui paraît ne désirer que le repos, s'enfonça dans un vaste fauteuil, tandis que le comte appelait ses gens pour se faire habiller.

Le chevalier sentait l'heure s'écouler et désirait partir ; mais il craignait aussi que Raoul, demeuré seul avec de Guiche, ne le décidât à rompre la partie.

Il usa donc de sa dernière ressource.

– Madame sera resplendissante, dit-il ; elle essaie aujourd'hui son costume de Pomone.

– Ah ! c'est vrai, s'écria le comte.

– Oui, oui, continua le chevalier : elle vient de donner ses ordres en conséquence. Vous savez, monsieur de Bragelonne, que c'est le roi qui fait le Printemps.

– Ce sera admirable, dit de Guiche, et voilà une raison meilleure que toutes celles que vous m'avez données pour rester ; c'est que, comme c'est moi qui fais Vertumne et qui danse le pas avec Madame, je ne puis m'en aller sans un ordre du roi, attendu que mon départ désorganiserait le ballet.

– Et moi, dit le chevalier, je fais un simple égypan ; il est vrai que je suis mauvais danseur, et que j'ai la jambe mal faite. Messieurs, au revoir. N'oubliez pas la corbeille de fruits que vous devez offrir à Pomone, comte.

– Oh ! je n'oublierai rien, soyez tranquille, dit de Guiche transporté.

– Je suis bien sûr qu'il ne partira plus maintenant, murmura en sortant le chevalier de Lorraine.

Raoul, une fois le chevalier parti, n'essaya pas même de dissuader son ami ; il sentait que c'eût été peine perdue.

– Comte, lui dit-il seulement de sa voix triste et mélodieuse, comte, vous vous embarquez dans une passion terrible. Je vous connais ; vous êtes extrême en tout ; celle que vous aimez l'est aussi... Eh bien ! j'admets pour un instant qu'elle vienne à vous aimer...

– Oh ! jamais, s'écria de Guiche.

– Pourquoi dites-vous jamais ?

– Parce que ce serait un grand malheur pour tous deux.

– Alors, cher ami, au lieu de vous regarder comme un imprudent, permettez-moi de vous regarder comme un fou.

– Pourquoi ?

– Êtes-vous bien assuré, voyons, répondez franchement, de ne rien désirer de celle que vous aimez ?

– Oh ! oui, bien sûr.

– Alors, aimez-la de loin.

– Comment, de loin ?

– Sans doute ; que vous importe la présence ou l'absence, puisque vous ne désirez rien d'elle ? Aimez un portrait, aimez un souvenir.

– Raoul !

– Aimez une ombre, une illusion, une chimère ; aimez l'amour, en mettant un nom sur votre réalité. Ah ! vous détournez la tête ? Vos valets arrivent, je ne dis plus rien. Dans la bonne ou dans la mauvaise fortune, comptez sur moi, de Guiche.

– Pardieu ! si j'y compte.

– Eh bien ! voilà tout ce que j'avais à vous dire. Faites-vous beau, de Guiche, faites-vous très beau. Adieu !

– Vous ne viendrez pas à la répétition du ballet, vicomte ?

– Non, j'ai une visite à faire en ville. Embrassez-moi, de Guiche. Adieu !

La réunion avait lieu chez le roi.

Les reines d'abord, puis Madame, quelques dames d'honneur choisies, bon nombre de courtisans choisis également, préludaient aux exercices de la danse par des conversations comme on savait en faire dans ce temps-là.

Nulle des dames invitées n'avait revêtu le costume de fête, ainsi que l'avait prédit le chevalier de Lorraine ; mais on causait beaucoup des ajustements riches et ingénieux dessinés par différents peintres pour le *Ballet des demi-dieux*. Ainsi appelait-on les rois et les reines dont Fontainebleau allait être le Panthéon.

Monsieur arriva tenant à la main le dessin qui représentait son personnage ; il avait le front encore un peu soucieux ; son salut à la jeune reine et à sa mère fut plein de courtoisie et d'affection. Il salua presque cavalièrement Madame, et pirouetta sur ses talons. Ce geste et cette froideur furent remarqués.

M. de Guiche dédommagea la princesse par son regard plein de flammes, et Madame, il faut le dire, en relevant les paupières, le lui rendit avec usure.

Il faut le dire, jamais de Guiche n'avait été si beau, le regard de Madame avait en quelque sorte illuminé le visage du fils du maréchal de Grammont. La belle-sœur du roi sentait un orage grondant au-dessus de sa tête ; elle sentait aussi que pendant cette journée, si féconde en événements futurs, elle avait, envers celui qui l'aimait avec tant d'ardeur et de passion, commis une injustice, sinon une grave trahison.

Le moment lui semblait venu de rendre compte au pauvre sacrifié de cette injustice de la matinée. Le cœur de Madame parlait alors, et au nom de de Guiche. Le comte était sincèrement plaint, le comte l'emportait donc sur tous.

Il n'était plus question de Monsieur, du roi, de milord de Buckingham. De Guiche à ce moment régnait sans partage.

Cependant Monsieur était aussi bien beau ; mais il était impossible de le comparer au comte. On le sait, toutes les femmes le disent, il y a toujours une différence énorme entre la beauté de l'amant et celle du mari.

Or, dans la situation présente, après la sortie de Monsieur, après cette salutation courtoise et affectueuse à la jeune reine et à la reine mère, après ce salut leste et cavalier fait à Madame, et dont tous les courtisans avaient fait la remarque, tous ces motifs, disons-nous, dans cette réunion, donnaient l'avantage à l'amant sur l'époux.

Monsieur était trop grand seigneur pour remarquer ce détail. Il n'est rien d'efficace comme l'idée bien arrêtée de la supériorité pour assurer l'infériorité de l'homme qui garde cette opinion de lui-même.

Le roi arriva. Tout le monde chercha les événements dans le coup d'œil qui commençait à remuer le monde comme le sourcil du Jupiter tonnant.

Louis n'avait rien de la tristesse de son frère, il rayonnait.

Ayant examiné la plupart des dessins qu'on lui montrait de tous côtés, il donna ses conseils ou ses critiques et fit des heureux ou des infortunés avec un seul mot.

Tout à coup son œil, qui souriait obliquement vers Madame, remarqua la muette correspondance établie entre la princesse et le comte.

La lèvre royale se pinça, et, lorsqu'elle fut rouverte une fois encore pour donner passage à quelques phrases banales :

– Mesdames, dit le roi en s'avançant vers les reines, je reçois la nouvelle que tout est préparé selon mes ordres à Fontainebleau.

Un murmure de satisfaction partit des groupes. Le roi lut sur tous les visages le désir violent de recevoir une invitation pour les fêtes.

– Je partirai demain, ajouta-t-il.

Silence profond dans l'assemblée.

– Et j'engage, termina le roi, les personnes qui m'entourent à se préparer pour m'accompagner.

Le sourire illuminait toutes les physionomies. Celle de Monsieur seule garda son caractère de mauvaise humeur.

Alors on vit successivement défiler devant le roi et les dames les seigneurs qui se hâtaient de remercier Sa Majesté du grand honneur de l'invitation.

Quand ce fut au tour de Guiche :

– Ah ! monsieur, lui dit le roi, je ne vous avais pas vu.

Le comte salua. Madame pâlit.

De Guiche allait ouvrir la bouche pour formuler son remerciement.

– Comte, dit le roi, voici le temps des secondes semailles. Je suis sûr que vos fermiers de Normandie vous verront avec plaisir dans vos terres.

Et le roi tourna le dos au malheureux après cette brutale attaque.

Ce fut au tour de de Guiche à pâlir ; il fit deux pas vers le roi, oubliant qu'on ne parle jamais à Sa Majesté sans avoir été interrogé.

– J'ai mal compris, peut-être, balbutia-t-il.

Le roi tourna légèrement la tête, et, de ce regard froid et fixe qui plongeait comme une épée inflexible dans le cœur des disgraciés :

– J'ai dit vos terres, répéta-t-il lentement en laissant tomber ses paroles une à une.

Une sueur froide monta au front du comte, ses mains s'ouvrirent et laissèrent tomber le chapeau qu'il tenait entre ses doigts tremblants.

Louis chercha le regard de sa mère, comme pour lui montrer qu'il était le maître. Il chercha le regard triomphant de son frère, comme pour lui demander si la vengeance était de son goût.

Enfin, il arrêta ses yeux sur Madame.

La princesse souriait et causait avec Mme de Noailles.

Elle n'avait rien entendu, ou plutôt avait feint de ne rien entendre.

Le chevalier de Lorraine regardait aussi avec une de ces insistances ennemies qui semblent donner au regard d'un homme la puissance du levier lorsqu'il soulève, arrache et fait jaillir au loin l'obstacle.

M. de Guiche demeura seul dans le cabinet du roi ; tout le monde s'était évaporé. Devant les yeux du malheureux dansaient des ombres.

Soudain il s'arracha au fixe désespoir qui le dominait, et courut d'un trait s'enfermer chez lui, où l'attendait encore Raoul, tenace dans ses sombres pressentiments.

– Eh bien ? murmura celui-ci en voyant son ami entrer tête nue, l'œil égaré, la démarche chancelante.

– Oui, oui, c'est vrai, oui...

Et de Guiche n'en put dire davantage ; il tomba épuisé sur les coussins.

– Et elle ?... demanda Raoul.

– Elle ! s'écria l'infortuné en levant vers le ciel un poing crispé par la colère. Elle !...

– Que dit-elle ?

– Elle dit que sa robe lui va bien.

– Que fait-elle ?

– Elle rit.

Et un accès de rire extravagant fit bondir tous les nerfs du pauvre exilé. Il tomba bientôt à la renverse ; il était anéanti.

XVI

Fontainebleau

Depuis quatre jours, tous les enchantements réunis dans les magnifiques jardins de Fontainebleau faisaient de ce séjour un lieu de délices.

M. Colbert se multipliait... Le matin, comptes des dépenses de la nuit ; le jour, programmes, essais, enrôlements, paiements.

M. Colbert avait réuni quatre millions, et les disposait avec une savante économie.

Il s'épouvantait des frais auxquels conduit la mythologie. Tout sylvain, toute dryade ne coûtait pas moins de cent livres par jour. Le costume revenait à trois cents livres.

Ce qui se brûlait de poudre et de soufre en feux d'artifice montait chaque nuit à cent mille livres. Il y avait en outre des illuminations sur les bords de la pièce d'eau pour trente mille livres par soirée.

Ces fêtes avaient paru magnifiques. Colbert ne se possédait plus de joie.

Il voyait à tous moments Madame et le roi sortir pour des chasses ou pour des réceptions de personnages fantastiques, solennités qu'on improvisait depuis quinze jours et qui faisaient briller l'esprit de Madame et la munificence du roi.

Car Madame, héroïne de la fête, répondait aux harangues de ces députations de peuples inconnus, Garamanthes, Scythes, Hyperboréens, Caucasiens et Patagons, qui semblaient sortir de terre pour venir la féliciter, et à chaque représentant de ces peuples le roi donnait quelque diamant ou quelque meuble de valeur.

Alors les députés comparaient, en vers plus ou moins grotesques, le roi au Soleil, Madame à Phœbé sa sœur, et l'on ne parlait pas plus des reines ou de Monsieur, que si le roi eût épousé Madame Henriette d'Angleterre et non Marie-Thérèse d'Autriche.

Le couple heureux, se tenant les mains, se serrant imperceptiblement les doigts, buvait à longues gorgées ce breuvage si doux de l'adulation, que rehaussent la jeunesse, la beauté, la puissance et l'amour.

Chacun s'étonnait à Fontainebleau du degré d'influence que Madame avait si rapidement acquis sur le roi.

Chacun se disait tout bas que Madame était véritablement la reine. Et, en effet, le roi proclamait cette étrange vérité par chacune de ses pensées, par chacune de ses paroles et par chacun de ses regards.

Il puisait ses volontés, il cherchait ses inspirations dans les yeux de Madame, et il s'enivrait de sa joie lorsque Madame daignait sourire.

Madame, de son côté, s'enivrait-elle de son pouvoir en voyant tout le monde à ses pieds ? Elle ne pouvait le dire elle-même ; mais ce qu'elle savait, c'est qu'elle ne formait aucun désir, c'est qu'elle se trouvait parfaitement heureuse.

Il résultait de toutes ces transpositions, dont la source était dans la volonté royale, que Monsieur, au lieu d'être le second personnage du royaume, en était réellement devenu le troisième.

C'était bien pis que du temps où de Guiche faisait sonner ses guitares chez Madame. Alors, Monsieur avait au moins la satisfaction de faire peur à celui qui le gênait.

Mais, depuis le départ de l'ennemi chassé par son alliance avec le roi, Monsieur avait sur les épaules un joug bien autrement lourd qu'auparavant.

Chaque soir, Madame rentrait excédée.

Le cheval, les bains dans la Seine, les spectacles, les dîners sous les feuilles, les bals au bord du grand canal, les concerts, c'eût été assez pour tuer, non pas une femme mince et frêle, mais le plus robuste Suisse du château.

Il est vrai qu'en fait de danses, de concerts, de promenades, une femme est bien autrement forte que le plus vigoureux enfant des treize cantons.

Mais, si étendues que soient les forces d'une femme, elles ont un terme, et elles ne sauraient tenir longtemps contre un pareil régime.

Quant à Monsieur, il n'avait pas même la satisfaction de voir Madame abdiquer la royauté le soir.

Le soir, Madame habitait un pavillon royal avec la jeune reine et la reine mère.

Il va sans dire que M. le chevalier de Lorraine ne quittait pas Monsieur, et venait verser sa goutte de fiel sur chaque blessure qu'il recevait.

Il en résultait que Monsieur, qui s'était d'abord trouvé tout hilare et tout rajeuni depuis le départ de Guiche, retomba dans la mélancolie trois jours après l'installation de la cour à Fontainebleau.

Or, il arriva qu'un jour, vers deux heures, Monsieur, qui s'était levé tard, qui avait mis plus de soin encore que d'habitude à sa toilette, il arriva que Monsieur, qui n'avait entendu parler de rien pour la journée, forma le projet de réunir sa cour à lui et d'emmener Madame souper à Moret, où il avait une belle maison de campagne.

Il s'achemina donc vers le pavillon des reines, et entra, fort étonné de ne trouver là aucun homme du service royal.

Il entra tout seul dans l'appartement.

Une porte ouvrait à gauche sur le logis de Madame, une à droite sur le logis de la jeune reine.

Monsieur apprit chez sa femme, d'une lingère qui travaillait, que tout le monde était parti à onze heures pour s'aller baigner à la Seine, qu'on avait fait de cette partie une grande fête, que toutes les calèches avaient été disposées aux portes du parc, et que le départ s'était effectué depuis plus d'une heure.

« Bon ! se dit Monsieur, l'idée est heureuse ; il fait une chaleur lourde, je me baignerai volontiers. »

Et il appela ses gens... Personne ne vint.

Il appela chez Madame, tout le monde était sorti.

Il descendit aux remises.

Un palefrenier lui apprit qu'il n'y avait plus de calèches ni de carrosses.

Alors il commanda qu'on lui sellât deux chevaux, un pour lui, un pour son valet de chambre.

Le palefrenier lui répondit poliment qu'il n'y avait plus de chevaux.

Monsieur, pâle de colère, remonta chez les reines.

Il entra jusque dans l'oratoire d'Anne d'Autriche.

De l'oratoire, à travers une tapisserie entrouverte, il aperçut sa jeune belle-sœur agenouillée devant la reine mère et qui paraissait tout en larmes.

Il n'avait été vu ni entendu.

Il s'approcha doucement de l'ouverture et écouta ; le spectacle de cette douleur piquait sa curiosité.

Non seulement la jeune reine pleurait, mais encore elle se plaignait.

– Oui, disait-elle, le roi me néglige, le roi ne s'occupe plus que de plaisirs, et de plaisirs auxquels je ne participe point.

– Patience, patience, ma fille, répliquait Anne d'Autriche en espagnol.

Puis, en espagnol encore, elle ajoutait des conseils que Monsieur ne comprenait pas.

La reine y répondait par des accusations mêlées de soupirs et de larmes, parmi lesquelles Monsieur distinguait souvent le mot *baños* que Marie Thérèse accentuait avec le dépit de la colère.

« Les bains, se disait Monsieur, les bains. Il paraît que c'est aux bains qu'elle en a. »

Et il cherchait à recoudre les parcelles de phrases qu'il comprenait à la suite les unes des autres.

Toutefois, il était aisé de deviner que la reine se plaignait amèrement, et que, si Anne d'Autriche ne la consolait point, elle essayait au moins de la consoler.

Monsieur craignait d'être surpris écoutant à la porte, il prit le parti de tousser.

Les deux reines se retournèrent au bruit.

Monsieur entra.

À la vue du prince, la jeune reine se releva précipitamment, et essuya ses yeux.

Monsieur savait trop bien son monde pour questionner, et savait trop bien la politesse pour rester muet, il salua donc.

La reine mère lui sourit agréablement.

– Que voulez-vous, mon fils ? dit-elle.

– Moi ?... Rien... balbutia Monsieur ; je cherchais...

– Qui ?

– Ma mère, je cherchais Madame.

– Madame est aux bains.

– Et le roi ? dit Monsieur d'un ton qui fit trembler la reine.

– Le roi aussi, toute la cour aussi, répliqua Anne d'Autriche.

– Alors vous, madame ? dit Monsieur.

– Oh ! moi, fit la jeune reine, je suis l'effroi de tous ceux qui se divertissent.

– Et moi aussi, à ce qu'il paraît, reprit Monsieur.

Anne d'Autriche fit un signe muet à sa bru, qui se retira en fondant en larmes.

Monsieur fronça le sourcil.

– Voilà une triste maison, dit-il, qu'en pensez-vous, ma mère ?

– Mais... non... non... tout le monde ici cherche son plaisir.

– C'est pardieu bien ce qui attriste ceux que ce plaisir gêne.

– Comme vous dites cela, mon cher Philippe !

– Ma foi ! ma mère, je le dis comme je le pense.

– Expliquez-vous ; qu'y a-t-il ?

– Mais demandez à ma belle-sœur, qui tout à l'heure vous contait ses peines.

– Ses peines... quoi ?...

– Oui, j'écoutais ; par hasard, je l'avoue, mais enfin j'écoutais... Eh bien ! j'ai trop entendu ma sœur se plaindre des fameux bains de Madame.

– Ah ! folie...

– Non, non, non, lorsqu'on pleure, on n'est pas toujours fou... *Baños*, disait la reine ; cela ne veut-il pas dire bains ?

– Je vous répète, mon fils, dit Anne d'Autriche, que votre belle-sœur est d'une jalousie puérile.

– En ce cas, madame, répondit le prince, je m'accuse bien humblement d'avoir le même défaut qu'elle.

– Vous aussi, mon fils ?

– Certainement.

– Vous aussi, vous êtes jaloux de ces bains ?

– Parbleu !

– Oh !

– Comment ! le roi va se baigner avec ma femme et n'emmène pas la reine ? Comment ! Madame va se baigner avec le roi, et l'on ne me fait pas l'honneur de me prévenir ? Et vous voulez que ma belle-sœur soit contente ? et vous voulez que je sois content ?

– Mais, mon cher Philippe, dit Anne d'Autriche, vous extravaguez ; vous avez fait chasser M. de Buckingham, vous avez fait exiler M. de Guiche ; ne voulez-vous pas maintenant renvoyer le roi de Fontainebleau ?

– Oh ! telle n'est point ma prétention, madame, dit aigrement Monsieur. Mais je puis bien me retirer, moi, et je me retirerai.

– Jaloux du roi ! jaloux de votre frère !

– Jaloux de mon frère ! du roi ! oui, madame, jaloux ! jaloux ! jaloux !

– Ma foi, monsieur, s'écria Anne d'Autriche en jouant l'indignation et la colère, je commence à vous croire fou et ennemi juré de mon repos, et vous quitte la place, n'ayant pas de défense contre de pareilles imaginations.

Elle dit, leva le siège et laissa Monsieur en proie au plus furieux emportement.

Monsieur resta un instant tout étourdi ; puis, revenant à lui, pour retrouver toutes ses forces, il descendit de nouveau à l'écurie, retrouva le palefrenier, lui redemanda un carrosse, lui redemanda un cheval ; et sur sa double réponse qu'il n'y avait ni cheval ni carrosse, Monsieur arracha une chambrière aux mains d'un valet d'écurie et se mit à poursuivre le pauvre diable à grands coups de fouet tout autour de la cour des communs, malgré ses cris et ses excuses ; puis, essoufflé, hors d'haleine, ruisselant de sueur, tremblant de tous ses membres, il remonta chez lui, mit en pièces ses plus charmantes porcelaines, puis se coucha, tout botté, tout éperonné dans son lit, en criant :

– Au secours !

XVII

Le bain

À Vulaines, sous des voûtes impénétrables d'osiers fleuris, de saules qui, inclinant leurs têtes vertes, trempaient les extrémités de leur feuillage dans l'onde bleue, une barque, longue et plate, avec des échelles couvertes de longs rideaux bleus, servait de refuge aux Dianes baigneuses que guettaient à leur sortie de l'eau vingt Actéons empanachés qui galopaient, ardents et pleins de convoitise, sur le bord moussu et parfumé de la rivière.

Mais Diane, même la Diane pudique, vêtue de la longue chlamyde, était moins chaste, moins impénétrable que Madame, jeune et belle comme la déesse. Car, malgré la fine tunique de la chasseresse, on voyait son genou rond et blanc ; malgré le carquois sonore, on apercevait ses brunes épaules ; tandis qu'un long voile cent fois roulé enveloppait Madame, alors qu'elle se remettait aux bras de ses femmes, et la rendait inabordable aux plus indiscrets comme aux plus pénétrants regards.

Lorsqu'elle remonta l'escalier, les poètes présents, et tous étaient poètes quand il s'agissait de Madame, les vingt poètes galopants s'arrêtèrent, et, d'une voix commune, s'écrièrent que ce n'étaient pas des gouttes d'eau, mais bien des perles qui tombaient du corps de Madame et s'allaient perdre dans l'heureuse rivière.

Le roi, centre de ces poésies et de ces hommages, imposa silence aux amplificateurs dont la verve n'eût pas tari, et tourna bride, de peur d'offenser, même sous les rideaux de soie, la modestie de la femme et la dignité de la princesse.

Il se fit donc un grand vide dans la scène et un grand silence dans la barque. Aux mouvements, au jeu des plis, aux ondulations des rideaux, on devinait les allées et venues des femmes empressées pour leur service.

Le roi écoutait en souriant les propos de ses gentilshommes, mais on pouvait deviner en le regardant que son attention n'était point à leurs discours.

En effet, à peine le bruit des anneaux glissant sur les tringles eut-il annoncé que Madame était vêtue et que la déesse allait paraître, que le roi, se retournant sur-le-champ, et courant auprès du rivage, donna le signal à tous ceux que leur service ou leur plaisir appelaient auprès de Madame.

On vit les pages se précipiter, amenant avec eux les chevaux de main ; on vit les calèches, restées à couvert sous les branches, s'avancer auprès de la tente, plus cette nuée de valets, de porteurs, de femmes qui, pendant le bain des maîtres, avaient échangé à l'écart leurs observations, leurs critiques, leurs discussions d'intérêts, journal fugitif de cette époque, dont nul ne se souvient, pas même les flots, miroir des personnages, écho des discours ; les flots, témoins que Dieu a précipités eux-mêmes dans l'immensité, comme il a précipité les acteurs dans l'éternité.

Tout ce monde encombrant les bords de la rivière, sans compter une foule de paysans attirés par le désir de voir le roi et la princesse, tout ce monde fut, pendant huit ou dix minutes, le plus désordonné, le plus agréable pêle-mêle qu'on pût imaginer.

Le roi avait mis pied à terre : tous les courtisans l'avaient imité ; il avait offert la main à Madame, dont un riche habit de cheval développait la taille élégante, qui ressortait sous ce vêtement de fine laine, broché d'argent.

Ses cheveux, humides encore, et plus foncés que le jais, mouillaient son cou si blanc et si pur. La joie et la santé brillaient dans ses beaux yeux ; elle était reposée, nerveuse, elle aspirait l'air à longs traits sous le parasol brodé que lui portait un page.

Rien de plus tendre, de plus gracieux, de plus poétique que ces deux figures noyées sous l'ombre rose du parasol : le roi, dont les dents blanches éclataient dans un continuel sourire ; Madame, dont les yeux noirs brillaient comme deux escarboucles au reflet micacé de la soie changeante.

Quand Madame fut arrivée à son cheval, magnifique haquenée andalouse, d'un blanc sans tache, un peu lourde peut-être, mais à la tête intelligente et fine, dans laquelle on retrouvait le mélange du sang arabe si heureusement uni au sang espagnol, et à la longue queue balayant la terre, comme la princesse se faisait paresseuse pour atteindre l'étrier, le roi la prit dans ses bras, de telle façon que le bras de Madame se trouva comme un cercle de feu au cou du roi.

Louis, en se retirant, effleura involontairement de ses lèvres ce bras qui ne s'éloignait pas. Puis, la princesse ayant remercié son royal écuyer, tout le monde fut en selle au même instant.

Le roi et Madame se rangèrent pour laisser passer les calèches, les piqueurs, les courriers.

Bon nombre de cavaliers, affranchis du joug de l'étiquette, rendirent la main à leurs chevaux et s'élancèrent après les carrosses qui emportaient les filles d'honneur, fraîches comme autant d'Oréades autour de Diane, et les tourbillons, riant, jasant, bruissant, s'envolèrent.

Le roi et Madame maintinrent leurs chevaux au pas.

Derrière Sa Majesté et la princesse sa belle-sœur, mais à une respectueuse distance, les courtisans, graves ou désireux de se tenir à la portée et sous les regards du roi, suivirent, retenant leurs chevaux impatients, réglant leur allure sur celle du coursier du roi et de Madame, et se livrèrent à tout ce que présente de douceur et d'agrément le commerce des gens d'esprit qui débitent avec courtoisie mille atroces noirceurs sur le compte du prochain.

Dans les petits rires étouffés, dans les réticences de cette hilarité sardonique, Monsieur, ce pauvre absent, ne fut pas ménagé.

Mais on s'apitoya, on gémit sur le sort de de Guiche, et, il faut l'avouer, la compassion n'était pas là déplacée.

Cependant le roi et Madame ayant mis leurs chevaux en haleine et répété cent fois tout ce que leur mettaient dans la bouche les courtisans qui les faisaient parler, prirent le petit galop de chasse, et alors on entendit résonner sous le poids de cette cavalerie les allées profondes de la forêt.

Aux entretiens à voix basse, aux discours en forme de confidences, aux paroles échangées avec une sorte de mystère, succédèrent les bruyants éclats ; depuis les piqueurs jusqu'aux princes, la gaieté s'épandit. Tout le monde se mit à rire et à s'écrier. On vit les pies et les geais s'enfuir avec leurs cris gutturaux sous les voûtes ondoyantes des chênes, le coucou interrompit sa monotone plainte au fond des bois, les pinsons et les mésanges s'envolèrent en nuées, pendant que les daims, les chevreuils et les biches bondissaient, effarés, au milieu des halliers.

Cette foule, répandant, comme en traînée, la joie, le bruit et la lumière sur son passage, fut précédée, pour ainsi dire, au château par son propre retentissement.

Le roi et Madame entrèrent dans la ville, salués tous deux par les acclamations universelles de la foule.

Madame s'empressa d'aller trouver Monsieur. Elle comprenait instinctivement qu'il était resté trop longtemps en dehors de cette joie.

Le roi alla rejoindre les reines ; il savait leur devoir, à une surtout, un dédommagement de sa longue absence.

Mais Madame ne fut pas reçue chez Monsieur. Il lui fut répondu que Monsieur dormait.

Le roi, au lieu de rencontrer Marie-Thérèse souriante comme toujours, trouva dans la galerie Anne d'Autriche qui, guettant son arrivée, s'avança au-devant de lui, le prit par la main et l'emmena chez elle.

Ce qu'ils se dirent, ou plutôt ce que la reine mère dit à Louis XIV, nul ne l'a jamais su ; mais on aurait pu bien certainement le deviner à la figure contrariée du roi à la sortie de cet entretien.

Mais nous, dont le métier est d'interpréter, comme aussi de faire part au lecteur de nos interprétations, nous manquerions à notre devoir en lui laissant ignorer le résultat de cette entrevue.

Il le trouvera suffisamment développé, nous l'espérons du moins, dans le chapitre suivant.

XVIII

La chasse aux papillons

Le roi, en rentrant chez lui pour donner quelques ordres et pour asseoir ses idées, trouva sur sa toilette un petit billet dont l'écriture semblait déguisée.

Il l'ouvrit et lut :

Venez vite, j'ai mille choses à vous dire.

Il n'y avait pas assez longtemps que le roi et Madame s'étaient quittés, pour que ces mille choses fussent la suite des trois mille que l'on s'était dites pendant la route qui sépare Vulaines de Fontainebleau.

Aussi la confusion du billet et sa précipitation donnèrent-elles beaucoup à penser au roi.

Il s'occupa quelque peu de sa toilette et partit pour aller rendre visite à Madame.

La princesse, qui n'avait pas voulu paraître l'attendre, était descendue aux jardins avec toutes ses dames.

Quand le roi eut appris que Madame avait quitté ses appartements pour se rendre à la promenade, il recueillit tous les gentilshommes qu'il put trouver sous sa main et les convia à le suivre aux jardins.

Madame faisait la chasse aux papillons sur une grande pelouse bordée d'héliotropes et de genêts.

Elle regardait courir les plus intrépides et les plus jeunes de ses dames, et, le dos tourné à la charmille, attendait fort impatiemment l'arrivée du roi, auquel elle avait assigné ce rendez-vous.

Le craquement de plusieurs pas sur le sable la fit retourner. Louis XIV était nu-tête ; il avait abattu de sa canne un papillon petit-paon, que M. de Saint-Aignan avait ramassé tout étourdi sur l'herbe.

– Vous voyez, madame, dit le roi, que, moi aussi, je chasse pour vous.

Et il s'approcha.

– Messieurs, dit-il en se tournant vers les gentilshommes qui formaient sa suite, rapportez-en chacun autant à ces dames.

C'était congédier tout le monde.

On vit alors un spectacle assez curieux ; les vieux courtisans, les courtisans obèses, coururent après les papillons en perdant leurs chapeaux et en chargeant, canne levée, les myrtes et les genêts comme ils eussent fait des Espagnols.

Le roi offrit la main à Madame, choisit avec elle pour centre d'observation un banc couvert d'une toiture de mousse, sorte de chalet ébauché par le génie timide de quelque jardinier qui avait inauguré le pittoresque et la fantaisie dans le style sévère du jardinage d'alors.

Cet auvent, garni de capucines et de rosiers grimpants, recouvrait un banc sans dossier, de manière que les spectateurs, isolés au milieu de la pelouse, voyaient et étaient vus de tous côtés, mais ne pouvaient être entendus sans voir eux-mêmes ceux qui se fussent approchés pour entendre.

De ce siège, sur lequel les deux intéressés se placèrent, le roi fit un signe d'encouragement aux chasseurs ; puis, comme s'il eût disserté avec Madame sur le papillon traversé d'une épingle d'or et fixé à son chapeau :

– Ne sommes-nous pas bien ici pour causer ? dit-il.

– Oui, sire, car j'avais besoin d'être entendue de vous seul et vue de tout le monde.

– Et moi aussi, dit Louis.

– Mon billet vous a surpris ?

– Épouvanté ! Mais ce que j'ai à vous dire est plus important.

– Oh ! non pas. Savez-vous que Monsieur m'a fermé sa porte ?

– À vous ! et pourquoi ?

– Ne le devinez-vous pas ?

– Ah ! madame ! mais alors nous avions tous les deux la même chose à nous dire ?

– Que vous est-il donc arrivé, à vous ?

– Vous voulez que je commence ?

– Oui. Moi, j'ai tout dit.

– À mon tour, alors. Sachez qu'en arrivant j'ai trouvé ma mère qui m'a entraîné chez elle.

– Oh ! la reine mère ! fit Madame avec inquiétude, c'est sérieux.

– Je le crois bien. Voici ce qu'elle m'a dit... Mais, d'abord, permettez-moi un préambule.

– Parlez, sire.

– Est-ce que Monsieur vous a jamais parlé de moi ?

– Souvent.

– Est-ce que Monsieur vous a jamais parlé de sa jalousie ?

– Oh ! plus souvent encore.

– À mon égard ?

– Non pas, mais à l'égard...

– Oui, je sais, de Buckingham, de Guiche.

– Précisément.

– Eh bien ! madame, voilà que Monsieur s'avise à présent d'être jaloux de moi.

– Voyez ! répliqua en souriant malicieusement la princesse.

– Enfin, ce me semble, nous n'avons jamais donné lieu...

– Jamais ! moi du moins... Mais comment avez-vous su la jalousie de Monsieur ?

– Ma mère m'a représenté que Monsieur était entré chez elle comme un furieux, qu'il avait exhalé mille plaintes contre votre... Pardonnez-moi...

– Dites, dites.

– Sur votre coquetterie. Il paraît que Monsieur se mêle aussi d'injustice.

– Vous êtes bien bon, sire.

– Ma mère l'a rassuré ; mais il a prétendu qu'on le rassurait trop souvent et qu'il ne voulait plus l'être.

– N'eût-il pas mieux fait de ne pas s'inquiéter du tout ?

– C'est ce que j'ai dit.

– Avouez, sire, que le monde est bien méchant. Quoi ! un frère, une sœur ne peuvent causer ensemble, se plaire dans la société l'un de l'autre sans donner lieu à des commentaires, à des soupçons ? Car enfin, sire, nous ne faisons pas mal, nous n'avons nulle envie de faire mal.

Et elle regardait le roi de cet œil fier et provocateur qui allume les flammes du désir chez les plus froids et les plus sages.

– Non, c'est vrai, soupira Louis.

– Savez-vous bien, sire, que, si cela continuait, je serais forcée de faire un éclat ? Voyons, jugez notre conduite : est-elle ou n'est-elle pas régulière ?

– Oh ! certes, elle est régulière.

– Seuls souvent, car nous nous plaisons aux mêmes choses, nous pourrions nous égarer aux mauvaises ; l'avons-nous fait ?... Pour moi vous êtes un frère, rien de plus.

Le roi fronça le sourcil. Elle continua.

– Votre main, qui rencontre souvent la mienne, ne me produit pas ces tressaillements, cette émotion... que des amants, par exemple...

– Oh ! assez, assez, je vous en conjure ! dit le roi au supplice. Vous êtes impitoyable et vous me ferez mourir.

– Quoi donc ?

– Enfin... vous dites clairement que vous n'éprouvez rien auprès de moi.

– Oh ! sire... je ne dis pas cela... mon affection...

– Henriette... assez, je vous le demande encore. Si vous me croyez de marbre comme vous, détrompez-vous.

– Je ne vous comprends pas.

– C'est bien, soupira le roi en baissant les yeux. Ainsi nos rencontres... nos serrements de mains... nos regards échangés... Pardon, pardon... Oui, vous avez raison, et je sais ce que vous voulez dire.

Il cacha sa tête dans ses mains.

– Prenez garde, sire, dit vivement Madame, voici que M. de Saint-Aignan vous regarde.

– C'est vrai ! s'écria Louis en fureur ; jamais l'ombre de la liberté, jamais de sincérité dans les relations... On croit trouver un ami, l'on n'a qu'un espion... une amie, l'on n'a qu'une... sœur.

Madame se tut, elle baissa les yeux.

– Monsieur est jaloux ! murmura-t-elle avec un accent dont rien ne saurait rendre la douceur et le charme.

– Oh ! s'écria soudain le roi, vous avez raison.

– Vous voyez bien, fit-elle en le regardant de manière à lui brûler le cœur, vous êtes libre ; on ne vous soupçonne pas ; on n'empoisonne pas toute la joie de votre maison.

– Hélas ! vous ne savez encore rien : c'est que la reine est jalouse.

– Marie-Thérèse ?

– Jusqu'à la folie. Cette jalousie de Monsieur est née de la sienne ; elle pleurait, elle se plaignait à ma mère, elle nous reprochait ces parties de bains si douces pour moi.

« Pour moi », fit le regard de Madame.

– Tout à coup, Monsieur, aux écoutes, surprit le mot *baños*, que prononçait la reine avec amertume ; cela l'éclaira. Il entra effaré, se mêla aux entretiens et querella ma mère si âprement, qu'elle dut fuir sa présence ; en sorte que vous avez affaire à un mari jaloux, et que je vais voir se dresser devant moi perpétuellement, inexorablement, le spectre de la jalousie aux yeux gonflés, aux joues amaigries, à la bouche sinistre.

– Pauvre roi ! murmura Madame en laissant sa main effleurer celle de Louis.

Il retint cette main, et, pour la serrer sans donner d'ombrage aux spectateurs qui ne cherchaient pas si bien les papillons qu'ils ne cherchassent aussi les nouvelles et à comprendre quelque mystère dans l'entretien du roi et de Madame, Louis rapprocha de sa belle-sœur le papillon expirant : tous deux se penchèrent comme pour compter les mille yeux de ses ailes ou les grains de leur poussière d'or.

Seulement, ni l'un ni l'autre ne parla ; leurs cheveux se touchaient, leurs haleines se mêlaient, leurs mains brûlaient l'une dans l'autre.

Cinq minutes s'écoulèrent ainsi.

XIX

Ce que l'on prend en chassant aux papillons

Les deux jeunes gens restèrent un instant la tête inclinée sous cette double pensée d'amour naissant qui fait naître tant de fleurs dans les imaginations de vingt ans.

Madame Henriette regardait Louis de côté. C'était une de ces natures bien organisées qui savent à la fois regarder en elles-mêmes et dans les autres. Elle voyait l'amour au fond du cœur de Louis, comme un plongeur habile voit une perle au fond de la mer.

Elle comprit que Louis était dans l'hésitation, sinon dans le doute, et qu'il fallait pousser en avant ce cœur paresseux ou timide.

– Ainsi ?... dit-elle, interrogeant en même temps qu'elle rompait le silence.

– Que voulez-vous dire ? demanda Louis après avoir attendu un instant.

– Je veux dire qu'il me faudra revenir à la résolution que j'avais prise.

– À laquelle ?

– À celle que j'avais déjà soumise à Votre Majesté.

– Quand cela ?

– Le jour où nous nous expliquâmes à propos des jalousies de Monsieur.

– Que me disiez-vous donc ce jour-là ? demanda Louis, inquiet.

– Vous ne vous en souvenez plus, sire ?

– Hélas ! si c'est un malheur encore, je m'en souviendrai toujours assez tôt.

– Oh ! ce n'est un malheur que pour moi, sire, répondit Madame Henriette ; mais c'est un malheur nécessaire.

– Mon Dieu !

– Et je le subirai.

– Enfin, dites, quel est ce malheur ?

– L'absence !

– Oh ! encore cette méchante résolution ?

– Sire, croyez que je ne l'ai point prise sans lutter violemment contre moi-même... Sire, il me faut, croyez-moi, retourner en Angleterre.

– Oh ! jamais, jamais, je ne permettrai que vous quittiez la France ! s'écria le roi.

– Et cependant, dit Madame en affectant une douce et triste fermeté, cependant, sire, rien n'est plus urgent ; et, il y a plus, je suis persuadée que telle est la volonté de votre mère.

– La volonté ! s'écria le roi. Oh ! oh ! chère sœur, vous avez dit là un singulier mot devant moi.

– Mais, répondit en souriant Madame Henriette, n'êtes-vous pas heureux de subir les volontés d'une bonne mère ?

– Assez, je vous en conjure ; vous me déchirez le cœur.

– Moi ?

– Sans doute, vous parlez de ce départ avec une tranquillité.

– Je ne suis pas née pour être heureuse, sire, répondit mélancoliquement la princesse, et j'ai pris, toute jeune, l'habitude de voir mes plus chères pensées contrariées.

– Dites-vous vrai ? Et votre départ contrarierait-il une pensée qui vous soit chère ?

– Si je vous répondais oui, n'est-il pas vrai, sire, que vous prendriez déjà votre mal en patience ?

– Cruelle !

– Prenez garde, sire, on se rapproche de nous.

Le roi regarda autour de lui.

– Non, dit-il.

Puis, revenant à Madame :

– Voyons, Henriette, au lieu de chercher à combattre la jalousie de Monsieur par un départ qui me tuerait...

Henriette haussa légèrement les épaules, en femme qui doute.

– Oui, qui me tuerait, répondit Louis. Voyons, au lieu de vous arrêter à ce départ, est-ce que votre imagination... Ou plutôt est-ce que votre cœur ne vous suggérerait rien ?

– Et que voulez-vous que mon cœur me suggère, mon Dieu ?

– Mais enfin, dites, comment prouve-t-on à quelqu'un qu'il a tort d'être jaloux ?

– D'abord, sire, en ne lui donnant aucun motif de jalousie, c'est-à-dire en n'aimant que lui.

– Oh ! j'attendais mieux.

– Qu'attendiez-vous ?

– Que vous répondiez tout simplement qu'on tranquillise les jaloux en dissimulant l'affection que l'on porte à l'objet de leur jalousie.

– Dissimuler est difficile, sire.

– C'est pourtant par les difficultés vaincues qu'on arrive à tout bonheur. Quant à moi, je vous jure que je démentirai mes jaloux, s'il le faut, en affectant de vous traiter comme toutes les autres femmes.

– Mauvais moyen, faible moyen, dit la jeune femme en secouant sa charmante tête.

– Vous trouvez tout mauvais, chère Henriette, dit Louis mécontent. Vous détruisez tout ce que je propose. Mettez donc au moins quelque chose à la place. Voyons, cherchez. Je me fie beaucoup aux inventions des femmes. Inventez à votre tour.

– Eh bien ! je trouve ceci. Écoutez-vous, sire ?

– Vous me le demandez ! Vous parlez de ma vie ou de ma mort, et vous me demandez si j'écoute !

– Eh bien ! j'en juge par moi-même. S'il s'agissait de me donner le change sur les intentions de mon mari à l'égard d'une autre femme, une chose me rassurerait par-dessus tout.

– Laquelle ?

– Ce serait de voir, d'abord, qu'il ne s'occupe pas de cette femme.

– Eh bien ! voilà précisément ce que je vous disais tout à l'heure.

– Soit. Mais je voudrais, pour être pleinement rassurée, le voir encore s'occuper d'une autre.

– Ah ! je vous comprends, répondit Louis en souriant. Mais, dites-moi, chère Henriette...

– Quoi ?

– Si le moyen est ingénieux, il n'est guère charitable.

– Pourquoi ?

– En guérissant l'appréhension de la blessure dans l'esprit du jaloux, vous lui en faites une au cœur. Il n'a plus la peur, c'est vrai ; mais il a le mal, ce qui me semble bien pis.

– D'accord ; mais au moins il ne surprend pas, il ne soupçonne pas l'ennemi réel, il ne nuit pas à l'amour ; il concentre toutes ses forces du côté où ses forces ne feront tort à rien ni à personne. En un mot, sire, mon système, que je m'étonne de vous voir combattre, je l'avoue, fait du mal aux jaloux, c'est vrai, mais fait du bien aux amants. Or, je vous le demande, sire, excepté vous peut-être, qui a jamais songé à plaindre les jaloux ? Ne sont-ce pas des bêtes mélancoliques, toujours aussi malheureuses sans sujet qu'avec sujet ? Ôtez le sujet, vous ne détruirez pas leur affliction. Cette maladie gît dans l'imagination, et, comme toutes les maladies imaginaires, elle est incurable. Tenez, il me souvient à ce propos, très cher sire, d'un aphorisme de mon pauvre médecin Dawley, savant et spirituel docteur, que, sans mon frère, qui ne peut se passer de lui, j'aurais maintenant près de moi : « Lorsque vous souffrirez de deux affections, me disait-il, choisissez celle qui vous gêne le moins, je vous laisserai celle-là ; car, par Dieu ! disait-il, celle-là m'est souverainement utile pour que j'arrive à vous extirper l'autre. »

– Bien dit, bien jugé, chère Henriette, répondit le roi en souriant.

– Oh ! nous avons d'habiles gens à Londres, sire.

– Et ces habiles gens font d'adorables élèves ; ce Daley, Darley... comment l'appelez-vous ?

– Dawley.

– Eh bien ! je lui ferai pension dès demain pour son aphorisme ; vous, Henriette, commencez, je vous prie, par choisir le moindre de vos maux. Vous ne répondez pas, vous souriez ; je devine, le moindre de vos maux, n'est-ce pas, c'est votre séjour en France ? Je vous laisserai ce mal-là, et, pour débuter dans la cure de l'autre, je veux chercher dès aujourd'hui un sujet de divagation pour les jaloux de tout sexe qui nous persécutent.

– Chut ! cette fois-ci, on vient bien réellement, dit Madame.

Et elle se baissa pour cueillir une pervenche dans le gazon touffu.

On venait, en effet, car soudain se précipitèrent, par le sommet du monticule, une foule de jeunes femmes que suivaient les cavaliers ; la cause de toute cette irruption était un magnifique sphinx des vignes aux ailes supérieures semblables au plumage du chat-huant, aux ailes inférieures pareilles à des feuilles de rose.

Cette proie opime était tombée dans les filets de Mlle de Tonnay-Charente, qui la montrait avec fierté à ses rivales, moins bonnes chercheuses qu'elle.

La reine de la chasse s'assit à vingt pas à peu près du banc où se tenaient Louis et Madame Henriette, s'adossa à un magnifique chêne enlacé de lierres, et piqua le papillon sur le jonc de sa longue canne.

Mlle de Tonnay-Charente était fort belle ; aussi les hommes désertèrent-ils les autres femmes pour venir, sous prétexte de lui faire compliment sur son adresse, se presser en cercle autour d'elle.

Le roi et la princesse regardaient sournoisement cette scène comme les spectateurs d'un autre âge regardent les jeux des petits enfants.

– On s'amuse là-bas, dit le roi.

– Beaucoup, sire ; j'ai toujours remarqué qu'on s'amusait là où étaient la jeunesse et la beauté.

– Que dites-vous de Mlle de Tonnay-Charente, Henriette ? demanda le roi.

– Je dis qu'elle est un peu blonde, répondit Madame, tombant du premier coup sur le seul défaut que l'on pût reprocher à la beauté presque parfaite de la future Mme de Montespan.

– Un peu blonde, soit ! mais belle, ce me semble, malgré cela.

– Est-ce votre avis, sire ?

– Mais oui.

– Eh bien ! alors, c'est le mien aussi.

– Et recherchée, vous voyez.

– Oh ! pour cela, oui : les amants voltigent. Si nous faisions la chasse aux amants, au lieu de faire la chasse aux papillons, voyez donc la belle capture que nous ferions autour d'elle.

– Voyons, Henriette, que dirait-on si le roi se mêlait à tous ces amants et laissait tomber son regard de ce côté ? Serait-on encore jaloux là-bas ?

– Oh ! sire, Mlle de Tonnay-Charente est un remède bien efficace, dit Madame avec un soupir ; elle guérirait le jaloux, c'est vrai, mais elle pourrait bien faire une jalouse.

– Henriette ! Henriette ! s'écria Louis, vous m'emplissez le cœur de joie ! Oui, oui, vous avez raison, Mlle de Tonnay-Charente est trop belle pour servir de manteau.

– Manteau de roi, dit en souriant Madame Henriette ; manteau de roi doit être beau.

– Me le conseillez-vous ? demanda Louis.

– Oh ! moi, que vous dirais-je, sire, sinon que donner un pareil conseil serait donner des armes contre moi ? Ce serait folie ou orgueil que vous conseiller de prendre pour héroïne d'un faux amour une femme plus belle que celle pour laquelle vous prétendez éprouver un amour vrai.

Le roi chercha la main de Madame avec la main, les yeux avec les yeux, puis il balbutia quelques mots si tendres, mais en même temps prononcés si bas, que l'historien, qui doit tout entendre, ne les entendit point.

Puis tout haut :

– Eh bien ! dit-il, choisissez-moi vous-même celle qui devra guérir nos jaloux. À celle-là tous mes soins, toutes mes attentions, tout le temps que je vole aux affaires ; à celle-là, Henriette, la fleur que je cueillerai pour vous, les pensées de tendresse que vous ferez naître en moi ; à celle-là le regard que je n'oserai vous adresser, et qui devrait aller vous éveiller dans votre insouciance. Mais choisissez-la bien, de peur qu'en voulant songer à elle, de peur qu'en lui offrant la rose détachée par mes doigts, je ne me trouve vaincu par vous-même, et que l'œil, la main, les lèvres ne retournent sur-le-champ à vous, dût l'univers tout entier deviner mon secret.

Pendant que ces paroles s'échappaient de la bouche du roi, comme un flot d'amour, Madame rougissait, palpitait, heureuse, fière, enivrée ; elle ne trouva rien à répondre, son orgueil et sa soif des hommages étaient satisfaits.

– J'échouerai, dit-elle en relevant ses beaux yeux, mais non pas comme vous m'en priez, car tout cet encens que vous voulez brûler sur l'autel d'une autre déesse, ah ! sire, j'en suis jalouse aussi et je veux qu'il me revienne, et je ne veux pas qu'il s'en égare un atome en chemin. Donc, sire, je choisirai, avec votre royale permission, ce qui me paraîtra le moins capable de vous distraire, et qui laissera mon image bien intacte dans votre âme.

– Heureusement, dit le roi, que votre cœur n'est point mal composé, sans cela je frémirais de la menace que vous me faites ; nous avons pris sur ce point nos précautions, et autour de vous, comme autour de moi, il serait difficile de rencontrer un fâcheux visage.

Pendant que le roi parlait ainsi, Madame s'était levée, avait parcouru des yeux toute la pelouse, et, après un examen détaillé et silencieux, appelant à elle le roi :

– Tenez, sire, dit-elle, voyez-vous sur le penchant de la colline, près de ce massif de boules-de-neige, cette belle arriérée qui va seule, tête baissée, bras pendants, cherchant dans les fleurs qu'elle foule aux pieds, comme tous ceux qui ont perdu leur pensée.

– Mlle de La Vallière ? fit le roi.

– Oui.

– Oh !

– Ne vous convient-elle pas, sire ?

– Mais voyez donc la pauvre enfant, elle est maigre, presque décharnée !

– Bon ! suis-je grasse, moi ?

– Mais elle est triste à mourir !

– Cela fera contraste avec moi, que l'on accuse d'être trop gaie.

– Mais elle boite !

– Vous croyez ?

– Sans doute. Voyez donc, elle a laissé passer tout le monde de peur que sa disgrâce ne soit remarquée.

– Eh bien ! elle courra moins vite que Daphné et ne pourra pas fuir Apollon.

– Henriette ! Henriette ! fit le roi tout maussade, vous avez été justement me chercher la plus défectueuse de vos filles d'honneur.

– Oui, mais c'est une de mes filles d'honneur, notez cela.

– Sans doute. Que voulez-vous dire ?

– Je veux dire que, pour visiter cette divinité nouvelle, vous ne pourrez vous dispenser de venir chez moi, et que, la décence interdisant à votre flamme d'entretenir particulièrement la déesse, vous serez contraint de la voir à mon cercle, de me parler en lui parlant. Je veux dire, enfin, que les jaloux auront tort s'ils croient que vous venez chez moi pour moi, puisque vous y viendrez pour Mlle de La Vallière.

– Qui boite.

– À peine.

– Qui n'ouvre jamais la bouche.

– Mais qui, quand elle l'ouvre, montre des dents charmantes.

– Qui peut servir de modèle aux ostéologistes.

– Votre faveur l'engraissera.

– Henriette !

– Enfin, vous m'avez laissée maîtresse ?

– Hélas ! oui.

– Eh bien ! c'est mon choix ; je vous l'impose. Subissez-le.

– Oh ! je subirais une des Furies, si vous me l'imposiez.

– La Vallière est douce comme un agneau ; ne craignez pas qu'elle vous contredise jamais quand vous lui direz que vous l'aimez.

Et Madame se mit à rire.

– Oh ! vous n'avez pas peur que je lui en dise trop, n'est-ce pas ?

– C'était dans mon droit.

– Soit.

– C'est donc un traité fait ?

– Signé.

– Vous me conserverez une amitié de frère, une assiduité de frère, une galanterie de roi, n'est-ce pas ?

– Je vous conserverai un cœur qui n'a déjà plus l'habitude de battre qu'à votre commandement.

– Eh bien ! voyez-vous l'avenir assuré de cette façon ?

– Je l'espère.

– Votre mère cessera-t-elle de me regarder en ennemie ?

– Oui.

– Marie-Thérèse cessera-t-elle de parler en espagnol devant Monsieur, qui a horreur des colloques faits en langue étrangère, parce qu'il croit toujours qu'on l'y maltraite ?

– Hélas ! a-t-il tort ? murmura le roi tendrement.

– Et pour terminer, fit la princesse, accusera-t-on encore le roi de songer à des affections illégitimes, quand il est vrai que nous n'éprouvons rien l'un pour l'autre, si ce n'est des sympathies pures de toute arrière-pensée ?

– Oui, oui, balbutia le roi. Mais on dira encore autre chose.

– Et que dira-t-on, sire ? En vérité, nous ne serons donc jamais en repos ?

– On dira, continua le roi, que j'ai bien mauvais goût ; mais qu'est-ce que mon amour-propre auprès de votre tranquillité ?

– De mon honneur, sire, et de celui de notre famille, voulez-vous dire. D'ailleurs, croyez-moi, ne vous hâtez point ainsi de vous piquer contre La Vallière ; elle boite, c'est vrai, mais elle ne manque pas d'un certain bon sens. Tout ce que le roi touche, d'ailleurs, se convertit en or.

– Enfin, madame, soyez certaine d'une chose, c'est que je vous suis encore reconnaissant ; vous pouviez me faire payer plus cher encore votre séjour en France.

– Sire, on vient à nous.

– Eh bien ?

– Un dernier mot.

– Lequel ?

– Vous êtes prudent et sage, sire, mais c'est ici qu'il faudra appeler à votre secours toute votre prudence, toute votre sagesse.

– Oh ! s'écria Louis en riant, je commence dès ce soir à jouer mon rôle, et vous verrez si j'ai de la vocation pour représenter les bergers. Nous avons grande promenade dans la forêt après le goûter, puis nous avons souper et ballet à dix heures.

– Je le sais bien.

– Or, ma flamme va ce soir même éclater plus haut que les feux d'artifice, briller plus clairement que les lampions de notre ami Colbert ; cela resplendira de telle sorte que les reines et Monsieur auront les yeux brûlés.

– Prenez garde, sire, prenez garde !

– Eh ! mon Dieu, qu'ai-je donc fait ?

– Voilà que je vais rentrer mes compliments de tout à l'heure... Vous, prudent ! vous, sage ! ai-je dit... Mais vous débutez par d'abominables folies ! Est-ce qu'une passion s'allume ainsi, comme une torche, en une seconde ? Est-ce que, sans préparation aucune, un roi fait comme vous tombe aux pieds d'une fille comme La Vallière ?

– Oh ! Henriette ! Henriette ! Henriette ! je vous y prends... Nous n'avons pas encore commencé la campagne et vous me pillez !

– Non, mais je vous rappelle aux idées saines. Allumez progressivement votre flamme, au lieu de la faire éclater ainsi tout à coup. Jupiter tonne et fait briller l'éclair avant d'incendier les palais. Toute chose a son prélude. Si vous vous échauffez ainsi, nul ne vous croira épris, et tout le monde vous croira fou. À moins toutefois qu'on ne vous devine. Les gens sont moins sots parfois qu'ils n'en ont l'air.

Le roi fut obligé de convenir que Madame était un ange de savoir et un diable d'esprit.

– Eh bien ! soit, dit-il, je ruminerai mon plan d'attaque ; les généraux, mon cousin de Condé, par exemple, pâlissent sur leurs cartes stratégiques avant de faire mouvoir un seul de ces pions qu'on appelle des corps d'armée ; moi, je veux dresser tout un plan d'attaque. Vous savez que le Tendre est subdivisé en toutes sortes de circonscriptions. Eh bien ! je m'arrêterai au village de Petits-Soins, au hameau de Billets-Doux, avant de prendre la route de Visible-Amour ; le chemin est tout tracé, vous le savez, et cette pauvre Mlle de Scudéry ne me pardonnerait point de brûler ainsi les étapes.

– Nous voilà revenus en bon chemin, sire. Maintenant, vous plaît-il que nous nous séparions ?

– Hélas ! il le faut bien ; car, tenez, on nous sépare.

– Ah ! dit Madame Henriette, en effet, voilà qu'on nous apporte le sphinx de Mlle de Tonnay-Charente, avec les sons de trompe en usage chez les grands veneurs.

– C'est donc bien entendu : ce soir, pendant la promenade, je me glisserai dans la forêt, et trouvant La Vallière sans vous...

– Je l'éloignerai. Cela me regarde.

– Très bien ! Je l'aborderai au milieu de ses compagnes, et lancerai le premier trait.

– Soyez adroit, dit Madame en riant, ne manquez pas le cœur.

Et la princesse prit congé du roi pour aller au-devant de la troupe joyeuse, qui accourait avec force cérémonies et fanfares de chasse entonnées par toutes les bouches.

XX

Le ballet des Saisons

Après la collation, qui eut lieu vers cinq heures, le roi entra dans son cabinet, où l'attendaient les tailleurs.

Il s'agissait d'essayer enfin ce fameux habit du Printemps qui avait coûté tant d'imagination, tant d'efforts de pensée aux dessinateurs et aux ornementistes de la cour.

Quant au ballet lui-même, tout le monde savait son pas et pouvait figurer.

Le roi avait résolu d'en faire l'objet d'une surprise. Aussi à peine eut-il terminé sa conférence et fut-il rentré chez lui, qu'il manda ses deux maîtres de cérémonies, Villeroy et Saint-Aignan.

Tous deux lui répondirent qu'on n'attendait que son ordre, et qu'on était prêt à commencer ; mais cet ordre, pour qu'il le donnât, il fallait du beau temps et une nuit propice.

Le roi ouvrit sa fenêtre ; la poudre d'or du soir tombait à l'horizon par les déchirures du bois ; blanche comme une neige, la lune se dessinait déjà au ciel.

Pas un pli sur la surface des eaux vertes ; les cygnes eux-mêmes, reposant sur leurs ailes fermées comme des navires à l'ancre, semblaient se pénétrer de la chaleur de l'air, de la fraîcheur de l'eau, et du silence d'une admirable soirée.

Le roi, ayant vu toutes ces choses, contemplé ce magnifique tableau, donna l'ordre que demandaient MM. de Villeroy et de Saint-Aignan.

Pour que cet ordre fût exécuté royalement, une dernière question était nécessaire ; Louis XIV la posa à ces deux gentilshommes.

La question avait quatre mots :

– Avez-vous de l'argent ?

– Sire, répondit Saint-Aignan, nous nous sommes entendus avec M. Colbert.

– Ah ! fort bien.

– Oui, sire, et M. Colbert a dit qu'il serait auprès de Votre Majesté aussitôt que Votre Majesté manifesterait l'intention de donner suite aux fêtes dont elle a donné le programme.

– Qu'il vienne alors.

Comme si Colbert eût écouté aux portes pour se maintenir au courant de la conversation, il entra dès que le roi eut prononcé son nom devant les deux courtisans.

– Ah ! fort bien, monsieur Colbert, dit Sa Majesté. À vos postes donc, messieurs !

Saint-Aignan et Villeroy prirent congé.

Le roi s'assit dans un fauteuil près de la fenêtre.

– Je danse ce soir mon ballet, monsieur Colbert, dit-il.

– Alors, sire, c'est demain que je paie les notes ?

– Comment cela ?

– J'ai promis aux fournisseurs de solder leurs comptes le lendemain du jour où le ballet aurait eu lieu.

– Soit, monsieur Colbert, vous avez promis, payez.

– Très bien, sire ; mais, pour payer, comme disait M. de Lesdiguières, il faut de l'argent.

– Quoi ! les quatre millions promis par M. Fouquet n'ont-ils donc pas été remis ? J'avais oublié de vous en demander compte.

– Sire, ils étaient chez Votre Majesté à l'heure dite.

– Eh bien ?

– Eh bien ! sire, les verres de couleur, les feux d'artifice, les violons et les cuisiniers ont mangé quatre millions en huit jours.

– Entièrement ?

– Jusqu'au dernier sou. Chaque fois que Votre Majesté a ordonné d'illuminer les bords du grand canal, cela a brûlé autant d'huile qu'il y a d'eau dans les bassins.

– Bien, bien, monsieur Colbert. Enfin, vous n'avez plus d'argent ?

– Oh ! je n'en ai plus, mais M. Fouquet en a.

Et le visage de Colbert s'éclaira d'une joie sinistre.

– Que voulez-vous dire ? demanda Louis.

– Sire, nous avons déjà fait donner six millions à M. Fouquet. Il les a donnés de trop bonne grâce pour n'en pas donner encore d'autres si besoin était. Besoin est aujourd'hui ; donc, il faut qu'il s'exécute.

Le roi fronça le sourcil.

– Monsieur Colbert, dit-il en accentuant le nom du financier, ce n'est point ainsi que je l'entends, je ne veux pas employer contre un de mes serviteurs des moyens de pression qui le gênent et qui entravent son service. M. Fouquet a donné six millions en huit jours, c'est une somme.

Colbert pâlit.

– Cependant, fit-il, Votre Majesté ne parlait pas ce langage il y a quelque temps ; lorsque les nouvelles de Belle-Île arrivèrent, par exemple.

– Vous avez raison, monsieur Colbert.

– Rien n'est changé depuis cependant, bien au contraire.

– Dans ma pensée, monsieur, tout est changé.

– Comment, sire, Votre Majesté ne croit plus aux tentatives ?

– Mes affaires me regardent, monsieur le sous-intendant, et je vous ai déjà dit que je les faisais moi-même.

– Alors, je vois que j'ai eu le malheur, dit Colbert en tremblant de rage et de peur, de tomber dans la disgrâce de Votre Majesté.

– Nullement ; vous m'êtes, au contraire, fort agréable.

– Eh ! sire, dit le ministre avec cette brusquerie affectée et habile quand il s'agissait de flatter l'amour-propre de Louis, à quoi bon être agréable à Votre Majesté si on ne lui est plus utile ?

– Je réserve vos services pour une occasion meilleure, et, croyez-moi, ils n'en vaudront que mieux.

– Ainsi le plan de Votre Majesté en cette affaire ?...

– Vous avez besoin d'argent, monsieur Colbert ?

– De sept cent mille livres, sire.

– Vous les prendrez dans mon trésor particulier.

Colbert s'inclina.

– Et, ajouta Louis, comme il me paraît difficile que, malgré votre économie, vous satisfassiez avec une somme aussi exiguë aux dépenses que je veux faire, je vais vous signer une cédule de trois millions.

Le roi prit une plume et signa aussitôt. Puis, remettant le papier à Colbert :

– Soyez tranquille, dit-il, le plan que j'ai adopté est un plan de roi, monsieur Colbert.

Et sur ces mots, prononcés avec toute la majesté que le jeune prince savait prendre dans ces circonstances, il congédia Colbert pour donner audience aux tailleurs.

L'ordre donné par le roi était connu dans tout Fontainebleau ; on savait déjà que le roi essayait son habit et que le ballet serait dansé le soir.

Cette nouvelle courut avec la rapidité de l'éclair, et sur son passage elle alluma toutes les coquetteries, tous les désirs, toutes les folles ambitions.

À l'instant même, et comme par enchantement, tout ce qui savait tenir une aiguille, tout ce qui savait distinguer un pourpoint d'avec un haut-de-chausses, comme dit Molière, fut convoqué pour servir d'auxiliaire aux élégants et aux dames.

Le roi eut achevé sa toilette à neuf heures ; il parut dans son carrosse découvert et orné de feuillages et de fleurs.

Les reines avaient pris place sur une magnifique estrade disposée, sur les bords de l'étang, dans un théâtre d'une merveilleuse élégance.

En cinq heures, les ouvriers charpentiers avaient assemblé toutes les pièces de rapport de ce théâtre ; les tapissiers avaient tendu leurs tapisseries, dressé leurs sièges, et, comme au signal d'une baguette d'enchanteur, mille bras, s'aidant les uns les autres au lieu de se gêner, avaient construit l'édifice dans ce lieu au son des musiques, pendant que déjà les artificiers illuminaient le théâtre et les bords de l'étang par un nombre incalculable de bougies.

Comme le ciel s'étoilait et n'avait pas un nuage, comme on n'entendait pas un souffle d'air dans les grands bois, comme si la nature elle-même s'était accommodée à la fantaisie du prince, on avait laissé ouvert le fond de ce théâtre. En sorte que, derrière les premiers plans du décor, on apercevait pour fond ce beau ciel ruisselant d'étoiles, cette nappe d'eau embrasée de feux qui s'y réfléchissaient, et les silhouettes bleuâtres des grandes masses de bois aux cimes arrondies.

Quand le roi parut, toute la salle était pleine, et présentait un groupe étincelant de pierreries et d'or, dans lequel le premier regard ne pouvait distinguer aucune physionomie.

Peu à peu, quand la vue s'accoutumait à tant d'éclat, les plus rares beautés apparaissaient, comme dans le ciel du soir les étoiles, une à une, pour celui qui a fermé les yeux et qui les rouvre.

Le théâtre représentait un bocage ; quelques faunes levant leurs pieds fourchus sautillaient çà et là ; une dryade, apparaissant, les excitait à la poursuite ; d'autres se joignaient à elle pour la défendre, et l'on se querellait en dansant.

Soudain devaient paraître, pour ramener l'ordre et la paix, le Printemps et toute sa cour.

Les éléments, les puissances subalternes et la mythologie avec leurs attributs, se précipitaient sur les traces de leur gracieux souverain.

Les Saisons, alliées du Printemps, venaient à ses côtés former un quadrille, qui, sur des paroles plus ou moins flatteuses, entamait la danse. La musique, hautbois, flûtes et violes, peignait les plaisirs champêtres.

Déjà le roi entrait au milieu d'un tonnerre d'applaudissements.

Il était vêtu d'une tunique de fleurs, qui dégageait, au lieu de l'alourdir, sa taille svelte et bien prise. Sa jambe, une des plus élégantes de la cour, paraissait avec avantage dans un bas de soie couleur chair, soie si fine et si transparente que l'on eût dit la chair elle-même.

Les plus charmants souliers de satin lilas clair, à bouffettes de fleurs et de feuilles, emprisonnaient son petit pied.

Le buste était en harmonie avec cette base ; de beaux cheveux ondoyants, un air de fraîcheur rehaussé par l'éclat de beaux yeux bleus qui brûlaient doucement les cœurs, une bouche aux lèvres appétissantes, qui daignait s'ouvrir pour sourire : tel était le prince de l'année, qu'on eût, et à juste titre ce soir-là, nommé le roi de tous les Amours.

Il y avait dans sa démarche quelque chose de la légère majesté d'un dieu. Il ne dansait pas, il planait.

Cette entrée fit donc l'effet le plus brillant. Soudain, comme nous l'avons dit, on aperçut le comte de Saint-Aignan qui cherchait à s'approcher du roi ou de Madame.

La princesse, vêtue d'une robe longue, diaphane et légère comme les plus fines résilles que tissent les savantes Malinoises, le genou parfois dessiné sous les plis de la tunique, son petit pied chaussé de soie, s'avançait radieuse avec son cortège de bacchantes, et touchait déjà la place qui lui était assignée pour danser.

Les applaudissements durèrent si longtemps, que le comte eut tout le loisir de joindre le roi arrêté sur une pointe.

– Qu'y a-t-il, Saint-Aignan ? fit le Printemps.

– Mon Dieu, sire, répliqua le courtisan tout pâle, il y a que Votre Majesté n'a pas songé au pas des Fruits.

– Si fait ; il est supprimé.

– Non pas, sire. Votre Majesté n'en a point donné l'ordre, et la musique l'a conservé.

– Voilà qui est fâcheux ! murmura le roi. Ce pas n'est point exécutable, puisque M. de Guiche est absent. Il faudra le supprimer.

– Oh ! sire, un quart d'heure de musique sans danses, ce sera froid à tuer le ballet.

– Mais, comte, alors...

– Oh ! sire, le grand malheur n'est pas là ; car, après tout, l'orchestre couperait encore tant bien que mal, s'il était nécessaire ; mais...

– Mais quoi ?

– C'est que M. de Guiche est ici.

– Ici ? répliqua le roi en fronçant le sourcil, ici ?... Vous êtes sûr ?...

– Tout habillé pour le ballet, sire.

Le roi sentit le rouge lui monter au visage.

– Vous vous serez trompé, dit-il.

– Si peu, sire, que Votre Majesté peut regarder à sa droite. Le comte attend.

Louis se tourna vivement de ce côté ; et, en effet, à sa droite, éclatant de beauté sous son habit de Vertumne, de Guiche attendait que le roi le regardât pour lui adresser la parole.

Dire la stupéfaction du roi, celle de Monsieur qui s'agita dans sa loge, dire les chuchotements, l'oscillation des têtes dans la salle, dire l'étrange saisissement de Madame à la vue de son partner, c'est une tâche que nous laissons à de plus habiles.

Le roi était resté bouche béante et regardait le comte.

Celui-ci s'approcha, respectueux, courbé :

– Sire, dit-il, le plus humble serviteur de Votre Majesté vient lui faire service en ce jour, comme il a fait au jour de bataille. Le roi, en manquant ce pas des Fruits, perdait la plus belle scène de son ballet. Je n'ai pas voulu qu'un semblable dommage résultât par moi, pour la beauté, l'adresse et la bonne grâce du roi ; j'ai quitté mes fermiers, afin de venir en aide à mon prince.

Chacun de ces mots tombait, mesuré, harmonieux, éloquent, dans l'oreille de Louis XIV. La flatterie lui plut autant que le courage l'étonna. Il se contenta de répondre :

– Je ne vous avais pas dit de revenir, comte.

– Assurément, sire ; mais Votre Majesté ne m'avait pas dit de rester.

Le roi sentait le temps courir. La scène, en se prolongeant, pouvait tout brouiller. Une seule ombre à ce tableau le gâtait sans ressource.

Le roi, d'ailleurs, avait le cœur tout plein de bonnes idées ; il venait de puiser dans les yeux si éloquents de Madame une inspiration nouvelle.

Ce regard d'Henriette lui avait dit :

– Puisqu'on est jaloux de vous, divisez les soupçons ; qui se défie de deux rivaux ne se défie d'aucun.

Madame, avec cette habile diversion, l'emporta.

Le roi sourit à de Guiche.

De Guiche ne comprit pas un mot au langage muet de Madame. Seulement, il vit bien qu'elle affectait de ne le point regarder. Sa grâce obtenue, il l'attribua au cœur de la princesse. Le roi en sut gré à tout le monde.

Monsieur seul ne comprit pas.

Le ballet commença ; il fut splendide.

Quand les violons enlevèrent, par leurs élans, ces illustres danseurs, quand la pantomime naïve de cette époque, bien plus naïve encore par le jeu, fort médiocre, des augustes histrions, fut parvenue à son point culminant de triomphe, la salle faillit crouler sous les applaudissements.

De Guiche brilla comme un soleil, mais comme un soleil courtisan qui se résigne au deuxième rôle.

Dédaigneux de ce succès, dont Madame ne lui témoignait aucune reconnaissance, il ne songea plus qu'à reconquérir bravement la préférence ostensible de la princesse.

Elle ne lui donna pas un seul regard.

Peu à peu toute sa joie, tout son brillant s'éteignirent dans la douleur et l'inquiétude : en sorte que ses jambes devinrent molles, ses bras lourds, sa tête hébétée.

Le roi, dès ce moment, fut réellement le premier danseur du quadrille.

Il jeta un regard de côté sur son rival vaincu.

De Guiche n'était même plus courtisan ; il dansait mal, sans adulation ; bientôt il ne dansa plus du tout.

Le roi et Madame triomphèrent.

XXI

Les nymphes du parc de Fontainebleau

Le roi demeura un instant à jouir de son triomphe, qui, nous l'avons dit, était aussi complet que possible.

Puis il se retourna vers Madame pour l'admirer aussi un peu à son tour.

Les jeunes gens aiment peut-être avec plus de vivacité, plus d'ardeur, plus de passion que les gens d'un âge mûr ; mais ils ont en même temps tous les autres sentiments développés dans la proportion de leur jeunesse et de leur vigueur, en sorte que l'amour-propre étant presque toujours, chez eux, l'équivalent de l'amour, ce dernier sentiment, combattu par les lois de la pondération, n'atteint jamais le degré de perfection qu'il acquiert chez les hommes et les femmes de trente à trente-cinq ans.

Louis pensait donc à Madame, mais seulement après avoir bien pensé à lui-même, et Madame pensait beaucoup à elle-même, peut-être sans penser le moins du monde au roi.

Mais la victime, au milieu de tous ces amours et amours-propres royaux, c'était de Guiche.

Aussi tout le monde put-il remarquer à la fois l'agitation et la prostration du pauvre gentilhomme, et cette prostration, surtout, était d'autant plus remarquable que l'on n'avait pas l'habitude de voir ses bras tomber, sa tête s'alourdir, ses yeux perdre leur flamme. On n'était pas d'ordinaire inquiet sur son compte quand il s'agissait d'une question d'élégance et de goût.

Aussi la défaite de Guiche fut-elle attribuée, par le plus grand nombre, à son habileté de courtisan.

Mais d'autres aussi – les yeux clairvoyants sont à la cour – mais d'autres aussi remarquèrent sa pâleur et son atonie, pâleur et atonie qu'il ne pouvait ni feindre ni cacher, et ils en conclurent, avec raison, que de Guiche ne jouait pas une comédie d'adulation.

Ces souffrances, ces succès, ces commentaires furent enveloppés, confondus, perdus dans le bruit des applaudissements.

Mais, quand les reines eurent témoigné leur satisfaction, les spectateurs leur enthousiasme, quand le roi se fut rendu à sa loge pour changer de costume, tandis que Monsieur, habillé en femme, selon son habitude, dansait à son tour, de Guiche, rendu à lui-même, s'approcha de Madame, qui, assise au fond du théâtre, attendait la deuxième entrée, et s'était fait une solitude au milieu de la foule, comme pour méditer à l'avance ses effets chorégraphiques.

On comprend que, absorbée par cette grave méditation, elle ne vît point ou fît semblant de ne pas voir ce qui se passait autour d'elle.

De Guiche, la trouvant donc seule auprès d'un buisson de toile peinte, s'approcha de Madame.

Deux de ses demoiselles d'honneur, vêtues en hamadryades, voyant de Guiche s'approcher, se reculèrent par respect.

De Guiche s'avança donc au milieu du cercle et salua Son Altesse Royale.

Mais Son Altesse Royale, qu'elle eût remarqué ou non le salut, ne tourna même point la tête.

Un frisson passa dans les veines du malheureux ; il ne s'attendait point à une aussi complète indifférence, lui qui n'avait rien vu, lui qui n'avait rien appris, lui qui, par conséquent, ne pouvait rien deviner.

Donc, voyant que son salut n'obtenait aucune réponse ; il fit un pas de plus, et, d'une voix qu'il s'efforçait, mais inutilement, de rendre calme :

– J'ai l'honneur, dit-il, de présenter mes bien humbles respects à Madame.

Cette fois Son Altesse Royale daigna tourner ses yeux languissants vers le comte.

– Ah ! monsieur de Guiche, dit-elle, c'est vous ; bonjour !

Et elle se retourna.

La patience faillit manquer au comte.

– Votre Altesse Royale a dansé à ravir tout à l'heure, dit-il.

– Vous trouvez ? fit négligemment Madame.

– Oui, le personnage est tout à fait celui qui convient au caractère de Son Altesse Royale.

Madame se retourna tout à fait, et, regardant de Guiche avec son œil clair et fixe :

– Comment cela ? dit-elle.

– Sans doute.

– Expliquez-vous.

– Vous représentez une divinité, belle, dédaigneuse et légère, fit-il.

– Vous voulez parler de Pomone, monsieur le comte ?

– Je parle de la déesse que représente Votre Altesse Royale.

Madame demeura un instant les lèvres crispées.

– Mais vous-même, monsieur, dit-elle, n'êtes-vous pas aussi un danseur parfait ?

– Oh ! moi, madame, je suis de ceux qu'on ne distingue point, et qu'on oublie si par hasard on les a distingués.

Et sur ces paroles, accompagnées d'un de ces soupirs profonds qui font tressaillir les dernières fibres de l'être, le cœur plein d'angoisses et de palpitations, la tête en feu, l'œil vacillant, il salua, haletant, et se retira derrière le buisson de toile.

Madame, pour toute réponse, haussa légèrement les épaules.

Et comme ses dames d'honneur s'étaient, ainsi que nous l'avons dit, retirées par discrétion durant le colloque, elle les rappela du regard.

C'étaient Mlles de Tonnay-Charente et de Montalais.

Toutes deux, à ce signe de Madame, s'approchèrent avec empressement.

– Avez-vous entendu, mesdemoiselles ? demanda la princesse.

– Quoi, madame ?

– Ce que M. le comte de Guiche a dit.

– Non.

– En vérité, c'est une chose remarquable, continua la princesse avec l'accent de la compassion, combien l'exil a fatigué l'esprit de ce pauvre M. de Guiche.

Et plus haut encore, de peur que le malheureux ne perdît une parole :

– Il a mal dansé d'abord, continua-t-elle ; puis, ensuite, il n'a dit que des pauvretés.

Puis elle se leva, fredonnant l'air sur lequel elle allait danser.

Guiche avait tout entendu. Le trait pénétra au plus profond de son cœur et le déchira.

Alors, au risque d'interrompre tout l'ordre de la fête par son dépit, il s'enfuit, mettant en lambeaux son bel habit de Vertumne, et semant sur son chemin les pampres, les mûres, les feuilles d'amandier et tous les petits attributs artificiels de sa divinité.

Un quart d'heure après, il était de retour sur le théâtre. Mais il était facile de comprendre qu'il n'y avait qu'un puissant effort de la raison sur la folie qui avait pu le ramener, ou peut-être, le cœur est ainsi fait, l'impossibilité même de rester plus longtemps éloigné de celle qui lui brisait le cœur.

Madame achevait son pas.

Elle le vit, mais ne le regarda point ; et lui, irrité, furieux, lui tourna le dos à son tour lorsqu'elle passa escortée de ses nymphes et suivie de cent flatteurs.

Pendant ce temps, à l'autre bout du théâtre, près de l'étang, une femme était assise, les yeux fixés sur une des fenêtres du théâtre.

De cette fenêtre s'échappaient des flots de lumière.

Cette fenêtre, c'était celle de la loge royale.

De Guiche en quittant le théâtre, de Guiche en allant chercher l'air dont il avait si grand besoin, de Guiche passa près de cette femme et la salua.

Elle, de son côté, en apercevant le jeune homme, s'était levée comme une femme surprise au milieu d'idées qu'elle voudrait se cacher à elle-même.

Guiche la reconnut. Il s'arrêta.

– Bonsoir, mademoiselle ! dit-il vivement.

– Bonsoir, monsieur le comte !

– Ah ! mademoiselle de La Vallière, continua de Guiche, que je suis heureux de vous rencontrer !

– Et moi aussi, monsieur le comte, je suis heureuse de ce hasard, dit la jeune fille en faisant un mouvement pour se retirer.

– Oh ! non ! non ! ne me quittez pas, dit de Guiche en étendant la main vers elle ; car vous démentiriez ainsi les bonnes paroles que vous venez de dire. Restez, je vous en supplie, il fait la plus belle soirée du monde. Vous fuyez le bruit, vous ! Vous aimez votre société à vous seule, vous ! Eh bien ! oui, je comprends cela ; toutes les femmes qui ont du cœur sont ainsi. Jamais on n'en verra une s'ennuyer loin du tourbillon de tous ces plaisirs bruyants ! Oh ! mademoiselle ! mademoiselle !

– Mais qu'avez-vous donc, monsieur le comte ? demanda La Vallière avec un certain effroi. Vous semblez agité.

– Moi ? Non pas ; non.

– Alors, monsieur de Guiche, permettez-moi de vous faire ici le remerciement que je me proposais de vous faire à la première occasion. C'est à votre protection, je le sais, que je dois d'avoir été admise parmi les filles d'honneur de Madame.

– Ah ! oui, vraiment, je m'en souviens et je m'en félicite, mademoiselle. Aimez-vous quelqu'un, vous ?

– Moi ?

– Oh ! pardon, je ne sais ce que je dis ; pardon mille fois. Madame avait raison, bien raison ; cet exil brutal a complètement bouleversé mon esprit.

– Mais le roi vous a bien reçu, ce me semble, monsieur le comte ?

– Trouvez-vous ?... Bien reçu... peut-être... Oui...

– Sans doute, bien reçu ; car, enfin, vous revenez sans congé de lui ?

– C'est vrai, et je crois que vous avez raison, mademoiselle. Mais n'avez-vous point vu par ici M. le vicomte de Bragelonne ?

La Vallière tressaillit à ce nom.

– Pourquoi cette question ? demanda-t-elle.

– Oh ! mon Dieu ! vous blesserais-je encore ? fit de Guiche. En ce cas, je suis bien malheureux, bien à plaindre !

– Oui, bien malheureux, bien à plaindre, monsieur de Guiche, car vous paraissez horriblement souffrir.

– Oh ! mademoiselle, que n'ai-je une sœur dévouée, une amie véritable !

– Vous avez des amis, monsieur de Guiche, et M. le vicomte de Bragelonne, dont vous parliez tout à l'heure, est, il me semble, un de ces bons amis.

– Oui, oui, en effet, c'est un de mes bons amis. Adieu, mademoiselle, adieu ! recevez tous mes respects.

Et il s'enfuit comme un fou du côté de l'étang.

Son ombre noire glissait grandissante parmi les ifs lumineux et les larges moires resplendissantes de l'eau.

La Vallière le regarda quelque temps avec compassion.

– Oh ! oui, oui, dit-elle, il souffre et je commence à comprendre pourquoi.

Elle achevait à peine, lorsque ses compagnes, Mlles de Montalais et de Tonnay-Charente, accoururent.

Elles avaient fini leur service, dépouillé leurs habits de nymphes, et, joyeuses de cette belle nuit, du succès de la soirée, elles revenaient trouver leur compagne.

– Eh quoi ! déjà ! lui dirent-elles. Nous croyions arriver les premières au rendez-vous.

– J'y suis depuis un quart d'heure, répondit La Vallière.

– Est-ce que la danse ne vous a point amusée ?

– Non.

– Et tout le spectacle ?

– Non plus. En fait de spectacle, j'aime bien mieux celui de ces bois noirs au fond desquels brille çà et là une lumière qui passe comme un œil rouge, tantôt ouvert, tantôt fermé.

– Elle est poète, cette La Vallière, dit Tonnay-Charente.

– C'est-à-dire insupportable, fit Montalais. Toutes les fois qu'il s'agit de rire un peu ou de s'amuser de quelque chose, La Vallière pleure ; toutes les fois qu'il s'agit de pleurer, pour nous autres femmes, chiffons perdus, amour-propre piqué, parure sans effet, La Vallière rit.

– Oh ! quant à moi, je ne puis être de ce caractère, dit Mlle de Tonnay-Charente. Je suis femme, et femme comme on ne l'est pas ; qui m'aime me flatte, qui me flatte me plaît par sa flatterie, et qui me plaît...

– Eh bien ! tu n'achèves pas ? dit Montalais.

– C'est trop difficile, répliqua Mlle de Tonnay-Charente en riant aux éclats. Achève pour moi, toi qui as tant d'esprit.

– Et vous, Louise, dit Montalais, vous plaît-on ?

– Cela ne regarde personne, dit la jeune fille en se levant du banc de mousse où elle était restée étendue pendant tout le temps qu'avait duré le ballet. Maintenant, mesdemoiselles, nous avons formé le projet de nous divertir cette nuit sans surveillants et sans escorte. Nous sommes trois, nous nous plaisons l'une à l'autre, il fait un temps superbe ; regardez là-bas, voyez la lune qui monte doucement au ciel et argente les cimes des marronniers et des chênes. Oh ! la belle promenade ! oh ! la belle liberté ! la belle herbe fine des bois, la belle faveur que me fait votre amitié ; prenons-nous par le bras et gagnons les grands arbres. Ils sont tous, en ce moment, attablés et actifs là-bas, occupés à se parer pour une promenade d'apparat ; on selle les chevaux, on attelle les voitures, les mules de la reine ou les quatre cavales blanches de Madame. Nous, gagnons vite un endroit où nul œil ne vous devine, où nul pas ne marche dans notre pas. Vous rappelez-vous, Montalais, les bois de Cheverny et de Chambord, les peupliers sans fin de Blois ? nous avons échangé là-bas bien des espérances.

– Bien des confidences aussi.

– Oui.

– Moi, dit Mlle de Tonnay-Charente, je pense beaucoup aussi ; mais prenez garde...

– Elle ne dit rien, fit Montalais, de sorte que ce que pense Mlle de Tonnay-Charente, Athénaïs seule le sait.

– Chut ! s'écria Mlle de La Vallière, j'entends des pas qui viennent de ce côté.

– Eh ! vite ! vite ! dans les roseaux, dit Montalais ; baissez-vous, Athénaïs, vous qui êtes si grande.

Mlle de Tonnay-Charente se baissa effectivement.

Presque aussitôt on vit, en effet, deux gentilshommes s'avancer, la tête inclinée, les bras entrelacés et marchant sur le sable fin de l'allée parallèle au rivage.

Les femmes se firent petites, imperceptibles.

– C'est M. de Guiche, dit Montalais à l'oreille de Mlle de Tonnay-Charente.

– C'est M. de Bragelonne, dit celle-ci à l'oreille de La Vallière.

Les deux jeunes gens continuaient de s'approcher en causant d'une voix animée.

– C'est par ici qu'elle était tout à l'heure, dit le comte. Si je n'avais fait que la voir, je dirais que c'est une apparition ; mais je lui ai parlé.

– Ainsi, vous êtes sûr ?

– Oui ; mais peut-être aussi lui ai-je fait peur.

– Comment cela ?

– Eh ! mon Dieu ! j'étais encore fou de ce que vous savez, de sorte qu'elle n'aura rien compris à mes discours et aura pris peur.

– Oh ! dit Bragelonne, ne vous inquiétez pas, mon ami. Elle est bonne, elle excusera ; elle a de l'esprit, elle comprendra.

– Oui ; mais si elle a compris, trop bien compris.

– Après ?

– Et qu'elle parle.

– Oh ! vous ne connaissez pas Louise, comte, dit Raoul. Louise a toutes les vertus, et n'a pas un seul défaut.

Et les jeunes gens passèrent là-dessus, et, comme ils s'éloignaient, leurs voix se perdirent peu à peu.

– Comment ! La Vallière, dit Mlle de Tonnay-Charente. M. le vicomte de Bragelonne a dit « Louise » en parlant de vous. Comment cela se fait-il ?

– Nous avons été élevés ensemble, répondit Mlle de La Vallière ; tout enfants, nous nous connaissions.

– Et puis M. de Bragelonne est ton fiancé, chacun sait cela.

– Oh ! je ne le savais pas, moi. Est-ce vrai, mademoiselle ?

– C'est-à-dire, répondit Louise en rougissant, c'est-à-dire que M. de Bragelonne m'a fait l'honneur de me demander ma main... mais...

– Mais quoi ?

– Mais il paraît que le roi...

– Eh bien ?

– Que le roi ne veut pas consentir à ce mariage.

– Eh ! pourquoi le roi ? et qu'est-ce que le roi ? s'écria Aure avec aigreur. Le roi a-t-il donc le droit de se mêler de ces choses-là, bon Dieu ?... « La *poulitique* est la *poulitique*, comme disait M. de Mazarin ; *ma l'amor*, il est *l'amor*. » Si donc tu aimes M. de Bragelonne, et, s'il t'aime, épousez-vous. Je vous donne mon consentement, moi.

Athénaïs se mit à rire.

– Oh ! je parle sérieusement, répondit Montalais, et mon avis en ce cas vaut bien l'avis du roi, je suppose. N'est-ce pas, Louise ?

– Voyons, voyons, ces messieurs sont passés, dit La Vallière ; profitons donc de la solitude pour traverser la prairie et nous jeter dans le bois.

– D'autant mieux, dit Athénaïs, que voilà des lumières qui partent du château et du théâtre, et qui me font l'effet de précéder quelque illustre compagnie.

– Courons, dirent-elles toutes trois.

Et relevant gracieusement les longs plis de leurs robes de soie, elles franchirent lestement l'espace qui s'étendait entre l'étang et la partie la plus ombragée du parc.

Montalais, légère comme une biche, Athénaïs, ardente comme une jeune louve, bondissaient dans l'herbe sèche, et parfois un Actéon téméraire eût pu apercevoir dans la pénombre leur jambe pure et hardie se dessinant sous l'épais contour des jupes de satin.

La Vallière, plus délicate et plus pudique, laissa flotter ses robes ; retardée ainsi par la faiblesse de son pied, elle ne tarda point à demander sa grâce.

Et, demeurée en arrière, elle força ses deux compagnes à l'attendre.

En ce moment, un homme, caché dans un fossé plein de jeunes pousses de saules, remonta vivement sur le talus de ce fossé et se mit à courir dans la direction du château.

Les trois femmes, de leur côté, atteignirent les lisières du parc, dont toutes les allées leur étaient connues.

De grandes allées fleuries s'élevaient autour des fossés ; des barrières fermées protégeaient de ce côté les promeneurs contre l'envahissement des chevaux et des calèches.

En effet, on entendait rouler dans le lointain, sur le sol ferme des chemins, les carrosses des reines et de Madame. Plusieurs cavaliers les suivaient avec le bruit si bien imité par les vers cadencés de Virgile.

Quelques musiques lointaines répondaient au bruit, et, quand les harmonies cessaient, le rossignol, chanteur plein d'orgueil, envoyait à la compagnie qu'il sentait rassemblée sous les ombrages les chants les plus compliqués, les plus suaves et les plus savants.

Autour du chanteur, brillaient, dans le fond noir des gros arbres, les yeux de quelque chat-huant sensible à l'harmonie.

De sorte que cette fête de toute la cour était aussi la fête des hôtes mystérieux des bois ; car assurément la biche écoutait dans sa fougère, le faisan sur sa branche, le renard dans son terrier.

On devinait la vie de toute cette population nocturne et invisible, aux brusques mouvements qui s'opéraient tout à coup dans les feuilles.

Alors les nymphes des bois poussaient un petit cri ; puis, rassurées à l'instant même, riaient et reprenaient leur marche.

Et elles arrivèrent ainsi au chêne royal, vénérable reste d'un chêne, qui, dans sa jeunesse, avait entendu les soupirs de Henri II pour la belle Diane de Poitiers, et plus tard ceux de Henri IV pour la belle Gabrielle d'Estrées.

Sous ce chêne, les jardiniers avaient accumulé la mousse et le gazon, de telle sorte que jamais siège circulaire n'avait mieux reposé les membres fatigués d'un roi.

Le tronc de l'arbre formait un dossier rugueux, mais suffisamment large pour quatre personnes.

Sous les rameaux qui obliquaient vers le tronc, les voix se perdaient en filtrant vers les cieux.

XXII

Ce qui se disait sous le chêne royal

Il y avait dans la douceur de l'air, dans le silence du feuillage, un muet engagement pour ces jeunes femmes à changer tout de suite la conversation badine en une conversation plus sérieuse.

Celle même dont le caractère était le plus enjoué, Montalais, par exemple, y penchait la première.

Elle débuta par un gros soupir.

– Quelle joie, dit-elle, de nous sentir ici, libres, seules, et en droit d'être franches, surtout envers nous-mêmes !

– Oui, dit Mlle de Tonnay-Charente ; car la cour, si brillante qu'elle soit, cache toujours un mensonge sous les plis du velours ou sous les feux des diamants.

– Moi, répliqua La Vallière, je ne mens jamais ; quand je ne puis dire la vérité, je me tais.

– Vous ne serez pas longtemps en faveur, ma chère, dit Montalais ; ce n'est point ici comme à Blois, où nous disions à la vieille Madame tous nos dépits et toutes nos envies. Madame avait ses jours où elle se souvenait d'avoir été jeune. Ces jours-là, quiconque causait avec Madame trouvait une amie sincère. Madame nous contait ses amours avec Monsieur, et nous, nous lui contions ses amours avec d'autres, ou du moins les bruits qu'on avait fait courir sur ses galanteries. Pauvre femme ! si innocente ! elle en riait, nous aussi ; où est-elle à présent ?

– Ah ! Montalais, rieuse Montalais, s'écria La Vallière, voilà que tu soupires encore ; les bois t'inspirent, et tu es presque raisonnable ce soir.

– Mesdemoiselles, dit Athénaïs, vous ne devez pas tellement regretter la cour de Blois, que vous ne vous trouviez heureuses chez nous. Une cour, c'est l'endroit où viennent les hommes et les femmes pour causer de choses que les mères et les tuteurs, que les confesseurs surtout, défendent avec sévérité. À la cour, on se dit ces choses sous privilège du roi et des reines, n'est-ce pas agréable ?

– Oh ! Athénaïs, dit Louise en rougissant.

– Athénaïs est franche ce soir, dit Montalais, profitons-en.

– Oui, profitons-en, car on m'arracherait ce soir les plus intimes secrets de mon cœur.

– Ah ! si M. de Montespan était là ! dit Montalais.

– Vous croyez que j'aime M. de Montespan ? murmura la belle jeune fille.

– Il est beau, je suppose ?

– Oui, et ce n'est pas un mince avantage à mes yeux.

– Vous voyez bien.

– Je dirai plus, il est, de tous les hommes qu'on voit ici, le plus beau et le plus...

– Qu'entend-on là ? dit La Vallière en faisant sur le banc de mousse un brusque mouvement.

– Quelque daim qui fuit dans les branches.

– Je n'ai peur que des hommes, dit Athénaïs.

– Quand ils ne ressemblent pas à M. de Montespan ?

– Finissez cette raillerie... M. de Montespan est aux petits soins pour moi ; mais cela n'engage à rien. N'avons-nous pas ici M. de Guiche qui est aux petits soins pour Madame ?

– Pauvre, pauvre garçon ! dit La Vallière.

– Pourquoi pauvre ?... Madame est assez belle et assez grande dame, je suppose.

La Vallière secoua douloureusement la tête.

– Quand on aime, dit-elle, ce n'est ni la belle ni la grande dame ; mes chères amies, quand on aime, ce doit être le cœur et les yeux seuls de celui ou de celle qu'on aime.

Montalais se mit à rire bruyamment.

– Cœur, yeux, oh ! sucrerie ! dit-elle.

– Je parle pour moi, répliqua La Vallière.

– Nobles sentiments ! dit Athénaïs d'un air protecteur, mais froid.

– Ne les avez-vous pas, mademoiselle ? dit Louise.

– Parfaitement, mademoiselle ; mais je continue. Comment peut-on plaindre un homme qui rend des soins à une femme comme Madame ? S'il y a disproportion, c'est du côté du comte.

– Oh ! non, non, fit La Vallière, c'est du côté de Madame.

– Expliquez-vous.

– Je m'explique. Madame n'a pas même le désir de savoir ce que c'est que l'amour. Elle joue avec ce sentiment comme les enfants avec les artifices dont une étincelle embraserait un palais. Cela brille, voilà tout ce qu'il lui faut. Or, joie et amour sont le tissu dont elle veut que soit tramée sa vie. M. de Guiche aimera cette dame illustre ; elle ne l'aimera pas.

Athénaïs partit d'un éclat de rire dédaigneux.

– Est-ce qu'on aime ? dit-elle. Où sont vos nobles sentiments de tout à l'heure ? la vertu d'une femme n'est-elle point dans le courageux refus de toute intrigue à conséquence. Une femme bien organisée et douée d'un cœur généreux doit regarder les hommes, s'en faire aimer, adorer même, et dire une fois au plus dans sa vie : « Tiens ! il me semble que, si je n'eusse pas été ce que je suis, j'eusse moins détesté celui-là que les autres. »

– Alors, s'écria La Vallière en joignant les mains, voilà ce que vous promettez à M. de Montespan ?

– Eh ! certes, à lui comme à tout autre. Quoi ! je vous ai dit que je lui reconnaissais une certaine supériorité, et cela ne suffirait pas ! Ma chère, on est femme, c'est-à-dire reine dans tout le temps que nous donne la nature pour occuper cette royauté, de quinze à trente-cinq ans. Libre à vous d'avoir du cœur après, quand vous n'aurez plus que cela.

– Oh ! oh ! murmura La Vallière.

– Parfait ! s'écria Montalais, voilà une maîtresse femme. Athénaïs, vous irez loin !

– Ne m'approuvez-vous point ?

– Oh ! des pieds et des mains ! dit la railleuse.

– Vous plaisantez, n'est-ce pas, Montalais ? dit Louise.

– Non, non, j'approuve tout ce que vient de dire Athénaïs ; seulement...

– Seulement quoi ?

– Eh bien ! je ne puis le mettre en action. J'ai les plus complets principes ; je me fais des résolutions, près desquelles les projets du stathouder et ceux du roi d'Espagne sont des jeux d'enfants, puis, le jour de la mise à exécution, rien.

– Vous faiblissez ? dit Athénaïs avec dédain.

– Indignement.

– Malheureuse nature, reprit Athénaïs. Mais, au moins, vous choisissez ?

– Ma foi !... ma foi, non ! Le sort se plaît à me contrarier en tout ; je rêve des empereurs et je trouve des...

– Aure ! Aure ! s'écria La Vallière, par pitié, ne sacrifiez pas, au plaisir de dire un mot, ceux qui vous aiment d'une affection si dévouée.

– Oh ! pour cela, je m'en embarrasse peu : ceux qui m'aiment sont assez heureux que je ne les chasse point, ma chère. Tant pis pour moi si j'ai une faiblesse ; mais tant pis pour eux si je m'en venge sur eux. Ma foi ! je m'en venge !

– Aure !

– Vous avez raison, dit Athénaïs, et peut-être aussi arriverez-vous au même but. Cela s'appelle être coquette, voyez-vous, mesdemoiselles. Les hommes, qui sont des sots en beaucoup de choses, le sont surtout en celle-ci, qu'ils confondent sous ce mot de coquetterie la fierté d'une femme et sa variabilité. Moi, je suis fière, c'est-à-dire imprenable, je rudoie les prétendants, mais sans aucune espèce de prétention à les retenir. Les hommes disent que je suis coquette, parce qu'ils ont l'amour-propre de croire que je les désire. D'autres femmes, Montalais, par exemple, se sont laissé entamer par les adulations ; elles seraient perdues sans le bienheureux ressort de l'instinct qui les pousse à changer soudain et à châtier celui dont elles acceptaient naguère l'hommage.

– Savante dissertation ! dit Montalais d'un ton de gourmet qui se délecte.

– Odieux ! murmura Louise.

– Grâce à cette coquetterie, car voilà la véritable coquetterie, poursuivit Mlle de Tonnay-Charente, l'amant bouffi d'orgueil, il y a une heure, maigrit en une minute de toute l'enflure de son amour-propre. Il prenait déjà des airs vainqueurs, il recule ; il allait nous protéger, il se prosterne de nouveau. Il en résulte qu'au lieu d'avoir un mari jaloux, incommode, habitué, nous avons un amant toujours tremblant, toujours convoiteux, toujours soumis, par cette seule raison qu'il trouve, lui, une maîtresse toujours nouvelle. Voilà, et soyez-en persuadées, mesdemoiselles, ce que vaut la coquetterie. C'est avec cela qu'on est reine entre les femmes, quand on n'a pas reçu de Dieu la faculté si précieuse de tenir en bride son cœur et son esprit.

– Oh ! que vous êtes habile ! dit Montalais, et que vous comprenez bien le devoir des femmes !

– Je m'arrange un bonheur particulier, dit Athénaïs avec modestie ; je me défends, comme tous les amoureux faibles, contre l'oppression des plus forts.

– La Vallière ne dit pas un mot.

– Est-ce qu'elle ne nous approuve point ?

– Moi, je ne comprends seulement pas, dit Louise. Vous parlez comme des êtres qui ne seraient point appelés à vivre sur cette terre.

– Elle est jolie, votre terre ! dit Montalais.

– Une terre, reprit Athénaïs, où l'homme encense la femme pour la faire tomber étourdie, où il l'insulte quand elle est tombée ?

– Qui vous parle de tomber ? dit Louise.

– Ah ! voilà une théorie nouvelle, ma chère ; indiquez-moi, s'il vous plaît, votre moyen pour ne pas être vaincue, si vous vous laissez entraîner par l'amour ?

– Oh ! s'écria la jeune fille en levant au ciel noir ses beaux yeux humides, oh ! si vous saviez ce que c'est qu'un cœur ; je vous expliquerais et je vous convaincrais ; un cœur aimant est plus fort que toute votre coquetterie et plus que toute votre fierté. Jamais une femme n'est aimée, je le crois, et Dieu m'entend ; jamais un homme n'aime avec idolâtrie que s'il se sent aimé. Laissez aux vieillards de la comédie de se croire adorés par des coquettes. Le jeune homme s'y connaît, lui, il ne s'abuse point ; s'il a pour la coquette un désir, une effervescence, une rage, vous voyez que je vous fais le champ libre et vaste ; en un mot, la coquette peut le rendre fou, jamais elle ne le rendra amoureux. L'amour, voyez-vous, tel que je le conçois, c'est un sacrifice incessant, absolu, entier ; mais ce n'est pas le sacrifice d'une seule des deux parties unies. C'est l'abnégation complète de deux âmes qui veulent se fondre en une seule. Si j'aime jamais, je supplierai mon amant de me laisser libre et pure ; je lui dirai, ce qu'il comprendra, que mon âme est déchirée par le refus que je lui fais ; et lui ! lui qui m'aimera, sentant la douloureuse grandeur de mon sacrifice, à son tour il se dévouera comme moi, il me respectera, il ne cherchera point à me faire tomber pour m'insulter quand je serai tombée, ainsi que vous le disiez tout à l'heure en blasphémant contre l'amour que je comprends. Voilà, moi, comment j'aime. Maintenant, venez me dire que mon amant me méprisera ; je l'en défie, à moins qu'il ne soit le plus vil des hommes, et mon cœur m'est garant que je ne choisirai pas ces gens-là. Mon regard lui paiera ses sacrifices ou lui imposera des vertus qu'il n'eût jamais cru avoir.

– Mais, Louise, s'écria Montalais, vous nous dites cela et vous ne le pratiquez point !

– Que voulez-vous dire ?

– Vous êtes adorée de Raoul de Bragelonne, aimée à deux genoux. Le pauvre garçon est victime de votre vertu, comme il le serait, plus qu'il ne le serait même de ma coquetterie ou de la fierté d'Athénaïs.

– Ceci est tout simplement une subdivision de la coquetterie, dit Athénaïs, et Mademoiselle, à ce que je vois, la pratique sans s'en douter.

– Oh ! fit La Vallière.

– Oui, cela s'appelle l'instinct : parfaite sensibilité, exquise recherche de sentiments, montre perpétuelle d'élans passionnés qui n'aboutissent jamais. Oh ! c'est fort habile aussi et très efficace. J'eusse même, maintenant que j'y réfléchis, préféré cette tactique à ma fierté pour combattre les hommes, parce qu'elle offre l'avantage de faire croire parfois à la conviction ; mais, dès à présent, sans passer condamnation tout à fait pour moi-même, je la déclare supérieure à la simple coquetterie de Montalais.

Les deux jeunes filles se mirent à rire.

La Vallière seule garda le silence et secoua la tête.

Puis, après un instant :

– Si vous me disiez le quart de ce que vous venez de me dire devant un homme, fit-elle, ou même que je fusse persuadée que vous le pensez, je mourrais de honte et de douleur sur cette place.

– Eh bien ! mourez, tendre petite, répondit Mlle de Tonnay-Charente : car, s'il n'y a pas d'hommes ici, il y a au moins deux femmes, vos amies, qui vous déclarent atteinte et convaincue d'être une coquette d'instinct, une coquette naïve ; c'est-à-dire la plus dangereuse espèce de coquette qui existe au monde.

– Oh ! mesdemoiselles ! répondit La Vallière rougissante et près de pleurer.

Les deux compagnes éclatèrent de rire sur de nouveaux frais.

– Eh bien ! je demanderai des renseignements à Bragelonne.

– À Bragelonne ? fit Athénaïs.

– Eh ! oui, à ce grand garçon courageux comme César, fin et spirituel comme M. Fouquet, à ce pauvre garçon qui depuis douze ans te connaît, t'aime, et qui cependant, s'il faut t'en croire, n'a jamais baisé le bout de tes doigts.

– Expliquez-nous cette cruauté, vous la femme de cœur ? dit Athénaïs à La Vallière.

– Je l'expliquerai par un seul mot : la vertu. Nierez-vous la vertu, par hasard ?

– Voyons, Louise, ne mens pas, dit Aure en lui prenant la main.

– Mais que voulez-vous donc que je vous dise ? s'écria La Vallière.

– Ce que vous voudrez. Mais vous aurez beau dire, je persiste dans mon opinion sur vous. Coquette d'instinct, coquette naïve, c'est-à-dire, je l'ai dit et je le redis, la plus dangereuse de toutes les coquettes.

– Oh ! non, non, par grâce ! ne croyez pas cela.

– Comment ! douze ans de rigueur absolue !

– Oh ! il y a douze ans, j'en avais cinq. L'abandon d'un enfant ne peut pas être compté à la jeune fille.

– Eh bien ! vous avez dix-sept ans ; trois ans au lieu de douze. Depuis trois ans, vous avez été constamment et entièrement cruelle. Vous avez contre vous les muets ombrages de Blois, les rendez-vous où l'on compte les étoiles, les séances nocturnes sous les platanes, ses vingt ans parlant à vos quatorze ans, le feu de ses yeux vous parlant à vous-même.

– Soit, soit ; mais il en est ainsi !

– Allons donc, impossible !

– Mais, mon Dieu, pourquoi donc impossible !

– Dis-nous des choses croyables, ma chère, et nous te croirons.

– Mais enfin, supposez une chose.

– Laquelle ? Voyons.

– Achevez, ou nous supposerons bien plus que vous ne voudrez.

– Supposons, alors ; supposons que je croyais aimer, et que je n'aime pas.

– Comment, tu n'aimes pas ?

– Que voulez-vous ! si j'ai été autrement que ne sont les autres quand elles aiment, c'est que je n'aime pas ; c'est que mon heure n'est pas encore venue.

– Louise ! Louise ! dit Montalais, prends garde, je vais te retourner ton mot de tout à l'heure. Raoul n'est pas là, ne l'accable pas en son absence ; sois charitable, et si, en y regardant de bien près, tu penses ne pas l'aimer, dis-le-lui à lui-même. Pauvre garçon !

Et elle se mit à rire.

– Mademoiselle plaignait tout à l'heure M. de Guiche, dit Athénaïs ; ne pourrait-on pas trouver l'explication de cette indifférence pour l'un dans cette compassion pour l'autre ?

– Accablez-moi, mesdemoiselles, fit tristement La Vallière, accablez-moi, puisque vous ne me comprenez pas.

– Oh ! oh ! répondit Montalais, de l'humeur, du chagrin, des larmes ; nous rions, Louise, et ne sommes pas, je t'assure, tout à fait les monstres que tu crois ; regarde Athénaïs la fière, comme on l'appelle, elle n'aime pas M. de Montespan, c'est vrai, mais elle serait au désespoir que M. de Montespan ne l'aimât pas... Regarde-moi, je ris de M. Malicorne, mais ce pauvre Malicorne dont je ris sait bien quand il veut faire aller ma main sur ses lèvres. Et puis la plus âgée de nous n'a pas vingt ans... quel avenir !

– Folles ! folles que vous êtes ! murmura Louise.

– C'est vrai, fit Montalais, et toi seule as dit des paroles de sagesse.

– Certes !

– Accordé, répondit Athénaïs. Ainsi, décidément, vous n'aimez pas ce pauvre M. de Bragelonne ?

– Peut-être ! dit Montalais ; elle n'en est pas encore bien sûre. Mais, en tout cas, écoute, Athénaïs : si M. de Bragelonne devient libre, je te donne un conseil d'amie.

– Lequel ?

– C'est de bien le regarder avant de te décider pour M. de Montespan.

– Oh ! si vous le prenez par là, ma chère, M. de Bragelonne n'est pas le seul que l'on puisse trouver du plaisir à regarder. Et, par exemple, M. de Guiche a bien son prix.

– Il n'a pas brillé ce soir, dit Montalais, et je sais de bonne part que Madame l'a trouvé odieux.

– Mais M. de Saint-Aignan, il a brillé, lui, et, j'en suis certaine, plus d'une de celles qui l'ont vu danser ne l'oublieront pas de sitôt. N'est-ce pas, La Vallière ?

– Pourquoi m'adressez-vous cette question, à moi ? Je ne l'ai pas vu, je ne le connais pas.

– Vous n'avez pas vu M. de Saint-Aignan ? Vous ne le connaissez pas ?

– Non.

– Voyons, voyons, n'affectez pas cette vertu plus farouche que nos fiertés ; vous avez des yeux, n'est-ce pas ?

– Excellents.

– Alors vous avez vu tous nos danseurs ce soir ?

– Oui, à peu près.

– Voilà un à-peu-près bien impertinent pour eux.

– Je vous le donne pour ce qu'il est.

– Eh bien ! voyons, parmi tous ces gentilshommes que vous avez à peu près vus, lequel préférez-vous ?

– Oui, dit Montalais, oui, de M. de Saint-Aignan, de M. de Guiche, de M...

– Je ne préfère personne, mesdemoiselles, je les trouve également bien.

– Alors dans toute cette brillante assemblée, au milieu de cette cour, la première du monde, personne ne vous a plu ?

– Je ne dis pas cela.

– Parlez donc, alors. Voyons, faites-nous part de votre idéal.

– Ce n'est pas un idéal.

– Alors, cela existe ?

– En vérité, mesdemoiselles, s'écria La Vallière poussée à bout, je n'y comprends rien. Quoi ! comme moi vous avez un cœur, comme moi vous avez des yeux, et vous parlez de M. de Guiche, de M. de Saint-Aignan, de M... qui sais-je ? quand le roi était là.

Ces mots, jetés avec précipitation par une voix troublée, ardente, firent à l'instant même éclater aux deux côtés de la jeune fille une exclamation dont elle eut peur.

– Le roi ! s'écrièrent à la fois Montalais et Athénaïs.

La Vallière laissa tomber sa tête dans ses deux mains.

– Oh ! oui, le roi ! le roi ! murmura-t-elle ; avez-vous donc jamais vu quelque chose de pareil au roi ?

– Vous aviez raison de dire tout à l'heure que vous aviez des yeux excellents, mademoiselle ; car vous voyez loin, trop loin. Hélas ! le roi n'est pas de ceux sur lesquels nos pauvres yeux, à nous, ont le droit de se fixer.

– Oh ! c'est vrai, c'est vrai ! s'écria La Vallière ; il n'est pas donné à tous les yeux de regarder en face le soleil ; mais je le regarderai, moi, dussé-je en être aveuglée.

En ce moment, et comme s'il eût été causé par les paroles qui venaient de s'échapper de la bouche de La Vallière, un bruit de feuilles et de froissements soyeux retentit derrière le buisson voisin.

Les jeunes filles se levèrent effrayées. Elles virent distinctement remuer les feuilles, mais sans voir l'objet qui les faisait remuer.

– Oh ! un loup ou un sanglier ! s'écria Montalais. Fuyons, mesdemoiselles, fuyons !

Et les trois jeunes filles se levèrent en proie à une terreur indicible, et s'enfuirent par la première allée qui s'offrit à elles, et ne s'arrêtèrent qu'à la lisière du bois.

Là, hors d'haleine, appuyées les unes aux autres, sentant mutuellement palpiter leurs cœurs, elles essayèrent de se remettre, mais elles n'y réussirent qu'au bout de quelques instants. Enfin, apercevant des lumières du côté du château, elles se décidèrent à marcher vers les lumières.

La Vallière était épuisée de fatigue.

– Oh ! nous l'avons échappé belle, dit Montalais.

– Mesdemoiselles ! Mesdemoiselles ! dit La Vallière, j'ai bien peur que ce ne soit pis qu'un loup. Quant à moi, je le dis comme je le pense, j'aimerais mieux avoir couru le risque d'être dévorée toute vive par un animal féroce, que d'avoir été écoutée et entendue. Oh ! folle ! folle que je suis ! Comment ai-je pu penser, comment ai-je pu dire de pareilles choses !

Et là-dessus son front plia comme la tête d'un roseau ; elle sentit ses jambes fléchir, et, toutes ses forces l'abandonnant, elle glissa, presque inanimée, des bras de ses compagnes sur l'herbe de l'allée.

XXIII

L'inquiétude du roi

Laissons la pauvre La Vallière à moitié évanouie entre ses deux compagnes, et revenons aux environs du chêne royal.

Les trois jeunes filles n'avaient pas fait vingt pas en fuyant, que le bruit qui les avait si fort épouvantées redoubla dans le feuillage.

La forme, se dessinant plus distincte en écartant les branches du massif, apparut sur la lisière du bois, et, voyant la place vide, partit d'un éclat de rire.

Il est inutile de dire que cette forme était celle d'un jeune et beau gentilhomme, lequel incontinent fit signe à un autre qui parut à son tour.

– Eh bien ! sire, dit la seconde forme en s'avançant avec timidité, est-ce que Votre Majesté aurait fait fuir nos jeunes amoureuses ?

– Eh ! mon Dieu, oui, dit le roi ; tu peux te montrer en toute liberté, Saint-Aignan.

– Mais, sire, prenez garde, vous serez reconnu.

– Puisque je te dis qu'elles ont fui.

– Voilà une rencontre heureuse, sire, et, si j'osais donner un conseil à Votre Majesté, nous devrions les poursuivre.

– Elles sont loin.

– Bah ! elles se laisseraient facilement rejoindre, surtout si elles savent quels sont ceux qui les poursuivent.

– Comment cela, monsieur le fat ?

– Dame ! il y en a une qui me trouve de son goût, et l'autre qui vous a comparé au soleil.

– Raison de plus pour que nous demeurions cachés, Saint-Aignan. Le soleil ne se montre pas la nuit.

– Par ma foi ! sire, Votre Majesté n'est pas curieuse. À sa place, moi, je voudrais connaître quelles sont les deux nymphes, les deux dryades, les deux hamadryades qui ont si bonne opinion de nous.

– Oh ! je les reconnaîtrai bien sans courir après elles, je t'en réponds.

– Et comment cela ?

– Parbleu ! à la voix. Elles sont de la cour ; et celle qui parlait de moi avait une voix charmante.

– Ah ! voilà Votre Majesté qui se laisse influencer par la flatterie.

– On ne dira pas que c'est le moyen que tu emploies, toi.

– Oh ! pardon, sire, je suis un niais.

– Voyons, viens, et cherchons où je t'ai dit...

– Et cette passion dont vous m'aviez fait confidence, sire, est-elle donc déjà oubliée ?

– Oh ! par exemple, non. Comment veux-tu qu'on oublie des yeux comme ceux de Mlle de La Vallière ?

– Oh ! l'autre a une si charmante voix !

– Laquelle ?

– Celle qui aime le soleil.

– Monsieur de Saint-Aignan !

– Pardon, sire.

– D'ailleurs, je ne suis pas fâché que tu croies que j'aime autant les douces voix que les beaux yeux. Je te connais, tu es un affreux bavard, et demain je paierai la confiance que j'ai eue en toi.

– Comment cela ?

– Je dis que demain tout le monde saura que j'ai des idées sur cette petite La Vallière ; mais, prends garde, Saint-Aignan, je n'ai confié mon secret qu'à toi, et, si une seule personne m'en parle, je saurai qui a trahi mon secret.

– Oh ! quelle chaleur, sire !

– Non, mais, tu comprends, je ne veux pas compromettre cette pauvre fille.

– Sire, ne craignez rien.

– Tu me promets ?

– Sire, je vous engage ma parole.

« Bon ! pensa le roi riant en lui-même, tout le monde saura demain que j'ai couru cette nuit après La Vallière. »

Puis, essayant de s'orienter :

– Ah ! ça, mais nous sommes perdus, dit-il.

– Oh ! pas bien dangereusement.

– Où va-t-on par cette porte ?

– Au Rond-Point, sire.

– Où nous nous rendions quand nous avons entendu des voix de femmes ?

– Oui, sire, et cette fin de conversation où j'ai eu l'honneur d'entendre prononcer mon nom à côté du nom de Votre Majesté.

– Tu reviens bien souvent là-dessus, Saint-Aignan.

– Que Votre Majesté me pardonne, mais je suis enchanté de savoir qu'il y a une femme occupée de moi, sans que je le sache et sans que j'aie rien fait pour cela. Votre Majesté ne comprend pas cette satisfaction, elle dont le rang et le mérite attirent l'attention et forcent l'amour.

– Eh bien ! non, Saint-Aignan, tu me croiras si tu veux, dit le roi en s'appuyant familièrement sur le bras de Saint-Aignan, et prenant le chemin qu'il croyait devoir le conduire du côté du château, mais cette naïve confidence, cette préférence toute désintéressée d'une femme qui peut-être n'attirera jamais mes yeux... en un mot, le mystère de cette aventure me pique, et, en vérité, si je n'étais pas si occupé de La Vallière...

– Oh ! que cela n'arrête point Votre Majesté, elle a du temps devant elle.

– Comment cela ?

– On dit La Vallière fort rigoureuse.

– Tu me piques, Saint-Aignan, il me tarde de la retrouver. Allons, allons.

Le roi mentait, rien au contraire ne lui tardait moins ; mais il avait un rôle à jouer.

Et il se mit à marcher vivement. Saint-Aignan le suivit en conservant une légère distance.

Tout à coup, le roi s'arrêtant, le courtisan imita son exemple.

– Saint-Aignan, dit-il, n'entends-tu pas des soupirs ?

– Moi ?

– Oui, écoute.

– En effet, et même des cris, ce me semble.

– C'est de ce côté, dit le roi en indiquant une direction.

– On dirait des larmes, des sanglots de femme, fit M. de Saint-Aignan.

– Courons !

Et le roi et le favori, prenant un petit chemin de traverse, coururent dans l'herbe.

À mesure qu'ils avançaient, les cris devenaient plus distincts.

– Au secours ! au secours ! disaient deux voix.

Les deux jeunes gens redoublèrent de vitesse.

Au fur et à mesure qu'ils approchaient, les soupirs devenaient des cris.

– Au secours ! au secours ! répétait-on.

Et ces cris doublaient la rapidité de la course du roi et de son compagnon.

Tout à coup, au revers d'un fossé, sous des saules aux branches échevelées, ils aperçurent une femme à genoux tenant une autre femme évanouie.

À quelques pas de là, une troisième appelait au secours au milieu du chemin.

En apercevant les deux gentilshommes dont elle ignorait la qualité, les cris de la femme qui appelait au secours redoublèrent.

Le roi devança son compagnon, franchit le fossé, et se trouva auprès du groupe au moment où, par l'extrémité de l'allée qui donnait du côté du château, s'avançaient une douzaine de personnes attirées par les mêmes cris qui avaient attiré le roi et M. de Saint-Aignan.

– Qu'y a-t-il donc, mesdemoiselles ? demanda Louis.

– Le roi ! s'écria Mlle de Montalais en abandonnant dans son étonnement la tête de La Vallière, qui tomba entièrement couchée sur le gazon.

– Oui, le roi. Mais ce n'est pas une raison pour abandonner votre compagne. Qui est-elle ?

– C'est Mlle de La Vallière, sire.

– Mlle de La Vallière !

– Qui vient de s'évanouir...

– Ah ! mon Dieu, dit le roi, pauvre enfant ! Et vite, vite un chirurgien !

Mais, avec quelque empressement que le roi eût prononcé ces paroles, il n'avait pas si bien veillé sur lui-même qu'elles ne dussent paraître, ainsi que le geste qui les accompagnait, un peu froides à M. de Saint-Aignan, qui avait reçu la confidence de ce grand amour dont le roi était atteint.

– Saint-Aignan, continua le roi, veillez sur Mlle de La Vallière, je vous prie. Appelez un chirurgien. Moi, je cours prévenir Madame de l'accident qui vient d'arriver à sa demoiselle d'honneur.

En effet, tandis que M. de Saint-Aignan s'occupait de faire transporter Mlle de La Vallière au château, le roi s'élançait en avant, heureux de trouver cette occasion de se rapprocher de Madame et d'avoir à lui parler sous un prétexte spécieux.

Heureusement, un carrosse passait ; on fit arrêter le cocher, et les personnes qui le montaient, ayant appris l'accident, s'empressèrent de céder la place à Mlle de La Vallière.

Le courant d'air provoqué par la rapidité de la course rappela promptement la malade à l'existence.

Arrivée au château, elle put, quoique très faible, descendre du carrosse, et gagner, avec l'aide d'Athénaïs et de Montalais, l'intérieur des appartements.

On la fit asseoir dans une chambre attenante aux salons du rez-de-chaussée.

Ensuite, comme cet accident n'avait pas produit beaucoup d'effet sur les promeneurs, la promenade fut reprise.

Pendant ce temps, le roi avait retrouvé Madame sous un quinconce ; il s'était assis près d'elle, et son pied cherchait doucement celui de la princesse sous la chaise de celle-ci.

— Prenez garde, sire, lui dit Henriette tout bas, vous ne paraissez pas un homme indifférent.

— Hélas ! répondit Louis XIV sur le même diapason, j'ai bien peur que nous n'ayons fait une convention au-dessus de nos forces.

Puis, tout haut :

— Savez-vous l'accident ? dit-il.

— Quel accident ?

— Oh ! mon Dieu ! en vous voyant, j'oubliais que j'étais venu tout exprès pour vous le raconter. J'en suis pourtant affecté douloureusement ; une de vos demoiselles d'honneur, la pauvre La Vallière, vient de perdre connaissance.

— Ah ! pauvre enfant, dit tranquillement la princesse ; et à quel propos ?

Puis, tout bas :

— Mais vous n'y pensez pas, sire, vous prétendez faire croire à une passion pour cette fille, et vous demeurez ici quand elle se meurt là-bas.

— Ah ! madame, madame, dit en soupirant le roi, que vous êtes bien mieux que moi dans votre rôle, et comme vous pensez à tout !

Et il se leva.

— Madame, dit-il assez haut pour que tout le monde l'entendît, permettez que je vous quitte ; mon inquiétude est grande, et je veux m'assurer par moi-même si les soins ont été donnés convenablement.

Et le roi partit pour se rendre de nouveau près de La Vallière, tandis que tous les assistants commentaient ce mot du roi : « Mon inquiétude est grande. »

XXIV

Le secret du roi

En chemin, Louis rencontra le comte de Saint-Aignan.

– Eh bien ! Saint-Aignan, demanda-t-il avec affectation, comment se trouve la malade ?

– Mais, sire, balbutia Saint-Aignan, j'avoue à ma honte que je l'ignore.

– Comment, vous l'ignorez ? fit le roi feignant de prendre au sérieux ce manque d'égards pour l'objet de sa prédilection.

– Sire, pardonnez-moi ; mais je venais de rencontrer une de nos trois causeuses, et j'avoue que cela m'a distrait.

– Ah ! vous avez trouvé ? dit vivement le roi.

– Celle qui daignait parler si avantageusement de moi, et, ayant trouvé la mienne, je cherchais la vôtre, sire, lorsque j'ai eu le bonheur de rencontrer Votre Majesté.

– C'est bien ; mais, avant tout, Mlle de La Vallière, dit le roi, fidèle à son rôle.

– Oh ! que voilà une belle intéressante, dit Saint-Aignan, et comme son évanouissement était de luxe, puisque Votre Majesté s'occupait d'elle avant cela.

– Et le nom de votre belle, à vous, Saint-Aignan, est-ce un secret ?

– Sire, ce devrait être un secret, et un très grand même ; mais pour vous, Votre Majesté sait bien qu'il n'existe pas de secrets.

– Son nom alors ?

– C'est Mlle de Tonnay-Charente.

– Elle est belle ?

– Par-dessus tout, oui, sire, et j'ai reconnu la voix qui disait si tendrement mon nom. Alors je l'ai abordée, questionnée autant que j'ai pu le faire au milieu de la foule, et elle m'a dit, sans se douter de rien, que tout à l'heure elle était au grand chêne avec deux amies, lorsque l'apparition d'un loup ou d'un voleur les avait épouvantées et mises en fuite.

– Mais, demanda vivement le roi, le nom de ses deux amies ?

– Sire, dit Saint-Aignan, que Votre Majesté me fasse mettre à la Bastille.

– Pourquoi cela ?

– Parce que je suis un égoïste et un sot. Ma surprise était si grande d'une pareille conquête et d'une si heureuse découverte, que j'en suis resté là. D'ailleurs, je n'ai pas cru que, préoccupée comme elle l'était de Mlle de La Vallière, Votre Majesté attachât une très grande importance à ce qu'elle avait entendu ; puis Mlle de Tonnay-Charente m'a quitté précipitamment pour retourner près de Mlle de La Vallière.

– Allons, espérons que j'aurai une chance égale à la tienne. Viens, Saint-Aignan.

– Mon roi a de l'ambition, à ce que je vois, et il ne veut permettre à aucune conquête de lui échapper. Eh bien ! je lui promets que je vais chercher consciencieusement, et, d'ailleurs, par l'une des trois grâces, on saura le nom des autres, et, par le nom, le secret.

– Oh ! moi aussi, dit le roi ; je n'ai besoin que d'entendre sa voix pour la reconnaître. Allons, brisons là-dessus et conduis-moi près de cette pauvre La Vallière.

« Eh ! mais, pensa Saint-Aignan, voilà en vérité une passion qui se dessine, et pour cette petite fille, c'est extraordinaire ; je ne l'eusse jamais cru. »

Et comme, en pensant cela, il avait montré au roi la salle dans laquelle on avait conduit La Vallière, le roi était entré.

Saint-Aignan le suivit.

Dans une salle basse, auprès d'une grande fenêtre donnant sur les parterres, La Vallière, placée dans un vaste fauteuil, aspirait à longs traits l'air embaumé de la nuit.

De sa poitrine desserrée, les dentelles tombaient froissées parmi les boucles de ses beaux cheveux blonds épars sur ses épaules.

L'œil languissant, chargé de feux mal éteints, noyé dans de grosses larmes, elle ne vivait plus que comme ces belles visions de nos rêves qui passent toutes pâles et toutes poétiques devant les yeux fermés du dormeur, entrouvrant leurs ailes sans les mouvoir, leurs lèvres sans faire entendre un son.

Cette pâleur nacrée de La Vallière avait un charme que rien ne saurait rendre ; la souffrance d'esprit et du corps avait fait à cette douce physionomie une harmonie de noble douleur ; l'inertie absolue de ses bras et de son buste la rendait plus semblable à une trépassée qu'à un être vivant ; elle semblait n'entendre ni les chuchotements de ses compagnes ni le bruit lointain qui montait des environs. Elle s'entretenait avec elle-même, et ses belles mains longues et fines tressaillaient de temps en temps comme au contact d'invisibles pressions. Le roi entra sans qu'elle s'aperçût de son arrivée, tant elle était absorbée dans sa rêverie.

Il vit de loin cette figure adorable sur laquelle la lune ardente versait la pure lumière de sa lampe d'argent.

– Mon Dieu ! s'écria-t-il avec un involontaire effroi, elle est morte !

– Non, non, sire, dit tout bas Montalais, elle va mieux, au contraire. N'est-ce pas, Louise, que tu vas mieux ?

La Vallière ne répondit point.

– Louise, continua Montalais, c'est le roi qui daigne s'inquiéter de ta santé.

– Le roi ! s'écria Louise en se redressant soudain, comme si une source de flamme eût remonté des extrémités à son cœur, le roi s'inquiète de ma santé ?

– Oui, dit Montalais.

– Le roi est donc ici ? dit La Vallière sans oser regarder autour d'elle.

– Cette voix ! cette voix ! dit vivement Louis à l'oreille de Saint-Aignan.

– Eh ! mais, répliqua Saint-Aignan, Votre Majesté a raison, c'est l'amoureuse du soleil.

– Chut ! dit le roi.

Puis, s'approchant de La Vallière :

– Vous êtes indisposée, mademoiselle ? Tout à l'heure, dans le parc, je vous ai même vue évanouie. Comment cela vous a-t-il pris ?

– Sire, balbutia la pauvre enfant tremblante et sans couleur, en vérité, je ne saurais le dire.

– Vous avez trop marché, dit le roi, et peut-être la fatigue...

– Non, sire, répliqua vivement Montalais répondant pour son amie, ce ne peut être la fatigue, car nous avons passé une partie de la soirée assises sous le chêne royal.

– Sous le chêne royal ? reprit le roi en tressaillant. Je ne m'étais pas trompé, et c'est bien cela.

Et il adressa au comte un coup d'œil d'intelligence.

– Ah ! oui, dit Saint-Aignan, sous le chêne royal, avec Mlle de Tonnay-Charente.

– Comment savez-vous cela ? demanda Montalais.

– Mais je le sais d'une façon bien simple ; Mlle de Tonnay-Charente me l'a dit.

– Alors elle a dû vous apprendre aussi la cause de l'évanouissement de La Vallière ?

– Dame ! elle m'a parlé d'un loup ou d'un voleur, je ne sais plus trop.

La Vallière écoutait les yeux fixes, la poitrine haletante comme si elle eût pressenti une partie de la vérité, grâce à un redoublement d'intelligence. Louis prit cette attitude et cette agitation pour la suite d'un effroi mal éteint.

– Ne craignez rien, mademoiselle, dit-il avec un commencement d'émotion qu'il ne pouvait cacher ; ce loup qui vous a fait si grand-peur était tout simplement un loup à deux pieds.

– C'était un homme ! c'était un homme ! s'écria Louise ; il y avait là un homme aux écoutes ?

– Eh bien ! mademoiselle, quel grand mal voyez-vous donc à avoir été écoutée ? Auriez-vous dit, selon vous, des choses qui ne pouvaient être entendues ?

La Vallière frappa ses deux mains l'une contre l'autre et les porta vivement à son front dont elle essaya de cacher ainsi la rougeur.

– Oh ! demanda-t-elle, au nom du Ciel, qui donc était caché ? qui donc a entendu ?

Le roi s'avança pour prendre une de ses mains.

– C'était moi, mademoiselle, dit-il en s'inclinant avec un doux respect ; vous ferais-je peur, par hasard ?

La Vallière poussa un grand cri ; pour la seconde fois, ses forces l'abandonnèrent, et froide, gémissante, désespérée, elle retomba tout d'une pièce dans son fauteuil.

Le roi eut le temps d'étendre le bras, de sorte qu'elle se trouva à moitié soutenue par lui.

À deux pas du roi et de La Vallière, Mlles de Tonnay-Charente et de Montalais, immobiles et comme pétrifiées au souvenir de leur conversation avec La Vallière, ne songeaient même pas à lui porter secours, retenues qu'elles étaient par la présence du roi, qui, un genou en terre, tenait La Vallière à bras-le-corps.

– Vous avez entendu, sire ? murmura Athénaïs.

Mais le roi ne répondit pas ; il avait les yeux fixés sur les yeux à moitié fermés de La Vallière ; il tenait sa main pendante dans sa main.

– Parbleu ! répliqua Saint-Aignan, qui espérait de son côté l'évanouissement de Mlle de Tonnay-Charente, et qui s'avançait les bras ouverts, nous n'en avons même pas perdu un mot.

Mais la fière Athénaïs n'était pas femme à s'évanouir ainsi ; elle lança un regard terrible à Saint-Aignan et s'enfuit.

Montalais, plus courageuse, s'avança vivement vers Louise et la reçut des mains du roi, qui déjà perdait la tête en se sentant le visage inondé des cheveux parfumés de la mourante.

– À la bonne heure, dit Saint-Aignan, voilà une aventure, et, si je ne suis pas le premier à la raconter, j'aurai du malheur.

Le roi s'approcha de lui, la voix tremblante, la main furieuse.

– Comte, dit-il, pas un mot.

Le pauvre roi oubliait qu'une heure auparavant il faisait au même homme la même recommandation, avec le désir tout opposé, c'est-à-dire que cet homme fût indiscret.

Aussi cette recommandation fut-elle aussi superflue que la première.

Une demi-heure après, tout Fontainebleau savait que Mlle de La Vallière avait eu sous le chêne royal une conversation avec Montalais et Tonnay-Charente, et que dans cette conversation elle avait avoué son amour pour le roi.

On savait aussi que le roi, après avoir manifesté toute l'inquiétude que lui inspirait l'état de Mlle de La Vallière, avait pâli et tremblé en recevant dans ses bras la belle évanouie ; de sorte qu'il fut bien arrêté, chez tous les courtisans, que le plus grand événement de l'époque venait de se révéler ; que Sa Majesté aimait Mlle de La Vallière, et que, par conséquent, Monsieur pouvait dormir parfaitement tranquille.

C'est, au reste, ce que la reine mère, aussi surprise que les autres de ce brusque revirement, se hâta de déclarer à la jeune reine et à Philippe d'Orléans.

Seulement, elle opéra d'une façon bien différente en s'attaquant à ces deux intérêts. À sa bru :

– Voyez, Thérèse, dit-elle, si vous n'aviez pas grandement tort d'accuser le roi ; voilà qu'on lui donne aujourd'hui une nouvelle maîtresse ; pourquoi celle d'aujourd'hui serait-elle plus vraie que celle d'hier, et celle d'hier que celle d'aujourd'hui ?

Et à Monsieur, en lui racontant l'aventure du chêne royal :

– Êtes-vous absurde dans vos jalousies, mon cher Philippe ? Il est avéré que le roi perd la tête pour cette petite La Vallière. N'allez pas en parler à votre femme : la reine le saurait tout de suite.

Cette dernière confidence eut son ricochet immédiat.

Monsieur, rasséréné, triomphant, vint retrouver sa femme, et, comme il n'était pas encore minuit et que la fête devait durer jusqu'à deux heures du matin, il lui offrit la main pour la promenade.

Mais, au bout de quelques pas, la première chose qu'il fit fut de désobéir à sa mère.

– N'allez pas dire à la reine, au moins, tout ce que l'on raconte du roi, fit-il mystérieusement.

– Et que raconte-t-on ? demanda Madame.

– Que mon frère s'était épris tout à coup d'une passion étrange.

– Pour qui ?

– Pour cette petite La Vallière.

Il faisait nuit, Madame put sourire à son aise.

– Ah ! dit-elle, et depuis quand cela le tient-il ?

– Depuis quelques jours, à ce qu'il paraît. Mais ce n'était que fumée, et c'est seulement ce soir que la flamme s'est révélée.

– Le roi a bon goût, dit Madame, et à mon avis la petite est charmante.

– Vous m'avez l'air de vous moquer, ma toute chère.

– Moi ! et comment cela ?

– En tout cas, cette passion fera toujours le bonheur de quelqu'un, ne fût-ce que celui de La Vallière.

– Mais, reprit la princesse, en vérité, vous parlez, monsieur, comme si vous aviez lu au fond de l'âme de ma fille d'honneur. Qui vous a dit qu'elle consent à répondre à la passion du roi ?

– Et qui vous dit, à vous, qu'elle n'y répondra pas ?

– Elle aime le vicomte de Bragelonne.

– Ah ! vous croyez ?

– Elle est même sa fiancée.

– Elle l'était.

– Comment cela ?

– Mais, quand on est venu demander au roi la permission de conclure le mariage, il a refusé cette permission.

– Refusé ?

– Oui, quoique ce fût au comte de La Fère lui-même, que le roi honore, vous le savez, d'une grande estime pour le rôle qu'il a joué dans la restauration de votre frère, et dans quelques autres événements encore, arrivés depuis longtemps.

– Eh bien ! les pauvres amoureux attendront qu'il plaise au roi de changer d'avis ; ils sont jeunes, ils ont le temps.

– Ah ! ma mie, dit Philippe en riant à son tour, je vois que vous ne savez pas le plus beau de l'affaire.

– Non.

– Ce qui a le plus profondément touché le roi.

– Le roi a été profondément touché ?

– Au cœur.

– Mais de quoi ? Dites vite, voyons !

– D'une aventure on ne peut plus romanesque.

– Vous savez combien j'aime ces aventures-là, et vous me faites attendre, dit la princesse avec impatience.

– Eh bien ! voici...

Et Monsieur fit une pause.

– J'écoute.

– Sous le chêne royal... Vous savez où est le chêne royal ?

– Peu importe : sous le chêne royal, dites-vous ?

– Eh bien ! Mlle de La Vallière, se croyant seule avec deux amies, leur a fait confidence de sa passion pour le roi.

– Ah ! fit Madame avec un commencement d'inquiétude, de sa passion pour le roi ?

– Oui.

– Et quand cela ?

– Il y a une heure.

Madame tressaillit.

– Et cette passion, personne ne la connaissait ?

– Personne.

– Pas même Sa Majesté ?

– Pas même Sa Majesté. La petite personne gardait son secret entre cuir et chair, quand tout à coup son secret a été plus fort qu'elle et lui a échappé.

– Et de qui la tenez-vous, cette absurdité ?

– Mais comme tout le monde.

– De qui la tient tout le monde, alors ?

– De La Vallière elle-même, qui avouait cet amour à Montalais et à Tonnay-Charente, ses compagnes.

Madame s'arrêta, et, par un brusque mouvement, lâcha la main de son mari.

– Il y a une heure qu'elle faisait cet aveu ? demanda Madame.

– À peu près.

– Et le roi en a-t-il connaissance ?

– Mais voilà où est justement le romanesque de la chose, c'est que le roi était avec Saint-Aignan derrière le chêne royal, et qu'il a entendu toute cette intéressante conversation sans en perdre un seul mot.

Madame se sentit frappée d'un coup au cœur.

– Mais j'ai vu le roi depuis, dit-elle étourdiment, et il ne m'a pas dit un mot de tout cela.

– Parbleu ! dit Monsieur, naïf comme un mari qui triomphe, il n'avait garde de vous en parler lui-même, puisqu'il recommandait à tout le monde de ne pas vous en parler.

– Plaît-il ? s'écria Madame irritée.

– Je dis qu'on voulait vous escamoter la chose.

– Et pourquoi donc se cacherait-on de moi ?

– Dans la crainte que votre amitié ne vous entraîne à révéler quelque chose à la jeune reine, voilà tout.

Madame baissa la tête ; elle était blessée mortellement.

Alors elle n'eut plus de repos qu'elle n'eût rencontré le roi.

Comme un roi est tout naturellement le dernier du royaume qui sache ce que l'on dit de lui, comme un amant est le seul qui ne sache point ce que l'on dit de sa maîtresse, quand le roi aperçut Madame qui le cherchait, il vint à elle un peu troublé, mais toujours empressé et gracieux.

Madame attendit qu'il parlât le premier de La Vallière.

Puis, comme il n'en parlait pas :

– Et cette petite ? demanda-t-elle.

– Quelle petite ? fit le roi.

– La Vallière... Ne m'avez-vous pas dit, sire, qu'elle avait perdu connaissance ?

– Elle est toujours fort mal, dit le roi en affectant la plus grande indifférence.

– Mais voilà qui va nuire au bruit que vous deviez répandre, sire.

– À quel bruit ?

– Que vous vous occupiez d'elle.

– Oh ! j'espère qu'il se répandra la même chose, répondit le roi distraitement.

Madame attendit encore ; elle voulait savoir si le roi lui parlerait de l'aventure du chêne royal.

Mais le roi n'en dit pas un mot.

Madame, de son côté, n'ouvrit pas la bouche de l'aventure de sorte que le roi prit congé d'elle, sans lui avoir fait la moindre confidence.

À peine eut-elle vu le roi s'éloigner, qu'elle chercha Saint-Aignan. Saint-Aignan était facile à trouver, il était comme les bâtiments de suite qui marchent toujours de conserve avec les gros vaisseaux.

Saint-Aignan était bien l'homme qu'il fallait à Madame dans la disposition d'esprit où Madame se trouvait.

Il ne cherchait qu'une oreille un peu plus digne que les autres pour y raconter l'événement dans tous ses détails.

Aussi ne fit-il pas grâce à Madame d'un seul mot. Puis, quand il eut fini :

– Avouez, dit Madame, que voilà un charmant conte.

– Conte, non ; histoire, oui.

– Avouez, conte ou histoire, qu'on vous l'a dit comme vous me le dites à moi, mais que vous n'y étiez pas ?

– Madame, sur l'honneur, j'y étais.

– Et vous croyez que ces aveux auraient fait impression sur le roi ?

– Comme ceux de Mlle de Tonnay-Charente sur moi, répliqua Saint-Aignan ; écoutez donc, madame, Mlle de La Vallière a comparé le roi au soleil, c'est flatteur !

– Le roi ne se laisse pas prendre à de pareilles flatteries.

– Madame, le roi est au moins autant homme que soleil et je l'ai bien vu tout à l'heure quand La Vallière est tombée dans ses bras.

– La Vallière est tombée dans les bras du roi ?

– Oh ! c'était un tableau des plus gracieux ; imaginez-vous que La Vallière était renversée et que...

– Eh bien ! qu'avez-vous vu ? Dites, parlez.

– J'ai vu ce que dix autres personnes ont vu en même temps que moi, j'ai vu que, lorsque La Vallière est tombée dans ses bras, le roi a failli s'évanouir.

Madame poussa un petit cri, seul indice de sa sourde colère.

– Merci, dit-elle en riant convulsivement, vous êtes un charmant conteur, monsieur de Saint-Aignan.

Et elle s'enfuit seule et étouffant vers le château.

XXV

Courses de nuit

Monsieur avait quitté la princesse de la plus belle humeur du monde, et comme il avait beaucoup fatigué dans la journée, il était rentré chez lui, laissant chacun achever la nuit comme il lui plairait.

En rentrant, Monsieur s'était mis à sa toilette de nuit avec un soin qui redoublait encore dans ses paroxysmes de satisfaction.

Aussi chanta-t-il, pendant tout le travail de ses valets de chambre, les principaux airs du ballet que les violons avaient joué et que le roi avait dansé.

Puis il appela ses tailleurs, se fit montrer ses habits du lendemain, et, comme il était très satisfait d'eux, il leur distribua quelques gratifications.

Enfin, comme le chevalier de Lorraine, l'ayant vu rentrer, rentrait à son tour, Monsieur combla d'amitiés le chevalier de Lorraine.

Celui-ci, après avoir salué le prince, garda un instant le silence, comme un chef de tirailleurs qui étudie pour savoir sur quel point il commencera le feu ; puis, paraissant se décider :

– Avez-vous remarqué une chose singulière, monseigneur ? dit-il.

– Non, laquelle ?

– C'est la mauvaise réception que Sa Majesté a faite en apparence au comte de Guiche.

– En apparence ?

– Oui, sans doute, puisque, en réalité, il lui a rendu sa faveur.

– Mais je n'ai pas vu cela, moi, dit le prince.

– Comment ! vous n'avez pas vu qu'au lieu de le renvoyer dans son exil, comme cela était naturel, il l'a autorisé dans son étrange résistance en lui permettant de reprendre sa place au ballet.

– Et vous trouvez que le roi a eu tort, chevalier ? demanda Monsieur.

– N'êtes-vous point de mon avis, prince ?

– Pas tout à fait, mon cher chevalier, et j'approuve le roi de n'avoir point fait rage contre un malheureux plus fou que malintentionné.

– Ma foi ! dit le chevalier, quant à moi, j'avoue que cette magnanimité m'étonne au plus haut point.

– Et pourquoi cela ? demanda Philippe.

– Parce que j'eusse cru le roi plus jaloux, répliqua méchamment le chevalier.

Depuis quelques instants, Monsieur sentait quelque chose d'irritant remuer sous les paroles de son favori ; ce dernier mot mit le feu aux poudres.

– Jaloux ! s'écria le prince ; jaloux ! Que veut dire ce mot-là ? Jaloux de quoi, s'il vous plaît, ou jaloux de qui ?

Le chevalier s'aperçut qu'il venait de laisser échapper un de ces mots méchants comme parfois il en faisait. Il essaya donc de le rattraper, tandis qu'il était encore à portée de sa main.

– Jaloux de son autorité, dit-il avec une naïveté affectée ; de quoi voulez-vous que le roi soit jaloux !

– Ah ! fit Monseigneur, très bien.

– Est-ce que, continua le chevalier, Votre Altesse Royale aurait demandé la grâce de ce cher comte de Guiche ?

– Ma foi, non ! dit Monsieur. Guiche est un garçon d'esprit et de courage, mais il a été léger avec Madame, et je ne lui veux ni mal ni bien.

Le chevalier avait envenimé sur de Guiche comme il avait essayé d'envenimer sur le roi ; mais il crut s'apercevoir que le temps était à l'indulgence, et même à l'indifférence la plus absolue, et que, pour éclairer la question, force lui serait de mettre la lampe sous le nez même du mari.

Avec ce jeu on brûle quelquefois les autres, mais souvent l'on se brûle soi-même.

« C'est bien, c'est bien, se dit en lui-même le chevalier, j'attendrai de Wardes ; il fera plus en un jour que moi en un mois, car je crois, Dieu me pardonne ! ou plutôt Dieu lui pardonne ! qu'il est encore plus jaloux que je ne le suis. Et puis ce n'est pas de Wardes qui m'est nécessaire, c'est un événement, et dans tout cela je n'en vois point. Que de Guiche soit revenu lorsqu'on l'avait chassé, certes, cela est grave ; mais toute gravité disparaît quand on réfléchit que de Guiche est revenu au moment où Madame ne s'occupe plus de lui. En effet, Madame s'occupe du roi, c'est clair. Mais, outre que mes dents ne sauraient mordre et n'ont pas besoin de mordre sur le roi, voilà que Madame ne pourra plus longtemps s'occuper du roi si, comme on le dit, le roi ne s'occupe plus de Madame. Il résulte de tout ceci que nous devons demeurer tranquille et attendre la venue d'un nouveau caprice, et celui-là déterminera le résultat. »

Et là-dessus le chevalier s'étendit avec résignation dans le fauteuil où Monsieur lui permettait de s'asseoir en sa présence, et, n'ayant plus de méchancetés à dire, il se trouva que le chevalier n'eut plus d'esprit.

Fort heureusement, Monsieur avait sa provision de bonne humeur, comme nous avons dit, et il en avait pour deux jusqu'au moment où, congédiant valets et officiers, il passa dans sa chambre à coucher.

En se retirant, il chargea le chevalier de faire ses compliments à Madame et de lui dire que, la lune étant fraîche, Monsieur, qui craignait pour ses dents, ne descendrait plus dans le parc de tout le reste de la nuit.

Le chevalier entra précisément chez la princesse au moment où celle-ci rentrait elle-même.

Il s'acquitta de cette commission en fidèle messager, et remarqua d'abord l'indifférence, le trouble même avec lesquels Madame accueillit la communication de son époux.

Cela lui parut renfermer quelque nouveauté.

Si Madame fût sortie de chez elle avec cet air étrange, il l'eût suivie.

Mais Madame rentrait, rien donc à faire ; il pirouetta sur ses talons comme un héron désœuvré, interrogea l'air, la terre et l'eau, secoua la tête et s'orienta machinalement, de manière à se diriger vers les parterres.

Il n'eut pas fait cent pas qu'il rencontra deux jeunes gens qui se tenaient par le bras et qui marchaient, tête baissée, en crossant du pied les petits cailloux qui se trouvaient devant eux, et qui de ce vague amusement accompagnaient leurs pensées. C'étaient MM. de Guiche et de Bragelonne.

Leur vue opéra comme toujours sur le chevalier de Lorraine un effet d'instinctive répulsion. Il ne leur en fit pas moins un grand salut, qui lui fut rendu avec les intérêts.

Puis, voyant que le parc se dépeuplait, que les illuminations commençaient à s'éteindre, que la brise du matin commençait à souffler, il prit à gauche et rentra au château par la petite cour. Eux tirèrent à droite et continuèrent leur chemin vers le grand parc.

Au moment où le chevalier montait le petit escalier qui conduisait à l'entrée dérobée, il vit une femme, suivie d'une autre femme, apparaître sous l'arcade qui donnait passage de la petite dans la grande cour.

Ces deux femmes accéléraient leur marche que le froissement de leurs robes de soie trahissait dans la nuit déjà sombre.

Cette forme de mantelet, cette taille élégante, cette allure mystérieuse et hautaine à la fois qui distinguaient ces deux femmes, et surtout celle qui marchait la première, frappèrent le chevalier.

« Voilà deux femmes que je connais certainement », se dit-il en s'arrêtant sur la dernière marche du perron.

Puis, comme avec son instinct de limier il s'apprêtait à les suivre, un de ses laquais, qui courait après lui depuis quelques instants, l'arrêta.

– Monsieur, dit-il, le courrier est arrivé.

– Bon ! bon ! fit le chevalier. Nous avons le temps ; à demain.

– C'est qu'il y a des lettres pressées que Monsieur le chevalier sera peut-être bien aise de lire.

– Ah ! fit le chevalier ; et d'où viennent-elles ?

– Une vient d'Angleterre, et l'autre de Calais ; cette dernière arrive par estafette, et paraît être fort importante.

– De Calais ! Et qui diable m'écrit de Calais ?

– J'ai cru reconnaître l'écriture de votre ami le comte de Wardes.

– Oh ! je monte en ce cas, s'écria le chevalier oubliant à l'instant même son projet d'espionnage.

Et il monta, en effet, tandis que les deux dames inconnues disparaissaient à l'extrémité de la cour opposée à celle par laquelle elles venaient d'entrer.

Ce sont elles que nous suivrons, laissant le chevalier tout entier à sa correspondance.

Arrivée au quinconce, la première s'arrêta un peu essoufflée, et, relevant avec précaution sa coiffe :

– Sommes-nous encore loin de cet arbre ? dit-elle.

– Oh ! oui, madame, à plus de cinq cents pas ; mais que Madame s'arrête un instant : elle ne pourrait marcher longtemps de ce pas.

– Vous avez raison.

Et la princesse, car c'était elle, s'appuya contre un arbre.

– Voyons, mademoiselle, reprit-elle après avoir soufflé un instant, ne me cachez rien, dites-moi la vérité.

– Oh ! madame, vous voilà déjà sévère, dit la jeune fille d'une voix émue.

– Non, ma chère Athénaïs ; rassurez-vous donc, car je ne vous en veux nullement. Ce ne sont pas mes affaires, après tout. Vous êtes inquiète de ce que vous avez pu dire sous ce chêne ; vous craignez d'avoir blessé le roi, et je veux vous tranquilliser en m'assurant par moi-même si vous pouvez avoir été entendue.

– Oh ! oui, madame, le roi était si près de nous.

– Mais, enfin, vous ne parliez pas tellement haut que quelques paroles n'aient pu se perdre ?

– Madame, nous nous croyions absolument seules.

– Et vous étiez trois ?

– Oui, La Vallière, Montalais et moi.

– De sorte que vous avez, vous personnellement, parlé légèrement du roi ?

– J'en ai peur. Mais, en ce cas, Votre Altesse aurait la bonté de faire ma paix avec Sa Majesté, n'est-ce pas, Madame ?

– Si besoin est, je vous le promets. Cependant, comme je vous le disais, mieux vaut ne pas aller au-devant du mal et bien s'assurer surtout si le mal a été fait. Il fait nuit sombre, et plus sombre encore sous ces grands bois. Vous n'aurez pas été reconnue du roi. Le prévenir en parlant la première, c'est vous dénoncer vous-même.

– Oh ! madame ! madame ! si l'on a reconnu Mlle de La Vallière, on m'aura reconnue aussi. D'ailleurs, M. de Saint-Aignan ne m'a point laissé de doute à ce sujet.

– Mais, enfin, vous disiez donc des choses bien désobligeantes pour le roi ?

– Nullement, madame, nullement. C'est une autre qui disait des choses trop obligeantes, et alors mes paroles auront fait contraste avec les siennes.

– Cette Montalais est si folle ! dit Madame.

– Oh ! ce n'est pas Montalais. Montalais n'a rien dit, elle, c'est La Vallière.

Madame tressaillit comme si elle ne l'eût pas déjà su parfaitement.

– Oh ! non, non, dit-elle, le roi n'aura pas entendu. D'ailleurs, nous allons faire l'épreuve pour laquelle nous sommes sorties. Montrez-moi le chêne.

Et Madame se remit en marche.

– Savez-vous où il est ? continua-t-elle.

– Hélas ! oui madame.

– Et vous le retrouverez ?

– Je le retrouverais les yeux fermés.

– Alors c'est à merveille ; vous vous assiérez sur le banc où vous étiez, sur le banc où était La Vallière, et vous parlerez du même ton et dans le même sens ; moi, je me cacherai dans le buisson, et, si l'on entend, je vous le dirai bien.

– Oui, madame.

– Il s'ensuit que, si vous avez effectivement parlé assez haut pour que le roi vous ait entendues, eh bien...

Athénaïs parut attendre avec anxiété la fin de la phrase commencée.

– Eh bien ! dit Madame d'une voix étouffée sans doute par la rapidité de sa course, eh bien, je vous défendrai...

Et Madame doubla encore le pas.

Tout à coup elle s'arrêta.

– Il me vient une idée, dit-elle.

– Oh ! une bonne idée, assurément, répondit Mlle de Tonnay-Charente.

– Montalais doit être aussi embarrassée que vous deux ?

– Moins ; car elle est moins compromise, ayant moins dit.

– N'importe, elle vous aidera bien par un petit mensonge.

– Oh ! surtout si elle sait que Madame veut bien s'intéresser à moi.

– Bien ! j'ai, je crois, trouvé ce qu'il nous faut, mon enfant.

– Quel bonheur !

– Vous direz que vous saviez parfaitement toutes trois la présence du roi derrière cet arbre, ou derrière ce buisson, je ne sais plus bien, ainsi que celle de M. de Saint-Aignan.

– Oui, madame.

– Car, vous ne vous le dissimulez pas, Athénaïs, Saint-Aignan prend avantage de quelques mots très flatteurs pour lui que vous auriez prononcés.

– Eh ! madame, vous voyez bien qu'on entend, s'écria Athénaïs, puisque M. de Saint-Aignan a entendu.

Madame avait dit une légèreté, elle se mordit les lèvres.

– Oh ! vous savez bien comme est Saint-Aignan ! dit-elle ; la faveur du roi le rend fou, et il dit, il dit à tort et à travers ; souvent même il invente. Là, d'ailleurs, n'est point la question. Le roi a-t-il entendu ou n'a-t-il pas entendu ? Voilà le fait.

– Eh bien ! oui, madame, il a entendu ! fit Athénaïs désespérée.

– Alors, faites ce que je disais : soutenez hardiment que vous connaissiez toutes trois, entendez-vous, toutes trois, car, si l'on doute pour l'une, on doutera pour les autres ; soutenez, dis-je, que vous connaissiez toutes trois la présence du roi et de M. de Saint-Aignan, et que vous avez voulu vous divertir aux dépens des écouteurs.

– Ah ! madame, aux dépens du roi ! jamais nous n'oserons dire cela !

– Mais, plaisanterie, plaisanterie pure ; raillerie innocente et bien permise à des femmes que des hommes veulent surprendre. De cette façon tout s'explique. Ce que Montalais a dit de Malicorne, raillerie ; ce que vous avez dit de M. de Saint-Aignan, raillerie ; ce que La Vallière a pu dire...

– Et qu'elle voudrait bien rattraper.

– En êtes-vous sûre ?

– Oh ! oui, j'en réponds.

– Eh bien ! raison de plus, raillerie que tout cela ; M. de Malicorne n'aura point à se fâcher. M. de Saint-Aignan sera confondu, on rira de lui au lieu de rire de vous. Enfin, le roi sera puni de sa curiosité peu digne de son rang. Que l'on rie un peu du roi en cette circonstance, et je ne crois pas qu'il s'en plaigne.

– Ah ! madame, vous êtes en vérité un ange de bonté et d'esprit.

– C'est mon intérêt.

– Comment cela ?

– Vous me demandez comment c'est mon intérêt d'épargner à mes demoiselles d'honneur des quolibets, des désagréments, des calomnies peut-être ! Hélas ! vous le savez, mon enfant, la cour n'a pas d'indulgence pour ces sortes de peccadilles. Mais voilà déjà longtemps que nous marchons ; ne sommes-nous donc point bientôt arrivées ?

– Encore cinquante ou soixante pas. Tournons à gauche, madame, s'il vous plaît.

– Ainsi, vous êtes sûre de Montalais ? dit Madame.

– Oh ! oui.

– Elle fera tout ce que vous voudrez ?

– Tout. Elle sera enchantée.

– Quant à La Vallière ?... hasarda la princesse.

– Oh ! pour elle ce sera plus difficile, madame ; elle répugne à mentir.

– Cependant, lorsqu'elle y trouvera son intérêt...

– J'ai peur que cela ne change absolument rien à ses idées.

– Oui, oui, dit Madame, on m'avait déjà prévenue de cela ; c'est une personne très précieuse, une de ces mijaurées qui mettent Dieu en avant pour se cacher derrière lui. Mais, si elle ne veut pas mentir, comme elle s'exposera aux railleries de toute la cour, comme elle aura provoqué le roi par un aveu aussi ridicule qu'indécent, Mlle de La Baume Le Blanc de La Vallière trouvera bon que je la renvoie à ses pigeons, afin que là-bas, en Touraine, ou dans le Blaisois, je ne sais où, elle puisse tout à son aise faire du sentiment et de la bergerie.

Ces paroles furent dites avec une véhémence et même une dureté qui effrayèrent Mlle de Tonnay-Charente.

En conséquence, elle se promit, quant à elle, de mentir autant qu'il le faudrait.

Ce fut dans ces bonnes dispositions que Madame et sa compagne arrivèrent aux environs du chêne royal.

– Nous y voilà, dit Tonnay-Charente.

– Nous allons bien voir si l'on entend, répondit Madame.

– Chut ! fit la jeune fille en retenant Madame avec une rapidité assez oublieuse de l'étiquette.

Madame s'arrêta.

– Voyez-vous que l'on entend, dit Athénaïs.

– Comment cela ?

– Écoutez.

Madame retint son souffle, et l'on entendit, en effet, ces mots, prononcés par une voix suave et triste, flotter dans l'air :

– Oh ! je te dis, vicomte, je te dis que je l'aime éperdument ; je te dis que je l'aime à en mourir.

À cette voix, Madame tressaillit, et sous sa mante un rayon joyeux illumina son visage.

Elle arrêta sa compagne à son tour, et, d'un pas léger, la reconduisant à vingt pas en arrière, c'est-à-dire hors de la portée de la voix :

– Demeurez là, lui dit-elle, ma chère Athénaïs et que nul ne puisse nous surprendre. Je pense qu'il est question de vous dans cet entretien.

– De moi, madame ?

– De vous, oui, ou plutôt de votre aventure. Je vais écouter ; à deux, nous serions découvertes. Allez chercher Montalais et revenez m'attendre avec elle sur la lisière du bois.

Puis, comme Athénaïs hésitait :

– Allez ! dit la princesse d'une voix qui n'admettait pas d'observations.

Elle rangea donc ses jupes bruyantes, et, par un sentier qui coupait le massif, elle regagna le parterre.

Quant à Madame, elle se blottit dans le buisson, adossée à un gigantesque châtaignier, dont une des tiges avait été coupée à la hauteur d'un siège.

Et là, pleine d'anxiété et de crainte :

« Voyons, dit-elle, voyons, puisque l'on entend d'ici, écoutons ce que va dire de moi à M. de Bragelonne cet autre fou amoureux qu'on appelle le comte de Guiche. »

XXVI

Où Madame acquiert la preuve que l'on peut,
en écoutant, entendre ce qui se dit

Il se fit un instant de silence comme si tous les bruits mystérieux de la nuit s'étaient tus pour écouter en même temps que Madame cette juvénile et amoureuse confidence. C'était à Raoul de parler. Il s'appuya paresseusement au tronc du grand chêne et répondit de sa voix douce et harmonieuse :

– Hélas ! mon cher de Guiche, c'est un grand malheur.

– Oh ! oui, s'écria celui-ci, bien grand !

– Vous ne m'entendez pas, de Guiche, ou plutôt vous ne me comprenez pas. Je dis qu'il vous arrive un grand malheur, non pas d'aimer, mais de ne savoir point cacher votre amour.

– Comment cela ? s'écria de Guiche.

– Oui, vous ne vous apercevez point d'une chose, c'est que maintenant ce n'est plus à votre seul ami, c'est-à-dire à un homme qui se ferait tuer plutôt que de vous trahir ; vous ne vous apercevez point, dis-je, que ce n'est plus à votre seul ami que vous faites confidence de vos amours, mais au premier venu.

– Au premier venu ! s'écria de Guiche ; êtes-vous fou, Bragelonne, de me dire de pareilles choses ?

– Il en est ainsi.

– Impossible ! Comment et de quelle façon serais-je donc devenu indiscret à ce point ?

– Je veux dire, mon ami, que vos yeux, vos gestes, vos soupirs parlent malgré vous ; que toute passion exagérée conduit et entraîne l'homme hors de lui-même. Alors cet homme ne s'appartient plus ; il est en proie à une folie qui lui fait raconter sa peine aux arbres, aux chevaux, à l'air, du moment où il n'a aucun être intelligent à la portée de sa voix. Or, mon pauvre ami, rappelez-vous ceci : qu'il est bien rare qu'il n'y ait pas toujours là quelqu'un pour entendre particulièrement les choses qui ne doivent pas être entendues.

De Guiche poussa un profond soupir.

– Tenez, continua Bragelonne, en ce moment vous me faites peine ; depuis votre retour ici, vous avez cent fois et de cent manières différentes raconté votre amour pour elle ; et cependant, n'eussiez-vous rien dit, votre retour seul était déjà une indiscrétion terrible. J'en reviens donc à conclure ceci : que, si vous ne vous observez mieux que vous ne le faites, un jour ou l'autre arrivera qui amènera une explosion. Qui vous sauvera alors ? Dites, répondez-moi. Qui la sauvera elle-même ? Car, toute innocente qu'elle sera de votre amour, votre amour sera aux mains de ses ennemis une accusation contre elle.

– Hélas ! mon Dieu ! murmura de Guiche.

Et un profond soupir accompagna ces paroles.

– Ce n'est point répondre, cela, de Guiche.

– Si fait.

– Eh bien ! voyons, que répondez-vous ?

– Je réponds que, ce jour-là, mon ami, je ne serai pas plus mort que je ne le suis aujourd'hui.

– Je ne comprends pas.

– Oui ; tant d'alternatives m'ont usé ! Aujourd'hui, je ne suis plus un être pensant, agissant ; aujourd'hui, je ne vaux plus un homme, si médiocre qu'il soit ; aussi, vois-tu, aujourd'hui mes dernières forces se sont éteintes, mes dernières résolutions se sont évanouies, et je renonce à lutter. Quand on est au camp, comme nous y avons été ensemble, et qu'on part seul pour escarmoucher, parfois on rencontre un parti de cinq ou six fourrageurs, et, quoique seul, on se défend ; alors, il en survient six autres, on s'irrite et l'on persévère ; mais, s'il en arrive encore, six, huit, dix autres à la traverse, on se met à piquer son cheval, si l'on a encore un cheval, ou bien on se fait tuer pour ne pas fuir. Eh bien ! j'en suis là : j'ai d'abord lutté contre moi-même ; puis contre Buckingham. Maintenant, le roi est venu ; je ne lutterai pas contre le roi, ni même, je me hâte de te le dire, le roi se retirât-il, ni même contre le caractère tout seul de cette femme. Oh ! je ne m'abuse point : entré au service de cet amour, je m'y ferai tuer.

– Ce n'est point à elle qu'il faut faire des reproches, répondit Raoul, c'est à toi.

– Pourquoi cela ?

– Comment, tu connais la princesse un peu légère, fort éprise de nouveauté, sensible à la louange, dût la louange lui venir d'un aveugle ou d'un enfant, et tu prends feu au point de te consumer toi-même ? Regarde la femme, aime-la ; car quiconque n'a pas le cœur pris ailleurs ne peut la voir sans l'aimer. Mais, tout en l'aimant, respecte en elle, d'abord, le rang de son mari, puis lui-même, puis, enfin, ta propre sûreté.

– Merci, Raoul.

– Et de quoi ?

– De ce que, voyant que je souffre par cette femme, tu me consoles, de ce que tu me dis d'elle tout le bien que tu en penses et peut-être même celui que tu ne penses pas.

– Oh ! fit Raoul, tu te trompes, de Guiche, ce que je pense je ne le dis pas toujours, et alors je ne dis rien ; mais, quand je parle, je ne sais ni feindre ni tromper, et qui m'écoute peut me croire.

Pendant ce temps, Madame, le cou tendu, l'oreille avide, l'œil dilaté et cherchant à voir dans l'obscurité, pendant ce temps, Madame aspirait avidement jusqu'au moindre souffle qui bruissait dans les branches.

– Oh ! je la connais mieux que toi, alors ! s'écria de Guiche. Elle n'est pas légère, elle est frivole ; elle n'est pas éprise de nouveauté, elle est sans mémoire et sans foi ; elle n'est pas purement et simplement sensible aux louanges, mais elle est coquette avec raffinement et cruauté. Mortellement coquette ! oh ! oui, je le sais. Tiens, crois-moi, Bragelonne, je souffre tous les tourments de l'enfer ; brave, aimant passionnément le danger, je trouve un danger plus grand que ma force et mon courage. Mais, vois-tu, Raoul, je me réserve une victoire qui lui coûtera bien des larmes.

Raoul regarda son ami, et, comme celui-ci, presque étouffé par l'émotion, renversait sa tête contre le tronc du chêne :

– Une victoire ! demanda-t-il, et laquelle ?

– Laquelle ?

– Oui.

– Un jour, je l'aborderai ; un jour, je lui dirai : « J'étais jeune, j'étais fou d'amour ; j'avais pourtant assez de respect pour tomber à vos pieds et y demeurer le front dans la poussière si vos regards ne m'eussent relevé jusqu'à votre main. Je crus comprendre vos regards, je me relevai, et, alors, sans que je vous eusse rien fait que vous aimer davantage encore, si c'était possible, alors vous m'avez, de gaieté de cœur, terrassé par un caprice, femme sans cœur, femme sans foi, femme sans amour ! Vous n'êtes pas digne, toute princesse de sang royal que vous êtes, vous n'êtes pas digne de l'amour d'un honnête homme ; et je me punis de mort pour vous avoir trop aimée, et je meurs en vous haïssant. »

– Oh ! s'écria Raoul épouvanté de l'accent de profonde vérité qui perçait dans les paroles du jeune homme, oh ! je te l'avais bien dit, de Guiche, que tu étais un fou.

– Oui, oui, s'écria de Guiche poursuivant son idée, puisque nous n'avons plus de guerres ici, j'irai là-bas, dans le Nord, demander du service à l'Empire, et quelque Hongrois, quelque Croate, quelque Turc me fera bien la charité d'une balle.

De Guiche n'acheva point, ou plutôt, comme il achevait, un bruit le fit tressaillir qui mit sur pied Raoul au même moment.

Quant à de Guiche, absorbé dans sa parole et dans sa pensée, il resta assis, la tête comprimée entre ses deux mains.

Les buissons s'ouvrirent, et une femme apparut devant les deux jeunes gens, pâle, en désordre. D'une main, elle écartait les branches qui eussent fouetté son visage, et, de l'autre, elle relevait le capuchon de la mante dont ses épaules étaient couvertes.

À cet œil humide et flamboyant, à cette démarche royale, à la hauteur de ce geste souverain, et, bien plus encore qu'à tout cela, au battement de son cœur, de Guiche reconnut Madame, et, poussant un cri, il ramena ses mains de ses tempes sur ses yeux.

Raoul, tremblant, décontenancé, roulait son chapeau dans ses mains, balbutiant quelques vagues formules de respect.

– Monsieur de Bragelonne, dit la princesse, veuillez, je vous prie, voir si mes femmes ne sont point quelque part là-bas dans les allées ou dans les quinconces. Et vous, monsieur le comte, demeurez, je suis lasse, vous me donnerez votre bras.

La foudre tombant aux pieds du malheureux jeune homme l'eût moins épouvanté que cette froide et sévère parole.

Néanmoins, comme, ainsi qu'il venait de le dire, il était brave, comme il venait, au fond du cœur, de prendre toutes ses résolutions, de Guiche se redressa, et, voyant l'hésitation de Bragelonne, lui adressa un coup d'œil plein de résignation et de suprême remerciement.

Au lieu de répondre à l'instant même à Madame, il fit un pas vers le vicomte, et, lui tendant la main que la princesse lui avait demandée, il serra la main toute loyale de son ami avec un soupir, dans lequel il semblait donner à l'amitié tout ce qui restait de vie au fond de son cœur.

Madame attendit, elle si fière, elle qui ne savait pas attendre, Madame attendit que ce colloque muet fût achevé.

Sa main, sa royale main demeura suspendue en l'air, et, quand Raoul fut parti, retomba sans colère, mais non sans émotion, dans celle de Guiche.

Ils étaient seuls au milieu de la forêt sombre et muette, et l'on n'entendait plus que le pas de Raoul s'éloignant avec précipitation par les sentiers ombreux.

Sur leur tête s'étendait la voûte épaisse et odorante du feuillage de la forêt, par les déchirures duquel on voyait briller çà et là quelques étoiles.

Madame entraîna doucement de Guiche à une centaine de pas de cet arbre indiscret qui avait entendu et laissé entendre tant de choses dans cette soirée, et, le conduisant à une clairière voisine qui permettait de voir à une certaine distance autour de soi :

– Je vous amène ici, dit-elle toute frémissante, parce que là-bas où nous étions, toute parole s'entend.

– Toute parole s'entend, dites-vous, madame ? répéta machinalement le jeune homme.

– Oui.

– Ce qui veut dire ? murmura de Guiche.

– Ce qui veut dire que j'ai entendu toutes vos paroles.

– Oh ! mon Dieu ! mon Dieu ! il me manquait encore cela ! balbutia de Guiche.

Et il baissa la tête comme fait le nageur fatigué sous le flot qui l'engloutit.

– Alors, dit-elle, vous me jugez comme vous avez dit ?

De Guiche pâlit, détourna la tête et ne répondit rien ; il se sentait près de s'évanouir.

– C'est fort bien, continua la princesse d'un son de voix plein de douceur ; j'aime mieux cette franchise qui doit me blesser qu'une flatterie qui me tromperait. Soit ! selon vous, monsieur de Guiche, je suis donc coquette et vile.

– Vile ! s'écria le jeune homme, vile, vous ? Oh ! je n'ai certes pas dit, je n'ai certes pas pu dire que ce qu'il y a au monde de plus précieux pour moi fût une chose vile ; non, non, je n'ai pas dit cela.

– Une femme qui voit périr un homme consumé du feu qu'elle a allumé et qui n'éteint pas ce feu est, à mon avis, une femme vile.

– Oh ! que vous importe ce que j'ai dit ? reprit le comte. Que suis-je, mon Dieu ! près de vous, et comment vous inquiétez-vous même si j'existe ou si je n'existe pas ?

– Monsieur de Guiche, vous êtes un homme comme je suis une femme, et, vous connaissant ainsi que je vous connais, je ne veux point vous exposer à mourir ; je change avec vous de conduite et de caractère. Je serai, non pas franche, je le suis toujours, mais vraie. Je vous supplie donc, monsieur le comte, de ne plus m'aimer et d'oublier tout à fait que je vous aie jamais adressé une parole ou un regard.

De Guiche se retourna, couvrant Madame d'un regard passionné.

– Vous, dit-il, vous vous excusez ; vous me suppliez, vous !

– Oui, sans doute ; puisque j'ai fait le mal, je dois réparer le mal. Ainsi, monsieur le comte, voilà qui est convenu. Vous me pardonnerez ma frivolité, ma coquetterie. Ne m'interrompez pas. Je vous pardonnerai, moi, d'avoir dit que j'étais frivole et coquette, quelque chose de pis, peut-être ; et vous renoncerez à votre idée de mort, et vous conserverez à votre famille, au roi et aux dames un cavalier que tout le monde estime et que beaucoup chérissent.

Et Madame prononça ce dernier mot avec un tel accent de franchise et même de tendresse, que le cœur du jeune homme sembla prêt à s'élancer de sa poitrine.

– Oh ! madame, madame !... balbutia-t-il.

– Écoutez encore, continua-t-elle. Quand vous aurez renoncé à moi, par nécessité d'abord, puis pour vous rendre à ma prière, alors vous me jugerez mieux, et, j'en suis sûre, vous remplacerez cet amour, pardon de cette folie, par une sincère amitié que vous viendrez m'offrir, et qui, je vous le jure, sera cordialement acceptée.

De Guiche, la sueur au front, la mort au cœur, le frisson dans les veines, se mordait les lèvres, frappait du pied, dévorait, en un mot, toutes ses douleurs.

– Madame, dit-il, ce que vous m'offrez là est impossible et je n'accepte point un pareil marché.

– Eh quoi ! dit Madame, vous refusez mon amitié ?...

– Non ! non ! pas d'amitié, madame, j'aime mieux mourir d'amour que vivre d'amitié.

– Monsieur le comte !

– Oh ! madame, s'écria de Guiche, j'en suis arrivé à ce moment suprême où il n'y a plus d'autre considération, d'autre respect que la considération et le respect d'un honnête homme envers une femme adorée. Chassez-moi, maudissez-moi, dénoncez-moi, vous serez juste ; je me suis plaint de vous, mais je ne m'en suis plaint si amèrement que parce que je vous aime ; je vous ai dit que je mourrai, je mourrai ; vivant, vous m'oublierez ; mort, vous ne m'oublierez point, j'en suis sûr.

Et cependant, elle, qui se tenait debout et toute rêveuse, aussi agitée que le jeune homme, détourna un moment la tête, comme un instant auparavant il venait de la détourner lui-même.

Puis après un silence :

– Vous m'aimez donc bien ? demanda-t-elle.

– Oh ! follement. Au point d'en mourir, comme vous le disiez. Au point d'en mourir, soit que vous me chassiez, soit que vous m'écoutiez encore.

– Alors, c'est un mal sans espoir, dit-elle d'un air enjoué, un mal qu'il convient de traiter par les adoucissants. Çà ! donnez-moi votre main... Elle est glacée !

De Guiche s'agenouilla, collant sa bouche, non pas sur l'une, mais sur les deux mains brûlantes de Madame.

– Allons, aimez-moi donc, dit la princesse, puisqu'il n'en saurait être autrement.

Et elle lui serra les doigts presque imperceptiblement, le relevant ainsi, moitié comme eût fait une reine, et moitié comme eût fait une amante.

De Guiche frissonna par tout le corps.

Madame sentit courir ce frisson dans les veines du jeune homme, et comprit que celui-là aimait véritablement.

– Votre bras, comte, dit-elle, et rentrons.

– Ah ! madame, lui dit le comte chancelant, ébloui, un nuage de flamme sur les yeux. Ah ! vous avez trouvé un troisième moyen de me tuer.

– Heureusement que c'est le plus long, n'est-ce pas ? répliqua-t-elle.

Et elle l'entraîna vers le quinconce.

XXVII

La correspondance d'Aramis

Tandis que les affaires de de Guiche, raccommodées ainsi tout à coup sans qu'il pût deviner la cause de cette amélioration, prenaient cette tournure inespérée que nous leur avons vu prendre, Raoul, ayant compris l'invitation de Madame, s'était éloigné pour ne pas troubler cette explication dont il était loin de deviner les résultats, et il avait rejoint les dames d'honneur éparses dans le parterre.

Pendant ce temps, le chevalier de Lorraine, remonté dans sa chambre, lisait avec surprise la lettre de de Wardes, laquelle lui racontait ou plutôt lui faisait raconter, par la main de son valet de chambre, le coup d'épée reçu à Calais et tous les détails de cette aventure avec invitation d'en communiquer à de Guiche et à Monsieur ce qui, dans cet événement, pouvait être particulièrement désagréable à chacun d'eux.

De Wardes s'attachait surtout à démontrer au chevalier la violence de cet amour de Buckingham pour Madame, et il terminait sa lettre en annonçant qu'il croyait cette passion payée de retour.

À la lecture de ce dernier paragraphe, le chevalier haussa les épaules ; en effet, de Wardes était fort arriéré, comme on a pu le voir.

De Wardes n'en était encore qu'à Buckingham.

Le chevalier jeta par-dessus son épaule le papier sur une table voisine, et, d'un ton dédaigneux :

– En vérité, dit-il, c'est incroyable ; ce pauvre de Wardes est pourtant un garçon d'esprit ; mais, en vérité, il n'y paraît pas, tant on s'encroûte en province. Que le diable emporte ce benêt, qui devait m'écrire des choses importantes et qui m'écrit de pareilles niaiseries ! Au lieu de cette pauvreté de lettre qui ne signifie rien, j'eusse trouvé là-bas, dans les quinconces, une bonne petite intrigue qui eût compromis une femme, valu peut-être un coup d'épée à un homme et diverti Monsieur pendant trois jours.

Il regarda sa montre.

– Maintenant, fit-il, il est trop tard. Une heure du matin : tout le monde doit être rentré chez le roi, où l'on achève la nuit ; allons, c'est une piste perdue, et à moins de chance extraordinaire...

Et, en disant ces mots, comme pour en appeler à sa bonne étoile, le chevalier s'approcha avec dépit de la fenêtre qui donnait sur une portion assez solitaire du jardin.

Aussitôt, et comme si un mauvais génie eût été à ses ordres, il aperçut, revenant vers le château en compagnie d'un homme, une mante de soie de couleur sombre, et reconnut cette tournure qui l'avait frappé une demi-heure auparavant.

« Eh ! mon Dieu ! pensa-t-il en frappant des mains, Dieu me damne ! comme dit notre ami Buckingham, voici mon mystère. »

Et il s'élança précipitamment à travers les degrés dans l'espérance d'arriver à temps dans la cour pour reconnaître la femme à la mante et son compagnon.

Mais, en arrivant à la porte de la petite cour, il se heurta presque avec Madame, dont le visage radieux apparaissait plein de révélations charmantes sous cette mante qui l'abritait sans la cacher. Malheureusement, Madame était seule.

Le chevalier comprit que, puisqu'il l'avait vue, il n'y avait pas cinq minutes, avec un gentilhomme, le gentilhomme ne devait pas être bien loin.

En conséquence, il prit à peine le temps de saluer la princesse, tout en se rangeant pour la laisser passer ; puis, lorsqu'elle eut fait quelques pas avec la rapidité d'une femme qui craint d'être reconnue, lorsque le chevalier vit qu'elle était trop préoccupée d'elle-même pour s'inquiéter de lui, il s'élança dans le jardin, regardant rapidement de tous côtés et embrassant le plus d'horizon qu'il pouvait dans son regard.

Il arrivait à temps : le gentilhomme qui avait accompagné Madame était encore à portée de la vue ; seulement, il s'avançait rapidement vers une des ailes du château derrière laquelle il allait disparaître.

Il n'y avait pas une minute à perdre ; le chevalier s'élança à sa poursuite, quitte à ralentir le pas en s'approchant de l'inconnu ; mais, quelque diligence qu'il fît, l'inconnu avait tourné le perron avant lui.

Cependant, il était évident que comme celui que le chevalier poursuivait marchait doucement, tout pensif, et la tête inclinée sous le poids du chagrin ou du bonheur, une fois l'angle tourné, à moins qu'il ne fût entré par quelque porte, le chevalier ne pouvait manquer de le rejoindre.

C'est ce qui fût certainement arrivé si, au moment où il tournait cet angle, le chevalier ne se fût jeté dans deux personnes qui le tournaient elles-mêmes dans le sens opposé.

Le chevalier était tout prêt à faire un assez mauvais parti à ces deux fâcheux, lorsqu'en relevant la tête il reconnut M. le surintendant.

Fouquet était accompagné d'une personne que le chevalier voyait pour la première fois.

Cette personne, c'était Sa Grandeur l'évêque de Vannes.

Arrêté par l'importance du personnage, et forcé par les convenances à faire des excuses là où il s'attendait à en recevoir, le chevalier fit un pas en arrière ; et comme M. Fouquet avait sinon l'amitié, du moins les respects de tout le monde, comme le roi lui-même, quoiqu'il fût plutôt son ennemi que son ami, traitait M. Fouquet en homme considérable, le chevalier fit ce que le roi eût fait, il salua M. Fouquet, qui le saluait avec une bienveillante politesse, voyant que ce gentilhomme l'avait heurté par mégarde et sans mauvaise intention aucune.

Puis, presque aussitôt, ayant reconnu le chevalier de Lorraine, il lui fit quelques compliments auxquels force fut au chevalier de répondre.

Si court que fût ce dialogue, le chevalier de Lorraine vit peu à peu avec un déplaisir mortel son inconnu diminuer et s'effacer dans l'ombre.

Le chevalier se résigna, et, une fois résigné, revint complètement à M. Fouquet.

– Ah ! monsieur, dit-il, vous arrivez bien tard. On s'est fort occupé ici de votre absence, et j'ai entendu Monsieur s'étonner de ce qu'ayant été invité par le roi, vous n'étiez pas venu.

– La chose m'a été impossible, monsieur, et, aussitôt libre, j'arrive.

– Paris est tranquille ?

– Parfaitement. Paris a fort bien reçu sa dernière taxe.

– Ah ! je comprends que vous ayez voulu vous assurer de ce bon vouloir avant de venir prendre part à nos fêtes.

– Je n'en arrive pas moins un peu tard. Je m'adresserai donc à vous, monsieur, pour vous demander si le roi est dehors ou au château, si je pourrai le voir ce soir ou si je dois attendre à demain.

– Nous avons perdu de vue le roi depuis une demi-heure à peu près, dit le chevalier.

– Il sera peut-être chez Madame ? demanda Fouquet.

– Chez Madame, je ne crois pas, car je viens de rencontrer Madame qui rentrait par le petit escalier ; et à moins que ce gentilhomme que vous venez de croiser tout à l'heure ne fût le roi en personne...

Et le chevalier attendit, espérant qu'il saurait ainsi le nom de celui qu'il avait poursuivi.

Mais Fouquet, qu'il eût reconnu ou non de Guiche, se contenta de répondre :

– Non, monsieur, ce n'était pas lui.

Le chevalier, désappointé, salua ; mais, tout en saluant, ayant jeté un dernier coup d'œil autour de lui et ayant aperçu M. Colbert au milieu d'un groupe :

– Tenez, monsieur, dit-il au surintendant, voici là-bas, sous les arbres, quelqu'un qui vous renseignera mieux que moi.

– Qui ? demanda Fouquet, dont la vue faible ne perçait pas les ombres.

– M. Colbert, répondit le chevalier.

– Ah ! fort bien. Cette personne qui parle là-bas à ces hommes portant des torches, c'est M. Colbert ?

– Lui-même. Il donne ses ordres pour demain aux dresseurs d'illuminations.

– Merci, monsieur.

Et Fouquet fit un mouvement de tête qui indiquait qu'il avait appris tout ce qu'il désirait savoir.

De son côté, le chevalier, qui, tout au contraire, n'avait rien appris, se retira sur un profond salut.

À peine fut-il éloigné, que Fouquet, fronçant le sourcil, tomba dans une profonde rêverie.

Aramis le regarda un instant avec une espèce de compassion pleine de tristesse.

– Eh bien, lui dit-il, vous voilà ému au seul nom de cet homme. Eh quoi ! triomphant et joyeux tout à l'heure, voilà que vous vous rembrunissez à l'aspect de ce médiocre fantôme. Voyons, monsieur, croyez-vous en votre fortune ?

– Non, répondit tristement Fouquet.

– Et pourquoi ?

– Parce que je suis trop heureux en ce moment, répliqua-t-il d'une voix tremblante. Ah ! mon cher d'Herblay, vous qui êtes si savant, vous devez connaître l'histoire d'un certain tyran de Samos. Que puis-je jeter à la mer qui désarme le malheur à venir ? Oh ! je vous le répète, mon ami, je suis trop heureux ! si heureux que je ne désire plus rien au-delà de ce que j'ai... Je suis monté si haut... Vous savez ma devise : *Quo non ascendam ?* Je suis monté si haut, que je n'ai plus qu'à descendre. Il m'est donc impossible de croire au progrès d'une fortune qui est déjà plus qu'humaine.

Aramis sourit en fixant sur Fouquet son œil si caressant et si fin.

– Si je connaissais votre bonheur, dit-il, je craindrais peut-être votre disgrâce ; mais vous me jugez en véritable ami, c'est-à-dire que vous me trouvez bon pour l'infortune, voilà tout. C'est déjà immense et précieux, je le sais ; mais, en vérité, j'ai bien le droit de vous demander de me confier de temps en temps les choses heureuses qui vous arrivent et auxquelles je prendrais part, vous le savez, plus qu'à celles qui m'arriveraient à moi-même.

– Mon cher prélat, dit en riant Fouquet, mes secrets sont par trop profanes pour que je les confie à un évêque, si mondain qu'il soit.

– Bah ! en confession ?

– Oh ! je rougirais trop si vous étiez mon confesseur.

Et Fouquet se mit à soupirer.

Aramis le regarda encore sans autre manifestation de sa pensée que son muet sourire.

– Allons, dit-il, c'est une grande vertu que la discrétion.

– Silence ! dit Fouquet. Voici cette venimeuse bête qui m'a reconnu et qui s'approche de nous.

– Colbert ?

– Oui ; écartez-vous, mon cher d'Herblay ; je ne veux pas que ce cuistre vous voie avec moi, il vous prendrait en aversion.

Aramis lui serra la main.

– Qu'ai-je besoin de son amitié ? dit-il ; n'êtes-vous pas là ?

– Oui ; mais peut-être n'y serai-je pas toujours, répondit mélancoliquement Fouquet.

– Ce jour-là, si ce jour-là vient jamais, dit tranquillement Aramis, nous aviserons à nous passer de l'amitié ou à braver l'aversion de M. Colbert. Mais dites-moi, cher monsieur Fouquet, au lieu de vous entretenir avec ce cuistre, comme vous lui faites l'honneur de l'appeler, conversation dont je ne sens pas l'utilité, que ne vous rendez-vous, sinon auprès du roi, du moins auprès de Madame ?

– De Madame ? fit le surintendant distrait par ses souvenirs. Oui, sans doute, près de Madame.

– Vous vous rappelez, continua Aramis, qu'on nous a appris la grande faveur dont Madame jouit depuis deux ou trois jours. Il entre, je crois, dans votre politique et dans nos plans que vous fassiez assidûment votre cour aux amies de Sa Majesté. C'est le moyen de balancer l'autorité naissante de M. Colbert. Rendez-vous donc le plus tôt possible près de Madame et ménagez-vous cette alliée.

– Mais, dit Fouquet, êtes-vous bien sûr que c'est véritablement sur elle que le roi a les yeux fixés en ce moment ?

– Si l'aiguille avait tourné, ce serait depuis ce matin. Vous savez que j'ai ma police.

– Bien ! j'y vais de ce pas et à tout hasard j'aurai mon moyen d'introduction : c'est une magnifique paire de camées antiques enchâssés dans des diamants.

– Je l'ai vue ; rien de plus riche et de plus royal.

Ils furent interrompus en ce moment par un laquais conduisant un courrier.

– Pour Monsieur le surintendant, dit tout haut ce courrier en présentant à Fouquet une lettre.

– Pour Monseigneur l'évêque de Vannes, dit tout bas le laquais en remettant une lettre à Aramis.

Et, comme le laquais portait une torche, il se plaça entre le surintendant et l'évêque, afin que tous deux pussent lire en même temps.

À l'aspect de l'écriture fine et serrée de l'enveloppe, Fouquet tressaillit de joie ; ceux-là seuls qui aiment ou qui ont aimé comprendront son inquiétude d'abord, puis son bonheur ensuite.

Il décacheta vivement la lettre, qui ne renfermait que ces seuls mots :

Il y a une heure que je t'ai quitté, il y a un siècle que je ne t'ai dit : « Je t'aime. »

C'était tout.

Mme de Bellière avait, en effet, quitté Fouquet depuis une heure, après avoir passé deux jours avec lui ; et de peur que son souvenir ne s'écartât trop longtemps du cœur qu'elle regrettait, elle lui envoyait le courrier porteur de cette importante missive.

Fouquet baisa la lettre et la paya d'une poignée d'or.

Quant à Aramis, il lisait, comme nous avons dit, de son côté, mais avec plus de froideur et de réflexion, le billet suivant :

Le roi a été frappé ce soir d'un coup étrange : une femme l'aime. Il l'a su par hasard en écoutant la conversation de cette jeune fille avec ses compagnes. De sorte que le roi est tout entier à ce nouveau caprice. La femme s'appelle Mlle de La Vallière et est d'une assez médiocre beauté pour que ce caprice devienne une grande passion.

Prenez garde à Mlle de La Vallière.

Pas un mot de Madame.

Aramis replia lentement le billet et le mit dans sa poche.

Quant à Fouquet, il savourait toujours les parfums de sa lettre.

– Monseigneur ! dit Aramis touchant le bras de Fouquet.

– Hein ! demanda celui-ci.

– Il me vient une idée. Connaissez-vous une petite fille qu'on appelle La Vallière ?

– Ma foi ! non.

– Cherchez bien.

– Ah ! oui, je crois, une des filles d'honneur de Madame.

– Ce doit être cela.

– Eh bien ! après ?

– Eh bien ! monseigneur, c'est à cette petite fille qu'il faut que vous rendiez une visite ce soir.

– Bah ! et comment ?

– Et, de plus, c'est à cette petite fille qu'il faut que vous donniez vos camées.

– Allons donc !

– Vous savez, monseigneur, que je suis de bon conseil.

– Mais cet imprévu...

– C'est mon affaire. Vite une cour en règle à la petite La Vallière, monseigneur. Je me ferai garant près de Mme de Bellière que c'est une cour toute politique.

– Que dites-vous là, mon ami, s'écria vivement Fouquet, et quel nom avez-vous prononcé ?

– Un nom qui doit vous prouver, monsieur le surintendant, que, bien instruit pour vous, je puis être aussi bien instruit pour les autres. Faites la cour à la petite La Vallière.

– Je ferai la cour à qui vous voudrez, répondit Fouquet avec le paradis dans le cœur.

– Voyons, voyons, redescendez sur la terre, voyageur du septième ciel, dit Aramis ; voici M. de Colbert. Oh ! mais il a recruté tandis que nous lisions ; il est entouré, loué, congratulé ; décidément, c'est une puissance.

En effet, Colbert s'avançait escorté de tout ce qui restait de courtisans dans les jardins, et chacun lui faisait, sur l'ordonnance de la fête, des compliments dont il s'enflait à éclater.

– Si La Fontaine était là, dit en souriant Fouquet, quelle belle occasion pour lui de réciter la fable de la grenouille qui veut se faire aussi grosse qu'un bœuf.

Colbert arriva dans un cercle éblouissant de lumière ; Fouquet l'attendit impassible et légèrement railleur.

Colbert lui souriait aussi ; il avait vu son ennemi déjà depuis près d'un quart d'heure, il s'approchait tortueusement.

Le sourire de Colbert présageait quelque hostilité.

– Oh ! oh ! dit Aramis tout bas au surintendant, le coquin va vous demander encore quelques millions pour payer ses artifices et ses verres de couleur.

Colbert salua le premier d'un air qu'il s'efforçait de rendre respectueux.

Fouquet remua la tête à peine.

– Eh bien ! monseigneur, demanda Colbert, que disent vos yeux ? Avons-nous eu bon goût ?

– Un goût parfait, répondit Fouquet, sans qu'on pût remarquer dans ces paroles la moindre raillerie.

– Oh ! dit Colbert méchamment, vous y mettez de l'indulgence... Nous sommes pauvres, nous autres gens du roi, et Fontainebleau n'est pas un séjour comparable à Vaux.

– C'est vrai, répondit flegmatiquement Fouquet, qui dominait tous les acteurs de cette scène.

– Que voulez-vous, monseigneur ! continua Colbert, nous avons agi selon nos petites ressources.

Fouquet fit un geste d'assentiment.

– Mais, poursuivit Colbert, il serait digne de votre magnificence, monseigneur, d'offrir à Sa Majesté une fête dans vos merveilleux jardins... dans ces jardins qui vous ont coûté soixante millions.

– Soixante-douze, dit Fouquet.

– Raison de plus, reprit Colbert. Voilà qui serait vraiment magnifique.

– Mais, croyez-vous, monsieur, dit Fouquet, que Sa Majesté daigne accepter mon invitation ?

– Oh ! je n'en doute pas, s'écria vivement Colbert, et je m'en porterai caution.

– C'est fort aimable à vous, dit Fouquet. J'y puis donc compter ?

– Oui, monseigneur, oui, certainement.

– Alors, je me consulterai, dit Fouquet.

– Acceptez, acceptez, dit tout bas et vivement Aramis.

– Vous vous consulterez ? répéta Colbert.

– Oui, répondit Fouquet, pour savoir quel jour je pourrai faire mon invitation au roi.

– Oh ! dès ce soir, monseigneur, dès ce soir.

– Accepté, fit le surintendant. Messieurs, je voudrais vous faire mes invitations ; mais vous savez que, partout où va le roi, le roi est chez lui, c'est donc à vous de vous faire inviter par Sa Majesté.

Il y eut une rumeur joyeuse dans la foule.

Fouquet salua et partit.

– Misérable orgueilleux ! dit Colbert, tu acceptes, et tu sais que cela te coûtera dix millions.

– Vous m'avez ruiné, dit tout bas Fouquet à Aramis.

– Je vous ai sauvé, répliqua celui-ci, tandis que Fouquet montait les degrés du perron et faisait demander au roi s'il était encore visible.

XXVIII

Le commis d'ordre

Le roi, pressé de se retrouver seul avec lui-même pour étudier ce qui se passait dans son propre cœur, s'était retiré chez lui, où M. de Saint-Aignan était venu le retrouver après sa conversation avec Madame.

Nous avons rapporté la conversation.

Le favori, fier de sa double importance, et sentant que, depuis deux heures, il était devenu le confident du roi, commençait, tout respectueux qu'il était, à traiter d'un peu haut les affaires de cour, et, du point où il s'était mis, ou plutôt où le hasard l'avait placé, il ne voyait qu'amour et guirlandes autour de lui.

L'amour du roi pour Madame, celui de Madame pour le roi, celui de de Guiche pour Madame, celui de La Vallière pour le roi, celui de Malicorne pour Montalais, celui de Mlle de Tonnay-Charente pour lui, Saint-Aignan, n'était-ce pas véritablement plus qu'il n'en fallait pour faire tourner une tête de courtisan ?

Or, Saint-Aignan était le modèle des courtisans passés, présents et futurs.

Au reste, Saint-Aignan se montra si bon narrateur et appréciateur si subtil, que le roi l'écouta en marquant beaucoup d'intérêt, surtout quand il conta la façon passionnée avec laquelle Madame avait recherché sa conversation à propos des affaires de Mlle de La Vallière.

Quand le roi n'eût plus rien ressenti pour Madame Henriette de ce qu'il avait éprouvé, il y avait dans cette ardeur de Madame à se faire donner ces renseignements une satisfaction d'amour-propre qui ne pouvait échapper au roi. Il éprouva donc cette satisfaction, mais voilà tout, et son cœur ne fut point un seul instant alarmé de ce que Madame pouvait penser ou ne point penser de toute cette aventure.

Seulement, lorsque Saint-Aignan eut fini, le roi, tout en se préparant à sa toilette de nuit, demanda :

– Maintenant, Saint-Aignan, tu sais ce que c'est que Mlle de La Vallière, n'est-ce pas ?

– Non seulement ce qu'elle est, mais ce qu'elle sera.

– Que veux-tu dire ?

– Je veux dire qu'elle est tout ce qu'une femme peut désirer d'être, c'est-à-dire aimée de Votre Majesté ; je veux dire qu'elle sera tout ce que Votre Majesté voudra qu'elle soit.

– Ce n'est pas cela que je demande... Je ne veux pas savoir ce qu'elle est aujourd'hui ni ce qu'elle sera demain : tu l'as dit, cela me regarde, mais ce qu'elle était hier. Répète-moi donc ce qu'on dit d'elle.

– On dit qu'elle est sage.

– Oh ! fit le roi en souriant, c'est un bruit.

– Assez rare à la cour, sire, pour qu'il soit cru quand on le répand.

– Vous avez peut-être raison, mon cher... Et de bonne naissance ?

– Excellente ; fille du marquis de La Vallière et belle-fille de cet excellent M. de Saint-Remy.

– Ah ! oui, le majordome de ma tante... Je me rappelle cela, et je me souviens maintenant : je l'ai vue en passant à Blois. Elle a été présentée aux reines. J'ai même à me reprocher, à cette époque, de n'avoir pas fait à elle toute l'attention qu'elle méritait.

– Oh ! sire, je m'en rapporte à Votre Majesté pour réparer le temps perdu.

– Et le bruit serait donc, dites-vous, que Mlle de La Vallière n'aurait pas d'amant ?

– En tout cas, je ne crois pas que Votre Majesté s'effrayât beaucoup de la rivalité.

– Attends donc, s'écria tout à coup le roi avec un accent des plus sérieux.

– Plaît-il, sire ?

– Je me souviens.

– Ah !

– Si elle n'a pas d'amant, elle a un fiancé.

– Un fiancé !

– Comment ! tu ne sais pas cela, comte ?

– Non.

– Toi, l'homme aux nouvelles.

– Votre Majesté m'excusera. Et le roi connaît ce fiancé ?

– Pardieu ! son père est venu me demander de signer au contrat ; c'est...

Le roi allait sans doute prononcer le nom du vicomte de Bragelonne, quand il s'arrêta en fronçant le sourcil.

– C'est ?... répéta Saint-Aignan.

– Je ne me rappelle plus, répondit Louis XIV, essayant de cacher une émotion qu'il dissimulait avec peine.

– Puis-je mettre Votre Majesté sur la voie ? demanda le comte de Saint-Aignan.

– Non ; car je ne sais plus moi-même de qui je voulais parler, non, en vérité ; je me rappelle bien vaguement qu'une des filles d'honneur devait épouser... mais le nom m'échappe.

– Était-ce Mlle de Tonnay-Charente qu'il devait épouser ? demanda Saint-Aignan.

– Peut-être, fit le roi.

– Alors le futur était de M. de Montespan ; mais Mlle de Tonnay-Charente n'en a point parlé, ce me semble, de manière à effrayer les prétentions.

– Enfin, dit le roi, je ne sais rien, ou presque rien, sur Mlle de La Vallière. Saint-Aignan, je te charge d'avoir des renseignements sur elle.

– Oui, sire, et quand aurai-je l'honneur de revoir Votre Majesté pour les lui fournir ?

– Quand tu les auras.

– Je les aurai vite, si les renseignements vont aussi vite que mon désir de revoir le roi.

– Bien parlé ! À propos, est-ce que Madame a témoigné quelque chose contre cette pauvre fille ?

– Rien, sire.

– Madame ne s'est point fâchée ?

– Je ne sais ; seulement, elle a toujours ri.

– Très bien ; mais j'entends du bruit dans les antichambres, ce me semble ; on me vient sans doute annoncer quelque courrier.

– En effet, sire.

– Informe-toi, Saint-Aignan.

Le comte courut à la porte et échangea quelques mots avec l'huissier.

– Sire, dit-il en revenant, c'est M. Fouquet qui arrive à l'instant même sur un ordre du roi à ce qu'il dit. Il s'est présenté, mais l'heure avancée fait qu'il n'insiste pas même pour avoir audience ce soir ; il se contente de constater sa présence.

– M. Fouquet ! Je lui ai écrit à trois heures en l'invitant à être à Fontainebleau le lendemain matin ; il arrive à Fontainebleau à deux heures, c'est du zèle ! s'écria le roi radieux de se voir si bien obéi. Eh bien ! au contraire, M. Fouquet aura son audience. Je l'ai mandé, je le recevrai. Qu'on l'introduise. Toi, comte, aux recherches, et à demain !

Le roi mit un doigt sur ses lèvres, et Saint-Aignan s'esquiva la joie dans le cœur, en donnant l'ordre à l'huissier d'introduire M. Fouquet.

Fouquet fit alors son entrée dans la chambre royale. Louis XIV se leva pour le recevoir.

– Bonsoir, monsieur Fouquet, dit-il avec un aimable sourire. Je vous félicite de votre ponctualité ; mon message a dû vous arriver tard cependant ?

– À neuf heures du soir, sire.

– Vous avez beaucoup travaillé ces jours-ci, monsieur Fouquet, car on m'a assuré que vous n'aviez pas quitté votre cabinet de Saint-Mandé depuis trois ou quatre jours.

– Je me suis, en effet, enfermé trois jours, sire, répliqua Fouquet en s'inclinant.

– Savez-vous, monsieur Fouquet, que j'avais beaucoup de choses à vous dire ? continua le roi de son air le plus gracieux.

– Votre Majesté me comble, et, puisqu'elle est si bonne pour moi, me permet-elle de lui rappeler une promesse d'audience qu'elle m'avait faite ?

– Ah ! oui, quelqu'un d'Église qui croit avoir à me remercier, n'est-ce pas ?

– Justement, sire. L'heure est peut-être mal choisie, mais le temps de celui que j'amène est précieux, et comme Fontainebleau est sur la route de son diocèse...

– Qui donc déjà ?

– Le dernier évêque de Vannes, que Votre Majesté, à ma recommandation, a daigné investir il y a trois mois.

– C'est possible, dit le roi, qui avait signé sans lire, et il est là ?

– Oui, sire ; Vannes est un diocèse important : les ouailles de ce pasteur ont besoin de sa parole divine ; ce sont des sauvages qu'il importe de toujours polir en les instruisant, et M. d'Herblay n'a pas son égal pour ces sortes de missions.

– M. d'Herblay ! dit le roi en cherchant au fond de ses souvenirs, comme si ce nom, entendu depuis longtemps, ne lui était cependant pas inconnu.

– Oh ! fit vivement Fouquet, Votre Majesté ne connaît pas ce nom obscur d'un de ses plus fidèles et de ses plus précieux serviteurs ?

– Non, je l'avoue... Et il veut repartir ?

– C'est-à-dire qu'il a reçu aujourd'hui des lettres qui nécessiteront peut-être son départ ; de sorte qu'avant de se remettre en route pour le pays perdu qu'on appelle la Bretagne, il désirerait présenter ses respects à Votre Majesté.

– Et il attend ?

– Il est là, sire.

– Faites-le entrer.

Fouquet fit un signe à l'huissier, qui attendait derrière la tapisserie.

La porte s'ouvrit, Aramis entra.

Le roi lui laissa dire son compliment, et attacha un long regard sur cette physionomie que nul ne pouvait oublier après l'avoir vue.

– Vannes ! dit-il : vous êtes évêque de Vannes, monsieur ?

– Oui, sire.

– Vannes est en Bretagne ?

Aramis s'inclina.

– Près de la mer ?

Aramis s'inclina encore.

– À quelques lieues de Belle-Île ?

– Oui, sire, répondit Aramis ; à six lieues, je crois.

– Six lieues, c'est un pas, fit Louis XIV.

– Non pas pour nous autres, pauvres Bretons, sire, dit Aramis ; six lieues, au contraire, c'est une distance, si ce sont six lieues de terre ; si ce sont six lieues de mer, c'est une immensité. Or, j'ai eu l'honneur de le dire au roi, on compte six lieues de mer de la rivière à Belle-Île.

– On dit que M. Fouquet a là une fort belle maison ? demanda le roi.

– Oui, on le dit, répondit Aramis en regardant tranquillement Fouquet.

– Comment, on le dit ? s'écria le roi.

– Oui, sire.

– En vérité, monsieur Fouquet, une chose m'étonne, je vous l'avoue.

– Laquelle ?

– Comment, vous avez à la tête de vos paroisses un homme tel que M. d'Herblay, et vous ne lui avez pas montré Belle-Île ?

– Oh ! sire, répliqua l'évêque sans donner à Fouquet le temps de répondre, nous autres, pauvres prélats bretons, nous pratiquons la résidence.

– Monsieur de Vannes, dit le roi, je punirai M. Fouquet de son insouciance.

– Et comment cela, sire ?

– Je vous changerai.

Fouquet se mordit la lèvre. Aramis sourit.

– Combien rapporte Vannes ? continua le roi.

– Six mille livres, sire, dit Aramis.

– Ah ! mon Dieu ! si peu de choses ! Mais vous avez du bien, monsieur de Vannes ?

– Je n'ai rien, sire ; seulement, M. Fouquet me compte douze cents livres par an pour son banc d'œuvre.

– Allons, allons, monsieur d'Herblay, je vous promets mieux que cela.

– Sire...

– Je songerai à vous.

Aramis s'inclina.

De son côté, le roi le salua presque respectueusement, comme c'était, au reste, son habitude de faire avec les femmes et avec les gens d'Église.

Aramis comprit que son audience était finie ; il prit congé par une phrase des plus simples, par une véritable phrase de pasteur campagnard, et disparut.

– Voilà une remarquable figure, dit le roi en le suivant des yeux aussi longtemps qu'il put le voir, et même en quelque sorte lorsqu'il ne le voyait plus.

– Sire, répondit Fouquet, si cet évêque avait l'instruction première, nul prélat en ce royaume ne mériterait comme lui les premières distinctions.

– Il n'est pas savant ?

– Il a changé l'épée pour la chasuble, et cela un peu tard. Mais n'importe ; si Votre Majesté me permet de lui reparler de M. de Vannes en temps et lieu...

– Je vous en prie. Mais, avant de parler de lui, parlons de vous, monsieur Fouquet.

– De moi, sire ?

– Oui, j'ai mille compliments à vous faire.

– Je ne saurais, en vérité, exprimer à Votre Majesté la joie dont elle me comble.

– Oui, monsieur Fouquet, je comprends. Oui, j'ai eu contre vous des préventions.

– Alors j'étais bien malheureux, sire.

– Mais elles sont passées. Ne vous êtes-vous pas aperçu ?...

– Si fait, sire ; mais j'attendais avec résignation le jour de la vérité. Il paraît que ce jour est venu ?

– Ah ! vous saviez être en ma disgrâce ?

– Hélas ! oui, sire.

– Et savez-vous pourquoi ?

– Parfaitement ; le roi me croyait un dilapidateur.

– Oh ! non.

– Ou plutôt un administrateur médiocre. Enfin, Votre Majesté croyait que, les peuples n'ayant pas d'argent, le roi n'en aurait pas non plus.

– Oui, je l'ai cru ; mais je suis détrompé.

Fouquet s'inclina.

– Et pas de rébellions, pas de plaintes ?

– Et de l'argent, dit Fouquet.

– Le fait est que vous m'en avez prodigué le mois dernier.

– J'en ai encore, non seulement pour tous les besoins, mais pour tous les caprices de Votre Majesté.

– Dieu merci ! monsieur Fouquet, répliqua le roi sérieusement, je ne vous mettrai point à l'épreuve. D'ici à deux mois, je ne veux rien vous demander.

– J'en profiterai pour amasser au roi cinq ou six millions qui lui serviront de premiers fonds en cas de guerre.

– Cinq ou six millions !

– Pour sa maison seulement, bien entendu.

– Vous croyez donc à la guerre, monsieur Fouquet ?

– Je crois que, si Dieu a donné à l'aigle un bec et des serres, c'est pour qu'il s'en serve à montrer sa royauté.

Le roi rougit de plaisir.

– Nous avons beaucoup dépensé tous ces jours-ci, monsieur Fouquet ; ne me gronderez-vous pas ?

– Sire, Votre Majesté a encore vingt ans de jeunesse et un milliard à dépenser pendant ces vingt ans.

– Un milliard ! c'est beaucoup, monsieur Fouquet, dit le roi.

– J'économiserai, sire... D'ailleurs, Votre Majesté a en M. Colbert et en moi deux hommes précieux. L'un lui fera dépenser son argent, et ce sera moi, si toutefois mon service agrée toujours à Sa Majesté ; l'autre le lui économisera, et ce sera M. Colbert.

– M. Colbert ? reprit le roi étonné.

– Sans doute, sire ; M. Colbert compte parfaitement bien.

À cet éloge fait de l'ennemi par l'ennemi lui-même, le roi se sentit pénétré de confiance et d'admiration.

C'est qu'en effet il n'y avait ni dans la voix ni dans le regard de Fouquet rien qui détruisît une lettre des paroles qu'il avait prononcées ; il ne faisait point un éloge pour avoir le droit de placer deux reproches.

Le roi comprit, et, rendant les armes à tant de générosité et d'esprit :

– Vous louez M. Colbert ? dit-il.

– Oui, sire, je le loue ; car, outre que c'est un homme de mérite, je le crois très dévoué aux intérêts de Votre Majesté.

– Est-ce parce que souvent il a heurté vos vues ? dit le roi en souriant.

– Précisément, sire.

– Expliquez-moi cela ?

– C'est bien simple. Moi, je suis l'homme qu'il faut pour faire entrer l'argent, lui l'homme qu'il faut pour l'empêcher de sortir.

– Allons, allons, monsieur le surintendant, que diable ! vous me direz bien quelque chose qui corrige toute cette bonne opinion ?

– Administrativement, sire ?

– Oui.

– Pas le moins du monde, sire.

– Vraiment ?

– Sur l'honneur, je ne connais pas en France un meilleur commis que M. Colbert.

Ce mot commis n'avait pas, en 1661, la signification un peu subalterne qu'on lui donne aujourd'hui ; mais, en passant par la bouche de Fouquet que le roi venait d'appeler M. le surintendant, il prit quelque chose d'humble et de petit qui mettait admirablement Fouquet à sa place et Colbert à la sienne.

– Eh bien ! dit Louis XIV, c'est cependant lui qui, tout économe qu'il est, a ordonné mes fêtes de Fontainebleau ; et je vous assure, monsieur Fouquet, qu'il n'a pas du tout empêché mon argent de sortir.

Fouquet s'inclina, mais sans répondre.

– N'est-ce pas votre avis ? dit le roi.

– Je trouve, sire, répondit-il, que M. Colbert a fait les choses avec infiniment d'ordre, et mérite, sous ce rapport, toutes les louanges de Votre Majesté.

Ce mot *ordre* fit le pendant du mot *commis*.

Nulle organisation, plus que celle du roi, n'avait cette vive sensibilité, cette finesse de tact qui perçoit et saisit l'ordre des sensations avant les sensations mêmes.

Louis XIV comprit donc que le commis avait eu pour Fouquet trop d'ordre, c'est-à-dire que les fêtes si splendides de Fontainebleau eussent pu être plus splendides encore.

Le roi sentit, en conséquence, que quelqu'un pouvait reprocher quelque chose à ses divertissements ; il éprouva un peu de dépit de ce provincial qui, paré des plus sublimes habits de sa garde-robe, arrive à Paris, où l'homme élégant le regarde trop ou trop peu.

Cette partie de la conversation, si sobre, mais si fine de Fouquet, donna encore au roi plus d'estime pour le caractère de l'homme et la capacité du ministre.

Fouquet prit congé à deux heures du matin, et le roi se mit au lit un peu inquiet, un peu confus de la leçon voilée qu'il venait de recevoir ; et deux bons quarts d'heure furent employés par lui à se remémorer les broderies, les tapisseries, les menus des collations, les architectures des arcs de triomphe, les dispositions d'illuminations et d'artifices imaginés par l'ordre du commis Colbert.

Il résulta que le roi, repassant sur tout ce qui s'était passé depuis huit jours, trouva quelques taches à ses fêtes.

Mais Fouquet, par sa politesse, par sa bonne grâce et par sa générosité, venait d'entamer Colbert plus profondément que celui-ci, avec sa fourbe, sa méchanceté, sa persévérante haine, n'avait jamais réussi à entamer Fouquet.

XXIX

Fontainebleau à deux heures du matin

Comme nous l'avons vu, de Saint-Aignan avait quitté la chambre du roi au moment où le surintendant y faisait son entrée.

De Saint-Aignan était chargé d'une mission pressée ; c'est dire que de Saint-Aignan allait faire tout son possible pour tirer bon parti de son temps.

C'était un homme rare que celui que nous avons introduit comme l'ami du roi ; un de ces courtisans précieux dont la vigilance et la netteté d'intention faisaient dès cette époque ombrage à tout favori passé ou futur, et balançait par son exactitude la servilité de Dangeau.

Aussi Dangeau n'était-il pas le favori, c'était le complaisant du roi.

De Saint-Aignan s'orienta donc.

Il pensa que les premiers renseignements qu'il avait à recevoir lui devaient venir de de Guiche.

Il courut donc après de Guiche.

De Guiche, que nous avons vu disparaître à l'aile du château et qui avait tout l'air de rentrer chez lui, de Guiche n'était pas rentré.

De Saint-Aignan se mit en quête de de Guiche.

Après avoir bien tourné, viré, cherché, de Saint-Aignan aperçut quelque chose comme une forme humaine appuyée à un arbre.

Cette forme avait l'immobilité d'une statue et paraissait fort occupée à regarder une fenêtre, quoique les rideaux de cette fenêtre fussent hermétiquement fermés.

Comme cette fenêtre était celle de Madame, de Saint-Aignan pensa que cette forme devait être celle de de Guiche.

Il s'approcha doucement et vit qu'il ne se trompait point.

De Guiche avait emporté de son entretien avec Madame une telle charge de bonheur, que toute sa force d'âme ne pouvait suffire à la porter.

De son côté, de Saint-Aignan savait que de Guiche avait été pour quelque chose dans l'introduction de La Vallière chez Madame ; un courtisan sait tout et se souvient de tout. Seulement, il avait toujours ignoré à quel titre et à quelles conditions de Guiche avait accordé sa protection à La Vallière. Mais comme, en questionnant beaucoup, il est rare que l'on n'apprenne point un peu, de Saint-Aignan comptait apprendre peu ou prou en questionnant de Guiche avec toute la délicatesse et en même temps avec toute l'insistance dont il était capable.

Le plan de Saint-Aignan était celui-ci :

Si les renseignements étaient bons, dire avec effusion au roi qu'il avait mis la main sur une perle, et réclamer le privilège d'enchâsser cette perle dans la couronne royale.

Si les renseignements étaient mauvais, chose possible après tout, examiner à quel point le roi tenait à La Vallière, et diriger le compte rendu de façon à expulser la petite fille pour se faire un mérite de cette expulsion près de toutes les femmes qui pouvaient avoir des prétentions sur le cœur du roi, à commencer par Madame et à finir par la reine.

Au cas où le roi se montrerait tenace dans son désir, dissimuler les mauvaises notes ; faire savoir à La Vallière que ces mauvaises notes, sans aucune exception, habitent un tiroir secret de la mémoire du confident ; étaler ainsi de la générosité aux yeux de la malheureuse fille, et la tenir perpétuellement suspendue par la reconnaissance et la crainte de manière à s'en faire une amie de cour, intéressée comme une complice à faire la fortune de son complice tout en faisant sa propre fortune.

Quant au jour où la bombe du passé éclaterait, en supposant que cette bombe éclatât jamais, de Saint-Aignan se promettait bien d'avoir pris toutes les précautions et de faire l'ignorant près du roi.

Auprès de La Vallière, il aurait encore ce jour-là même un superbe rôle de générosité.

C'est avec toutes ces idées, écloses en une demi-heure au feu de la convoitise, que de Saint-Aignan, le meilleur fils du monde, comme eût dit La Fontaine, s'en allait avec l'intention bien arrêtée de faire parler de Guiche, c'est-à-dire de le troubler dans son bonheur qu'au reste de Saint-Aignan ignorait.

Il était une heure du matin quand de Saint-Aignan aperçut de Guiche debout, immobile, appuyé au tronc d'un arbre, et les yeux cloués sur cette fenêtre lumineuse.

Une heure du matin : c'est-à-dire l'heure la plus douce de la nuit, celle que les peintres couronnent de myrtes et de pavots naissants, l'heure aux yeux battus, au cœur palpitant, à la tête alourdie, qui jette sur le jour écoulé un regard de regret, qui adresse un salut amoureux au jour nouveau.

Pour de Guiche, c'était l'aurore d'un ineffable bonheur : il eût donné un trésor au mendiant dressé sur son chemin pour obtenir qu'il ne le dérangeât point en ses rêves.

Ce fut justement à cette heure que Saint-Aignan, mal conseillé, l'égoïsme conseille toujours mal, vint lui frapper sur l'épaule au moment où il murmurait un mot ou plutôt un nom.

– Ah ! s'écria-t-il lourdement, je vous cherchais.

– Moi ? dit de Guiche tressaillant.

– Oui, et je vous trouve rêvant à la lune. Seriez-vous atteint, par hasard, du mal de poésie, mon cher comte, et feriez-vous des vers ?

Le jeune homme força sa physionomie à sourire, tandis que mille et mille contradictions grondaient contre Saint-Aignan au plus profond de son cœur.

– Peut-être, dit-il. Mais quel heureux hasard ?

– Ah ! voilà qui me prouve que vous m'avez mal entendu.

– Comment cela ?

– Oui, j'ai débuté par vous dire que je vous cherchais.

– Vous me cherchiez ?

– Oui, et je vous y prends.

– À quoi, je vous prie ?

– Mais à chanter Philis.

– C'est vrai, je n'en disconviens pas, dit de Guiche en riant ; oui, mon cher comte, je chante Philis.

– Cela vous est acquis.

– À moi ?

– Sans doute, à vous. À vous, l'intrépide protecteur de toute femme belle et spirituelle.

– Que diable me venez-vous conter là.

– Des vérités reconnues, je le sais bien. Mais attendez, je suis amoureux.

– Vous ?

– Oui.

– Tant mieux, cher comte. Venez et contez-moi cela.

Et de Guiche, craignant un peu tard peut-être que Saint-Aignan ne remarquât cette fenêtre éclairée, prit le bras du comte et essaya de l'entraîner.

– Oh ! dit celui-ci en résistant, ne me menez point du côté de ces bois noirs, il fait trop humide par là. Restons à la lune, voulez-vous ?

Et, tout en cédant à la pression du bras de de Guiche, il demeura dans les parterres qui avoisinaient le château.

– Voyons, dit de Guiche résigné, conduisez-moi où il vous plaira, et demandez-moi ce qui vous est agréable.

– On n'est pas plus charmant.

Puis, après une seconde de silence :

– Cher comte, continua de Saint-Aignan, je voudrais que vous me disiez deux mots sur une certaine personne que vous avez protégée.

– Et que vous aimez ?

– Je ne dis ni oui ni non, très cher... Vous comprenez qu'on ne place pas ainsi son cœur à fonds perdu, et qu'il faut bien prendre à l'avance ses sûretés.

– Vous avez raison, dit de Guiche avec un soupir ; c'est précieux, un cœur.

– Le mien surtout, il est tendre, et je vous le donne comme tel.

– Oh ! vous êtes connu, comte. Après ?

– Voici. Il s'agit tout simplement de Mlle de Tonnay-Charente.

– Ah çà ! mon cher Saint-Aignan, vous devenez fou, je présume !

– Pourquoi cela ?

– Je n'ai jamais protégé Mlle de Tonnay-Charente, moi !

– Bah !

– Jamais !

– Ce n'est pas vous qui avez fait entrer Mlle de Tonnay-Charente chez Madame ?

– Mlle de Tonnay-Charente, et vous devez savoir cela mieux que personne, mon cher comte, est d'assez bonne maison pour qu'on la désire, à plus forte raison pour qu'on l'admette.

– Vous me raillez.

– Non, sur l'honneur, je ne sais ce que vous voulez dire.

– Ainsi, vous n'êtes pour rien dans son admission ?

– Non.

– Vous ne la connaissez pas ?

– Je l'ai vue pour la première fois le jour de sa présentation à Madame. Ainsi, comme je ne l'ai pas protégée, comme je ne la connais pas, je ne saurais vous donner sur elle, mon cher comte, les éclaircissements que vous désirez.

Et de Guiche fit un mouvement pour quitter son interlocuteur.

– Là ! là ! dit Saint-Aignan, un instant, mon cher comte ; vous ne m'échapperez point ainsi.

– Pardon, mais il me semblait qu'il était l'heure de rentrer chez soi.

– Vous ne rentriez pas cependant, quand je vous ai, non pas rencontré, mais trouvé.

– Aussi, mon cher comte, du moment où vous avez encore quelque chose à me dire, je me mets à votre disposition.

– Et vous faites bien, pardieu ! Une demi-heure de plus ou de moins, vos dentelles n'en seront ni plus ni moins fripées. Jurez-moi que vous n'aviez pas de mauvais rapports à me faire sur son compte, et que ces mauvais rapports que vous eussiez pu me faire ne sont point la cause de votre silence.

– Oh ! la chère enfant, je la crois pure comme un cristal.

– Vous me comblez de joie. Cependant, je ne veux pas avoir l'air près de vous d'un homme si mal renseigné que je parais. Il est certain que vous avez fourni la maison de la princesse de dames d'honneur. On a même fait une chanson sur cette fourniture.

– Vous savez, mon cher ami, que l'on fait des chansons sur tout.

– Vous la connaissez ?

– Non ; mais chantez-la-moi, je ferai sa connaissance.

– Je ne saurais vous dire comment elle commence, mais je me rappelle comment elle finit.

– Bon ! c'est déjà quelque chose.

Des demoiselles d'honneur,
Guiche est nommé fournisseur.

– L'idée est faible et la rime pauvre.

– Ah ! que voulez-vous, mon cher, ce n'est ni de Racine ni de Molière, c'est de La Feuillade, et un grand seigneur ne peut pas rimer comme un croquant.

– C'est fâcheux, en vérité, que vous ne vous souveniez que de la fin.

– Attendez, attendez, voilà le commencement du second couplet qui me revient.

– J'écoute.

Il a rempli la volière,

Montalais et...

– Pardieu ! et La Vallière ! s'écria de Guiche impatienté et surtout ignorant complètement où Saint-Aignan en voulait venir.

– Oui, oui, c'est cela, La Vallière. Vous avez trouvé la rime, mon cher.

– Belle trouvaille, ma foi !

– Montalais et La Vallière, c'est cela. Ce sont ces deux petites filles que vous avez protégées.

Et Saint-Aignan se mit à rire.

– Donc, vous ne trouvez pas dans la chanson Mlle de Tonnay-Charente ? dit de Guiche.

– Non, ma foi !

– Vous êtes satisfait, alors ?

– Sans doute ; mais j'y trouve Montalais, dit Saint-Aignan en riant toujours.

– Oh ! vous la trouverez partout. C'est une demoiselle fort remuante.

– Vous la connaissez ?

– Par intermédiaire. Elle était protégée par un certain Malicorne que protège Manicamp ; Manicamp m'a fait demander un poste de demoiselle d'honneur pour Montalais dans la maison de Madame, et une place d'officier pour Malicorne dans la maison de Monsieur. J'ai demandé ; vous savez bien que j'ai un faible pour ce drôle de Manicamp.

– Et vous avez obtenu ?

– Pour Montalais, oui ; pour Malicorne, oui et non, il n'est encore que toléré. Est-ce tout ce que vous vouliez savoir ?

– Reste la rime.

– Quelle rime ?

– La rime que vous avez trouvée.

– La Vallière ?

– Oui.

Et de Saint-Aignan reprit son air qui agaçait tant de Guiche.

– Eh bien ! dit ce dernier, je l'ai fait entrer chez Madame, c'est vrai.

– Ah ! ah ! ah ! fit de Saint-Aignan.

– Mais, continua de Guiche de son air le plus froid, vous me ferez très heureux, cher comte, si vous ne plaisantez point sur ce nom. Mlle La Baume Le Blanc de La Vallière est une personne parfaitement sage.

– Parfaitement sage ?

– Oui.

– Mais vous ne savez donc pas le nouveau bruit ? s'écria Saint-Aignan.

– Non, et même vous me rendrez service, mon cher comte, en gardant ce bruit pour vous et pour ceux qui le font courir.

– Ah ! bah, vous prenez la chose si sérieusement ?

– Oui ; Mlle de La Vallière est aimée par un de mes bons amis.

Saint-Aignan tressaillit.

– Oh ! oh ! fit-il.

– Oui, comte, continua de Guiche. Par conséquent, vous comprenez, vous l'homme le plus poli de France, je ne puis laisser faire à mon ami une position ridicule.

– Oh ! à merveille.

Et Saint-Aignan se rongeait les doigts, moitié dépit, moitié curiosité déçue.

De Guiche lui fit un beau salut.

– Vous me chassez, dit Saint-Aignan qui mourait d'envie de savoir le nom de l'ami.

– Je ne vous chasse point, très cher... J'achève mes vers à Philis.

– Et ces vers ?...

– Sont un quatrain. Vous comprenez, n'est-ce pas ? un quatrain, c'est sacré.

– Ma foi ! oui.

– Et comme, sur quatre vers dont il doit naturellement se composer, il me reste encore trois vers et un hémistiche à faire, j'ai besoin de toute ma tête.

– Cela se comprend. Adieu, comte !

– Adieu !

– À propos...

– Quoi ?

– Avez-vous de la facilité ?

– Énormément.

– Aurez-vous bien fini vos trois vers et demi demain matin ?

– Je l'espère.

– Eh bien ! à demain.

– À demain ; adieu !

Force était à Saint-Aignan d'accepter le congé ; il l'accepta et disparut derrière la charmille.

La conversation avait entraîné de Guiche et Saint-Aignan assez loin du château.

Tout mathématicien, tout poète et tout rêveur a ses distractions ; Saint-Aignan se trouvait donc, quand le quitta de Guiche, aux limites du quinconce, à l'endroit où les communes commencent et où, derrière de grands bouquets d'acacias et de marronniers croisant leurs grappes sous des monceaux de clématite et de vigne vierge, s'élève le mur de séparation entre les bois et la cour des communs.

Saint-Aignan, laissé seul, prit le chemin de ces bâtiments ; de Guiche tourna en sens inverse. L'un revenait donc vers les parterres, tandis que l'autre allait aux murs.

Saint-Aignan marchait sous une impénétrable voûte de sorbiers, de lilas et d'aubépines gigantesques, les pieds sur un sable mou, enfoui dans l'ombre.

Il ruminait une revanche qui lui paraissait difficile à prendre, tout déferré, comme eût dit Tallemant des Réaux, de n'en avoir pas appris davantage sur La Vallière, malgré l'ingénieuse tactique qu'il avait employée pour arriver jusqu'à elle.

Tout à coup un gazouillement de voix humaines parvint à son oreille. C'était comme des chuchotements, comme des plaintes féminines mêlées d'interpellations ; c'étaient de petits rires, des soupirs, des cris de surprise étouffés ; mais, par-dessus tout, la voix féminine dominait.

Saint-Aignan s'arrêta pour s'orienter ; il reconnut avec la plus vive surprise que les voix venaient, non pas de la terre, mais du sommet des arbres.

Il leva la tête en se glissant sous l'allée, et aperçut à la crête du mur une femme juchée sur une grande échelle, en grande communication de gestes et de paroles avec un homme perché sur un arbre, et dont on ne voyait que la tête, perdu qu'était le corps dans l'ombre d'un marronnier.

La femme était en deçà du mur ; l'homme au-delà.

XXX

Le labyrinthe

De Saint-Aignan ne cherchait que des renseignements et trouvait une aventure. C'était du bonheur.

Curieux de savoir pourquoi et surtout de quoi cet homme et cette femme causaient à une pareille heure et dans une si singulière situation, de Saint-Aignan se fit tout petit et arriva presque sous les bâtons de l'échelle.

Alors, prenant ses mesures pour être le plus confortablement possible, il s'appuya contre un arbre et écouta.

Il entendit le dialogue suivant.

C'était la femme qui parlait.

– En vérité, monsieur Manicamp, disait-elle d'une voix qui, au milieu des reproches qu'elle articulait, conservait un singulier accent de coquetterie, en vérité, vous êtes de la plus dangereuse indiscrétion. Nous ne pouvons causer longtemps ainsi sans être surpris.

– C'est très probable, interrompit l'homme du ton le plus calme et le plus flegmatique.

– Eh bien ! alors, que dira-t-on ? Oh ! si quelqu'un me voyait, je vous déclare que j'en mourrais de honte.

– Oh ! ce serait un grand enfantillage et dont je vous crois incapable.

– Passe encore s'il y avait quelque chose entre nous ; mais se faire tort gratuitement, en vérité, je suis bien sotte. Adieu, monsieur de Manicamp !

« Bon ! je connais l'homme ; à présent, je vais voir la femme » se dit de Saint-Aignan guettant aux bâtons de l'échelle l'extrémité de deux jambes élégamment chaussées dans des souliers de satin bleu de ciel et dans des bas couleur de chair.

– Oh ! voyons, voyons ; par grâce, ma chère Montalais, s'écria de Manicamp, ne fuyez pas, que diable ! j'ai encore des choses de la plus haute importance à vous dire.

« Montalais ! pensa tout bas de Saint-Aignan ; et de trois ! Les trois commères ont chacune leur aventure ; seulement il m'avait semblé que l'aventure de celle-ci s'appelait M. Malicorne et non de Manicamp. »

À cet appel de son interlocuteur, Montalais s'arrêta au milieu de sa descente.

On vit alors l'infortuné de Manicamp grimper d'un étage dans son marronnier, soit pour s'avantager, soit pour combattre la lassitude de sa mauvaise position.

– Voyons, dit-il, écoutez-moi ; vous savez bien, je l'espère, que je n'ai aucun mauvais dessein.

– Sans doute... Mais, enfin, pourquoi cette lettre que vous m'écrivez, en stimulant ma reconnaissance ? Pourquoi ce rendez-vous que vous me demandez à une pareille heure et dans un pareil lieu ?

– J'ai stimulé votre reconnaissance en vous rappelant que c'était moi qui vous avais fait entrer chez Madame, parce que, désirant vivement l'entrevue que vous avez bien voulu m'accorder, j'ai employé, pour l'obtenir, le moyen le plus sûr. Pourquoi je vous l'ai demandée à pareille heure et dans un pareil lieu ? C'est que l'heure m'a paru discrète et le lieu solitaire. Or, j'avais à vous demander de ces choses qui réclament à la fois la discrétion et la solitude.

– Monsieur de Manicamp !

– En tout bien tout honneur, chère demoiselle.

– Monsieur de Manicamp, je crois qu'il serait plus convenable que je me retirasse.

– Écoutez-moi ou je saute de mon nid dans le vôtre, et prenez garde de me défier, car il y a juste, en ce moment, une branche de marronnier qui m'est gênante et qui me provoque à des excès. N'imitez pas cette branche et écoutez-moi.

– Je vous écoute, j'y consens ; mais soyez bref, car, si vous avez une branche qui vous provoque, j'ai, moi, un échelon triangulaire qui s'introduit dans la plante de mes pieds. Mes souliers sont minés, je vous en préviens.

– Faites-moi l'amitié de me donner la main, mademoiselle.

– Et pourquoi ?

– Donnez toujours.

– Voici ma main ; mais que faites-vous donc ?

– Je vous tire à moi.

– Dans quel but ? Vous ne voulez pas que j'aille vous rejoindre dans votre arbre, j'espère ?

– Non ; mais je désire que vous vous asseyiez sur le mur ; là, bien ! la place est large et belle et je donnerais beaucoup pour que vous me permissiez de m'y asseoir à côté de vous.

– Non pas ! vous êtes bien où vous êtes ; on vous verrait.

– Croyez-vous ? demanda Manicamp d'une voix insinuante.

– J'en suis sûre.

– Soit ! je reste sur mon marronnier, quoique j'y sois on ne peut plus mal.

– Monsieur Manicamp ! monsieur Manicamp ! nous nous éloignons du fait.

– C'est juste.

– Vous m'avez écrit ?

– Très bien.

– Mais pourquoi m'avez-vous écrit ?

– Imaginez-vous qu'aujourd'hui, à deux heures, de Guiche est parti.

– Après ?

– Le voyant partir, je l'ai suivi, comme c'est mon habitude.

– Je le vois bien, puisque vous voilà.

– Attendez donc... Vous savez, n'est-ce pas, que ce pauvre de Guiche était jusqu'au cou dans la disgrâce ?

– Hélas ! oui.

– C'était donc le comble de l'imprudence à lui de venir trouver à Fontainebleau ceux qui l'avaient exilé à Paris, et surtout ceux dont on l'éloignait.

– Vous raisonnez comme feu Pythagore, monsieur Manicamp.

– Or, de Guiche est têtu comme un amoureux ; il n'écouta donc aucune de mes remontrances. Je le priai, je le suppliai, il ne voulut rien entendre à rien... Ah ! diable !

– Qu'avez-vous ?

– Pardon, mademoiselle, mais c'est cette maudite branche dont j'ai déjà eu l'honneur de vous entretenir et qui vient de déchirer mon haut-de-chausses.

– Il fait nuit, répliqua Montalais en riant : continuons, monsieur Manicamp.

– De Guiche partit donc à cheval tout courant, et moi, je le suivis, mais au pas. Vous comprenez, s'aller jeter à l'eau avec un ami aussi vite qu'il y va lui-même, c'est d'un sot ou d'un insensé. Je laissai donc de Guiche prendre les devants et cheminai avec une sage lenteur, persuadé que j'étais que le malheureux ne serait pas reçu, ou, s'il l'était, tournerait bride au premier coup de boutoir, et que je le verrais revenir encore plus vite qu'il n'était allé, sans avoir été plus loin, moi, que Ris ou Melun, et c'était déjà trop, vous en conviendrez, que onze lieues pour aller et autant pour revenir.

Montalais haussa les épaules.

– Riez tant qu'il vous plaira, mademoiselle ; mais si, au lieu d'être carrément assise sur la tablette d'un mur comme vous êtes, vous vous trouviez à cheval sur la branche que voici, vous aspireriez à descendre.

– Un peu de patience, mon cher monsieur Manicamp ! un instant est bientôt passé : vous disiez donc que vous aviez dépassé Ris et Melun.

– Oui, j'ai dépassé Ris et Melun ; j'ai continué de marcher, toujours étonné de ne point le voir revenir ; enfin, me voici à Fontainebleau, je m'informe, je m'enquiers partout de de Guiche ; personne ne l'a vu, personne ne lui a parlé dans la ville : il est arrivé au grand galop, est entré dans le château et a disparu. Depuis huit heures du soir, je suis à Fontainebleau, demandant de Guiche à tous les échos ; pas de de Guiche. Je meurs d'inquiétude ! vous comprenez que je n'ai pas été me jeter dans la gueule du loup, en entrant moi-même au château, comme a fait mon imprudent ami : je suis venu droit aux communs, et je vous ai fait parvenir une lettre. Maintenant, mademoiselle, au nom du Ciel, tirez-moi d'inquiétude.

– Ce ne sera pas difficile, mon cher monsieur Manicamp : votre ami de Guiche a été reçu admirablement.

– Bah !

– Le roi lui a fait fête.

– Le roi, qui l'avait exilé !

– Madame lui a souri ; Monsieur paraît l'aimer plus que devant !

– Ah ! ah ! fit Manicamp, cela m'explique pourquoi et comment il est resté. Et il n'a point parlé de moi ?

– Il n'en a pas dit un mot.

– C'est mal à lui. Que fait-il en ce moment ?

– Selon toute probabilité, il dort, ou, s'il ne dort pas, il rêve.

– Et qu'a-t-on fait pendant toute la soirée ?

– On a dansé.

– Le fameux ballet ? Comment a été de Guiche ?

– Superbe.

– Ce cher ami ! Maintenant, pardon, mademoiselle, mais il me reste à passer de chez moi chez vous.

– Comment cela ?

– Vous comprenez : je ne présume pas que l'on m'ouvre la porte du château à cette heure, et, quant à coucher sur cette branche, je le voudrais bien, mais je déclare la chose impossible à tout autre animal qu'un papegai.

– Mais moi, monsieur Manicamp, je ne puis pas comme cela introduire un homme par-dessus un mur ?

– Deux, mademoiselle, dit une seconde voix, mais avec un accent si timide, que l'on comprenait que son propriétaire sentait toute l'inconvenance d'une pareille demande.

– Bon Dieu ! s'écria Montalais essayant de plonger son regard jusqu'au pied du marronnier ; qui me parle ?

– Moi, mademoiselle.

– Qui vous ?

– Malicorne, votre très humble serviteur.

Et Malicorne, tout en disant ces paroles, se hissa de la tête aux premières branches, et des premières branches à la hauteur du mur.

– M. Malicorne !... Bonté divine ! mais vous êtes enragés tous deux !

– Comment vous portez-vous, mademoiselle, demanda Malicorne avec force civilités.

– Celui-là me manquait ! s'écria Montalais désespérée.

– Oh ! mademoiselle, murmura Malicorne, ne soyez pas si rude, je vous en supplie !

– Enfin, mademoiselle, dit Manicamp, nous sommes vos amis, et l'on ne peut désirer la mort de ses amis. Or, nous laisser passer la nuit où nous sommes, c'est nous condamner à mort.

– Oh ! fit Montalais, M. Malicorne est robuste, et il ne mourra pas pour une nuit passée à la belle étoile.

– Mademoiselle !

– Ce sera une juste punition de son escapade.

– Soit ! Que Malicorne s'arrange donc comme il voudra avec vous ; moi, je passe, dit Manicamp.

Et, courbant cette fameuse branche contre laquelle il avait porté des plaintes si amères, il finit, en s'aidant de ses mains et de ses pieds, par s'asseoir côte à côte de Montalais.

Montalais voulut repousser Manicamp, Manicamp chercha à se maintenir.

Ce conflit, qui dura quelques secondes, eut son côté pittoresque, côté auquel l'œil de M. de Saint-Aignan trouva certainement son compte.

Mais Manicamp l'emporta. Maître de l'échelle, il y posa le pied, puis il offrit galamment la main à son ennemie.

Pendant ce temps, Malicorne s'installait dans le marronnier, à la place qu'avait occupée Manicamp, se promettant en lui-même de lui succéder en celle qu'il occupait.

Manicamp et Montalais descendirent quelques échelons, Manicamp insistant, Montalais riant et se défendant.

On entendit alors la voix de Malicorne qui suppliait.

– Mademoiselle, disait Malicorne, ne m'abandonnez pas, je vous en supplie ! Ma position est fausse, et je ne puis sans accident parvenir seul de l'autre côté du mur ; que Manicamp déchire ses habits, très bien : il a ceux de M. de Guiche ; mais, moi, je n'aurai pas même ceux de Manicamp, puisqu'ils seront déchirés.

– M'est avis, dit Manicamp, sans s'occuper des lamentations de Malicorne, m'est avis que le mieux est que j'aille trouver de Guiche à l'instant même. Plus tard peut-être ne pourrais-je plus pénétrer chez lui.

– C'est mon avis aussi, répliqua Montalais ; allez donc, monsieur Manicamp.

– Mille grâces ! Au revoir, mademoiselle, dit Manicamp en sautant à terre, on n'est pas plus aimable que vous.

– Monsieur de Manicamp, votre servante ; je vais maintenant me débarrasser de M. Malicorne.

Malicorne poussa un soupir.

– Allez, allez, continua Montalais.

Manicamp fit quelques pas ; puis, revenant au pied de l'échelle :

– À propos, mademoiselle, dit-il, par où va-t-on chez M. de Guiche ?

– Ah ! c'est vrai... Rien de plus simple. Vous suivez la charmille...

– Oh ! très bien.

– Vous arrivez au carrefour vert.

– Bon !

– Vous y trouvez quatre allées...

– À merveille.

– Vous en prenez une...

– Laquelle ?

– Celle de droite.

– Celle de droite ?

– Non, celle de gauche.

– Ah ! diable !

– Non, non... attendez donc...

– Vous ne paraissez pas très sûre. Remémorez-vous, je vous prie, mademoiselle.

– Celle du milieu.

– Il y en a quatre.

– C'est vrai. Tout ce que je sais, c'est que, sur les quatre, il y en a une qui mène tout droit chez Madame ; celle-là, je la connais.

– Mais M. de Guiche n'est point chez Madame, n'est-ce pas ?

– Dieu merci ! non.

– Celle qui mène chez Madame m'est donc inutile, et je désirerais la troquer contre celle qui mène chez M. de Guiche.

– Oui, certainement, celle-là, je la connais aussi ; mais quant à l'indiquer ici, la chose me paraît impossible.

– Mais, enfin, mademoiselle, supposons que j'aie trouvé cette bienheureuse allée.

– Alors, vous êtes arrivé.

– Bien.

– Oui, vous n'avez plus à traverser que le labyrinthe.

– Plus que cela ? Diable ! il y a donc un labyrinthe ?

– Assez compliqué, oui ; le jour même, on s'y trompe parfois ; ce sont des tours et des détours sans fin ; il faut d'abord faire trois tours à droite, puis deux tours à gauche, puis un tour... Est-ce un tour ou deux tours ? Attendez donc ! Enfin, en sortant du labyrinthe, vous trouvez une allée de sycomores, et cette allée de sycomores vous conduit droit au pavillon qu'habite M. de Guiche.

– Mademoiselle, dit Manicamp, voilà une admirable indication, et je ne doute pas que, guidé par elle, je ne me perde à l'instant même. J'ai, en conséquence, un petit service à vous demander.

– Lequel ?

– C'est de m'offrir votre bras et de me guider vous-même comme une autre... comme une autre.... Je savais cependant ma mythologie, mademoiselle ; mais la gravité des événements me l'a fait oublier. Venez donc, je vous en supplie.

– Et moi ! s'écria Malicorne, et moi, l'on m'abandonne donc !

– Eh ! monsieur, impossible !... dit Montalais à Manicamp ; on peut me voir avec vous à une pareille heure, et jugez donc ce que l'on dira.

– Vous aurez votre conscience pour vous, mademoiselle, dit sentencieusement Manicamp.

– Impossible, monsieur, impossible !

– Alors, laissez-moi aider Malicorne à descendre ; c'est un garçon très intelligent et qui a beaucoup de flair ; il me guidera, et, si nous nous perdons, nous nous perdrons à deux et nous nous sauverons l'un et l'autre. À deux, si nous sommes rencontrés, nous aurons l'air de quelque chose ; tandis que, seul, j'aurais l'air d'un amant ou d'un voleur. Venez, Malicorne, voici l'échelle.

– Monsieur Malicorne, s'écria Montalais, je vous défends de quitter votre arbre, et cela sous peine d'encourir toute ma colère.

Malicorne avait déjà allongé vers le faîte du mur une jambe qu'il retira tristement.

– Chut ! dit tout bas Manicamp.

– Qu'y a-t-il ? demanda Montalais.

– J'entends des pas.

– Oh ! mon Dieu !

En effet, les pas soupçonnés devinrent un bruit manifeste, le feuillage s'ouvrit, et de Saint-Aignan parut, l'œil riant et la main tendue, surprenant chacun dans la position où il était : c'est-à-dire Malicorne sur son arbre et le cou tendu, Montalais sur son échelon et collée à l'échelle, Manicamp à terre et le pied en avant, prêt à se mettre en route.

– Eh ! bonsoir, Manicamp, dit le comte, soyez le bienvenu, cher ami ; vous nous manquiez ce soir, et l'on vous demandait. Mademoiselle de Montalais, votre... très humble serviteur !

Montalais rougit.

– Ah ! mon Dieu ! balbutia-t-elle en cachant sa tête dans ses deux mains.

– Mademoiselle, dit de Saint-Aignan, rassurez-vous, je connais toute votre innocence et j'en rendrai bon compte. Manicamp, suivez-moi. Charmille, carrefour et labyrinthe me connaissent ; je serai votre Ariane. Hein ! voilà votre nom mythologique retrouvé.

– C'est ma foi ! vrai, comte, merci !

– Mais, par la même occasion, comte, dit Montalais, emmenez aussi M. Malicorne.

– Non pas, non pas, dit Malicorne. M. Manicamp a causé avec vous tant qu'il a voulu ; à mon tour, s'il vous plaît, mademoiselle ; j'ai, de mon côté, une multitude de choses à vous dire concernant notre avenir.

– Vous entendez, dit le comte en riant ; demeurez avec lui, mademoiselle. Ne savez-vous pas que cette nuit est la nuit aux secrets ?

Et, prenant le bras de Manicamp, le comte l'emmena d'un pas rapide dans la direction du chemin que Montalais connaissait si bien et indiquait si mal.

Montalais les suivit des yeux aussi longtemps qu'elle put les apercevoir.

XXXI

*Comment Malicorne avait été délogé
de l'hôtel du Beau-Paon*

Pendant que Montalais suivait des yeux le comte et Manicamp, Malicorne avait profité de la distraction de la jeune fille pour se faire une position plus tolérable.

Quand elle se retourna, cette différence qui s'était faite dans la position de Malicorne frappa donc immédiatement ses yeux.

Malicorne était assis comme une manière de singe, le derrière sur le mur, les pieds sur le premier échelon.

Les pampres sauvages et les chèvrefeuilles le coiffaient comme un faune, les torsades de la vigne vierge figuraient assez bien ses pieds de bouc.

Quant à Montalais, rien ne lui manquait pour qu'on pût la prendre pour une dryade accomplie.

– Çà ! dit-elle en remontant un échelon, me rendez-vous malheureuse, me persécutez-vous assez, tyran que vous êtes !

– Moi ? fit Malicorne, moi, un tyran ?

– Oui, vous me compromettez sans cesse, monsieur Malicorne ; vous êtes un monstre de méchanceté.

– Moi ?

– Qu'aviez-vous à faire à Fontainebleau ? Dites ! est-ce que votre domicile n'est point à Orléans ?

– Ce que j'ai à faire ici, demandez-vous ? Mais j'ai affaire de vous voir.

– Ah ! la belle nécessité.

– Pas pour vous, peut-être, mademoiselle, mais bien certainement pour moi. Quant à mon domicile, vous savez bien que je l'ai abandonné, et que je n'ai plus dans l'avenir d'autre domicile que celui que vous avez vous-même. Donc, votre domicile étant pour le moment à Fontainebleau, à Fontainebleau je suis venu.

Montalais haussa les épaules.

– Vous voulez me voir, n'est-ce pas ?

– Sans doute.

– Eh bien ! vous m'avez vue, vous êtes content, partez !

– Oh ! non, fit Malicorne.

– Comment ! oh ! non ?

– Je ne suis pas venu seulement pour vous voir ; je suis venu pour causer avec vous.

– Eh bien ! nous causerons plus tard et dans un autre endroit.

– Plus tard ! Dieu sait si je vous rencontrerai plus tard dans un autre endroit ! Nous n'en trouverons jamais de plus favorable que celui-ci.

– Mais je ne puis ce soir, je ne puis en ce moment.

– Pourquoi cela ?

– Parce qu'il est arrivé cette nuit mille choses.

– Eh bien ! ma chose, à moi, fera mille et une.

– Non, non, Mlle de Tonnay-Charente m'attend dans notre chambre pour une communication de la plus haute importance.

– Depuis longtemps ?

– Depuis une heure au moins.

– Alors, dit tranquillement Malicorne, elle attendra quelques minutes de plus.

– Monsieur Malicorne, dit Montalais, vous vous oubliez.

– C'est-à-dire que vous m'oubliez, mademoiselle, et que, moi, je m'impatiente du rôle que vous me faites jouer ici. Mordieu ! mademoiselle, depuis huit jours, je rôde parmi vous toutes, sans que vous ayez daigné une seule fois vous apercevoir que j'étais là.

– Vous rôdez ici, vous, depuis huit jours ?

– Comme un loup-garou ; brûlé ici par les feux d'artifice qui m'ont roussi deux perruques, noyé là dans les osiers par l'humidité du soir ou la vapeur des jets d'eau, toujours affamé, toujours échiné, avec la perspective d'un mur ou la nécessité d'une escalade. Morbleu ! ce n'est pas un sort cela, mademoiselle, pour une créature qui n'est ni écureuil, ni salamandre, ni loutre ; mais, puisque vous poussez l'inhumanité jusqu'à vouloir me faire renier ma condition d'homme, je l'arbore. Homme je suis, mordieu ! et homme je resterai, à moins d'ordres supérieurs.

– Eh bien ! voyons, que désirez-vous, que voulez-vous, qu'exigez-vous ? dit Montalais soumise.

– N'allez-vous pas me dire que vous ignoriez que j'étais à Fontainebleau ?

– Je...

– Soyez franche.

– Je m'en doutais.

– Eh bien ! depuis huit jours, ne pouviez-vous pas me voir une fois par jour au moins ?

– J'ai toujours été empêchée, monsieur Malicorne.

– Tarare !

– Demandez à ces demoiselles, si vous ne me croyez pas.

– Je ne demande jamais d'explication sur les choses que je sais mieux que personne.

– Calmez-vous, monsieur Malicorne, cela changera.

– Il le faudra bien.

– Vous savez, qu'on vous voie ou qu'on ne vous voie point, vous savez que l'on pense à vous, dit Montalais avec son air câlin.

– Oh ! l'on pense à moi...

– Parole d'honneur.

– Et rien de nouveau ?

– Sur quoi ?

– Sur ma charge dans la maison de Monsieur.

– Ah ! mon cher monsieur Malicorne, on n'abordait pas Son Altesse Royale pendant ces jours passés.

– Et maintenant ?

– Maintenant, c'est autre chose : depuis hier, il n'est plus jaloux.

– Bah ! Et comment la jalousie lui est-elle passée ?

– Il y a eu diversion.

– Contez-moi cela.

– On a répandu le bruit que le roi avait jeté les yeux sur une autre femme, et Monsieur s'en est trouvé calmé tout d'un coup.

– Et qui a répandu ce bruit ?

Montalais baissa la voix.

– Entre nous, dit-elle, je crois que Madame et le roi s'entendent.

– Ah ! ah ! fit Malicorne, c'était le seul moyen. Mais M. de Guiche, le pauvre soupirant ?

– Oh ! celui-là, il est tout à fait délogé.

– S'est-on écrit ?

– Mon Dieu non ; je ne leur ai pas vu tenir une plume aux uns ni aux autres depuis huit jours.

– Comment êtes-vous avec Madame ?

– Au mieux.

– Et avec le roi ?

– Le roi me fait des sourires quand je passe.

– Bien ! Maintenant, sur quelle femme les deux amants ont-ils jeté leur dévolu pour leur servir de paravent ?

– Sur La Vallière.

– Oh ! oh ! pauvre fille ! Mais il faudrait empêcher cela, ma mie !

– Pourquoi ?

– Parce que M. Raoul de Bragelonne la tuera ou se tuera s'il a un soupçon.

– Raoul ! ce bon Raoul ! Vous croyez ?

– Les femmes ont la prétention de se connaître en passions, dit Malicorne, et les femmes ne savent pas seulement lire elles-mêmes ce qu'elles pensent dans leurs propres yeux ou dans leur propre cœur. Eh bien ! je vous dis, moi, que M. de Bragelonne aime La Vallière à tel point, que, si elle fait mine de le tromper, il se tuera ou la tuera.

– Le roi est là pour la défendre, dit Montalais.

– Le roi ! s'écria Malicorne.

– Sans doute.

– Eh ! Raoul tuera le roi comme un reître !

– Bonté divine ! fit Montalais, mais vous devenez fou, monsieur Malicorne !

– Non pas ; tout ce que je vous dis est, au contraire, du plus grand sérieux, ma mie, et, pour mon compte je sais une chose.

– Laquelle ?

– C'est que je préviendrai tout doucement Raoul de la plaisanterie.

– Chut ! malheureux ! fit Montalais en remontant encore un échelon pour se rapprocher d'autant de Malicorne, n'ouvrez point la bouche à ce pauvre Bragelonne.

– Pourquoi cela ?

– Parce que vous ne savez rien encore.

– Qu'y a-t-il donc ?

– Il y a que ce soir... Personne ne nous écoute ?

– Non.

– Il y a que ce soir, sous le chêne royal, La Vallière a dit tout haut et tout naïvement ces paroles : « Je ne conçois pas que, lorsqu'on a vu le roi, on puisse jamais aimer un autre homme. »

Malicorne fit un bond sur son mur.

– Ah ! mon Dieu ! dit-il, elle a dit cela, la malheureuse ?

– Mot pour mot.

– Et elle le pense ?

– La Vallière pense toujours ce qu'elle dit.

– Mais cela crie vengeance ! mais les femmes sont des serpents ! dit Malicorne.

– Calmez-vous, mon cher Malicorne, calmez-vous !

– Non pas ! Coupons le mal dans sa racine, au contraire. Prévenons Raoul, il est temps.

– Maladroit ! c'est qu'au contraire il n'est plus temps, répondit Montalais.

– Comment cela ?

– Ce mot de La Vallière...

– Oui.

– Ce mot à l'adresse du roi...

– Eh bien ?

– Eh bien ! il est arrivé à son adresse.

– Le roi le connaît ? Il a été rapporté au roi ?

– Le roi l'a entendu.

– « *Ahimé !* » comme disait M. le cardinal.

– Le roi était précisément caché dans le massif le plus voisin du chêne royal.

– Il en résulte, dit Malicorne, que dorénavant le plan du roi et de Madame va marcher sur des roulettes, en passant sur le corps du pauvre Bragelonne.

– Vous l'avez dit.

– C'est affreux.

– C'est comme cela.

– Ma foi ! dit Malicorne après une minute de silence donnée à la méditation, entre un gros chêne et un grand roi, ne mettons pas notre pauvre personne, nous y serions broyés, ma mie.

– C'est ce que je voulais vous dire.

– Songeons à nous.

– C'est ce que je pensais.

– Ouvrez donc vos jolis yeux.

– Et vous, vos grandes oreilles.

– Approchez votre petite bouche pour un bon gros baiser.

– Voici, dit Montalais, qui paya sur-le-champ en espèces sonnantes.

– Maintenant, voyons. Voici M. de Guiche qui aime Madame ; voilà La Vallière qui aime le roi ; voilà le roi qui aime Madame et La Vallière ; voilà Monsieur qui n'aime personne que lui. Entre toutes ces amours, un imbécile ferait sa fortune, à plus forte raison des personnes de sens comme nous.

– Vous voilà encore avec vos rêves.

– C'est-à-dire avec mes réalités. Laissez-vous conduire par moi, ma mie, vous ne vous en êtes pas trop mal trouvée jusqu'à présent, n'est-ce pas ?

– Non.

– Eh bien ! l'avenir vous répond du passé. Seulement, puisque chacun pense à soi ici, pensons à nous.

– C'est trop juste.

– Mais à nous seuls.

– Soit !

– Alliance offensive et défensive !

– Je suis prête à la jurer.

– Étendez la main ; c'est cela : Tout pour Malicorne !

– Tout pour Malicorne !

– Tout pour Montalais ! répondit Malicorne en étendant la main à son tour.

– Maintenant, que faut-il faire ?

– Avoir incessamment les yeux ouverts, les oreilles ouvertes, amasser des armes contre les autres, n'en jamais laisser traîner qui puissent servir contre nous-mêmes.

– Convenu.

– Arrêté.

– Juré. Et maintenant que le pacte est fait, adieu.

– Comment, adieu ?

– Sans doute. Retournez à votre auberge.

– À mon auberge ?

– Oui ; n'êtes-vous pas logé à l'auberge du Beau-Paon ?

– Montalais ! Montalais ! vous le voyez bien, que vous connaissiez ma présence à Fontainebleau.

– Qu'est-ce que cela prouve ? Qu'on s'occupe de vous au-delà de vos mérites, ingrat !

– Hum !

– Retournez donc au Beau-Paon.

– Eh bien ! voilà justement !

– Quoi ?

– C'est devenu chose impossible.

– N'aviez-vous point une chambre ?

– Oui, mais je ne l'ai plus.

– Vous ne l'avez plus ? et qui vous l'a prise ?

– Attendez... Tantôt je revenais de courir après vous, j'arrive tout essoufflé à l'hôtel, lorsque j'aperçois une civière sur laquelle quatre paysans apportaient un moine malade.

– Un moine ?

– Oui, un vieux franciscain à barbe grise. Comme je regardais ce moine malade, on l'entre dans l'auberge. Comme on lui faisait monter l'escalier, je le suis, et, comme j'arrive au haut de l'escalier, je m'aperçois qu'on le fait entrer dans ma chambre.

– Dans votre chambre ?

– Oui, dans ma propre chambre. Je crois que c'est une erreur, j'interpelle l'hôte : l'hôte me déclare que la chambre louée par moi depuis huit jours était louée à ce franciscain pour le neuvième.

– Oh ! oh !

– C'est justement ce que je fis : Oh ! oh ! Je fis même plus encore, je voulus me fâcher. Je remontai. Je m'adressai au franciscain lui-même. Je voulus lui remontrer l'inconvenance de son procédé ; mais ce moine, tout moribond qu'il paraissait être, se souleva sur son coude, fixa sur moi deux yeux flamboyants, et, d'une voix qui eût avantageusement commandé une charge de cavalerie : « Jetez-moi ce drôle à la porte », dit-il. Ce qui fut à l'instant même exécuté par l'hôte et par les quatre porteurs, qui me firent descendre l'escalier un peu plus vite qu'il n'était convenable. Voilà comment il se fait, ma mie, que je n'ai plus de gîte.

– Mais qu'est-ce que c'est que ce franciscain ? demanda Montalais. C'est donc un général ?

– Justement ; il me semble que c'est là le titre qu'un des porteurs lui a donné en lui parlant à demi-voix.

– De sorte que ?... dit Montalais.

– De sorte que je n'ai plus de chambre, plus d'auberge, plus de gîte, et que je suis aussi décidé que l'était tout à l'heure mon ami Manicamp à ne pas coucher dehors.

– Comment faire ? s'écria Montalais.

– Voilà ! dit Malicorne.

– Mais rien de plus simple, dit une troisième voix.

Montalais et Malicorne poussèrent un cri simultané.

De Saint-Aignan parut.

– Cher monsieur Malicorne, dit de Saint-Aignan, un heureux hasard me ramène ici pour vous tirer d'embarras. Venez, je vous offre une chambre chez moi, et celle-là, je vous le jure, nul franciscain ne vous l'ôtera. Quant à vous, ma chère demoiselle, rassurez-vous ; j'ai déjà le secret de Mlle de La Vallière, celui de Mlle de Tonnay-Charente ; vous venez d'avoir la bonté de me confier le vôtre, merci : j'en garderai aussi bien trois qu'un seul.

Malicorne et Montalais se regardèrent comme deux écoliers pris en maraude ; mais, comme au bout du compte Malicorne voyait un grand avantage dans la proposition qui lui était faite, il fit à Montalais un signe de résignation que celle-ci lui rendit.

Puis Malicorne descendit l'échelle échelon par échelon, réfléchissant à chaque degré au moyen d'arracher bribe par bribe à M. de Saint-Aignan tout ce qu'il pourrait savoir sur le fameux secret.

Montalais était déjà partie légère comme une biche, et ni carrefour ni labyrinthe n'eurent le pouvoir de la tromper.

Quant à de Saint-Aignan, il ramena en effet Malicorne chez lui, en lui faisant mille politesses, enchanté qu'il était de tenir sous sa main les deux hommes qui, en supposant que de Guiche restât muet, pouvaient le mieux renseigner sur le compte des filles d'honneur.

XXXII

*Ce qui s'était passé en réalité
à l'auberge du Beau-Paon*

D'abord, donnons à nos lecteurs quelques détails sur l'auberge du Beau-Paon ; puis nous passerons au signalement des voyageurs qui l'habitaient.

L'auberge du Beau-Paon, comme toute auberge, devait son nom à son enseigne. Cette enseigne représentait un paon qui faisait la roue.

Seulement, à l'instar de quelques peintres qui ont donné la figure d'un joli garçon au serpent qui tente Ève, le peintre de l'enseigne avait donné au beau paon une figure de femme.

Cette auberge, épigramme vivante contre cette moitié du genre humain qui fait le charme de la vie, dit M. Legouvé, s'élevait à Fontainebleau dans la première rue latérale de gauche, laquelle coupait, en venant de Paris, cette grande artère qui forme à elle seule la ville tout entière de Fontainebleau.

La rue latérale s'appelait alors la rue de Lyon, sans doute parce que, géographiquement, elle s'avançait dans la direction de la seconde capitale du royaume. Cette rue se composait de deux maisons habitées par des bourgeois, maisons séparées l'une de l'autre par deux grands jardins bordés de haies. En apparence, il semblait y avoir cependant trois maisons dans la rue ; expliquons comment, malgré ce semblant, il n'y en avait que deux.

L'auberge du Beau-Paon avait sa façade principale sur la grande rue ; mais, en retour, sur la rue de Lyon, deux corps de bâtiments, divisés par des cours, renfermaient de grands logements propres à recevoir tous voyageurs, soit à pied, soit à cheval, soit même en carrosse, et à fournir non seulement logis et table, mais encore promenade et solitude aux plus riches courtisans, lorsque, après un échec à la cour, ils désiraient se renfermer avec eux-mêmes pour dévorer l'affront ou méditer la vengeance.

Des fenêtres de ce corps de bâtiment en retour, les voyageurs apercevaient la rue d'abord, avec son herbe croissant entre les pavés, qu'elle disjoignait peu à peu. Ensuite les belles haies de sureau et d'aubépine qui enfermaient, comme entre deux bras verts et fleuris, ces maisons bourgeoises dont nous avons parlé. Puis, dans les intervalles de ces maisons, formant fond de tableau et se dessinant comme un horizon infranchissable, une ligne de bois touffus, plantureux, premières sentinelles de la vaste forêt qui se déroule en avant de Fontainebleau.

On pouvait donc, pour peu qu'on eût un appartement faisant angle par la grande rue de Paris, participer à la vue et au bruit des passants et des fêtes, et, par la rue de Lyon, à la vue et au calme de la campagne.

Sans compter qu'en cas d'urgence, au moment où l'on frappait à la grande porte de la rue de Paris, on pouvait s'esquiver par la petite porte de la rue de Lyon, et, longeant les jardins des maisons bourgeoises, gagner les premiers taillis de la forêt.

Malicorne, qui, le premier, on se le rappelle, nous a parlé de cette auberge du Beau-Paon, pour en déplorer son expulsion, Malicorne, préoccupé de ses propres affaires, était bien loin d'avoir dit à Montalais tout ce qu'il y avait à dire sur cette curieuse auberge.

Nous allons essayer de remplir cette fâcheuse lacune laissée par Malicorne.

Malicorne avait oublié de dire, par exemple, de quelle façon il était entré dans l'auberge du Beau-Paon.

En outre, à part le franciscain dont il avait dit un mot, il n'avait donné aucun renseignement sur les voyageurs qui habitaient cette auberge.

La façon dont ils étaient entrés, la façon dont ils vivaient, la difficulté qu'il y avait pour toute autre personne que les voyageurs privilégiés d'entrer dans l'hôtel sans mot d'ordre, et d'y séjourner sans certaines précautions préparatoires, avaient cependant dû frapper, et avaient même, nous oserions en répondre, frappé certainement Malicorne.

Mais, comme nous l'avons dit, Malicorne avait des préoccupations personnelles qui l'empêchaient de remarquer bien des choses.

En effet, tous les appartements de l'hôtel du Beau-Paon étaient occupés et retenus par des étrangers sédentaires et d'un commerce fort calme, porteurs de visages prévenants, dont aucun n'était connu de Malicorne.

Tous ces voyageurs étaient arrivés à l'hôtel depuis qu'il y était arrivé lui-même, chacun y était entré avec une espèce de mot d'ordre qui avait d'abord préoccupé Malicorne ; mais il s'était informé directement, et il avait su que l'hôte donnait pour raison de cette espèce de surveillance que la ville, pleine comme elle l'était de riches seigneurs, devait l'être aussi d'adroits et d'ardents filous.

Il allait donc de la réputation d'une maison honnête comme celle du Beau-Paon de ne pas laisser voler les voyageurs.

Aussi, Malicorne se demandait-il parfois, lorsqu'il rentrait en lui-même et sondait sa position à l'hôtel du Beau-Paon, comment on l'avait laissé entrer dans cette hôtellerie, tandis que, depuis qu'il y était entré, il avait vu refuser la porte à tant d'autres.

Il se demandait surtout comment Manicamp, qui, selon lui, devait être un seigneur en vénération à tout le monde, ayant voulu faire manger son cheval au Beau-Paon, dès son arrivée, cheval et cavalier avaient été éconduits avec un *nescio vos* des plus intraitables.

C'était donc pour Malicorne un problème que, du reste, occupé comme il l'était d'intrigue amoureuse et ambitieuse, il ne s'était point appliqué à approfondir. L'eût-il voulu que, malgré l'intelligence que nous lui avons accordée, nous n'oserions dire qu'il eût réussi.

Quelques mots prouveront au lecteur qu'il n'eût pas fallu moins qu'Œdipe en personne pour résoudre une pareille énigme.

Depuis huit jours étaient entrés dans cette hôtellerie sept voyageurs, tous arrivés le lendemain du bienheureux jour où Malicorne avait jeté son dévolu sur le Beau-Paon.

Ces sept personnages, venus, avec un train raisonnable, étaient :

D'abord, un brigadier des armées allemandes, son secrétaire, son médecin, trois laquais, sept chevaux. Ce brigadier se nommait le baron de Wostpur.

Un cardinal espagnol avec deux neveux, deux secrétaires, un officier de sa maison et douze chevaux. Ce cardinal se nommait Mgr Herrebia.

Un riche négociant de Brême avec son laquais et deux chevaux. Ce négociant se nommait meinherr Bonstett.

Un sénateur vénitien avec sa femme et sa fille, toutes deux d'une parfaite beauté. Ce sénateur se nommait il signor Marini.

Un laird d'Écosse avec sept montagnards de son clan ; tous à pied. Le laird se nommait Mac Cumnor.

Un Autrichien de Vienne, sans titre ni blason, venu en carrosse ; il avait beaucoup du prêtre, un peu du soldat. On l'appelait le conseiller.

Enfin une dame flamande, avec un laquais, une femme de chambre et une demoiselle de compagnie. Grand train, grande mine, grands chevaux. On l'appelait la dame flamande.

Tous ces voyageurs étaient arrivés le même jour, comme nous avons dit, et cependant leur arrivée n'avait causé aucun embarras dans l'auberge, aucun encombrement dans la rue, leurs logements ayant été marqués d'avance sur la demande de leurs courriers ou de leurs secrétaires, arrivés la veille ou le matin même.

Malicorne, arrivé un jour avant eux et voyageant sur un maigre cheval chargé d'une mince valise, s'était annoncé à l'hôtel du Beau-Paon comme l'ami d'un seigneur curieux de voir les fêtes, et qui lui, à son tour, devait arriver incessamment.

L'hôte, à ces paroles, avait souri comme s'il connaissait beaucoup, soit Malicorne, soit le seigneur son ami, et il lui avait dit :

– Choisissez, monsieur, tel appartement qui vous conviendra, puisque vous arrivez le premier.

Et cela avec cette obséquiosité significative chez les aubergistes, et qui veut dire : « Soyez tranquille, monsieur, on sait à qui l'on a affaire, et l'on vous traitera en conséquence. »

Ces mots et le geste qui les accompagnait avaient paru bienveillants, mais peu clairs à Malicorne. Or, comme il ne voulait pas faire une grosse dépense, et que, demandant une petite chambre, il eût sans doute été refusé à cause de son peu d'importance même, il se hâta de ramasser au bond les paroles de l'aubergiste, et de le duper avec sa propre finesse.

Aussi, souriant en homme pour lequel on ne fait qu'absolument ce que l'on doit faire :

– Mon cher hôte, dit-il, je prendrai l'appartement le meilleur et le plus gai.

– Avec écurie ?

– Avec écurie.

– Pour quel jour ?

– Pour tout de suite, si c'est possible.

– À merveille.

– Seulement, se hâta d'ajouter Malicorne, je n'occuperai pas incontinent le grand appartement.

– Bon ! fit l'hôte avec un air d'intelligence.

– Certaines raisons, que vous comprendrez plus tard, me forcent de ne mettre à mon compte que cette petite chambre.

– Oui, oui, oui, fit l'hôte.

– Mon ami, quand il viendra, prendra le grand appartement, et naturellement, comme ce grand appartement sera le sien, il réglera directement.

– Très bien ! fit l'hôte, très bien ! c'était convenu ainsi.

– C'était convenu ainsi ?

– Mot pour mot.

– C'est extraordinaire, murmura Malicorne. Ainsi, vous comprenez ?

– Oui.

– C'est tout ce qu'il faut. Maintenant que vous comprenez... car vous comprenez bien, n'est-ce pas ?

– Parfaitement.

– Eh bien ! vous allez me conduire à ma chambre.

L'hôte du Beau-Paon marcha devant Malicorne, son bonnet à la main.

Malicorne s'installa dans sa chambre et y demeura tout surpris de voir l'hôte, à chaque ascension ou à chaque descente, lui faire de ces petits clignements d'yeux qui indiquent la meilleure intelligence entre deux correspondants.

« Il y a quelque méprise là-dessous, se disait Malicorne ; mais, en attendant qu'elle s'éclaircisse, j'en profite, et c'est ce qu'il y a de mieux à faire. »

Et de sa chambre il s'élançait comme un chien de chasse à la piste des nouvelles et des curiosités de la cour, se faisant rôtir ici et noyer là, comme il avait dit à Mlle de Montalais.

Le lendemain de son installation, il avait vu arriver successivement les sept voyageurs qui remplissaient toute l'hôtellerie.

À l'aspect de tout ce monde, de tous ces équipages, de tout ce train, Malicorne se frotta les mains, en songeant que, faute d'un jour, il n'eût pas trouvé un lit pour se reposer au retour de ses explorations.

Après que tous les étrangers se furent casés, l'hôte entra dans sa chambre, et, avec sa gracieuseté habituelle :

– Mon cher monsieur, lui dit-il, il vous reste le grand appartement du troisième corps de logis ; vous savez cela ?

– Sans doute, je le sais.

– Et c'est un véritable cadeau que je vous fais.

– Merci !

– De sorte que, lorsque votre ami viendra...

– Eh bien ?

– Eh bien ! il sera content de moi, ou, dans le cas contraire, c'est qu'il sera bien difficile.

– Pardon ! voulez-vous me permettre de dire quelques mots à propos de mon ami ?

– Dites, pardieu ! vous êtes bien le maître.

– Il devait venir, comme vous savez...

– Et il le doit toujours.

– C'est qu'il pourrait avoir changé d'avis.

– Non.

– Vous en êtes sûr ?

– J'en suis sûr.

– C'est que, dans le cas où vous auriez quelque doute...

– Après ?

– Je vous dirais, moi : je ne vous réponds pas qu'il vienne.

– Mais il vous a dit cependant...

– Certainement il m'a dit ; mais vous savez ; l'homme propose et Dieu dispose, *verba volant, scripta manent.*

– Ce qui veut dire ?

– Les mots s'envolent, les écrits restent, et, comme il ne m'a pas écrit, qu'il s'est contenté de me dire, je vous autoriserai donc, sans cependant vous y inviter... vous sentez, c'est fort embarrassant.

– À quoi m'autorisez-vous ?

– Dame ! à louer son appartement, si vous en trouvez un bon prix.

– Moi ?

– Oui, vous.

– Jamais, monsieur, jamais je ne ferai une pareille chose. S'il ne vous a pas écrit, à vous...

– Non.

– Il m'a écrit, à moi.

– Ah !

– Oui.

– Et dans quels termes ? Voyons si sa lettre s'accorde avec ses paroles.

– En voici à peu près le texte :

Monsieur le propriétaire de l'hôtel du Beau-Paon,

Vous devez être prévenu du rendez-vous pris dans votre hôtel par quelques personnages d'importance ; je fais partie de la société qui se réunit à Fontainebleau. Retenez donc à la fois, et une petite chambre pour un ami qui arrivera avant moi ou après moi...

– C'est vous cet ami, n'est-ce pas ? fit en s'interrompant l'hôte du Beau-Paon.

Malicorne s'inclina modestement.

L'hôte reprit :

... et un grand appartement pour moi. Le grand appartement me regarde mais je désire que le prix de la chambre soit modique, cette chambre étant destinée à un pauvre diable.

– C'est toujours bien vous, n'est-ce pas ? dit l'hôte.

– Oui, certes, dit Malicorne.

– Alors, nous sommes d'accord : votre ami soldera le prix de son appartement, et vous solderez le prix du vôtre.

« Je veux être roué vif, se dit en lui-même Malicorne, si je comprends quelque chose à ce qui m'arrive. »

Puis, tout haut :

– Et, dites-moi, vous avez été content du nom ?

– De quel nom ?

– Du nom qui terminait la lettre. Il vous a présenté toute garantie ?

– J'allais vous le demander, dit l'hôte.

– Comment ! la lettre n'était pas signée ?

– Non, fit l'hôte en écarquillant des yeux pleins de mystère et de curiosité.

– Alors, répliqua Malicorne imitant ce geste et ce mystère, s'il ne s'est pas nommé...

– Eh bien ?

– Vous comprendrez qu'il doit avoir ses raisons pour cela.

– Sans doute.

– Et que je n'irai pas, moi, son ami, moi, son confident, trahir son incognito.

– C'est juste, monsieur, répondit l'hôte ; aussi je n'insiste pas.

– J'apprécie cette délicatesse. Quant à moi, comme l'a dit mon ami, ma chambre est à part, convenons-en bien.

– Monsieur, c'est tout convenu.

– Vous comprenez, les bons comptes font les bons amis. Comptons donc.

– Ce n'est pas pressé.

– Comptons toujours. Chambre, nourriture, pour moi, place à la mangeoire et nourriture de mon cheval : combien par jour ?

– Quatre livres, monsieur.

– Cela fait donc douze livres pour les trois jours écoulés ?

– Douze livres ; oui, monsieur.

– Voici vos douze livres.

– Eh ! monsieur, à quoi bon payer tout de suite ?

– Parce que, dit Malicorne en baissant la voix et en recourant au mystérieux, puisqu'il voyait le mystérieux réussir, parce que, si l'on avait à partir soudain, à décamper d'un moment à l'autre, ce serait tout compte fait.

– Monsieur, vous avez raison.

– Donc, je suis chez moi.

– Vous êtes chez vous.

– Eh bien ! à la bonne heure. Adieu !

L'hôte se retira.

Resté seul, Malicorne se fit le raisonnement suivant : « Il n'y a que M. de Guiche ou Manicamp capables d'avoir écrit à mon hôte ; M. de Guiche, parce qu'il veut se ménager un logement hors de cour, en cas de succès ou d'insuccès ; Manicamp, parce qu'il aura été chargé de cette commission par M. de Guiche.

« Voici donc ce que M. de Guiche ou Manicamp auront imaginé : le grand appartement pour recevoir d'une façon convenable quelque dame épais voilée, avec réserve, pour la susdite dame, d'une double sortie sur une rue à peu près déserte et aboutissant à la forêt.

« La chambre pour abriter momentanément soit Manicamp, confident de M. de Guiche et vigilant gardien de la porte, soit M. de Guiche lui-même, jouant à la fois pour plus de sûreté le rôle du maître et celui du confident.

« Mais cette réunion qui doit avoir lieu, qui a eu effectivement lieu dans l'hôtel ?

« Ce sont sans doute gens qui doivent être présentés au roi.

« Mais le pauvre diable à qui la chambre est destinée ?

« Ruse pour mieux cacher de Guiche ou Manicamp.

« S'il en est ainsi, comme c'est chose probable, il n'y a que demi-mal : et de Manicamp à Malicorne, il n'y a que la bourse. »

Depuis ce raisonnement, Malicorne avait dormi sur les deux oreilles, laissant les sept étrangers occuper et arpenter en tous sens les sept logements de l'hôtellerie du Beau-Paon.

Lorsque rien ne l'inquiétait à la cour, lorsqu'il était las d'excursions et d'inquisitions, las d'écrire des billets que jamais il n'avait l'occasion de remettre à leur adresse, alors il rentrait dans sa bienheureuse petite chambre, et, accoudé sur le balcon garni de capucines et d'œillets palissés, il s'occupait de ces étranges voyageurs pour qui Fontainebleau semblait n'avoir ni lumières, ni joies, ni fêtes.

Cela dura ainsi jusqu'au septième jour, jour que nous avons détaillé longuement avec sa nuit dans les précédents chapitres.

Cette nuit-là, Malicorne prenait le frais à sa fenêtre vers une heure du matin, quand Manicamp parut à cheval, le nez au vent, l'air soucieux et ennuyé.

« Bon ! se dit Malicorne en le reconnaissant du premier coup, voilà mon homme qui vient réclamer son appartement, c'est-à-dire ma chambre. »

Et il appela Manicamp.

Manicamp leva la tête, et à son tour reconnut Malicorne.

– Ah ! pardieu ! dit celui-ci en se déridant, soyez le bienvenu, Malicorne. Je rôde dans Fontainebleau, cherchant trois choses que je ne puis trouver : de Guiche, une chambre et une écurie.

– Quant à M. de Guiche, je ne puis vous en donner ni bonnes ni mauvaises nouvelles, car je ne l'ai point vu ; mais, quant à votre chambre et à une écurie, c'est autre chose.

– Ah !

– Oui ; c'est ici qu'elles ont été retenues ?

– Retenues, et par qui ?

– Par vous, ce me semble.

– Par moi ?

– N'avez-vous donc point retenu un logement ?

– Pas le moins du monde.

L'hôte, en ce moment, parut sur le seuil.

– Une chambre ? demanda Manicamp.

– L'avez-vous retenue, monsieur ?

– Non.

– Alors, pas de chambre.

– S'il en est ainsi, j'ai retenu une chambre, dit Manicamp.

– Une chambre ou un logement ?

– Tout ce que vous voudrez.

– Par lettre ? demanda l'hôte.

Malicorne fit de la tête un signe affirmatif à Manicamp.

– Eh ! sans doute par lettre, fit Manicamp. N'avez-vous pas reçu une lettre de moi ?

– En date de quel jour ? demanda l'hôte, à qui les hésitations de Manicamp donnaient du soupçon.

Manicamp se gratta l'oreille et regarda à la fenêtre de Malicorne ; mais Malicorne avait quitté sa fenêtre et descendait l'escalier pour venir en aide à son ami.

Juste au même moment, un voyageur, enveloppé dans une longue cape à l'espagnole, apparaissait sous le porche, à portée d'entendre le colloque.

– Je vous demande à quelle date vous m'avez écrit cette lettre pour retenir un logement chez moi ? répéta l'hôte en insistant.

– À la date de mercredi dernier, dit d'une voix douce et polie l'étranger mystérieux en touchant l'épaule de l'hôte.

Manicamp se recula, et Malicorne, qui apparaissait sur le seuil, se gratta l'oreille à son tour. L'hôte salua le nouveau venu en homme qui reconnaît son véritable voyageur.

– Monsieur, lui dit-il civilement, votre appartement vous attend, ainsi que vos écuries. Seulement...

Il regarda autour de lui.

– Vos chevaux ? demanda-t-il.

– Mes chevaux arriveront ou n'arriveront pas. La chose vous importe peu, n'est-ce pas ? pourvu qu'on vous paie ce qui a été retenu.

L'hôte salua plus bas.

– Vous m'avez, en outre, continua le voyageur inconnu, gardé la petite chambre que je vous ai demandée ?

– Aïe ! fit Malicorne, en essayant de se dissimuler.

– Monsieur, votre ami l'occupe depuis huit jours, dit l'hôte en montrant Malicorne qui se faisait le plus petit qu'il lui était possible.

Le voyageur, en ramenant son manteau jusqu'à la hauteur de son nez, jeta un coup d'œil rapide sur Malicorne.

– Monsieur n'est pas mon ami, dit-il.

L'hôte fit un bond.

– Je ne connais pas Monsieur, continua le voyageur.

– Comment ! s'écria l'aubergiste s'adressant à Malicorne, comment ! vous n'êtes pas l'ami de Monsieur ?

– Que vous importe, pourvu que l'on vous paie ? dit Malicorne parodiant majestueusement l'étranger.

– Il importe si bien, dit l'hôte, qui commençait à s'apercevoir qu'il y avait substitution de personnage, que je vous prie, monsieur, de vider les lieux retenus d'avance et par un autre que vous.

– Mais enfin, dit Malicorne, Monsieur n'a pas besoin tout à la fois d'une chambre au premier et d'un appartement au second... Si Monsieur prend la chambre, je prends, moi, l'appartement ; si Monsieur choisit l'appartement, je garde la chambre.

– Je suis désespéré, monsieur, dit le voyageur de sa voix douce ; mais j'ai besoin à la fois de la chambre et de l'appartement.

– Mais enfin pour qui ? demanda Malicorne.

– De l'appartement, pour moi.

– Soit ; mais de la chambre ?

– Regardez, dit le voyageur en étendant la main vers une espèce de cortège qui s'avançait.

Malicorne suivit du regard la direction indiquée et vit arriver sur une civière ce franciscain dont il avait, avec quelques détails ajoutés par lui, raconté à Montalais l'installation dans sa chambre, et qu'il avait si inutilement essayé de convertir à de plus humbles vues.

Le résultat de l'arrivée du voyageur inconnu et du franciscain malade fut l'expulsion de Malicorne, maintenu sans aucun égard hors de l'auberge du Beau-Paon par l'hôte et les paysans qui servaient de porteurs au franciscain.

Il a été donné connaissance au lecteur des suites de cette expulsion, de la conversation de Manicamp, avec Montalais, que Manicamp, plus adroit que Malicorne, avait su trouver pour avoir des nouvelles de de Guiche ; de la conversation subséquente de Montalais avec Malicorne ; enfin du double billet de logement fourni à Manicamp et à Malicorne, par le comte de Saint-Aignan.

Il nous reste à apprendre à nos lecteurs ce qu'étaient le voyageur au manteau, principal locataire du double appartement dont Malicorne avait occupé une portion, et le franciscain, tout aussi mystérieux, dont l'arrivée, combinée avec celle du voyageur au manteau, avait eu le malheur de déranger les combinaisons des deux amis.

XXXIII

Un jésuite de la onzième année

Et d'abord, pour ne point faire languir le lecteur, nous nous hâterons de répondre à la première question.

Le voyageur au manteau rabattu sur le nez était Aramis, qui, après avoir quitté Fouquet et tiré d'un portemanteau ouvert par son laquais un costume complet de cavalier, était sorti du château et s'était rendu à l'hôtellerie du Beau-Paon, où, par lettre, depuis sept jours, il avait bien, ainsi que l'avait annoncé l'hôte, commandé une chambre et un appartement.

Aramis, aussitôt après l'expulsion de Malicorne et de Manicamp, s'approcha du franciscain et lui demanda lequel il préférait de l'appartement ou de la chambre.

Le franciscain demanda où étaient placés l'un et l'autre.

On lui répondit que la chambre était au premier et l'appartement au second.

– Alors, la chambre, dit-il.

Aramis n'insista point, et, avec une entière soumission :

– La chambre, dit-il à l'hôte.

Et, saluant avec respect, il se retira dans l'appartement.

Le franciscain fut aussitôt porté dans la chambre.

Maintenant, n'est-ce pas une chose étonnante que ce respect d'un prélat pour un simple moine, et pour un moine d'un ordre mendiant, auquel on donnait ainsi, sans même qu'il l'eût demandée, une chambre qui faisait l'ambition de tant de voyageurs.

Comment expliquer aussi cette arrivée inattendue d'Aramis à l'hôtel du Beau-Paon, lui qui, entré avec M. Fouquet au château, pouvait loger au château avec M. Fouquet ?

Le franciscain supporta le transport dans l'escalier sans pousser une plainte, quoique l'on vît que sa souffrance était grande, et qu'à chaque heurt de la civière contre la muraille ou contre la rampe de l'escalier, il éprouvait par tout son corps une secousse terrible.

Enfin, lorsqu'il fut arrivé dans la chambre :

– Aidez-moi à me mettre sur ce fauteuil, dit-il aux porteurs.

Ceux-ci déposèrent la civière sur le sol, et, soulevant le plus doucement qu'il leur fut possible le malade, ils le déposèrent sur le fauteuil qu'il avait désigné et qui était placé à la tête du lit.

– Maintenant, ajouta-t-il avec une grande douceur de gestes et de paroles, faites-moi monter l'hôte.

Ils obéirent.

Cinq minutes après, l'hôte du Beau-Paon apparaissait sur le seuil de la porte.

– Mon ami, lui dit le franciscain, congédiez, je vous prie, ces braves gens ; ce sont des vassaux de la vicomté de Melun. Ils m'ont trouvé évanoui de chaleur sur la route, et, sans se demander si leur peine serait payée, ils m'ont voulu porter chez eux. Mais je sais ce que coûte aux pauvres l'hospitalité qu'ils donnent à un malade, et j'ai préféré l'hôtellerie, où, d'ailleurs, j'étais attendu.

L'hôte regarda le franciscain avec étonnement.

Le franciscain fit avec son pouce et d'une certaine façon le signe de croix sur sa poitrine.

L'hôte répondit en faisant le même signe sur son épaule gauche.

– Oui, c'est vrai, dit-il, vous étiez attendu, mon père ; mais nous espérions que vous arriveriez en meilleur état.

Et, comme les paysans regardaient avec étonnement cet hôtelier si fier, devenu tout à coup respectueux en présence d'un pauvre moine, le franciscain tira de sa longue poche deux ou trois pièces d'or, qu'il montra.

– Voilà, mes amis, dit-il, de quoi payer les soins qu'on me donnera. Ainsi tranquillisez-vous et ne craignez pas de me laisser ici. Ma compagnie, pour laquelle je voyage, ne veut pas que je mendie ; seulement, comme les soins qui m'ont été donnés par vous méritent aussi récompense, prenez ces deux louis et retirez-vous en paix.

Les paysans n'osaient accepter ; l'hôte prit les deux louis de la main du moine, et les mit dans celle d'un paysan.

Les quatre porteurs se retirèrent en ouvrant des yeux plus grands que jamais.

La porte refermée, et tandis que l'hôte se tenait respectueusement debout près de cette porte, le franciscain se recueillit un instant.

Puis il passa sur son front jauni une main sèche de fièvre, et de ses doigts crispés frotta en tremblant les boucles grisonnantes de sa barbe.

Ses grands yeux, creusés par la maladie et l'agitation, semblaient suivre dans le vague une idée douloureuse et inflexible.

– Quels médecins avez-vous à Fontainebleau ? demanda-t-il enfin.

– Nous en avons trois, mon père.

– Comment les nommez-vous ?

– Luiniguet d'abord.

– Ensuite ?

– Puis un frère carme nommé Frère Hubert.

– Ensuite ?

– Ensuite un séculier nommé Grisart.

– Ah ! Grisart ! murmura le moine. Appelez vite M. Grisart.

L'hôte fit un mouvement d'obéissance empressée.

– À propos, quels prêtres a-t-on sous la main ici ?

– Quels prêtres ?

– Oui, de quels ordres ?

– Il y a des jésuites, des augustins et des cordeliers ; mais, mon père, les jésuites sont les plus près d'ici. J'appellerai donc un confesseur jésuite, n'est-ce pas ?

– Oui, allez.

L'hôte sortit.

On devine qu'au signe de croix échangé entre eux l'hôte et le malade s'étaient reconnus pour deux affiliés de la redoutable Compagnie de Jésus.

Resté seul, le franciscain tira de sa poche une liasse de papiers dont il parcourut quelques-uns avec une attention scrupuleuse. Cependant la force du mal vainquit son courage : ses yeux tournèrent, une sueur froide coula de son front, et il se laissa aller presque évanoui, la tête renversée en arrière, les bras pendants aux deux côtés de son fauteuil.

Il était depuis cinq minutes sans mouvement aucun, lorsque l'hôte rentra, conduisant le médecin, auquel il avait à peine donné le temps de s'habiller.

Le bruit de leur entrée, le courant d'air qu'occasionna l'ouverture de la porte réveillèrent les sens du malade. Il saisit à la hâte ses papiers épars, et de sa main longue et décharnée les cacha sous les coussins du fauteuil.

L'hôte sortit, laissant ensemble le malade et le médecin.

– Voyons, dit le franciscain au docteur, voyons, monsieur Grisart, approchez-vous, car il n'y a pas de temps à perdre ; palpez, auscultez, jugez et prononcez la sentence.

– Notre hôte, répondit le médecin, m'a assuré que j'avais le bonheur de donner mes soins à un affilié.

– À un affilié, oui, répondit le franciscain. Dites-moi donc la vérité ; je me sens bien mal ; il me semble que je vais mourir.

Le médecin prit la main du moine et lui tâta le pouls.

– Oh ! oh ! dit-il, fièvre dangereuse.

– Qu'appelez-vous une fièvre dangereuse ? demanda le malade avec un regard impérieux.

– À un affilié de la première ou de la seconde année, répondit le médecin en interrogeant le moine des yeux, je dirais fièvre curable.

– Mais à moi ? dit le franciscain.

Le médecin hésita.

– Regardez mon poil gris et mon front bourré de pensées, continua-t-il ; regardez les rides par lesquelles je compte mes épreuves ; je suis un jésuite de la onzième année, monsieur Grisart.

Le médecin tressaillit.

En effet, un jésuite de la onzième année, c'était un de ces hommes initiés à tous les secrets de l'ordre, un de ces hommes pour lesquels la science n'a plus de secrets, la société plus de barrières, l'obéissance temporelle plus de liens.

– Ainsi, dit Grisart en saluant avec respect, je me trouve en face d'un maître ?

– Oui, agissez donc en conséquence.

– Et vous voulez savoir ?...

– Ma situation réelle.

– Eh bien ! dit le médecin, c'est une fièvre cérébrale, autrement dit une méningite aiguë, arrivée à son plus haut point d'intensité.

– Alors, il n'y a pas d'espoir, n'est-ce pas ? demanda le franciscain d'un ton bref.

– Je ne dis pas cela, répondit le docteur ; cependant, eu égard au désordre du cerveau, à la brièveté du souffle, à la précipitation du pouls, à l'incandescence de la terrible fièvre qui vous dévore...

– Et qui m'a terrassé trois fois depuis ce matin, dit le frère.

– Aussi l'appelai-je terrible. Mais comment n'êtes-vous pas demeuré en route ?

– J'étais attendu ici, il fallait que j'arrivasse.

– Dussiez-vous mourir ?

– Dussé-je mourir.

– Eh bien ! eu égard à tous ces symptômes, je vous dirai que la situation est presque désespérée.

Le franciscain sourit d'une façon étrange.

– Ce que vous me dites là est peut-être assez pour ce qu'on doit à un affilié, même de la onzième année, mais pour ce qu'on me doit à moi, maître Grisart, c'est trop peu, et j'ai le droit d'exiger davantage. Voyons, soyons encore plus vrai que cela, soyons franc, comme s'il s'agissait de parler à Dieu. D'ailleurs, j'ai déjà fait appeler un confesseur.

– Oh ! j'espère cependant, balbutia le docteur.

– Répondez, dit le malade en montrant avec un geste de dignité un anneau d'or dont le chaton avait jusque-là été tourné en dedans, et qui portait gravé le signe représentatif de la Société de Jésus.

Grisart poussa une exclamation.

– Le général ! s'écria-t-il.

– Silence ! dit le franciscain ; vous comprenez qu'il s'agit d'être vrai.

– Seigneur, seigneur, appelez le confesseur, murmura Grisart ; car, dans deux heures, au premier redoublement, vous serez pris du délire, et vous passerez dans la crise.

– À la bonne heure, dit le malade, dont les sourcils se froncèrent un moment ; j'ai donc deux heures ?

– Oui, surtout si vous prenez la potion que je vais vous envoyer.

– Et elle me donnera deux heures ?

– Deux heures.

– Je la prendrai, fût-elle du poison, car ces deux heures sont nécessaires non seulement à moi, mais à la gloire de l'ordre.

– Oh ! quelle perte ! murmura le médecin, quelle catastrophe pour nous !

– C'est la perte d'un homme, voilà tout, répondit le franciscain, et Dieu pourvoira à ce que le pauvre moine qui vous quitte trouve un digne successeur. Adieu, monsieur Grisart ; c'est déjà une permission du Seigneur que je vous aie rencontré. Un médecin qui n'eût point été affilié à notre sainte congrégation m'eût laissé ignorer mon état, et, comptant encore sur des jours d'existence, je n'eusse pu prendre des précautions nécessaires. Vous êtes savant, monsieur Grisart, cela nous fait honneur à tous : il m'eût répugné de voir un des nôtres médiocre dans sa profession. Adieu, maître Grisart, adieu ! et envoyez-moi vite votre cordial.

– Bénissez-moi, du moins, monseigneur !

– D'esprit, oui... allez... d'esprit, vous dis-je... *Animo* maître Grisart... *viribus impossibile.*

Et il retomba sur son fauteuil, presque évanoui de nouveau.

Maître Grisart balança pour savoir s'il lui porterait un secours momentané, ou s'il courrait lui préparer le cordial promis. Sans doute se décida-t-il en faveur du cordial, car il s'élança hors de la chambre et disparut dans l'escalier.

XXXIV

Le secret de l'État

Quelques moments après la sortie du docteur Grisart, le confesseur arriva.

À peine eut-il dépassé le seuil de la porte, que le franciscain attacha sur lui son regard profond.

Puis, secouant sa tête pâle :

– Voilà un pauvre esprit, murmura-t-il, et j'espère que Dieu me pardonnera de mourir sans le secours de cette infirmité vivante.

Le confesseur de son côté, regardait avec étonnement, presque avec terreur, le moribond. Il n'avait jamais vu yeux si ardents au moment de se fermer, regards si terribles au moment de s'éteindre.

Le franciscain fit de la main un signe rapide et impératif.

– Asseyez-vous là, mon père, dit-il, et m'écoutez.

Le confesseur jésuite, bon prêtre, simple et naïf initié, qui des mystères de l'ordre n'avait vu que l'initiation, obéit à la supériorité du pénitent.

– Il y a dans cette hôtellerie plusieurs personnes, continua le franciscain.

– Mais, demanda le jésuite, je croyais être venu pour une confession. Est-ce une confession que vous me faites là ?

– Pourquoi cette question ?

– Pour savoir si je dois garder secrètes vos paroles.

– Mes paroles sont termes de confession ; je les fie à votre devoir de confesseur.

– Très bien ! dit le prêtre s'installant dans le fauteuil que le franciscain venait de quitter à grand-peine pour s'étendre sur le lit.

Le franciscain continua.

– Il y a, vous disais-je, plusieurs personnes dans cette hôtellerie.

– Je l'ai entendu dire.

– Ces personnes doivent être au nombre de huit.

Le jésuite fit un signe qu'il comprenait.

– La première à laquelle je veux parler, dit le moribond, est un Allemand de Vienne, et s'appelle le baron de Wostpur. Vous me ferez le plaisir de l'aller trouver, et de lui dire que celui qu'il attendait est arrivé.

Le confesseur, étonné, regarda son pénitent ; la confession lui paraissait singulière.

– Obéissez, dit le franciscain avec le ton irrésistible du commandement.

Le bon jésuite, entièrement subjugué, se leva et quitta la chambre.

Une fois le jésuite sorti, le franciscain reprit les papiers qu'une crise de fièvre l'avait forcé déjà de quitter une première fois.

– Le baron de Wostpur ? Bon ! dit-il : ambitieux, sot, étroit.

Il replia les papiers qu'il poussa sous son traversin.

Des pas rapides se faisaient entendre au bout du corridor.

Le confesseur rentra, suivi du baron de Wostpur, lequel marchait tête levée, comme s'il se fût agi de crever le plafond avec son plumet.

Aussi, à l'aspect de ce franciscain au regard sombre, et de cette simplicité dans la chambre :

– Qui m'appelle ? demanda l'Allemand.

– Moi ! fit le franciscain.

Puis, se tournant vers le confesseur :

– Bon père, lui dit-il, laissez-nous un instant seuls ; quand Monsieur sortira, vous rentrerez.

Le jésuite sortit, et sans doute profita de cet exil momentané de la chambre de son moribond pour demander à l'hôte quelques explications sur cet étrange pénitent, qui traitait son confesseur comme on traite un valet de chambre.

Le baron s'approcha du lit et voulut parler, mais de la main le franciscain lui imposa silence.

– Les moments sont précieux, dit ce dernier à la hâte. Vous êtes venu ici pour le concours, n'est-ce pas ?

– Oui, mon père.

– Vous espérez être élu général ?

– Je l'espère.

– Vous savez à quelles conditions seulement on peut parvenir à ce haut grade, qui fait un homme le maître des rois, l'égal des papes ?

– Qui êtes-vous, demanda le baron, pour me faire subir cet interrogatoire ?

– Je suis celui que vous attendez.

– L'électeur général ?

– Je suis l'élu.

– Vous êtes...

Le franciscain ne lui donna point le temps d'achever ; il étendit sa main amaigrie : à sa main brillait l'anneau du généralat.

Le baron recula de surprise ; puis, tout aussitôt, s'inclinant avec un profond respect :

– Quoi ! s'écria-t-il, vous ici, monseigneur ? vous dans cette pauvre chambre, vous sur ce misérable lit, vous cherchant et choisissant le général futur, c'est-à-dire votre successeur ?

– Ne vous inquiétez point de cela, monsieur ; remplissez vite la condition principale, qui est de fournir à l'ordre un secret d'une importance telle, que l'une des plus grandes cours de l'Europe soit, par votre entremise, à jamais inféodée à l'ordre. Eh bien ! avez-vous ce secret, comme vous avez promis de l'avoir dans votre demande adressée au Grand Conseil ?

– Monseigneur...

– Mais procédons par ordre... Vous êtes bien le baron de Wostpur ?

– Oui, monseigneur.

– Cette lettre est bien de vous ?

Le général des jésuites tira un papier de sa liasse et le présenta au baron.

Le baron y jeta les yeux, et avec un signe affirmatif :

– Oui, monseigneur, cette lettre est bien de moi, dit-il.

– Et vous pouvez me montrer la réponse faite par le secrétaire du Grand Conseil ?

– La voici, monseigneur.

Le baron tendit au franciscain une lettre portant cette simple adresse :

À Son Excellence le baron de Wostpur.

Et contenant cette seule phrase :

Du 15 au 22 mai, Fontainebleau, hôtel du Beau-Paon.

A M D G.

– Bien ! dit le franciscain, nous voici en présence, parlez.

– J'ai un corps de troupes composé de cinquante mille hommes ; tous les officiers sont gagnés. Je campe sur le Danube. Je puis en quatre jours renverser l'empereur, opposé, comme vous savez, au progrès de notre ordre, et le remplacer par celui des princes de sa famille que l'ordre nous désignera.

Le franciscain écoutait sans donner signe d'existence.

– C'est tout ? dit-il.

– Il y a une révolution européenne dans mon plan, dit le baron.

– C'est bien, monsieur de Wostpur, vous recevrez la réponse ; rentrez chez vous, et soyez parti de Fontainebleau dans un quart d'heure.

Le baron sortit à reculons, et aussi obséquieux que s'il eût pris congé de cet empereur qu'il allait trahir.

– Ce n'est pas là un secret, murmura le franciscain, c'est un complot... D'ailleurs, ajouta-t-il après un moment de réflexion, l'avenir de l'Europe n'est plus aujourd'hui dans la maison d'Autriche.

Et, d'un crayon rouge qu'il tenait à la main, il raya sur la liste le nom du baron de Wostpur.

– Au cardinal, maintenant, dit-il ; du côté de l'Espagne, nous devons avoir quelque chose de plus sérieux.

Levant les yeux, il aperçut le confesseur qui attendait ses ordres, soumis comme un écolier.

– Ah ! ah ! dit-il, remarquant cette soumission, vous avez parlé à l'hôte ?

– Oui, monseigneur, et au médecin.

– À Grisart.

– Oui.

– Il est donc là ?

– Il attend, avec la potion promise.

– C'est bien ! si besoin est, j'appellerai ; maintenant, vous comprenez toute l'importance de ma confession, n'est-ce pas ?

– Oui, monseigneur.

– Alors, allez me quérir le cardinal espagnol Herrebia. Hâtez-vous. Cette fois seulement, comme vous savez ce dont il s'agit, vous resterez près de moi, car j'éprouve des défaillances.

– Faut-il appeler le médecin ?

– Pas encore, pas encore... Le cardinal espagnol, voilà tout... Allez.

Cinq minutes après, le cardinal entrait, pâle et inquiet, dans la petite chambre.

– J'apprends, monseigneur... balbutia le cardinal.

– Au fait, dit le franciscain d'une voix éteinte.

Et il montra au cardinal une lettre écrite par ce dernier au Grand Conseil.

– Est-ce votre écriture ? demanda-t-il.

– Oui ; mais...

– Et votre convocation ?...

Le cardinal hésitait à répondre. Sa pourpre se révoltait contre la bure du pauvre franciscain.

Le moribond étendit la main et montra l'anneau.

L'anneau fit son effet, plus grand à mesure que grandissait le personnage sur lequel le franciscain s'exerçait.

– Le secret, le secret, vite ! demanda le malade en s'appuyant sur son confesseur.

– *Coram isti ?* demanda le cardinal, inquiet.

– Parlez espagnol, dit le franciscain en prêtant la plus vive attention.

– Vous savez, monseigneur, dit le cardinal continuant la conversation en castillan, que la condition du mariage de l'infante avec le roi de France est une renonciation absolue des droits de ladite infante, comme aussi du roi Louis, à tout apanage de la couronne d'Espagne ?

Le franciscain fit un signe affirmatif.

– Il en résulte, continua le cardinal, que la paix et l'alliance entre les deux royaumes dépendent de l'observation de cette clause du contrat.

Même signe du franciscain.

– Non seulement la France et l'Espagne, dit le cardinal, mais encore l'Europe tout entière seraient ébranlées par l'infidélité d'une des parties.

Nouveau mouvement de tête du malade.

– Il en résulte, continua l'orateur, que celui qui pourrait prévoir les événements et donner comme certain ce qui n'est jamais qu'un nuage dans l'esprit de l'homme, c'est-à-dire l'idée du bien ou du mal à venir, préserverait le monde d'une immense catastrophe ; on ferait tourner au profit de l'ordre l'événement deviné dans le cerveau même de celui qui le prépare.

– *Pronto ! pronto !* murmura le franciscain, qui pâlit et se pencha sur le prêtre.

Le cardinal s'approcha de l'oreille du moribond.

– Eh bien ! monseigneur, dit-il, je sais que le roi de France a décidé qu'au premier prétexte, une mort par exemple, soit celle du roi d'Espagne, soit celle d'un frère de l'infante, la France revendiquera, les armes à la main, l'héritage, et je tiens tout préparé le plan politique arrêté par Louis XIV à cette occasion.

– Ce plan ? dit le franciscain.

– Le voici, dit le cardinal.

– De quelle main est-il écrit ?

– De la mienne.

– N'avez-vous rien de plus à dire ?

– Je crois avoir dit beaucoup, monseigneur, répondit le cardinal.

– C'est vrai, vous avez rendu un grand service à l'ordre. Mais comment vous êtes-vous procuré les détails à l'aide desquels vous avez bâti ce plan ?

– J'ai à ma solde les bas valets du roi de France, et je tiens d'eux tous les papiers de rebut que la cheminée a épargnés.

– C'est ingénieux, murmura le franciscain en essayant de sourire. Monsieur le cardinal, vous partirez de cette hôtellerie dans un quart d'heure ; réponse vous sera faite, allez !

Le cardinal se retira.

– Appelez-moi Grisart, et allez me chercher le Vénitien Marini, dit le malade.

Pendant que le confesseur obéissait, le franciscain, au lieu de biffer le nom du cardinal comme il avait fait de celui du baron, traça une croix à côté de ce nom.

Puis, épuisé par l'effort, il tomba sur son lit en murmurant le nom du docteur Grisart.

Quand il revint à lui, il avait bu la moitié d'une potion dont le reste attendait dans un verre, et il était soutenu par le médecin, tandis que le Vénitien et le confesseur se tenaient près de la porte.

Le Vénitien passa par les mêmes formalités que ses deux concurrents, hésita comme eux à la vue des deux étrangers, et, rassuré par l'ordre du général, révéla que le pape, effrayé de la puissance de l'ordre, ourdissait un plan d'expulsion générale des jésuites, et pratiquait les cours de l'Europe à l'effet d'obtenir leur aide. Il indiqua les auxiliaires du pontife, ses moyens d'action, et désigna l'endroit de l'archipel où, par un coup de main, deux cardinaux adeptes de la onzième année, et par conséquent chefs supérieurs, devaient être déportés avec trente-deux des principaux affiliés de Rome.

Le franciscain remercia le signor Marini. Ce n'était pas un mince service rendu à la société que la dénonciation de ce projet pontifical.

Après quoi, le Vénitien reçut l'ordre de partir dans un quart d'heure, et s'en alla radieux, comme s'il tenait déjà l'anneau, insigne du commandement de la société.

Mais, tandis qu'il s'éloignait, le franciscain murmurait sur son lit :

– Tous ces hommes sont des espions ou des sbires, pas un n'est général ; tous ont découvert un complot, pas un n'a un secret. Ce n'est point avec la ruine, avec la guerre, avec la force que l'on doit gouverner la Société de Jésus, c'est avec l'influence mystérieuse que donne une supériorité morale. Non, l'homme n'est pas trouvé, et, pour comble de malheur, Dieu me frappe, et je meurs. Oh ! faudra-t-il que la société tombe avec moi faute d'une colonne ; faut-il que la mort qui m'attend dévore avec moi l'avenir de l'ordre ? Cet avenir que dix ans de ma vie eussent éternisé, car il s'ouvre radieux et splendide, cet avenir, avec le règne du nouveau roi !

Ces mots à demi pensés, à demi prononcés, le bon jésuite les écoutait avec épouvante comme on écoute les divagations d'un fiévreux, tandis que Grisart, esprit plus élevé, les dévorait comme les révélations d'un monde inconnu où son regard plongeait sans que sa main pût y atteindre.

Soudain le franciscain se releva.

– Terminons, dit-il, la mort me gagne. Oh ! tout à l'heure, je mourais tranquille, j'espérais... Maintenant je tombe désespéré, à moins que dans ceux qui restent... Grisart ! Grisart, faites-moi vivre une heure encore !

Grisart s'approcha du moribond et lui fit avaler quelques gouttes, non pas de la potion qui était dans le verre, mais du contenu d'un flacon qu'il portait sur lui.

– Appelez l'Écossais ! s'écria le franciscain ; appelez le marchand de Brême ! Appelez ! appelez ! Jésus ! je me meurs ! Jésus ! j'étouffe !

Le confesseur s'élança pour aller chercher du secours, comme s'il y eût eu une force humaine qui pût soulever le doigt de la mort qui s'appesantissait sur le malade ; mais sur le seuil de la porte, il trouva Aramis, qui, un doigt sur les lèvres, comme la statue d'Harpocrate, dieu du silence, le repoussa du regard jusqu'au fond de la chambre.

Le médecin et le confesseur firent cependant un mouvement, après s'être consultés des yeux, pour écarter Aramis. Mais celui-ci, avec deux signes de croix faits chacun d'une façon différente, les cloua tous deux à leur place.

– Un chef ! murmurèrent-ils tous deux.

Aramis pénétra lentement dans la chambre où le moribond luttait contre les premières atteintes de l'agonie.

Quant au franciscain, soit que l'élixir fît son effet, soit que cette apparition d'Aramis lui rendît des forces, il fit un mouvement, et, l'œil ardent, la bouche entrouverte, les cheveux humides de sueur, il se dressa sur le lit.

Aramis sentit que l'air de cette chambre était étouffant ; toutes les fenêtres étaient closes, du feu brûlait dans l'âtre, deux bougies de cire jaune se répandaient en nappe sur les chandeliers de cuivre et chauffaient encore l'atmosphère de leur vapeur épaisse.

Aramis ouvrit la fenêtre, et, fixant sur le moribond un regard plein d'intelligence et de respect :

— Monseigneur, lui dit-il, je vous demande pardon d'arriver ainsi sans que vous m'ayez mandé, mais votre état m'effraie, et j'ai pensé que vous pouviez être mort avant de m'avoir vu, car je ne venais que le sixième sur votre liste.

Le moribond tressaillit et regarda sa liste.

— Vous êtes donc celui qu'on a appelé autrefois Aramis et depuis le chevalier d'Herblay ? Vous êtes donc l'évêque de Vannes.

— Oui, monseigneur.

— Je vous connais, je vous ai vu.

— Au jubilé dernier, nous nous sommes trouvés ensemble chez le Saint-Père.

— Ah ! oui, c'est vrai, je me rappelle. Et vous vous mettez sur les rangs ?

— Monseigneur, j'ai ouï dire que l'ordre avait besoin de posséder un grand secret d'État, et, sachant que par modestie vous aviez résigné d'avance vos fonctions en faveur de celui qui apporterait ce secret, j'ai écrit que j'étais prêt à concourir, possédant seul un secret que je crois important.

— Parlez, dit le franciscain ; je suis prêt à vous entendre et à juger de l'importance de ce secret.

— Monseigneur, un secret de la valeur de celui que je vais avoir l'honneur de vous confier ne se dit point avec la parole. Toute idée qui est sortie une fois des limbes de la pensée et s'est manifestée par une manifestation quelconque n'appartient plus même à celui qui l'a enfantée. La parole peut être récoltée par une oreille attentive et ennemie ; il ne faut donc point la semer au hasard, car, alors, le secret ne s'appelle plus un secret.

— Comment donc alors comptez-vous transmettre votre secret ? demanda le moribond.

Aramis fit d'une main signe au médecin et au confesseur de s'éloigner, et, de l'autre, il tendit au franciscain un papier qu'une double enveloppe recouvrait.

– Et l'écriture, demanda le franciscain, n'est-elle pas plus dangereuse encore que la parole, dites ?

– Non, monseigneur, dit Aramis, car vous trouverez dans cette enveloppe des caractères que vous seul et moi pouvons comprendre.

Le franciscain regardait Aramis avec un étonnement toujours croissant.

– C'est, continua celui-ci, le chiffre que vous aviez en 1655, et que votre secrétaire, Juan Jujan, qui est mort, pourrait seul déchiffrer s'il revenait au monde.

– Vous connaissiez donc ce chiffre, vous ?

– C'est moi qui le lui avais donné.

Et Aramis, s'inclinant avec une grâce pleine de respect, s'avança vers la porte comme pour sortir.

Mais un geste du franciscain, accompagné d'un cri d'appel, le retint.

– Jésus ! dit-il ; *ecce homo* !

Puis, relisant une seconde fois le papier :

– Venez vite, dit-il, venez.

Aramis se rapprocha du franciscain avec le même visage calme et le même air respectueux.

Le franciscain, le bras étendu, brûlait à la bougie le papier que lui avait remis Aramis.

Alors, prenant la main d'Aramis et l'attirant à lui :

– Comment et par qui avez-vous pu savoir un pareil secret ? demanda-t-il.

– Par Mme de Chevreuse, l'amie intime, la confidente de la reine.

– Et Mme de Chevreuse ?

– Elle est morte.

– Et d'autres, d'autres savaient-ils ?...

– Un homme et une femme du peuple seulement.

– Quels étaient-ils ?

– Ceux qui l'avaient élevée.

– Que sont-ils devenus ?

– Morts aussi... Ce secret brûle comme le feu.

– Et vous avez survécu ?

– Tout le monde ignore que je le connaisse.

– Depuis combien de temps avez-vous ce secret ?

– Depuis quinze ans.

– Et vous l'avez gardé ?

– Je voulais vivre.

– Et vous le donnez à l'ordre, sans ambition, sans retour ?

– Je le donne à l'ordre avec ambition et avec retour, dit Aramis ; car, si vous vivez, monseigneur, vous ferez de moi, maintenant que vous me connaissez, ce que je puis, ce que je dois être.

– Et comme je meurs, s'écria le franciscain, je fais de toi mon successeur... Tiens !

Et, arrachant la bague, il la passa au doigt d'Aramis.

Puis, se retournant vers les deux spectateurs de cette scène :

– Soyez témoins, dit-il, et attestez dans l'occasion que, malade de corps, mais sain d'esprit, j'ai librement et volontairement remis cet anneau, marque de la toute-puissance, à Mgr d'Herblay, évêque de Vannes, que je nomme mon successeur, et devant lequel, moi, humble pécheur, prêt à paraître devant Dieu, je m'incline le premier, pour donner l'exemple à tous.

Et le franciscain s'inclina effectivement, tandis que le médecin et le jésuite tombaient à genoux.

Aramis, tout en devenant plus pâle que le moribond lui-même, étendit successivement son regard sur tous les acteurs de cette scène. L'ambition satisfaite affluait avec le sang vers son cœur.

– Hâtons-nous, dit le franciscain ; ce que j'avais à faire ici me presse, me dévore ! Je n'y parviendrai jamais.

– Je le ferai, moi, dit Aramis.

– C'est bien, dit le franciscain.

Puis, s'adressant au jésuite et au médecin :

– Laissez-nous seuls, dit-il.

Tous deux obéirent.

– Avec ce signe, dit-il, vous êtes l'homme qu'il faut pour remuer la terre ; avec ce signe vous renverserez ; avec ce signe vous édifierez : *In hoc signo vinces* ! Fermez la porte, dit le franciscain à Aramis.

Aramis poussa les verrous et revint près du franciscain.

– Le pape a conspiré contre l'ordre, dit le franciscain, le pape doit mourir.

– Il mourra, dit tranquillement Aramis.

– Il est dû sept cent mille livres à un marchand, à Brême, nommé Bonstett, qui venait ici chercher la garantie de ma signature.

– Il sera payé, dit Aramis.

– Six chevaliers de Malte, dont voici les noms, ont découvert, par l'indiscrétion d'un affilié de onzième année, les troisièmes mystères ; il faut savoir ce que ces hommes ont fait du secret, le reprendre et l'éteindre.

– Cela sera fait.

– Trois affiliés dangereux doivent être renvoyés dans le Thibet pour y périr ; ils sont condamnés. Voici leurs noms.

– Je ferai exécuter la sentence.

– Enfin, il y a une dame d'Anvers, petite-nièce de Ravaillac ; elle a entre les mains certains papiers qui compromettent l'ordre. Il y a dans la famille, depuis cinquante et un ans, une pension de cinquante mille livres. La pension est lourde ; l'ordre n'est pas riche... Racheter les papiers pour une somme d'argent une fois donnée, ou, en cas de refus, supprimer la pension... sans risque.

– J'aviserai, dit Aramis.

– Un navire venant de Lima a dû entrer la semaine dernière dans le port de Lisbonne ; il est chargé ostensiblement de chocolat, en réalité d'or. Chaque lingot est caché sous une couche de chocolat. Ce navire est à l'ordre ; il vaut dix-sept millions de livres, vous le ferez réclamer : voici les lettres de charge.

– Dans quel port le ferai-je venir ?

– À Bayonne.

– Sauf vents contraires, avant trois semaines il y sera. Est-ce tout ?

Le franciscain fit de la tête un signe affirmatif, car il ne pouvait plus parler ; le sang envahissait sa gorge et sa tête et jaillit par la bouche, par les narines et par les yeux. Le malheureux n'eut que le temps de presser la main d'Aramis et tomba tout crispé de son lit sur le plancher.

Aramis lui mit la main sur le cœur ; le cœur avait cessé de battre.

En se baissant, Aramis remarqua qu'un fragment du papier qu'il avait remis au franciscain avait échappé aux flammes.

Il le ramassa et le brûla jusqu'au dernier atome.

Puis, rappelant le confesseur et le médecin :

– Votre pénitent est avec Dieu, dit-il au confesseur ; il n'a plus besoin que des prières et de la sépulture des morts. Allez tout préparer pour un enterrement simple, et tel qu'il convient de le faire à un pauvre moine... Allez.

Le jésuite sortit.

Alors, se tournant vers le médecin, et voyant sa figure pâle et anxieuse :

– Monsieur Grisart, dit-il tout bas, videz ce verre et nettoyez-le ; il y reste trop de ce que le Grand Conseil vous avait commandé d'y mettre.

Grisart, étourdi, atterré, écrasé, faillit tomber à la renverse.

Aramis haussa les épaules en signe de pitié, prit le verre, et en vida le contenu dans les cendres du foyer.

Puis il sortit, emportant les papiers du mort.

XXXV

Mission

Le lendemain, ou plutôt le jour même, car les événements que nous venons de raconter avaient pris fin à trois heures du matin seulement, avant le déjeuner, et comme le roi partait pour la messe avec les deux reines, comme Monsieur, avec le chevalier de Lorraine et quelques autres familiers, montait à cheval pour se rendre à la rivière, afin d'y prendre un de ces fameux bains dont les dames étaient folles, comme il ne restait enfin au château que Madame, qui, sous prétexte d'indisposition, ne voulut pas sortir, on vit, ou plutôt on ne vit pas, Montalais se glisser hors de la chambre des filles d'honneur, attirant après elle La Vallière, qui se cachait le plus possible ; et toutes deux s'esquivant par les jardins, parvinrent, tout en regardant autour d'elles, à gagner les quinconces.

Le temps était nuageux ; un vent de flamme courbait les fleurs et les arbustes ; la poussière brûlante, arrachée aux chemins, montait par tourbillons sur les arbres.

Montalais, qui, pendant toute la marche, avait rempli les fonctions d'un éclaireur habile, Montalais fit quelques pas encore, et, se retournant pour être bien sûre que personne n'écoutait ni ne venait :

– Allons, dit-elle, Dieu merci ! nous sommes bien seules. Depuis hier, tout le monde espionne ici, et l'on forme un cercle autour de nous comme si vraiment nous étions pestiférées.

La Vallière baissa la tête et poussa un soupir.

– Enfin, c'est inouï, continua Montalais ; depuis M. Malicorne jusqu'à M. de Saint-Aignan, tout le monde en veut à notre secret. Voyons, Louise, recordons-nous un peu, que je sache à quoi m'en tenir.

La Vallière leva sur sa compagne ses beaux yeux purs et profonds comme l'azur d'un ciel de printemps.

– Et moi, dit-elle, je te demanderai pourquoi nous avons été appelées chez Madame ; pourquoi nous avons couché chez elle au lieu de coucher comme d'habitude chez nous ; pourquoi tu es rentrée si tard, et d'où viennent les mesures de surveillance qui ont été prises ce matin à notre égard ?

– Ma chère Louise, tu réponds à ma question par une question, ou plutôt par dix questions, ce qui n'est pas répondre. Je te dirai cela plus tard, et, comme ce sont choses de secondaire importance, tu peux attendre. Ce que je te demande, car tout découlera de là, c'est s'il y a ou s'il n'y a pas secret.

– Je ne sais s'il y a secret, dit La Vallière, mais ce que je sais, de ma part du moins, c'est qu'il y a eu imprudence depuis ma sotte parole et mon plus sot évanouissement d'hier ; chacun ici fait ses commentaires sur nous.

– Parle pour toi, ma chère, dit Montalais en riant, pour toi et pour Tonnay-Charente, qui avez fait chacune hier vos déclarations aux nuages, déclarations qui malheureusement ont été interceptées.

La Vallière baissa la tête.

– En vérité, dit-elle, tu m'accables.

– Moi ?

– Oui, ces plaisanteries me font mourir.

– Écoute, écoute, Louise. Ce ne sont point des plaisanteries, et rien n'est plus sérieux, au contraire. Je ne t'ai pas arrachée au château, je n'ai pas manqué la messe, je n'ai pas feint une migraine comme Madame, migraine que Madame n'avait pas plus que moi ; je n'ai pas enfin déployé dix fois plus de diplomatie que M. Colbert n'en a hérité de M. de Mazarin et n'en pratique vis-à-vis de M. Fouquet, pour parvenir à te confier mes quatre douleurs, à cette seule fin que, lorsque nous sommes seules, que personne ne nous écoute, tu viennes jouer au fin avec moi. Non, non, crois-le bien, quand je t'interroge, ce n'est pas seulement par curiosité, c'est parce qu'en vérité la situation est critique. On sait ce que tu as dit hier, on jase sur ce texte. Chacun brode de son mieux et des fleurs de sa fantaisie ; tu as eu l'honneur cette nuit, et tu as encore l'honneur ce matin d'occuper toute la cour, ma chère, et le nombre des choses tendres et spirituelles qu'on te prête ferait crever de dépit Mlle de Scudéry et son frère, si elles leur étaient fidèlement rapportées.

– Eh ! ma bonne Montalais, dit la pauvre enfant, tu sais mieux que personne ce que j'ai dit, puisque c'est devant toi que je le disais.

– Oui, je le sais. Mon Dieu ! la question n'est pas là. Je n'ai même pas oublié une seule des paroles que tu as dites ; mais pensais-tu ce que tu disais ?

Louise se troubla.

– Encore des questions ? s'écria-t-elle. Mon Dieu ! quand je donnerais tout au monde pour oublier ce que j'ai dit... comment se fait-il donc que chacun se donne le mot pour m'en faire souvenir ? Oh ! voilà une chose affreuse.

– Laquelle ? voyons.

– C'est d'avoir une amie qui me devrait épargner, qui pourrait me conseiller, m'aider à me sauver, et qui me tue, qui m'assassine !

– Là ! là ! fit Montalais, voilà qu'après avoir dit trop peu, tu dis trop maintenant. Personne ne songe à te tuer, pas même à te voler, même ton secret : on veut l'avoir de bonne volonté, et non pas autrement ; car ce n'est pas seulement de tes affaires qu'il s'agit, c'est des nôtres ; et Tonnay-Charente te le dirait comme moi si elle était là. Car enfin, hier au soir, elle m'avait demandé un entretien dans notre chambre, et je m'y rendais après les colloques manicampiens et malicorniens, quand j'apprends à mon retour, un peu attardé, c'est vrai, que Madame a séquestré les filles d'honneur, et que nous couchons chez elle, au lieu de coucher chez nous. Or, Madame a séquestré les filles d'honneur pour qu'elles n'aient pas le temps de se recorder, et, ce matin, elle s'est enfermée avec Tonnay-Charente dans ce même but. Dis-moi donc, chère amie, quel fond Athénaïs et moi pouvons faire sur toi, comme nous te dirons quel fond tu peux faire sur nous.

– Je ne comprends pas bien la question que tu me fais, dit Louise très agitée.

– Hum ! tu m'as l'air, au contraire, de très bien comprendre. Mais je veux préciser mes questions, afin que tu n'aies pas la ressource du moindre faux-fuyant. Écoute donc. Aimes-tu M. de Bragelonne ? C'est clair, cela, hein ?

À cette question, qui tomba comme le premier projectile d'une armée assiégeante dans une place assiégée, Louise fit un mouvement.

– Si j'aime Raoul ! s'écria-t-elle, mon ami d'enfance, mon frère !

– Eh ! non, non, non ! Voilà encore que tu m'échappes, ou que plutôt tu veux m'échapper. Je ne te demande pas si tu aimes Raoul, ton ami d'enfance et ton frère ; je te demande si tu aimes M. le vicomte de Bragelonne, ton fiancé ?

– Oh ! mon Dieu, ma chère, dit Louise, quelle sévérité dans la parole !

– Pas de rémission, je ne suis ni plus ni moins sévère que de coutume. Je t'adresse une question ; réponds à cette question.

– Assurément, dit Louise d'une voix étranglée, tu ne me parles pas en amie, mais je te répondrai, moi, en amie sincère.

– Réponds.

– Eh bien ! je porte un cœur plein de scrupule et de ridicules fiertés à l'endroit de tout ce qu'une femme doit garder secret, et nul n'a jamais lu sous ce rapport jusqu'au fond de mon âme.

– Je le sais bien. Si j'y avais lu, je ne t'interrogerais pas, je te dirais simplement : « Ma bonne Louise, tu as le bonheur de connaître M. de Bragelonne, qui est un gentil garçon et un parti avantageux pour une fille sans fortune. M. de La Fère laissera quelque chose comme quinze mille livres de rente à son fils. Tu auras donc un jour quinze mille livres de rente comme la femme de ce fils ; c'est admirable. Ne va donc ni à droite ni à gauche, va franchement à M. de Bragelonne, c'est-à-dire à l'autel où il doit te conduire. Après ? Eh bien ! après, selon son caractère, tu seras ou émancipée ou esclave, c'est-à-dire que tu auras le droit de faire toutes les folies que font les gens trop libres ou trop esclaves. » Voilà donc, ma chère Louise, ce que je te dirais d'abord, si j'avais lu au fond de ton cœur.

– Et je te remercierais, balbutia Louise, quoique le conseil ne me paraisse pas complètement bon.

– Attends, attends... Mais, tout de suite après te l'avoir donné, j'ajouterais : « Louise, il est dangereux de passer des journées entières la tête inclinée sur son sein, les mains inertes, l'œil vague ; il est dangereux de chercher les allées sombres et de ne plus sourire aux divertissements qui épanouissent tous les cœurs de jeunes filles ; il est dangereux, Louise, d'écrire avec le bout du pied, comme tu le fais, sur le sable, des lettres que tu as beau effacer, mais qui paraissent encore sous le talon, surtout quand ces lettres ressemblent plus à des L qu'à des B ; il est dangereux enfin de se mettre dans l'esprit mille imaginations bizarres, fruits de la solitude et de la migraine ; ces imaginations creusent les joues d'une pauvre fille en même temps qu'elles creusent sa cervelle ; de sorte qu'il n'est point rare, en ces occasions, de voir la plus agréable personne du monde en devenir la plus maussade, de voir la plus spirituelle en devenir la plus niaise. »

– Merci, mon Aure chérie, répondit doucement La Vallière ; il est dans ton caractère de me parler ainsi, et je te remercie de me parler selon ton caractère.

– Et c'est pour les songe-creux que je parle ; ne prends donc de mes paroles que ce que tu croiras devoir en prendre. Tiens, je ne sais plus quel conte me revient à la mémoire d'une fille vaporeuse ou mélancolique, car M. Dangeau m'expliquait l'autre jour que mélancolie devait, grammaticalement, s'écrire *mélancholie*, avec un *h*, attendu que le mot français est formé de deux mots grecs, dont l'un veut dire *noir* et l'autre *bile*. Je rêvais donc à cette jeune personne qui mourut de *bile noire*, pour s'être imaginée que le prince, que le roi ou que l'empereur... ma foi ! n'importe lequel, s'en allait l'adorant ; tandis que le prince, le roi ou l'empereur... comme tu voudras, aimait visiblement ailleurs, et, chose singulière, chose dont elle ne s'apercevait pas, tandis que tout le monde s'en apercevait autour d'elle, la prenait pour paravent d'amour. Tu ris, comme moi, de cette pauvre folle, n'est-ce pas, La Vallière ?

– Je ris, balbutia Louise, pâle comme une morte ; oui, certainement je ris.

– Et tu as raison, car la chose est divertissante. L'histoire ou le conte, comme tu voudras, m'a plu ; voilà pourquoi je l'ai retenu et te le raconte. Te figures-tu, ma bonne Louise, le ravage que ferait dans ta cervelle, par exemple, une *mélancholie*, avec un *h*, de cette espèce-là ? Quant à moi, j'ai résolu de te raconter la chose ; car, si la chose arrivait à l'une de nous, il faudrait qu'elle fût bien convaincue de cette vérité : aujourd'hui c'est un leurre ; demain, ce sera une risée ; après-demain, ce sera la mort.

La Vallière tressaillit et pâlit encore, si c'était possible.

– Quand un roi s'occupe de nous, continua Montalais, il nous le fait bien voir, et, si nous sommes le bien qu'il convoite, il sait se ménager son bien. Tu vois donc, Louise, qu'en pareilles circonstances, entre jeunes filles exposées à un semblable danger, il faut se faire toutes confidences, afin que les cœurs non mélancoliques surveillent les cœurs qui le peuvent devenir.

– Silence ! silence ! s'écria La Vallière, on vient.

– On vient en effet, dit Montalais ; mais qui peut venir ? Tout le monde est à la messe avec le roi, ou au bain avec Monsieur.

Au bout de l'allée, les jeunes filles aperçurent presque aussitôt sous l'arcade verdoyante la démarche gracieuse et la riche stature d'un jeune homme qui, son épée sous le bras et un manteau dessus, tout botté et tout éperonné, les saluait de loin avec un doux sourire.

– Raoul ! s'écria Montalais.

– M. de Bragelonne ! murmura Louise.

– C'est un juge tout naturel qui nous vient pour notre différend, dit Montalais.

– Oh ! Montalais ! Montalais, par pitié ! s'écria La Vallière, après avoir été cruelle, ne sois point inexorable !

Ces mots, prononcés avec toute l'ardeur d'une prière, effacèrent du visage, sinon du cœur de Montalais, toute trace d'ironie.

– Oh ! vous voilà beau comme Amadis, monsieur de Bragelonne ! cria-t-elle à Raoul, et tout armé, tout botté comme lui.

– Mille respects, mesdemoiselles, répondit Bragelonne en s'inclinant.

– Mais enfin, pourquoi ces bottes ? répéta Montalais, tandis que La Vallière, tout en regardant Raoul avec un étonnement pareil à celui de sa compagne, gardait néanmoins le silence.

– Pourquoi ? demanda Raoul.

– Oui, hasarda La Vallière à son tour.

– Parce que je pars, dit Bragelonne en regardant Louise.

La jeune fille se sentit frappée d'une superstitieuse terreur et chancela.

– Vous partez, Raoul ! s'écria-t-elle ; et où donc allez-vous ?

– Ma chère Louise, dit le jeune homme avec cette placidité qui lui était naturelle, je vais en Angleterre.

– Et qu'allez-vous faire en Angleterre ?

– Le roi m'y envoie.

– Le roi ! s'exclamèrent à la fois Louise et Aure, qui involontairement échangèrent un coup d'œil, se rappelant l'une et l'autre l'entretien qui venait d'être interrompu.

Ce coup d'œil, Raoul l'intercepta, mais il ne pouvait le comprendre.

Il l'attribua donc tout naturellement à l'intérêt que lui portaient les deux jeunes filles.

– Sa Majesté, dit-il, a bien voulu se souvenir que M. le comte de La Fère est bien vu du roi Charles II. Ce matin donc, au départ pour la messe, le roi, me voyant sur son chemin, m'a fait un signe de tête. Alors, je me suis approché. « Monsieur de Bragelonne, m'a-t-il dit, vous passerez chez M. Fouquet, qui a reçu de moi des lettres pour le roi de la Grande-Bretagne ; ces lettres, vous les porterez. » Je m'inclinai. « Ah ! auparavant que de partir, ajouta-t-il, vous voudrez bien prendre les commissions de Madame pour le roi son frère. »

– Mon Dieu ! murmura Louise toute nerveuse et toute pensive à la fois.

– Si vite ! on vous ordonne de partir si vite ? dit Montalais paralysée par cet événement étrange.

– Pour bien obéir à ceux qu'on respecte, dit Raoul, il faut obéir vite. Dix minutes après l'ordre reçu, j'étais prêt. Madame, prévenue, écrit la lettre dont elle veut bien me faire l'honneur de me charger. Pendant ce temps, sachant de Mlle de Tonnay-Charente que vous deviez être du côté des quinconces, j'y suis venu, et je vous trouve toutes deux.

– Et toutes deux assez souffrantes, comme vous voyez, dit Montalais pour venir en aide à Louise, dont la physionomie s'altérait visiblement.

– Souffrantes ! répéta Raoul en pressant avec une tendre curiosité la main de Louise de La Vallière. Oh ! en effet, votre main est glacée.

– Ce n'est rien.

– Ce froid ne va pas jusqu'au cœur, n'est-ce pas, Louise ? demanda le jeune homme avec un doux sourire.

Louise releva vivement la tête, comme si cette question eût été inspirée par un soupçon et eût provoqué un remords.

– Oh ! vous savez, dit-elle avec effort, que jamais mon cœur ne sera froid pour un ami tel que vous, monsieur de Bragelonne.

– Merci, Louise. Je connais et votre cœur et votre âme, et ce n'est point au contact de la main, je le sais, que l'on juge une tendresse comme la vôtre. Louise, vous savez combien je vous aime, avec quelle confiance et quel abandon je vous ai donné ma vie ; vous me pardonnerez donc, n'est-ce pas, de vous parler un peu en enfant ?

– Parlez, monsieur Raoul, dit Louise toute tremblante ; je vous écoute.

– Je ne puis m'éloigner de vous en emportant un tourment, absurde, je le sais, mais qui cependant me déchire.

– Vous éloignez-vous donc pour longtemps ? demanda La Vallière d'une voix oppressée, tandis que Montalais détournait la tête.

– Non, et je ne serai probablement pas même quinze jours absent.

La Vallière appuya une main sur son cœur, qui se brisait.

– C'est étrange, poursuivit Raoul en regardant mélancoliquement la jeune fille ; souvent je vous ai quittée pour aller en des rencontres périlleuses, je partais joyeux alors, le cœur libre, l'esprit tout enivré de joies à venir, de futures espérances, et cependant alors il s'agissait pour moi d'affronter les balles des Espagnols ou les dures hallebardes des Wallons. Aujourd'hui, je vais, sans nul danger, sans nulle inquiétude, chercher par le plus facile chemin du monde une belle récompense que me promet cette faveur du roi, je vais vous conquérir peut-être ; car quelle autre faveur plus précieuse que vous-même le roi pourrait-il m'accorder ? Eh bien ! Louise, je ne sais en vérité comment cela se fait, mais tout ce bonheur, tout cet avenir fuit devant mes yeux comme une vaine fumée, comme un rêve chimérique, et j'ai là, j'ai là au fond du cœur, voyez-vous, un grand chagrin, un inexprimable abattement, quelque chose de morne, d'inerte et de mort, comme un cadavre. Oh ! je sais bien pourquoi, Louise ; c'est parce que je ne vous ai jamais tant aimée que je le fais en ce moment. Oh ! mon Dieu ! mon Dieu !

À cette dernière exclamation sortie d'un cœur brisé, Louise fondit en larmes et se renversa dans les bras de Montalais.

Celle-ci, qui cependant n'était pas des plus tendres, sentit ses yeux se mouiller et son cœur se serrer dans un cercle de fer.

Raoul vit les pleurs de sa fiancée. Son regard ne pénétra point, ne chercha pas même à pénétrer au-delà de ses pleurs. Il fléchit un genou devant elle et lui baisa tendrement la main.

On voyait que, dans ce baiser, il mettait tout son cœur.

– Relevez-vous, relevez-vous, lui dit Montalais, près de pleurer elle-même, car voici Athénaïs qui nous arrive.

Raoul essuya son genou du revers de sa manche, sourit encore une fois à Louise, qui ne le regardait plus, et, ayant serré la main de Montalais avec effusion, il se retourna pour saluer Mlle de Tonnay-Charente, dont on commençait à entendre la robe soyeuse effleurant le sable des allées.

– Madame a-t-elle achevé sa lettre ? lui demanda-t-il lorsque la jeune fille fut à la portée de sa voix.

– Oui, monsieur le vicomte, la lettre est achevée, cachetée, et Son Altesse Royale vous attend.

Raoul, à ce mot, prit à peine le temps de saluer Athénaïs, jeta un dernier regard à Louise, fit un dernier signe à Montalais, et s'éloigna dans la direction du château.

Mais, tout en s'éloignant, il se retournait encore.

Enfin, au détour de la grande allée, il eut beau se retourner, il ne vit plus rien.

De leur côté, les trois jeunes filles, avec des sentiments bien divers, l'avaient regardé disparaître.

– Enfin, dit Athénaïs, rompant la première le silence, enfin, nous voilà seules, libres de causer de la grande affaire d'hier, et de nous expliquer sur la conduite qu'il importe que nous suivions. Or, si vous voulez me prêter attention, continua-t-elle en regardant de tous côtés, je vais vous expliquer, le plus brièvement possible, d'abord notre devoir comme je l'entends, et, si vous ne me comprenez pas à demi-mot, la volonté de Madame.

Et Mlle de Tonnay-Charente appuya sur ces derniers mots, de manière à ne pas laisser de doute à ses compagnes sur le caractère officiel dont elle était revêtue.

– La volonté de Madame ! s'écrièrent à la fois Montalais et Louise.

– Ultimatum ! répliqua diplomatiquement Mlle de Tonnay-Charente.

– Mais, mon Dieu ! mademoiselle, murmura La Vallière, Madame sait donc ?...

– Madame en sait plus que nous n'en avons dit, articula nettement Athénaïs. Ainsi, mesdemoiselles, tenons-nous bien.

– Oh ! oui, fit Montalais. Aussi j'écoute de toutes mes oreilles. Parle, Athénaïs.

– Mon Dieu ! mon Dieu ! murmura Louise toute tremblante, survivrai-je à cette cruelle soirée ?

– Oh ! ne vous effarouchez point ainsi, dit Athénaïs, nous avons le remède.

Et, s'asseyant entre ses deux compagnes, à chacune desquelles elle prit une main qu'elle réunit dans les siennes, elle commença.

Sur le chuchotement de ses premières paroles, on eût pu entendre le bruit d'un cheval qui galopait sur le pavé de la grande route, hors des grilles du château.

XXXVI

Heureux comme un prince

Au moment où il allait entrer au château, Bragelonne avait rencontré de Guiche.

Mais, avant d'être rencontré par Raoul, de Guiche avait rencontré Manicamp, lequel avait rencontré Malicorne.

Comment Malicorne avait-il rencontré Manicamp ? Rien de plus simple : il l'avait attendu à son retour de la messe, à laquelle il avait été en compagnie de M. de Saint-Aignan.

Réunis, ils s'étaient félicités sur cette bonne fortune, et Manicamp avait profité de la circonstance pour demander à son ami si quelques écus n'étaient pas restés au fond de sa poche.

Celui-ci, sans s'étonner de la question, à laquelle il s'attendait peut-être, avait répondu que toute poche dans laquelle on puise toujours sans jamais y rien mettre ressemble aux puits, qui fournissent encore de l'eau pendant l'hiver, mais que les jardiniers finissent par épuiser l'été ; que sa poche, à lui, Malicorne, avait certainement de la profondeur, et qu'il y aurait plaisir à y puiser en temps d'abondance, mais que, malheureusement, l'abus avait amené la stérilité.

Ce à quoi Manicamp, tout rêveur, avait répliqué :

– C'est juste.

– Il s'agirait donc de la remplir, avait ajouté Malicorne.

– Sans doute ; mais comment ?

– Mais rien de plus facile, cher monsieur Manicamp.

– Bon ! Dites.

– Un office chez Monsieur, et la poche est pleine.

– Cet office, vous l'avez ?

– C'est-à-dire que j'en ai le titre.

– Eh bien ?

– Oui ; mais le titre sans l'office, c'est la bourse sans l'argent.

– C'est juste, avait répondu une seconde fois Manicamp.

– Poursuivons donc l'office, avait insisté le titulaire.

– Cher, très cher, soupira Manicamp, un office chez Monsieur, c'est une des graves difficultés de notre situation.

– Oh ! oh !

– Sans doute, nous ne pouvons rien demander à Monsieur en ce moment-ci.

– Pourquoi donc ?

– Parce que nous sommes en froid avec lui.

– Chose absurde, articula nettement Malicorne.

– Bah ! Et si nous faisons la cour à Madame, dit Manicamp, est-ce que, franchement, nous pouvons agréer à Monsieur ?

– Justement, si nous faisons la cour à Madame et que nous soyons adroits, nous devons être adorés de Monsieur.

– Hum !

– Ou nous sommes des sots ! Dépêchez-vous donc, monsieur Manicamp, vous qui êtes un grand politique, de raccommoder M. de Guiche avec Son Altesse Royale.

– Voyons, que vous a appris M. de Saint-Aignan, à vous, Malicorne ?

– À moi ? Rien ; il m'a questionné, voilà tout.

– Eh bien ! il a été moins discret avec moi.

– Il vous a appris, à vous ?

– Que le roi est amoureux fou de Mlle de La Vallière.

– Nous savions cela, pardieu ! répliqua ironiquement Malicorne, et chacun le crie assez haut pour que tous le sachent, mais, en attendant, faites, je vous prie, comme je vous conseille : parlez à M. de Guiche, et tâchez d'obtenir de lui qu'il fasse une démarche vers Monsieur. Que diable ! il doit bien cela à Son Altesse Royale.

– Mais il faudrait voir de Guiche.

– Il me semble qu'il n'y a point là une grande difficulté. Faites pour le voir, vous, ce que j'ai fait pour vous voir, moi ; attendez-le, vous savez qu'il est promeneur de son naturel.

– Oui, mais où se promène-t-il ?

– La belle demande, par ma foi ! Il est amoureux de Madame, n'est-ce pas ?

– On le dit.

– Eh bien ! il se promène du côté des appartements de Madame.

– Eh ! tenez, mon cher Malicorne, vous ne vous trompiez pas, le voici qui vient.

– Et pourquoi voulez-vous que je me trompe ? Avez-vous remarqué que ce soit mon habitude ? Dites. Voyons, il n'est tel que de s'entendre. Voyons, vous avez besoin d'argent ?

– Ah ! fit lamentablement Manicamp.

– Moi, j'ai besoin de mon office. Que Malicorne ait l'office, Malicorne aura de l'argent. Ce n'est pas plus difficile que cela.

– Eh bien ! alors, soyez tranquille. Je vais faire de mon mieux.

– Faites.

De Guiche s'avançait ; Malicorne tira de son côté, Manicamp happa de Guiche.

Le comte était rêveur et sombre.

– Dites-moi quelle rime vous cherchez, mon cher comte, dit Manicamp. J'en tiens une excellente pour faire le pendant de la vôtre, surtout si la vôtre est en *ame*.

De Guiche secoua la tête, et, reconnaissant un ami, il lui prit le bras.

– Mon cher Manicamp, dit-il, je cherche autre chose qu'une rime.

– Que cherchez-vous ?

– Et vous allez m'aider à trouver ce que je cherche, continua le comte, vous qui êtes un paresseux, c'est-à-dire un esprit d'ingéniosité.

– J'apprête mon ingéniosité, cher comte.

– Voilà le fait : je veux me rapprocher d'une maison où j'ai affaire.

– Il faut aller du côté de cette maison, dit Manicamp.

– Bon. Mais cette maison est habitée par un mari jaloux.

– Est-il plus jaloux que le chien *Cerberus* ?

– Non, pas plus, mais autant.

– A-t-il trois gueules, comme ce désespérant gardien des enfers ? Oh ! ne haussez pas les épaules, mon cher comte ; je fais cette question avec une raison parfaite, attendu que les poètes prétendent que, pour fléchir mon *Cerberus*, il faut que le voyageur apporte un gâteau. Or, moi qui vois la chose du côté de la prose, c'est-à-dire du côté de la réalité, je dis : « Un gâteau, c'est bien peu pour trois gueules. Si votre jaloux a trois gueules, comte, demandez trois gâteaux. »

– Manicamp, des conseils comme celui-là, j'en irai chercher chez M. Beautru.

– Pour en avoir de meilleurs, monsieur le comte, dit Manicamp avec un sérieux comique, vous adopterez alors une formule plus nette que celle que vous m'avez exposée.

– Ah ! si Raoul était là, dit de Guiche, il me comprendrait, lui.

– Je le crois, surtout si vous lui disiez : J'aimerais fort à voir Madame de plus près, mais je crains Monsieur, qui est jaloux.

– Manicamp ! s'écria le comte avec colère et en essayant d'écraser le railleur sous son regard.

Mais le railleur ne parut pas ressentir la plus petite émotion.

– Qu'y a-t-il donc, mon cher comte ? demanda Manicamp.

– Comment ! c'est ainsi que vous blasphémez les noms les plus sacrés ! s'écria de Guiche.

– Quels noms ?

– Monsieur ! Madame ! les premiers noms du royaume.

– Mon cher comte, vous vous trompez étrangement, et je ne vous ai pas nommé les premiers noms du royaume. Je vous ai répondu à propos d'un mari jaloux que vous ne me nommiez pas, mais qui nécessairement a une femme ; je vous ai répondu : « Pour voir *Madame,* rapprochez-vous de *Monsieur.* »

– Mauvais plaisant, dit en souriant le comte, est-ce cela que tu as dit ?

– Pas autre chose.

– Bien ! alors.

– Maintenant, ajouta Manicamp, voulez-vous qu'il s'agisse de Mme la duchesse... et de M. le duc... soit, je vous dirai : « Rapprochons-nous de cette maison quelle qu'elle soit ; car c'est une tactique qui, dans aucun cas, ne peut être défavorable à votre amour. »

– Ah ! Manicamp, un prétexte, un bon prétexte, trouve-le-moi ?

– Un prétexte, pardieu ! cent prétextes, mille prétextes. Si Malicorne était là, c'est lui qui vous aurait déjà trouvé cinquante mille prétextes excellents !

– Qu'est-ce que Malicorne ? dit de Guiche en clignant des yeux comme un homme qui cherche. Il me semble que je connais ce nom-là...

– Si vous le connaissez ! je crois bien ; vous devez trente mille écus à son père.

– Ah ! oui ; c'est ce digne garçon d'Orléans...

– À qui vous avez promis un office chez Monsieur ; pas le mari jaloux, l'autre.

– Eh bien ! puisqu'il a tant d'esprit, ton ami Malicorne, qu'il me trouve donc un moyen d'être adoré de Monsieur, qu'il me trouve un prétexte pour faire ma paix avec lui.

– Soit, je lui en parlerai.

– Mais qui nous arrive là ?

– C'est le vicomte de Bragelonne.

– Raoul ! Oui, en effet.

Et de Guiche marcha rapidement au-devant du jeune homme.

– C'est vous, mon cher Raoul ? dit de Guiche.

– Oui, je vous cherchais pour vous faire mes adieux, cher ami ! répliqua Raoul en serrant la main du comte. Bonjour, monsieur Manicamp.

– Comment ! tu pars, vicomte ?

– Oui, je pars... Mission du roi.

– Où vas-tu ?

– Je vais à Londres. De ce pas, je vais chez Madame ; elle doit me remettre une lettre pour Sa Majesté le roi Charles II.

– Tu la trouveras seule, car Monsieur est sorti.

– Pour aller ?...

– Pour aller au bain.

– Alors, cher ami, toi qui es des gentilshommes de Monsieur, charge-toi de lui faire mes excuses. Je l'eusse attendu pour prendre ses ordres, si le désir de mon prompt départ ne m'avait été manifesté par M. Fouquet, et de la part de Sa Majesté.

Manicamp poussa de Guiche du coude.

– Voilà le prétexte, dit-il.

– Lequel ?

– Les excuses de M. de Bragelonne.

– Faible prétexte, dit de Guiche.

– Excellent, si Monsieur ne vous en veut pas ; méchant comme tout autre, si Monsieur vous en veut.

– Vous avez raison, Manicamp ; un prétexte, quel qu'il soit, c'est tout ce qu'il me faut. Ainsi donc, bon voyage, cher Raoul !

Et là-dessus les deux amis s'embrassèrent.

Cinq minutes après, Raoul entrait chez Madame, comme l'y avait invité Mlle de Montalais.

Madame était encore à la table où elle avait écrit sa lettre. Devant elle brûlait la bougie de cire rose qui lui avait servi à la cacheter. Seulement, dans sa préoccupation, car Madame paraissait fort préoccupée, elle avait oublié de souffler cette bougie.

Bragelonne était attendu : on l'annonça aussitôt qu'il parut.

Bragelonne était l'élégance même : il était impossible de le voir une fois sans se le rappeler toujours ; et non seulement Madame l'avait vu une fois, mais encore, on se le rappelle, c'était un des premiers qui eussent été au-devant d'elle, et il l'avait accompagnée du Havre à Paris.

Madame avait donc conservé un excellent souvenir de Bragelonne.

— Ah ! lui dit-elle, vous voilà, monsieur ; vous allez voir mon frère, qui sera heureux de payer au fils une portion de la dette de reconnaissance qu'il a contractée avec le père.

— Le comte de La Fère, madame, a été largement récompensé du peu qu'il a eu le bonheur de faire pour le roi par les bontés que le roi a eues pour lui, et c'est moi qui vais lui porter l'assurance du respect, du dévouement et de la reconnaissance du père et du fils.

— Connaissez-vous mon frère, monsieur le vicomte ?

— Non, Votre Altesse ; c'est la première fois que j'aurai le bonheur de voir Sa Majesté.

— Vous n'avez pas besoin d'être recommandé près de lui. Mais enfin, si vous doutez de votre valeur personnelle, prenez-moi hardiment pour votre répondant, je ne vous démentirai point.

— Oh ! Votre Altesse est trop bonne.

— Non, monsieur de Bragelonne. Je me souviens que nous avons fait route ensemble, et que j'ai remarqué votre grande sagesse au milieu des suprêmes folies que faisaient, à votre droite et à votre gauche, deux des plus grands fous de ce monde, MM. de Guiche et de Buckingham. Mais ne parlons pas d'eux ; parlons de vous. Allez-vous en Angleterre pour y chercher un établissement ? Excusez ma question : ce n'est point la curiosité, c'est le désir de vous être bonne à quelque chose qui me la dicte.

— Non, madame ; je vais en Angleterre pour remplir une mission qu'a bien voulu me confier Sa Majesté, voilà tout.

— Et vous comptez revenir en France ?

— Aussitôt cette mission remplie, à moins que Sa Majesté le roi Charles II ne me donne d'autres ordres.

— Il vous fera tout au moins la prière, j'en suis sûre, de rester près de lui le plus longtemps possible.

— Alors, comme je ne saurai pas refuser, je prierai d'avance Votre Altesse Royale de vouloir bien rappeler au roi de France qu'il a loin de lui un de ses serviteurs les plus dévoués.

— Prenez garde que, lorsqu'il vous rappellera, vous ne regardiez son ordre comme un abus de pouvoir.

– Je ne comprends pas, madame.

– La cour de France est incomparable, je le sais bien ; mais nous avons quelques jolies femmes aussi à la cour d'Angleterre.

Raoul sourit.

– Oh ! dit Madame, voilà un sourire qui ne présage rien de bon à mes compatriotes. C'est comme si vous leur disiez, monsieur de Bragelonne : « Je viens à vous, mais je laisse mon cœur de l'autre côté du détroit. » N'est-ce point cela que signifiait votre sourire ?

– Votre Altesse a le don de lire jusqu'au plus profond des âmes ; elle comprendra donc pourquoi maintenant tout séjour prolongé à la cour d'Angleterre serait une douleur pour moi.

– Et je n'ai pas besoin de m'informer si un si brave cavalier est payé de retour ?

– Madame, j'ai été élevé avec celle que j'aime, et je crois qu'elle a pour moi les mêmes sentiments que j'ai pour elle.

– Eh bien ! partez vite, monsieur de Bragelonne, revenez vite, et, à votre retour, nous verrons deux heureux, car j'espère qu'il n'y a aucun obstacle à votre bonheur ?

– Il y en a un grand, madame.

– Bah ! et lequel ?

– La volonté du roi.

– La volonté du roi !... Le roi s'oppose à votre mariage ?

– Ou du moins il le diffère. J'ai fait demander au roi son agrément par le comte de La Fère, et, sans le refuser tout à fait, il a au moins dit positivement qu'il le lui ferait attendre.

– La personne que vous aimez est-elle donc indigne de vous ?

– Elle est digne de l'amour d'un roi, madame.

– Je veux dire : peut-être n'est-elle point d'une noblesse égale à la vôtre ?

– Elle est d'excellente famille.

– Jeune, belle ?

– Dix-sept ans, et pour moi belle à ravir !

– Est-elle en province ou à Paris ?

– Elle est à Fontainebleau, madame.

– À la cour ?

– Oui.

– Je la connais ?

– Elle a l'honneur de faire partie de la maison de Votre Altesse Royale.

– Son nom ? demanda la princesse avec anxiété, si toutefois, ajouta-t-elle en se reprenant vivement, son nom n'est pas un secret ?

– Non, madame ; mon amour est assez pur pour que je n'en fasse de secret à personne, et à plus forte raison à Votre Altesse, si parfaitement bonne pour moi. C'est Mlle Louise de La Vallière.

Madame ne put retenir un cri, dans lequel il y avait plus que de l'étonnement.

– Ah ! dit-elle, La Vallière... celle qui hier...

Elle s'arrêta.

– Celle qui, hier, s'est trouvée indisposée, je crois, continua-t-elle.

– Oui, madame, j'ai appris l'accident qui lui était arrivé ce matin seulement.

– Et vous l'avez vue avant que de venir ici ?

– J'ai eu l'honneur de lui faire mes adieux.

– Et vous dites, reprit Madame en faisant un effort sur elle-même, que le roi a... ajourné votre mariage avec cette enfant ?

– Oui, madame, ajourné.

– Et a-t-il donné quelque raison à cet ajournement ?

– Aucune.

– Il y a longtemps que le comte de La Fère lui a fait cette demande ?

– Il y a plus d'un mois, madame.

– C'est étrange, fit la princesse.

Et quelque chose comme un nuage passa sur ses yeux.

– Un mois ? répéta-t-elle.

– À peu près.

– Vous avez raison, monsieur le vicomte, dit la princesse avec un sourire dans lequel Bragelonne eût pu remarquer quelque contrainte, il ne faut pas que mon frère vous garde trop longtemps là-bas ; partez donc vite, et, dans la première lettre que j'écrirai en Angleterre, je vous réclamerai au nom du roi.

Et Madame se leva pour remettre sa lettre aux mains de Bragelonne. Raoul comprit que son audience était finie ; il prit la lettre, s'inclina devant la princesse et sortit.

– Un mois ! murmura la princesse ; aurais-je donc été aveugle à ce point, et l'aimerait-il depuis un mois ?

Et, comme Madame n'avait rien à faire, elle se mit à commencer pour son frère la lettre dont le post-scriptum devait rappeler Bragelonne.

Le comte de Guiche avait, comme nous l'avons vu, cédé aux insistances de Manicamp, et s'était laissé entraîner par lui jusqu'aux écuries, où ils firent seller leurs chevaux ; après quoi, par la petite allée dont nous avons déjà donné la description à nos lecteurs, ils s'avancèrent au-devant de Monsieur, qui, sortant du bain, s'en revenait tout frais vers le château, ayant sur le visage un voile de femme, afin que le soleil, déjà chaud, ne hâlât pas son teint.

Monsieur était dans un de ces accès de belle humeur qui lui inspiraient parfois l'admiration de sa propre beauté. Il avait, dans l'eau, pu comparer la blancheur de son corps à celle du corps de ses courtisans, et, grâce au soin que Son Altesse Royale prenait d'elle-même, nul n'avait pu, même le chevalier de Lorraine, soutenir la concurrence.

Monsieur avait de plus nagé avec un certain succès, et tous ses nerfs tendus dans une sage mesure par cette salutaire immersion dans l'eau fraîche, tenaient son corps et son esprit dans un heureux équilibre.

Aussi, à la vue de de Guiche, qui venait au petit galop au-devant de lui sur un magnifique cheval blanc, le prince ne put-il retenir une joyeuse exclamation.

– Il me semble que cela va bien, dit Manicamp, qui crut lire cette bienveillance sur la physionomie de Son Altesse Royale.

– Ah ! bonjour, Guiche, bonjour, mon pauvre Guiche, s'écria le prince.

– Salut à Monseigneur ! répondit de Guiche, encouragé par le ton de voix de Philippe ; santé, joie, bonheur et prospérité à Votre Altesse !

– Sois le bienvenu, Guiche, et prends ma droite, mais tiens ton cheval en bride, car je veux revenir au pas sous ces voûtes fraîches.

– À vos ordres, monseigneur.

Et de Guiche se rangea à la droite du prince comme il venait d'y être invité.

– Voyons, mon cher de Guiche, dit le prince, voyons, donne-moi un peu des nouvelles de ce de Guiche que j'ai connu autrefois et qui faisait la cour à ma femme ?

De Guiche rougit jusqu'au blanc des yeux, tandis que Monsieur éclatait de rire comme s'il eût fait la plus spirituelle plaisanterie du monde.

Les quelques privilégiés qui entouraient Monsieur crurent devoir l'imiter, quoiqu'ils n'eussent pas entendu ses paroles, et ils poussèrent un bruyant éclat de rire qui prit au premier, traversa le cortège et ne s'éteignit qu'au dernier. De Guiche, tout rougissant qu'il était, fit cependant bonne contenance : Manicamp le regardait.

– Ah ! monseigneur, répondit de Guiche, soyez charitable à un malheureux ; ne m'immolez pas à M. le chevalier de Lorraine !

– Comment cela ?

– S'il vous entend me railler, il renchérira sur Votre Altesse et me raillera sans pitié.

– Sur ton amour pour la princesse ?

– Oh ! monseigneur, par pitié !

– Voyons, voyons, de Guiche, avoue que tu as fait les yeux doux à Madame.

– Jamais je n'avouerai une pareille chose, monseigneur.

– Par respect pour moi ? Eh bien ! je t'affranchis du respect, de Guiche. Avoue, comme s'il s'agissait de Mme de Chalais, ou de Mlle de La Vallière.

Puis, s'interrompant :

– Allons, bon ! dit-il en recommençant à rire, voilà que je joue avec une épée à deux tranchants, moi. Je frappe sur toi et je frappe sur mon frère, Chalais et La Vallière, ta fiancée à toi, et sa future à lui.

– En vérité, monseigneur, dit le comte, vous êtes aujourd'hui d'une adorable humeur.

– Ma foi, oui ! je me sens bien, et puis ta vue me fait plaisir.

– Merci, monseigneur.

– Tu m'en voulais donc ?

– Moi, monseigneur ?

– Oui.

– Et de quoi, mon Dieu ?

– De ce que j'avais interrompu tes sarabandes et tes espagnoleries.

– Oh ! Votre Altesse !

– Voyons, ne nie point. Tu es sorti ce jour-là de chez la princesse avec des yeux furibonds ; cela t'a porté malheur, mon cher, et tu as dansé le ballet d'hier d'une pitoyable façon. Ne boude pas, de Guiche ; cela te nuit en ce que tu prends l'air d'un ours. Si la princesse t'a regardé hier, je suis sûr d'une chose...

– De laquelle, monseigneur ? Votre Altesse m'effraie.

– Elle t'aura tout à fait renié.

Et le prince de rire de plus belle.

« Décidément, pensa Manicamp, le rang n'y fait rien, et ils sont tous pareils. »

Le prince continua.

– Enfin, te voilà revenu ; il y a espoir que le chevalier redevienne aimable.

– Comment, cela, monseigneur, et par quel miracle puis-je avoir cette influence sur M. de Lorraine ?

– C'est tout simple, il est jaloux de toi.

– Ah bah ! vraiment ?

– C'est comme je te le dis.

– Il me fait trop d'honneur.

– Tu comprends, quand tu es là, il me caresse ; quand tu es parti, il me martyrise. Je règne par bascule. Et puis tu ne sais pas l'idée qui m'est venue ?

– Je ne m'en doute pas, monseigneur.

– Eh bien ! quand tu étais en exil, car tu as été exilé, mon pauvre Guiche...

– Pardieu ! monseigneur, à qui la faute ? dit de Guiche en affectant un air bourru.

– Oh ! ce n'est certainement pas à moi, cher comte, répliqua Son Altesse Royale. Je n'ai pas demandé au roi de t'exiler, foi de prince !

– Non pas vous, monseigneur, je le sais bien ; mais...

– Mais Madame ? Oh ! quant à cela, je ne dis pas non. Que diable lui as-tu donc fait, à Madame ?

– En vérité, monseigneur...

– Les femmes ont leur rancune, je le sais bien, et la mienne n'est pas exempte de ce travers. Mais, si elle t'a fait exiler, elle, je ne t'en veux pas, moi.

– Alors, monseigneur, dit de Guiche, je ne suis qu'à moitié malheureux.

Manicamp, qui venait derrière de Guiche et qui ne perdait pas une parole de ce que disait le prince, plia les épaules jusque sur le cou de son cheval pour cacher le rire qu'il ne pouvait réprimer.

– D'ailleurs, ton exil m'a fait pousser un projet dans la tête.

– Bon !

– Quand le chevalier, ne te voyant plus là et sûr de régner seul, me malmenait, voyant, au contraire de ce méchant garçon, ma femme si aimable et si bonne pour moi qui la néglige, j'eus l'idée de me faire un mari modèle, une rareté, une curiosité de cour ; j'eus l'idée d'aimer ma femme.

De Guiche regarda le prince avec un air de stupéfaction qui n'avait rien de joué.

– Oh ! balbutia de Guiche tremblant, cette idée-là, monseigneur, elle ne vous est pas venue sérieusement ?

– Ma foi, si ! J'ai du bien que mon frère m'a donné au moment de mon mariage ; elle a de l'argent, elle, et beaucoup, puisqu'elle en tire tout à la fois de son frère et de son beau-frère, d'Angleterre et de France. Eh bien ! nous eussions quitté la cour. Je me fusse retiré au château de Villers-Cotterets, qui est de mon apanage, au milieu d'une forêt, dans laquelle nous eussions filé le parfait amour aux mêmes endroits que faisait mon grand-père Henri IV avec la belle Gabrielle... Que dis-tu de cette idée, de Guiche ?

– Je dis que c'est à faire frémir, monseigneur, répondit de Guiche, qui frémissait réellement.

– Ah ! je vois que tu ne supporterais pas d'être exilé une seconde fois.

– Moi, monseigneur ?

– Je ne t'emmènerai donc pas avec nous comme j'en avais eu le dessein d'abord.

– Comment, avec vous, monseigneur ?

– Oui, si par hasard l'idée me reprend de bouder la cour.

– Oh ! monseigneur, qu'à cela ne tienne, je suivrai Votre Altesse jusqu'au bout du monde.

– Maladroit que vous êtes ! grommela Manicamp en poussant son cheval sur de Guiche, de façon à le désarçonner.

Puis, en passant près de lui comme s'il n'était pas maître de son cheval :

– Mais pensez donc à ce que vous dites, lui glissa-t-il tout bas.

– Alors, dit le prince, c'est convenu ; puisque tu m'es si dévoué, je t'emmène.

– Partout, monseigneur, partout, répliqua joyeusement de Guiche ; partout, à l'instant même. Êtes-vous prêt ?

Et de Guiche rendit en riant la main à son cheval, qui fit deux bonds en avant.

– Un instant, un instant, dit le prince ; passons par le château.

– Pour quoi faire ?

– Pour prendre ma femme, parbleu !

– Comment ? demanda de Guiche.

– Sans doute, puisque je te dis que c'est un projet d'amour conjugal ; il faut bien que j'emmène ma femme.

– Alors, monseigneur, répondit le comte, j'en suis désespéré, mais pas de de Guiche pour vous.

– Bah !

– Oui. Pourquoi emmenez-vous Madame ?

– Tiens ! parce que je m'aperçois que je l'aime.

De Guiche pâlit légèrement, en essayant toutefois de conserver son apparente gaieté.

– Si vous aimez Madame, monseigneur, dit-il, cet amour doit vous suffire, et vous n'avez plus besoin de vos amis.

– Pas mal, pas mal, murmura Manicamp.

– Allons, voilà la peur de Madame qui te reprend, répliqua le prince.

– Écoutez donc, monseigneur, je suis payé pour cela ; une femme qui m'a fait exiler.

– Oh ! mon Dieu ! le vilain caractère que tu as, de Guiche ; comme tu es rancunier, mon ami.

– Je voudrais bien vous y voir, vous, monseigneur.

– Décidément, c'est à cause de cela que tu as si mal dansé hier ; tu voulais te venger en faisant faire à Madame de fausses figures ; ah ! de Guiche, ceci est mesquin, et je le dirai à Madame.

– Oh ! vous pouvez lui dire tout ce que vous voudrez, monseigneur. Son Altesse ne me haïra point plus qu'elle ne le fait.

– Là ! là ! tu exagères, pour quinze pauvres jours de campagne forcée qu'elle t'a imposés.

– Monseigneur, quinze jours sont quinze jours, et, quand on les passe à s'ennuyer, quinze jours sont une éternité.

– De sorte que tu ne lui pardonneras pas ?

– Jamais.

– Allons, allons, de Guiche, sois meilleur garçon, je veux faire ta paix avec elle ; tu reconnaîtras, en la fréquentant, qu'elle n'a point de méchanceté et qu'elle est pleine d'esprit.

– Monseigneur...

– Tu verras qu'elle sait recevoir comme une princesse et rire comme une bourgeoise ; tu verras qu'elle fait, quand elle le veut, que les heures s'écoulent comme des minutes. De Guiche, mon ami, il faut que tu reviennes sur le compte de ma femme.

« Décidément, se dit Manicamp, voilà un mari à qui le nom de sa femme portera malheur, et feu le roi Candaule était un véritable tigre auprès de monseigneur. »

— Enfin, ajouta le prince, tu reviendras sur le compte de ma femme, de Guiche ; je te le garantis. Seulement, il faut que je te montre le chemin. Elle n'est point banale, et ne parvient pas qui veut à son cœur.

— Monseigneur...

— Pas de résistance, de Guiche, ou nous nous fâcherons, répliqua le prince.

— Mais puisqu'il le veut, murmura Manicamp à l'oreille de de Guiche, satisfaites-le donc.

— Monseigneur, dit le comte, j'obéirai.

— Et pour commencer, reprit Monseigneur, on joue ce soir chez Madame ; tu dîneras avec moi et je te conduirai chez elle.

— Oh ! pour cela, monseigneur, objecta de Guiche, vous me permettrez de résister.

— Encore ! mais c'est de la rébellion.

— Madame m'a trop mal reçu hier devant tout le monde.

— Vraiment ! dit le prince en riant.

— À ce point qu'elle ne m'a pas même répondu quand je lui ai parlé ; il peut être bon de n'avoir pas d'amour-propre, mais trop peu, c'est trop peu, comme on dit.

— Comte, après le dîner, tu iras t'habiller chez toi et tu viendras me reprendre, je t'attendrai.

— Puisque Votre Altesse le commande absolument...

— Absolument.

— Il n'en démordra point, dit Manicamp, et ces sortes de choses sont celles qui tiennent le plus obstinément à la tête des maris. Ah ! pourquoi donc M. Molière n'a-t-il pas entendu celui-là, il l'aurait mis en vers.

Le prince et sa cour, ainsi devisant, rentrèrent dans les plus frais appartements du château.

— À propos, dit de Guiche sur le seuil de la porte, j'avais une commission pour Votre Altesse Royale.

— Fais ta commission.

– M. de Bragelonne est parti pour Londres avec un ordre du roi, et il m'a chargé de tous ses respects pour Monseigneur.

– Bien ! bon voyage au vicomte, que j'aime fort. Allons, va t'habiller, de Guiche, et reviens-nous. Et si tu ne reviens pas...

– Qu'arrivera-t-il, monseigneur ?

– Il arrivera que je te fais jeter à la Bastille.

– Allons, décidément, dit de Guiche en riant, Son Altesse Royale Monsieur est la contrepartie de Son Altesse Royale Madame. Madame me fait exiler parce qu'elle ne m'aime pas assez, Monsieur me fait emprisonner parce qu'il m'aime trop. Merci, monsieur ! Merci, madame !

– Allons, allons, dit le prince, tu es un charmant ami, et tu sais bien que je ne puis me passer de toi. Reviens vite.

– Soit, mais il me plaît de faire de la coquetterie à mon tour, monseigneur.

– Bah ?

– Aussi je ne rentre chez Votre Altesse qu'à une seule condition.

– Laquelle ?

– J'ai l'ami d'un de mes amis à obliger.

– Tu l'appelles ?

– Malicorne.

– Vilain nom.

– Très bien porté, monseigneur.

– Soit. Eh bien ?

– Eh bien ! je dois à M. Malicorne une place chez vous, monseigneur.

– Une place de quoi ?

– Une place quelconque ; une surveillance, par exemple.

– Parbleu ! cela se trouve bien, j'ai congédié hier le maître des appartements.

– Va pour le maître des appartements, monseigneur. Qu'a-t-il à faire ?

– Rien, sinon à regarder et à rapporter.

– Police intérieure ?

– Justement.

– Oh ! comme cela va bien à Malicorne, se hasarda de dire Manicamp.

– Vous connaissez celui dont il s'agit, monsieur Manicamp ? demanda le prince.

– Intimement, monseigneur. C'est mon ami.

– Et votre opinion est ?

– Que Monseigneur n'aura jamais un maître des appartements pareil à celui-là.

– Combien rapporte l'office ? demanda le comte au prince.

– Je l'ignore ; seulement, on m'a toujours dit qu'il ne pouvait assez se payer quand il était bien occupé.

– Qu'appelez-vous bien occupé, prince ?

– Cela va sans dire, quand le fonctionnaire est homme d'esprit.

– Alors, je crois que Monseigneur sera content, car Malicorne a de l'esprit comme un diable.

– Bon ! l'office me coûtera cher en ce cas, répliqua le prince en riant. Tu me fais là un véritable cadeau, comte.

– Je le crois, monseigneur.

– Eh bien ! va donc annoncer à ton M. Mélicorne...

– Malicorne, monseigneur.

– Je ne me ferai jamais à ce nom-là.

– Vous dites bien Manicamp, monseigneur.

– Oh ! je dirais très bien aussi Manicorne. L'habitude m'aiderait.

– Dites, dites, monseigneur, je vous promets que votre inspecteur des appartements ne se fâchera point ; il est du plus heureux caractère qui se puisse voir.

– Eh bien ! alors, mon cher de Guiche, annoncez-lui sa nomination... Mais, attendez...

– Quoi, monseigneur ?

– Je veux le voir auparavant. S'il est aussi laid que son nom, je me dédis.

– Monseigneur le connaît.

– Moi ?

– Sans doute. Monseigneur l'a déjà vu au Palais-Royal ; à telles enseignes que c'est même moi qui le lui ai présenté.

– Ah ! fort bien, je me rappelle... Peste ! c'est un charmant garçon !

– Je savais bien que Monseigneur avait dû le remarquer.

– Oui, oui, oui ! Vois-tu, de Guiche, je ne veux pas que, ma femme ni moi, nous ayons des laideurs devant les yeux. Ma femme prendra pour demoiselles d'honneur toutes filles jolies ; je prendrai, moi, tous gentilshommes bien faits. De cette façon, vois-tu, de Guiche, si je fais des enfants, ils seront d'une bonne inspiration, et, si ma femme en fait, elle aura vu de beaux modèles.

– C'est puissamment raisonné, monseigneur, dit Manicamp approuvant de l'œil et de la voix.

Quant à de Guiche, sans doute ne trouva-t-il pas le raisonnement aussi heureux, car il opina seulement du geste, et encore le geste garda-t-il un caractère marqué d'indécision. Manicamp s'en alla prévenir Malicorne de la bonne nouvelle qu'il venait d'apprendre.

De Guiche parut s'en aller à contrecœur faire sa toilette de cour.

Monsieur, chantant, riant et se mirant, atteignit l'heure du dîner dans des dispositions qui eussent justifié ce proverbe : « Heureux comme un prince. »

XXXVII

Histoire d'une naïade et d'une dryade

Tout le monde avait fait la collation au château, et, après la collation, toilette de cour.

La collation avait lieu d'habitude à cinq heures.

Mettons une heure de collation et deux heures de toilette. Chacun était donc prêt vers les huit heures du soir.

Aussi vers huit heures du soir commençait-on à se présenter chez Madame.

Car, ainsi que nous l'avons dit, c'était Madame qui recevait ce soir-là.

Et aux soirées de Madame nul n'avait garde de manquer ; car les soirées passaient chez elle avec tout le charme que la reine, cette pieuse et excellente princesse, n'avait pu, elle, donner à ses réunions. C'est malheureusement un des avantages de la bonté d'amuser moins qu'un méchant esprit.

Et cependant, hâtons-nous de le dire, méchant esprit n'était pas une épithète que l'on pût appliquer à Madame.

Cette nature toute d'élite renfermait trop de générosité véritable, trop d'élans nobles et de réflexions distinguées pour qu'on pût l'appeler une méchante nature.

Mais Madame avait le don de la résistance, don si souvent fatal à celui qui le possède, car il se brise où un autre eût plié ; il en résultait que les coups ne s'émoussaient point sur elle comme sur cette conscience ouatée de Marie-Thérèse.

Son cœur rebondissait à chaque attaque, et, pareille aux quintaines agressives des jeux de bagues, Madame, si on ne la frappait pas de manière à l'étourdir, rendait coup pour coup à l'imprudent quel qu'il fût qui osait jouter contre elle.

Était-ce méchanceté ? était-ce tout simplement malice ? Nous estimons, nous, que les riches et puissantes natures sont celles qui, pareilles à l'arbre de science, produisent à la fois le bien et le mal, double rameau toujours fleuri, toujours fécond, dont savent distinguer le bon fruit ceux qui en ont faim, dont meurent pour avoir trop mangé le mauvais les inutiles et les parasites, ce qui n'est pas un mal.

Donc, Madame, qui avait son plan de seconde reine, ou même de première reine, bien arrêté dans son esprit, Madame, disons-nous, rendait sa maison agréable par la conversation, par les rencontres, par la liberté parfaite qu'elle laissait à chacun de placer son mot, à la condition, toutefois, que le mot fût joli ou utile. Et, le croira-t-on, par cela même, on parlait peut-être moins chez Madame qu'ailleurs.

Madame haïssait les bavards et se vengeait cruellement d'eux.

Elle les laissait parler.

Elle haïssait aussi la prétention et ne passait pas même ce défaut au roi.

C'était la maladie de Monsieur, et la princesse avait entrepris cette tâche exorbitante de l'en guérir.

Au reste, poètes, hommes d'esprit, femmes belles, elle accueillait tout en maîtresse supérieure à ses esclaves. Assez rêveuse au milieu de toutes ses espiègleries pour faire rêver les poètes ; assez forte de ses charmes pour briller même au milieu des plus jolies ; assez spirituelle pour que les plus remarquables l'écoutassent avec plaisir.

On conçoit ce que des réunions pareilles à celles qui se tenaient chez Madame devaient attirer de monde : la jeunesse y affluait. Quand le roi est jeune, tout est jeune à la cour.

Aussi voyait-on bouder les vieilles dames, têtes fortes de la Régence ou du dernier règne ; mais on répondait à leurs bouderies en riant de ces vénérables personnes qui avaient poussé l'esprit de domination jusqu'à commander des partis de soldats dans la guerre de la Fronde, afin, disait Madame, de ne pas perdre tout empire sur les hommes.

À huit heures sonnant, Son Altesse Royale entra dans le grand salon avec ses dames d'honneur, et trouva plusieurs courtisans qui attendaient déjà depuis plus de dix minutes.

Parmi tous ces précurseurs de l'heure dite, elle chercha celui qu'elle croyait devoir être arrivé le premier de tous. Elle ne le trouva point.

Mais presque au même instant où elle achevait cette investigation, on annonça Monsieur.

Monsieur était splendide à voir. Toutes les pierreries du cardinal Mazarin, celles bien entendu que le ministre n'avait pu faire autrement que de laisser, toutes les pierreries de la reine mère, quelques-unes même de sa femme, Monsieur les portait ce jour-là. Aussi Monsieur brillait-il comme un soleil.

Derrière lui, à pas lents et avec un air de componction parfaitement joué, venait de Guiche, vêtu d'un habit de velours gris perle, brodé d'argent et à rubans bleus.

De Guiche portait, en outre, des malines aussi belles dans leur genre que les pierreries de Monsieur l'étaient dans le leur.

La plume de son chapeau était rouge.

Madame avait plusieurs couleurs.

Elle aimait le rouge en tentures, le gris en vêtements, le bleu en fleurs.

M. de Guiche, ainsi vêtu, était d'une beauté que tout le monde pouvait remarquer. Certaine pâleur intéressante, certaine langueur d'yeux, des mains mates de blancheur sous de grandes dentelles, la bouche mélancolique ; il ne fallait, en vérité, que voir M. de Guiche pour avouer que peu d'hommes à la cour de France valaient celui-là.

Il en résulta que Monsieur, qui eût eu la prétention d'éclipser une étoile, si une étoile se fût mise en parallèle avec lui, fut, au contraire, complètement éclipsé dans toutes les imaginations, lesquelles sont des juges fort silencieux, certes, mais aussi fort altiers dans leur jugement.

Madame avait regardé vaguement de Guiche ; mais, si vague que fût ce regard, il amena une charmante rougeur sur son front. Madame, en effet, avait trouvé de Guiche si beau et si élégant, qu'elle en était presque à ne plus regretter la conquête royale qu'elle sentait être sur le point de lui échapper.

Son cœur laissa donc, malgré lui, refluer tout son sang jusqu'à ses joues.

Monsieur, prenant son air mutin, s'approcha d'elle. Il n'avait pas vu la rougeur de la princesse, ou, s'il l'avait vue, il était bien loin de l'attribuer à sa véritable cause.

— Madame, dit-il en baisant la main de sa femme, il y a ici un disgracié, un malheureux exilé que je prends sur moi de vous recommander. Faites bien attention, je vous prie, qu'il est de mes meilleurs amis, et que votre accueil me touchera beaucoup.

— Quel exilé ? quel disgracié ? demanda Madame, regardant tout autour d'elle et sans plus s'arrêter au comte qu'aux autres.

C'était le moment de pousser son protégé. Le prince s'effaça et laissa passer de Guiche, qui, d'un air assez maussade, s'approcha de Madame et lui fit sa révérence.

— Eh quoi ! demanda Madame, comme si elle éprouvait le plus vif étonnement, c'est M. le comte de Guiche qui est le disgracié, l'exilé ?

— Oui-da ! reprit le duc.

— Eh ! dit Madame, on ne voit que lui ici.

— Ah ! madame, vous êtes injuste, fit le prince.

— Moi ?

— Sans doute. Voyons, pardonnez-lui, à ce pauvre garçon.

— Lui pardonner quoi ? Qu'ai-je donc à pardonner à M. de Guiche, moi ?

– Mais, au fait, explique-toi, de Guiche. Que veux-tu qu'on te pardonne ? demanda le prince.

– Hélas ! Son Altesse Royale le sait bien, répliqua celui-ci hypocritement.

– Allons, allons, donnez-lui votre main, Madame, dit Philippe.

– Si cela vous fait plaisir, monsieur.

Et, avec un indescriptible mouvement des yeux et des épaules, Madame tendit sa belle main parfumée au jeune homme, qui y appuya ses lèvres.

Il faut croire qu'il les appuya longtemps et que Madame ne retira pas trop vite sa main, car le duc ajouta :

– De Guiche n'est point méchant, madame, et il ne vous mordra certainement pas.

On prit prétexte, dans la galerie, de ce mot, qui n'était peut-être pas fort risible, pour rire à l'excès.

En effet, la situation était remarquable, et quelques bonnes âmes l'avaient remarqué.

Monsieur jouissait donc encore de l'effet de son mot quand on annonça le roi.

En ce moment, l'aspect du salon était celui que nous allons essayer de décrire.

Au centre, devant la cheminée encombrée de fleurs, se tenait Madame, avec ses demoiselles d'honneur formées en deux ailes, sur les lignes desquelles voltigeaient les papillons de cour.

D'autres groupes occupaient les embrasures des fenêtres, comme font dans leurs tours réciproques les postes d'une même garnison, et, de leurs places respectives, percevaient les mots partis du groupe principal.

De l'un de ces groupes, le plus rapproché de la cheminée, Malicorne, promu, séance tenante, par Manicamp et de Guiche, au poste de maître des appartements ; Malicorne, dont l'habit d'officier était prêt depuis tantôt deux mois, flamboyait dans ses dorures et rayonnait sur Montalais, extrême gauche de Madame, avec tout le feu de ses yeux et tout le reflet de son velours.

Madame causait avec Mme de Châtillon et Mme de Créqui, ses deux voisines, et renvoyait quelques paroles à Monsieur, qui s'effaça aussitôt que cette annonce fut faite :

– Le roi !

Mlle de La Vallière était, comme Montalais, à la gauche de Madame, c'est-à-dire l'avant-dernière de la ligne ; à sa droite, on avait placé Mlle de Tonnay-Charente. Elle se trouvait donc dans la situation de ces corps de troupe dont on soupçonne la faiblesse, et que l'on place entre deux forces éprouvées.

Ainsi flanquée de ses deux compagnes d'aventures, La Vallière, soit qu'elle fût chagrine de voir partir Raoul, soit qu'elle fût encore émue des événements récents qui commençaient à populariser son nom dans le monde des courtisans, La Vallière, disons-nous, cachait derrière son éventail ses yeux un peu rougis, et paraissait prêter une grande attention aux paroles que Montalais et Athénaïs lui glissaient alternativement dans l'une et l'autre oreille.

Lorsque le nom du roi retentit, un grand mouvement se fit dans le salon.

Madame, comme la maîtresse du logis, se leva pour recevoir le royal visiteur ; mais, en se levant, si préoccupée qu'elle dût être, elle lança un regard à sa droite, et ce regard que le présomptueux de Guiche interpréta comme envoyé à son adresse, s'arrêta pourtant en faisant le tour du cercle sur La Vallière, dont il put remarquer la vive rougeur et l'inquiète émotion.

Le roi entra au milieu du groupe, devenu général par un mouvement qui s'opéra naturellement de la circonférence au centre.

Tous les fronts s'abaissaient devant Sa Majesté, les femmes ployant, comme de frêles et magnifiques lis devant le roi Aquilo.

Sa Majesté n'avait rien de farouche, nous pourrions même dire rien de royal ce soir-là, n'étaient cependant sa jeunesse et sa beauté.

Certain air de joie vive et de bonne disposition mit en éveil toutes les cervelles ; et voilà que chacun se promit une charmante soirée, rien qu'à voir le désir qu'avait Sa Majesté de s'amuser chez Madame.

Si quelqu'un pouvait, par sa joie et sa belle humeur, balancer le roi, c'était M. de Saint-Aignan, rose d'habits, de figure et de rubans, rose d'idées surtout, et, ce soir-là, M. de Saint-Aignan avait beaucoup d'idées.

Ce qui avait donné une floraison à toutes ces idées qui germaient dans son esprit riant, c'est qu'il venait de s'apercevoir que Mlle de Tonnay-Charente était comme lui vêtue de rose. Nous ne voudrions pas dire cependant que le rusé courtisan ne sût pas d'avance que la belle Athénaïs dût revêtir cette couleur : il connaissait très bien l'art de faire jaser un tailleur ou une femme de chambre sur les projets de sa maîtresse.

Il envoya tout autant d'œillades assassines à Mlle Athénaïs qu'il avait de nœuds de rubans aux chausses et au pourpoint, c'est-à-dire qu'il en décocha une quantité furieuse. Le roi ayant fait ses compliments à Madame, et Madame ayant été invitée à s'asseoir, le cercle se forma aussitôt.

Louis demanda à Monsieur des nouvelles du bain ; il raconta, tout en regardant les dames, que des poètes s'occupaient de mettre en vers ce galant divertissement des bains de Vulaines, et que l'un d'eux, surtout, M.

Loret, semblait avoir reçu les confidences d'une nymphe des eaux, tant il avait dit de vérités dans ses rimes.

Plus d'une dame crut devoir rougir.

Le roi profita de ce moment pour regarder à son aise ; Montalais seule ne rougissait pas assez pour ne pas regarder le roi, et elle le vit dévorer du regard Mlle de La Vallière.

Cette hardie fille d'honneur, que l'on nommait la Montalais, fit baisser les yeux au roi, et sauva ainsi Louise de La Vallière d'un feu sympathique qui lui fût peut-être arrivé par ce regard ! Louis était pris par Madame, qui l'accablait de questions, et nulle personne au monde ne savait questionner comme elle.

Mais lui cherchait à rendre la conversation générale, et pour y réussir, il redoubla d'esprit et de galanterie.

Madame voulait des compliments ; elle se résolut à en arracher à tout prix, et, s'adressant au roi :

– Sire, dit-elle, Votre Majesté, qui sait tout ce qui se passe en son royaume, doit savoir d'avance les vers contés à M. Loret par cette nymphe ; Votre Majesté veut-elle bien nous en faire part ?

– Madame, répliqua le roi avec une grâce parfaite, je n'ose... Il est certain que, pour vous personnellement, il y aurait de la confusion à écouter certains détails... Mais de Saint-Aignan conte assez bien et retient parfaitement les vers ; s'il ne les retient pas, il en improvise. Je vous le certifie poète renforcé.

De Saint-Aignan, mis en scène, fut contraint de se produire le moins désavantageusement possible. Malheureusement pour Madame, il ne songea qu'à ses affaires particulières, c'est-à-dire qu'au lieu de rendre à Madame les compliments dont elle se faisait fête, il s'ingéra de se prélasser un peu lui-même dans sa bonne fortune.

Lançant donc un centième coup d'œil à la belle Athénaïs, qui pratiquait tout au long sa théorie de la veille, c'est-à-dire qui ne daignait pas regarder son adorateur :

– Sire, dit-il, Votre Majesté me pardonnera sans doute d'avoir trop peu retenu les vers dictés à Loret par la nymphe ; mais où le roi n'a rien retenu, qu'eussé-je fait, moi chétif ?

Madame accueillit avec peu de faveur cette défaite de courtisans.

– Ah ! madame, ajouta de Saint-Aignan, c'est qu'il ne s'agit plus aujourd'hui de ce que disent les nymphes d'eau douce. En vérité, on serait tenté de croire qu'il ne se fait plus rien d'intéressant dans les royaumes liquides. C'est sur terre, madame, que les grands événements arrivent. Ah ! sur terre, madame, que de récits pleins de...

– Bon ! fit Madame, et que se passe-t-il donc sur terre ?

– C'est aux dryades qu'il faut le demander, répliqua le comte ; les dryades habitent les bois, comme Votre Altesse Royale le sait.

– Je sais même qu'elles sont naturellement bavardes, monsieur de Saint-Aignan.

– C'est vrai, madame ; mais, quand elles ne rapportent que de jolies choses, on aurait mauvaise grâce à les accuser de bavardage.

– Elles rapportent donc de jolies choses ? demanda nonchalamment la princesse. En vérité, monsieur de Saint-Aignan, vous piquez ma curiosité, et, si j'étais le roi, je vous sommerais sur-le-champ de nous raconter les jolies choses que disent Mmes les dryades, puisque vous seul ici semblez connaître leur langage.

– Oh ! pour cela, madame, je suis bien aux ordres de Sa Majesté, répliqua vivement le comte.

– Il comprend le langage des dryades ? dit Monsieur. Est-il heureux, ce Saint-Aignan !

– Comme le français, monseigneur.

– Contez alors, dit Madame.

Le roi se sentit embarrassé ; nul doute que son confident ne l'allât embarquer dans une affaire difficile.

Il le sentait bien à l'attention universelle excitée par le préambule de Saint-Aignan, excitée aussi par l'attitude particulière de Madame. Les plus discrets semblaient prêts à dévorer chaque parole que le comte allait prononcer.

On toussa, on se rapprocha, on regarda du coin de l'œil certaines dames d'honneur qui elles-mêmes, pour soutenir plus décemment ou avec plus de fermeté ce regard inquisiteur si pesant, arrangèrent leurs éventails, et se composèrent un maintien de duelliste qui va essuyer le feu de son adversaire.

En ce temps, on avait tellement l'habitude des conversations ingénieuses et des récits épineux, que là où tout un salon moderne flairerait scandale, éclat, tragédie, et s'enfuirait d'effroi, le salon de Madame s'accommodait à ses places, afin de ne pas perdre un mot, un geste, de la comédie composée à son profit par M. de Saint-Aignan, et dont le dénouement, quels que fussent le style et l'intrigue, devait nécessairement être parfait de calme et d'observation.

Le comte était connu pour un homme poli et un parfait conteur. Il commença donc bravement au milieu d'un silence profond et partant redoutable pour tout autre que lui.

– Madame, le roi permet que je m'adresse d'abord à Votre Altesse Royale, puisqu'elle se proclame la plus curieuse de son cercle ; j'aurai donc l'honneur de dire à Votre Altesse Royale que la dryade habite plus particulièrement le creux des chênes et, comme les dryades sont de belles créatures mythologiques, elles habitent de très beaux arbres, c'est-à-dire les plus gros qu'elles puissent trouver.

À cet exorde, qui rappelait sous un voile transparent la fameuse histoire du chêne royal, qui avait joué un si grand rôle dans la dernière soirée, tant de cœurs battirent de joie ou d'inquiétude, que, si de Saint-Aignan n'eût pas eu la voix bonne et sonore, ce battement des cœurs eût été entendu par-dessus sa voix.

– Il doit y avoir des dryades à Fontainebleau, dit Madame d'un ton parfaitement calme, car jamais de ma vie je n'ai vu de plus beaux chênes que dans le parc royal.

Et, en disant ces mots, elle envoya droit à l'adresse de de Guiche un regard dont celui-ci n'eut pas à se plaindre comme du précédent, qui, nous l'avons dit, avait conservé certaine nuance de vague bien pénible pour un cœur aussi aimant.

– Précisément, madame, c'est de Fontainebleau que j'allais parler à Votre Altesse Royale, dit de Saint-Aignan, car la dryade dont le récit nous occupe habite le parc du château de Sa Majesté.

L'affaire était engagée ; l'action commençait : auditeurs et narrateur, personne ne pouvait plus reculer.

– Écoutons, dit Madame, car l'histoire m'a l'air d'avoir non seulement tout le charme d'un récit national, mais encore celui d'une chronique très contemporaine.

– Je dois commencer par le commencement, dit le comte. Donc, à Fontainebleau, dans une chaumière de belle apparence, habitent des bergers.

« L'un est le berger Tircis, auquel appartiennent les plus riches domaines, transmis par l'héritage de ses parents.

« Tircis est jeune et beau, et ses qualités en font le premier des bergers de la contrée. On peut donc dire hardiment qu'il en est le roi.

Un léger murmure d'approbation encouragea le narrateur, qui continua :

– Sa force égale son courage ; nul n'a plus d'adresse à la chasse des bêtes sauvages, nul n'a plus de sagesse dans les conseils. Manœuvre-t-il un cheval dans les belles plaines de son héritage, conduit-il aux jeux d'adresse et de vigueur les bergers qui lui obéissent, on dirait le dieu Mars agitant sa lance dans les plaines de la Thrace, ou mieux encore Apollon, dieu du jour, lorsqu'il rayonne sur la terre avec ses dards enflammés.

Chacun comprend que ce portrait allégorique du roi n'était pas le pire exorde que le conteur eût pu choisir. Aussi ne manqua-t-il son effet ni sur les assistants, qui, par devoir et par plaisir, y applaudirent à tout rompre ; ni sur le roi lui-même, à qui la louange plaisait fort lorsqu'elle était délicate, et ne déplaisait pas toujours lors même qu'elle était un peu outrée. De Saint-Aignan poursuivit :

– Ce n'est pas seulement, mesdames, aux jeux de gloire que le berger Tircis a acquis cette renommée qui en a fait le roi des bergers.

– Des bergers de Fontainebleau, dit le roi en souriant à Madame.

– Oh ! s'écria Madame, Fontainebleau est pris arbitrairement par le poète ; moi, je dis : des bergers du monde entier.

Le roi oublia son rôle d'auditeur passif et s'inclina.

– C'est, poursuivit de Saint-Aignan au milieu d'un murmure flatteur, c'est auprès des belles surtout que le mérite de ce roi des bergers éclate le plus manifestement. C'est un berger dont l'esprit est fin comme le cœur est pur ; il sait débiter un compliment avec une grâce qui charme invinciblement, il sait aimer avec une discrétion qui promet à ses aimables et heureuses conquêtes le sort le plus digne d'envie. Jamais un éclat, jamais un oubli. Quiconque a vu Tircis et l'a entendu doit l'aimer ; quiconque l'aime et est aimé de lui a rencontré le bonheur.

De Saint-Aignan fit là une pause ; il savourait le plaisir des compliments, et ce portrait, si grotesquement ampoulé qu'il fût, avait trouvé grâce devant de certaines oreilles surtout, pour qui les mérites du berger ne semblaient point avoir été exagérés. Madame engagea l'orateur à continuer.

– Tircis, dit le comte, avait un fidèle compagnon, ou plutôt un serviteur dévoué qui s'appelait... Amyntas.

– Ah ! voyons le portrait d'Amyntas ! dit malicieusement Madame ; vous êtes si bon peintre, monsieur de Saint-Aignan !

– Madame...

– Oh ! comte de Saint-Aignan, n'allez pas, je vous prie, sacrifier ce pauvre Amyntas ! je ne vous le pardonnerais jamais.

– Madame, Amyntas est de condition trop inférieure, surtout près de Tircis, pour que sa personne puisse avoir l'honneur d'un parallèle. Il en est de certains amis comme de ces serviteurs de l'Antiquité, qui se faisaient enterrer vivants aux pieds de leur maître. Aux pieds de Tircis, là est la place d'Amyntas ; il n'en réclame pas d'autre, et si quelquefois l'illustre héros...

– Illustre berger, voulez-vous dire ? fit Madame feignant de reprendre M. de Saint-Aignan.

– Votre Altesse Royale a raison, je me trompais, reprit le courtisan : si, dis-je, le berger Tircis daigne parfois appeler Amyntas son ami et lui ouvrir son cœur, c'est une faveur non pareille, dont le dernier fait cas comme de la plus insigne félicité.

– Tout cela, interrompit Madame, établit le dévouement absolu d'Amyntas à Tircis, mais ne nous donne pas le portrait d'Amyntas. Comte, ne le flattez pas si vous voulez, mais peignez-nous-le ; je veux le portrait d'Amyntas.

De Saint-Aignan s'exécuta, après s'être incliné profondément devant la belle-sœur de Sa Majesté :

– Amyntas, dit-il, est un peu plus âgé que Tircis ; ce n'est pas un berger tout à fait disgracié de la nature ; même on dit que les Muses ont daigné sourire à sa naissance comme Hébé sourit à la jeunesse. Il n'a point l'ambition de briller ; il a celle d'être aimé, et peut-être n'en serait-il pas indigne s'il était bien connu.

Ce dernier paragraphe, renforcé d'une œillade meurtrière, fut envoyé droit à Mlle de Tonnay-Charente, qui supporta le choc sans s'émouvoir.

Mais la modestie et l'adresse de l'allusion avaient produit un bon effet ; Amyntas en recueillit le fruit en applaudissements ; la tête de Tircis lui-même en donna le signal par un consentement plein de bienveillance.

– Or, continua de Saint-Aignan, Tircis et Amyntas se promenaient un soir dans la forêt en causant de leurs chagrins amoureux. Notez que c'est déjà le récit de la dryade, mesdames ; autrement eût-on pu savoir ce que disaient Tircis et Amyntas, les deux plus discrets de tous les bergers de la terre ? Ils gagnaient donc l'endroit le plus touffu de la forêt pour s'isoler et se confier plus librement leurs peines, lorsque tout à coup leurs oreilles furent frappées d'un bruit de voix.

– Ah ! ah ! fit-on autour du narrateur. Voilà qui devient on ne peut plus intéressant.

Ici, Madame, semblable au général vigilant qui inspecte son armée, redressa d'un coup d'œil Montalais et Tonnay-Charente, qui pliaient sous l'effort.

– Ces voix harmonieuses, reprit de Saint-Aignan, étaient celles de quelques bergères qui avaient voulu, elles aussi, jouir de la fraîcheur des ombrages, et qui, sachant l'endroit écarté, presque inabordable, s'y étaient réunies pour mettre en commun quelques idées sur la bergerie.

Un immense éclat de rire, soulevé par cette phrase de Saint-Aignan, un imperceptible sourire du roi en regardant Tonnay-Charente, tels furent les résultats de la sortie.

– La dryade assure, continua Saint-Aignan, que les bergères étaient trois, et que toutes trois étaient jeunes et belles.

– Leurs noms ? dit Madame tranquillement.

– Leurs noms ! fit de Saint-Aignan, qui se cabra contre cette indiscrétion.

– Sans doute. Vous avez appelé vos bergers Tircis et Amyntas : appelez vos bergères d'une façon quelconque.

– Oh ! madame, je ne suis pas un inventeur, un trouvère, comme on disait autrefois ; je raconte sous la dictée de la dryade.

– Comment votre dryade nommait-elle ces bergères ? En vérité, voilà une mémoire bien rebelle. Cette dryade-là était donc brouillée avec la déesse Mnémosyne ?

– Madame, ces bergères... Faites bien attention que révéler des noms de femmes est un crime !

– Dont une femme vous absout, comte, à la condition que vous nous révélerez le nom des bergères.

– Elles se nommaient Philis, Amaryllis et Galatée.

– À la bonne heure ! elles n'ont pas perdu pour attendre, dit Madame, et voilà trois noms charmants. Maintenant, les portraits ?

De Saint-Aignan fit encore un mouvement.

– Oh ! procédons par ordre, je vous prie, comte, reprit Madame. N'est-ce pas, sire, qu'il nous faut les portraits des bergères ?

Le roi, qui s'attendait à cette insistance, et qui commençait à ressentir quelques inquiétudes, ne crut pas devoir piquer une aussi dangereuse interrogatrice. Il pensait d'ailleurs que de Saint-Aignan, dans ses portraits, trouverait le moyen de glisser quelques traits délicats dont feraient leur profit les oreilles que Sa Majesté avait intérêt à charmer. C'est dans cet espoir, c'est avec cette crainte, que Louis autorisa de Saint-Aignan à tracer le portrait des bergères Philis, Amaryllis et Galatée.

– Eh bien ! donc, soit ! dit de Saint-Aignan comme un homme qui prend son parti.

Et il commença.

XXXVIII

Fin de l'histoire d'une naïade et d'une dryade

– Philis, dit Saint-Aignan en jetant un coup d'œil provocateur à Montalais, à peu près comme fait dans un assaut un maître d'armes qui invite un rival digne de lui à se mettre en garde, Philis n'est ni brune ni blonde, ni grande ni petite, ni froide ni exaltée ; elle est, toute bergère qu'elle est, spirituelle comme une princesse et coquette comme un démon.

« Sa vue est excellente. Tout ce qu'embrasse sa vue, son cœur le désire. C'est comme un oiseau qui, gazouillant toujours, tantôt rase l'herbe, tantôt s'enlève voletant à la poursuite d'un papillon, tantôt se perche au plus haut d'un arbre, et de là défie tous les oiseleurs, ou de venir le prendre, ou de le faire tomber dans leurs filets.

Le portrait était si ressemblant, que tous les yeux se tournèrent sur Montalais, qui, l'œil éveillé, le nez au vent, écoutait M. de Saint-Aignan comme s'il était question d'une personne qui lui fût tout à fait étrangère.

– Est-ce tout, monsieur de Saint-Aignan ? demanda la princesse.

– Oh ! Votre Altesse Royale, le portrait n'est qu'esquissé, et il y aurait bien des choses à dire. Mais je crains de lasser la patience de Votre Altesse ou de blesser la modestie de la bergère, de sorte que je passe à sa compagne Amaryllis.

– C'est cela, dit Madame, passez à Amaryllis, monsieur de Saint-Aignan, nous vous suivons.

– Amaryllis est la plus âgée des trois ; et cependant, se hâta de dire Saint-Aignan, ce grand âge n'atteint pas vingt ans.

Le sourcil de Mlle de Tonnay-Charente, qui s'était froncé au début du récit, se défronça avec un léger sourire.

– Elle est grande, avec d'immenses cheveux qu'elle renoue à la manière des statues de la Grèce ; elle a la démarche majestueuse et le geste altier : aussi a-t-elle bien plutôt l'air d'une déesse que d'une simple mortelle, et, parmi les déesses, celle à qui elle ressemble le plus, c'est Diane chasseresse ; avec cette seule différence que la cruelle bergère, ayant un jour dérobé le carquois de l'Amour tandis que le pauvre Cupidon dormait dans un buisson de roses, au lieu de diriger ses traits sur les hôtes des forêts, les décoche impitoyablement sur tous les pauvres bergers qui passent à la portée de son arc et de ses yeux.

– Oh ! la méchante bergère ! dit Madame ; ne se piquera-t-elle point quelque jour avec un de ces traits qu'elle lance si impitoyablement à droite et à gauche ?

– C'est l'espoir de tous les bergers en général, dit de Saint-Aignan.

– Et celui du berger Amyntas en particulier, n'est-ce pas ? dit Madame.

– Le berger Amyntas est si timide, reprit de Saint-Aignan de l'air le plus modeste qu'il put prendre, que, s'il a cet espoir, nul n'en a jamais rien su, car il le cache au plus profond de son cœur.

Un murmure des plus flatteurs accueillit cette profession de foi du narrateur à propos du berger.

– Et Galatée ? demanda Madame. Je suis impatiente de voir une main aussi habile reprendre le portrait où Virgile l'a laissé, et l'achever à nos yeux.

– Madame, dit de Saint-Aignan, près du grand poète Virgilius Maro, votre humble serviteur n'est qu'un bien pauvre poète ; cependant, encouragé par votre ordre, je ferai de mon mieux.

– Nous écoutons, dit Madame.

Saint-Aignan allongea le pied, la main et les lèvres.

– Blanche comme le lait, dit-il, dorée comme les épis, elle secoue dans l'air les parfums de sa blonde chevelure. Alors on se demande si ce n'est point cette belle Europe qui donna de l'amour à Jupiter, lorsqu'elle se jouait avec ses compagnes dans les prés en fleurs.

« De ses yeux, bleus comme l'azur du ciel dans les plus beaux jours d'été, tombe une douce flamme ; la rêverie l'alimente, l'amour la dispense. Quand elle fronce le sourcil ou qu'elle penche son front vers la terre, le soleil se voile en signe de deuil.

« Lorsqu'elle sourit, au contraire, toute la nature reprend sa joie, et les oiseaux, un moment muets, recommencent leurs chants au sein des arbres.

« Celle-là surtout, dit de Saint-Aignan pour en finir, celle-là est digne des adorations du monde ; et, si jamais son cœur se donne, heureux le mortel dont son amour virginal consentira à faire un dieu !

Madame, en écoutant ce portrait, que chacun écouta comme elle, se contenta de marquer son approbation aux endroits les plus poétiques par quelques hochements de tête ; mais il était impossible de dire si ces marques d'assentiment étaient données au talent du narrateur ou à la ressemblance du portrait.

Il en résulta que, Madame n'applaudissant pas ouvertement, personne ne se permit d'applaudir, pas même Monsieur, qui trouvait au fond du cœur que de Saint-Aignan s'appesantissait trop sur les portraits des bergères, après avoir passé un peu vivement sur les portraits des bergers.

L'assemblée parut donc glacée.

De Saint-Aignan, qui avait épuisé sa rhétorique et ses pinceaux à nuancer le portrait de Galatée, et qui pensait, d'après la faveur qui avait accueilli les autres morceaux, entendre des trépignements pour le dernier, de Saint-Aignan fut encore plus glacé que le roi et toute la compagnie.

Il y eut un instant de silence qui enfin fut rompu par Madame.

– Eh bien ! sire, demanda-t-elle, que dit Votre Majesté de ces trois portraits ?

Le roi voulut venir au secours de Saint-Aignan sans se compromettre.

– Mais Amaryllis est belle, dit-il, à mon avis.

– Moi, j'aime mieux Philis, dit Monsieur ; c'est une bonne fille, ou plutôt un bon garçon de nymphe.

Et chacun de rire.

Cette fois, les regards furent si directs, que Montalais sentit le rouge lui monter au visage en flammes violettes.

– Donc, reprit Madame, ces bergères se disaient ?...

Mais de Saint-Aignan, frappé dans son amour-propre, n'était pas en état de soutenir une attaque de troupes fraîches et reposées.

– Madame, dit-il, ces bergères s'avouaient réciproquement leurs petits penchants.

– Allez, allez, monsieur de Saint-Aignan, vous êtes un fleuve de poésie pastorale, dit Madame avec un aimable sourire qui réconforta un peu le narrateur.

– Elles se dirent que l'amour est un danger, mais que l'absence de l'amour est la mort du cœur.

– De sorte qu'elles conclurent ?... demanda Madame.

– De sorte qu'elles conclurent qu'on devait aimer.

– Très bien ! Y mettaient-elles des conditions ?

– La condition de choisir, dit de Saint-Aignan. Je dois même ajouter, c'est la dryade qui parle, qu'une des bergères, Amaryllis, je crois, s'opposait complètement à ce qu'on aimât, et cependant elle ne se défendait pas trop d'avoir laissé pénétrer jusqu'à son cœur l'image de certain berger.

– Amyntas ou Tircis ?

– Amyntas, madame, dit modestement de Saint-Aignan. Mais aussitôt Galatée, la douce Galatée aux yeux purs, répondit que ni Amyntas, ni Alphésibée, ni Tityre, ni aucun des bergers les plus beaux de la contrée ne pourraient être comparés à Tircis, que Tircis effaçait tous les hommes, de même que le chêne efface en grandeur tous les arbres, le lis en majesté toutes les fleurs. Elle fit même de Tircis un tel portrait que Tircis, qui l'écoutait, dut véritablement être flatté malgré sa grandeur. Ainsi Tircis et Amyntas avaient été distingués par Amaryllis et Galatée. Ainsi le secret des deux cœurs avait été révélé sous l'ombre de la nuit et dans le secret des bois.

« Voilà, madame, ce que la dryade m'a raconté, elle qui sait tout ce qui se passe dans le creux des chênes et dans les touffes de l'herbe ; elle qui connaît les amours des oiseaux, qui sait ce que veulent dire leurs chants ; elle qui comprend enfin le langage du vent dans les branches et le bourdonnement des insectes d'or ou d'émeraude dans la corolle des fleurs sauvages ; elle me l'a redit, je le répète.

– Et maintenant vous avez fini, n'est-ce pas, monsieur de Saint-Aignan ? dit Madame avec un sourire qui fit trembler le roi.

– J'ai fini, oui, madame, répondit de Saint-Aignan ; heureux si j'ai pu distraire Votre Altesse pendant quelques instants.

– Instants trop courts, répondit la princesse, car vous avez parfaitement raconté tout ce que vous saviez ; mais, mon cher monsieur de Saint-Aignan, vous avez eu le malheur de ne vous renseigner qu'à une seule dryade, n'est-ce pas ?

– Oui, madame, à une seule, je l'avoue.

– Il en résulte que vous êtes passé près d'une petite naïade qui n'avait l'air de rien, et qui en savait autrement long que votre dryade, mon cher comte.

– Une naïade ? répétèrent plusieurs voix qui commençaient à se douter que l'histoire allait avoir une suite.

– Sans doute : à côté de ce chêne dont vous parlez, et qui s'appelle le chêne royal, à ce que je crois du moins, n'est-ce pas, monsieur de Saint-Aignan ?

Saint-Aignan et le roi se regardèrent.

– Oui, madame, répondit de Saint-Aignan.

– Eh bien ! il y a une jolie petite source qui gazouille sur des cailloux, au milieu des myosotis et des pâquerettes.

– Je crois que Madame a raison, dit le roi toujours inquiet et suspendu aux lèvres de sa belle-sœur.

– Oh ! il y en a une, c'est moi qui vous en réponds, dit Madame ; et la preuve, c'est que la naïade qui règne sur cette source m'a arrêtée au passage, moi qui vous parle.

– Bah ! fit Saint-Aignan.

– Oui, continua la princesse, et cela pour me conter une quantité de choses que M. de Saint-Aignan n'a pas mises dans son récit.

– Oh ! racontez vous-même, dit Monsieur, vous racontez d'une façon charmante.

La princesse s'inclina devant le compliment conjugal.

– Je n'aurai pas la poésie du comte et son talent pour faire ressortir tous les détails.

– Vous ne serez pas écoutée avec moins d'intérêt, dit le roi, qui sentait d'avance quelque chose d'hostile dans le récit de sa belle-sœur.

– Je parle d'ailleurs, continua Madame, au nom de cette pauvre petite naïade, qui est bien la plus charmante demi-déesse que j'aie jamais rencontrée. Or, elle riait tant pendant le récit qu'elle m'a fait, qu'en vertu de cet axiome médical : « Le rire est contagieux », je vous demande la permission de rire un peu moi-même quand je me rappelle ses paroles.

Le roi et de Saint-Aignan, qui virent sur beaucoup de physionomies s'épanouir un commencement d'hilarité pareille à celle que Madame annonçait, finirent par se regarder entre eux et se demander du regard s'il n'y aurait pas là-dessous quelque petite conspiration.

Mais Madame était bien décidée à tourner et à retourner le couteau dans la plaie ; aussi reprit-elle avec son air de naïve candeur, c'est-à-dire avec le plus dangereux de tous ses airs :

– Donc, je passais par là, dit-elle, et, comme je trouvais sous mes pas beaucoup de fleurs fraîches écloses, nul doute que Philis, Amaryllis, Galatée, et toutes vos bergères, n'eussent passé sur le chemin avant moi.

Le roi se mordit les lèvres. Le récit devenait de plus en plus menaçant.

– Ma petite naïade, continua Madame, roucoulait sa petite chanson sur le lit de son ruisselet ; comme je vis qu'elle m'accostait en touchant le bas de ma robe, je ne songeai pas à lui faire un mauvais accueil, et cela d'autant mieux, après tout, qu'une divinité, fût-elle de second ordre, vaut toujours mieux qu'une princesse mortelle. Donc, j'abordai la naïade, et voici ce qu'elle me dit en éclatant de rire : « Figurez-vous, princesse... »

« Vous comprenez, sire, c'est la naïade qui parle.

Le roi fit un signe d'assentiment ; Madame reprit :

– « Figurez-vous, princesse, que les rives de mon ruisseau viennent d'être témoins d'un spectacle des plus amusants. Deux bergers, curieux jusqu'à l'indiscrétion, se sont fait mystifier d'une façon réjouissante par trois nymphes ou trois bergères... » Je vous demande pardon, mais je ne me rappelle plus si c'est nymphes ou bergères qu'elle a dit. Mais il importe peu, n'est-ce pas ? Passons donc.

À ce préambule, le roi rougit visiblement, et de Saint-Aignan, perdant toute contenance, se mit à écarquiller les yeux le plus anxieusement du monde.

– « Les deux bergers, poursuivit ma petite naïade en riant toujours, suivaient la trace des trois demoiselles... » Non, je veux dire des trois nymphes ; pardon, je me trompe, des trois bergères. Cela n'est pas toujours sensé, cela peut gêner celles que l'on suit. J'en appelle à toutes ces dames, et pas une de celles qui sont ici ne me démentira, j'en suis certaine.

Le roi, fort en peine de ce qui allait suivre, opina du geste.

– « Mais, continua la naïade, les bergères avaient vu Tircis et Amyntas se glisser dans le bois ; et, la lune aidant, elles les avaient reconnus à travers les quinconces... » Ah ! vous riez, interrompit Madame. Attendez, attendez, vous n'êtes pas au bout.

Le roi pâlit ; de Saint-Aignan essuya son front humide de sueur.

Il y avait dans les groupes des femmes de petits rires étouffés, des chuchotements furtifs.

– Les bergères, disais-je, voyant l'indiscrétion des deux bergers, les bergères s'allèrent asseoir au pied du chêne royal, et, lorsqu'elles sentirent leurs indiscrets écouteurs à portée de ne pas perdre un mot de ce qui allait se dire, elles leur adressèrent innocemment, le plus innocemment du monde, une déclaration incendiaire dont l'amour-propre naturel à tous les hommes, et même aux bergers les plus sentimentaux, fit paraître aux deux auditeurs les termes doux comme des rayons de miel.

Le roi, à ces mots que l'assemblée ne put écouter sans rire, laissa échapper un éclair de ses yeux.

Quant à de Saint-Aignan, il laissa tomber sa tête sur sa poitrine, et voila, sous un amer éclat de rire, le dépit profond qu'il ressentait.

– Oh ! fit le roi en se redressant de toute sa taille, voilà, sur ma parole, une plaisanterie charmante assurément et, racontée par vous, madame, d'une façon non moins charmante : mais réellement, bien réellement, avez-vous compris la langue des naïades ?

– Mais le comte prétend bien avoir compris celle des dryades, repartit vivement Madame.

– Sans doute, dit le roi. Mais, vous le savez, le comte a la faiblesse de viser à l'Académie, de sorte qu'il a appris, dans ce but, toutes sortes de choses que bien heureusement vous ignorez, et il se serait pu que la langue de la nymphe des eaux fût au nombre des choses que vous n'avez pas étudiées.

– Vous comprenez, sire, répondit Madame, que pour de pareils faits on ne s'en fie pas à soi toute seule ; l'oreille d'une femme n'est pas chose infaillible, a dit saint Augustin ; aussi ai-je voulu m'éclairer d'autres opinions que la mienne, et, comme ma naïade, qui, en qualité de déesse, est polyglotte... n'est-ce point ainsi que cela se dit, monsieur de Saint-Aignan ?

– Oui, madame, dit de Saint-Aignan tout déferré.

– Et, continua la princesse, comme ma naïade, qui, en qualité de déesse, est polyglotte, m'avait d'abord parlé en anglais, je craignis, comme vous dites, d'avoir mal entendu et fis venir Mlles de Montalais, de Tonnay-Charente et La Vallière, priant ma naïade de me refaire en langue française le récit qu'elle m'avait déjà fait en anglais.

– Et elle le fit ? demanda le roi.

– Oh ! c'est la plus complaisante divinité qui existe... Oui, sire, elle le refit. De sorte qu'il n'y a aucun doute à conserver. N'est-ce pas, mesdemoiselles, dit la princesse en se tournant vers la gauche de son armée, n'est-ce pas que la naïade a parlé absolument comme je raconte, et que je n'ai en aucune façon failli à la vérité ?... Philis ?... Pardon ! je me trompe... mademoiselle Aure de Montalais, est-ce vrai ?

– Oh ! absolument, madame, articula nettement Mlle de Montalais.

– Est-ce vrai, mademoiselle de Tonnay-Charente ?

– Vérité pure, répondit Athénaïs d'une voix non moins ferme, mais cependant moins intelligible.

– Et vous, La Vallière ? demanda Madame.

La pauvre enfant sentait le regard ardent du roi dirigé sur elle ; elle n'osait pas nier, elle n'osait pas mentir ; elle baissa la tête en signe d'acquiescement.

Seulement sa tête ne se releva point, à demi glacée qu'elle était par un froid plus douloureux que celui de la mort.

Ce triple témoignage écrasa le roi. Quant à Saint-Aignan, il n'essayait même pas de dissimuler son désespoir, et sans savoir ce qu'il disait, il bégayait :

– Excellente plaisanterie ! bien joué, mesdames les bergères !

– Juste punition de la curiosité, dit le roi d'une voix rauque. Oh ! qui s'aviserait, après le châtiment de Tircis et d'Amyntas, qui s'aviserait de chercher à surprendre ce qui se passe dans le cœur des bergères ? Certes, ce ne sera pas moi... Et vous, messieurs ?

– Ni moi ! ni moi ! répéta en chœur le groupe des courtisans.

Madame triomphait de ce dépit du roi ; elle se délectait, croyant que son récit avait été ou devait être le dénouement de tout.

Quant à Monsieur, qui avait ri de ce double récit sans y rien comprendre, il se tourna vers de Guiche :

– Eh ! comte, lui dit-il, tu ne dis rien ; tu ne trouves donc rien à dire ? Est-ce que tu plaindrais MM. Tircis et Amyntas, par hasard ?

– Je les plains de toute mon âme, répondit de Guiche ; car, en vérité, l'amour est une si douce chimère, que le perdre, toute chimère qu'il est, c'est perdre plus que la vie. Donc, si ces deux bergers ont cru être aimés, s'ils s'en sont trouvés heureux, et qu'au lieu de ce bonheur ils rencontrent non seulement le vide qui égale la mort, mais une raillerie de l'amour qui vaut cent mille morts... eh bien ! je dis que Tircis et Amyntas sont les deux hommes les plus malheureux que je connaisse.

– Et vous avez raison, monsieur de Guiche, dit le roi ; car enfin, la mort, c'est bien dur pour un peu de curiosité.

– Alors, c'est donc à dire que l'histoire de ma naïade a déplu au roi ? demanda naïvement Madame.

– Oh ! madame, détrompez-vous, dit Louis en prenant la main de la princesse ; votre naïade m'a plu d'autant mieux qu'elle a été plus véridique, et que son récit, je dois le dire, est appuyé par d'irrécusables témoignages.

Et ces mots tombèrent sur La Vallière avec un regard que nul, depuis Socrate jusqu'à Montaigne, n'eût pu définir parfaitement.

Ce regard et ces mots achevèrent d'accabler la malheureuse jeune fille, qui, appuyée sur l'épaule de Montalais, semblait avoir perdu connaissance.

Le roi se leva sans remarquer cet incident, auquel nul, au reste, ne prit garde ; et contre sa coutume, car d'ordinaire il demeurait tard chez Madame, il prit congé pour entrer dans ses appartements.

De Saint-Aignan le suivit, tout aussi désespéré à sa sortie qu'il s'était montré joyeux à son entrée.

Mlle de Tonnay-Charente, moins sensible que La Vallière aux émotions, ne s'effraya guère et ne s'évanouit point.

Cependant le coup d'œil suprême de Saint-Aignan avait été bien autrement majestueux que le dernier regard du roi.

XXXIX

Psychologie royale

Le roi entra dans ses appartements d'un pas rapide.

Peut-être Louis XIV marchait-il si vite pour ne pas chanceler. Il laissait derrière lui comme la trace d'un deuil mystérieux.

Cette gaieté, que chacun avait remarquée dans son attitude à son arrivée, et dont chacun s'était réjoui, nul ne l'avait peut-être approfondie dans son véritable sens ; mais ce départ si orageux, ce visage si bouleversé, chacun le comprit, ou du moins le crut comprendre facilement.

La légèreté de Madame, ses plaisanteries un peu rudes pour un caractère ombrageux, et surtout pour un caractère de roi ; l'assimilation trop familière, sans doute, de ce roi à un homme ordinaire ; voilà les raisons que l'assemblée donna du départ précipité et inattendu de Louis XIV.

Madame, plus clairvoyante d'ailleurs, n'y vit cependant point d'abord autre chose. C'était assez pour elle d'avoir rendu quelque petite torture d'amour-propre à celui qui, oubliant si promptement des engagements contractés, semblait avoir pris à tâche de dédaigner sans cause les plus nobles et les plus illustres conquêtes.

Il n'était pas sans une certaine importance pour Madame, dans la situation où se trouvaient les choses, de faire voir au roi la différence qu'il y avait à aimer en haut lieu ou à courir l'amourette comme un cadet de province.

Avec ces grandes amours, sentant leur loyauté et leur toute-puissance, ayant en quelque sorte leur étiquette et leur ostentation, un roi, non seulement ne dérogeait point, mais encore trouvait repos, sécurité, mystère et respect général.

Dans l'abaissement des vulgaires amours, au contraire, il rencontrait, même chez les plus humbles sujets, la glose et le sarcasme ; il perdait son caractère d'infaillible et d'inviolable. Descendu dans la région des petites misères humaines, il en subissait les pauvres orages.

En un mot, faire du roi-dieu un simple mortel en le touchant au cœur, ou plutôt même au visage, comme le dernier de ses sujets, c'était porter un coup terrible à l'orgueil de ce sang généreux : on captivait Louis plus encore par l'amour-propre que par l'amour. Madame avait sagement calculé sa vengeance ; aussi, comme on l'a vu, s'était-elle vengée.

Qu'on n'aille pas croire cependant que Madame eût les passions terribles des héroïnes du Moyen Âge et qu'elle vît les choses sous leur aspect sombre ; Madame, au contraire, jeune, gracieuse, spirituelle, coquette, amoureuse, plutôt de fantaisie, d'imagination ou d'ambition que de cœur ; Madame, au contraire, inaugurait cette époque de plaisirs faciles et passagers qui signala les cent vingt ans qui s'écoulèrent entre la moitié du XVIIe siècle et les trois quarts du XVIIIe.

Madame voyait donc, ou plutôt croyait voir les choses sous leur véritable aspect ; elle savait que le roi, son auguste beau-frère, avait ri le premier de l'humble La Vallière, et que, selon ses habitudes, il n'était pas probable qu'il adorât jamais la personne dont il avait pu rire, ne fût-ce qu'un instant.

D'ailleurs, l'amour-propre n'était-il pas là, ce démon souffleur qui joue un si grand rôle dans cette comédie dramatique qu'on appelle la vie d'une femme ; l'amour-propre ne disait-il point tout haut, tout bas, à demi-voix, sur tous les tons possibles, qu'elle ne pouvait véritablement, elle, princesse, jeune, belle, riche, être comparée à la pauvre La Vallière, aussi jeune qu'elle, c'est vrai, mais bien moins jolie, mais tout à fait pauvre ? Et que cela n'étonne point de la part de Madame ; on le sait, les plus grands caractères sont ceux qui se flattent le plus dans la comparaison qu'ils font d'eux aux autres, des autres à eux.

Peut-être demandera-t-on ce que voulait Madame avec cette attaque si savamment combinée ? Pourquoi tant de forces déployées, s'il ne s'agissait de débusquer sérieusement le roi d'un cœur tout neuf dans lequel il comptait se loger ! Madame avait-elle donc besoin de donner une pareille importance à La Vallière, si elle ne redoutait pas La Vallière ?

Non, Madame ne redoutait pas La Vallière, au point de vue où un historien qui sait les choses voit l'avenir, ou plutôt le passé ; Madame n'était point un prophète ou une sibylle ; Madame ne pouvait pas plus qu'un autre lire dans ce terrible et fatal livre de l'avenir qui garde en ses plus secrètes pages les plus sérieux événements.

Non, Madame voulait purement et simplement punir le roi de lui avoir fait une cachotterie toute féminine ; elle voulait lui prouver clairement que s'il usait de ce genre d'armes offensives, elle, femme d'esprit et de race, trouverait certainement dans l'arsenal de son imagination des armes défensives à l'épreuve même des coups d'un roi.

Et d'ailleurs, elle voulait lui prouver que, dans ces sortes de guerres, il n'y a plus de rois, ou tout au moins que les rois, combattant pour leur propre compte comme des hommes ordinaires, peuvent voir leur couronne tomber au premier choc ; qu'enfin, s'il avait espéré être adoré tout d'abord, de confiance, à son seul aspect, par toutes les femmes de sa cour, c'était une prétention humaine, téméraire, insultante pour certaines plus haut placées que les autres, et que la leçon, tombant à propos sur cette tête royale, trop haute et trop fière, serait efficace.

Voilà certainement quelles étaient les réflexions de Madame à l'égard du roi.

L'événement restait en dehors.

Ainsi, l'on voit qu'elle avait agi sur l'esprit de ses filles d'honneur et avait préparé dans tous ses détails la comédie qui venait de se jouer.

Le roi en fut tout étourdi. Depuis qu'il avait échappé à M. de Mazarin, il se voyait pour la première fois traité en homme.

Une pareille sévérité, de la part de ses sujets, lui eût fourni matière à résistance. Les pouvoirs croissent dans la lutte.

Mais s'attaquer à des femmes, être attaqué par elles, avoir été joué par de petites provinciales arrivées de Blois tout exprès pour cela, c'était le comble du déshonneur pour un jeune roi plein de la vanité que lui inspiraient à la fois et ses avantages personnels et son pouvoir royal.

Rien à faire, ni reproches, ni exil, ni même bouderies.

Bouder, c'eût été avouer qu'on avait été touché, comme Hamlet, par une arme démouchetée, l'arme du ridicule.

Bouder des femmes ! quelle humiliation ! surtout quand ces femmes ont le rire pour vengeance.

Oh ! si, au lieu d'en laisser toute la responsabilité à des femmes, quelque courtisan se fût mêlé à cette intrigue, avec quelle joie Louis XIV eût saisi cette occasion d'utiliser la Bastille !

Mais là encore la colère royale s'arrêtait, repoussée par le raisonnement.

Avoir une armée, des prisons, une puissance presque divine, et mettre cette toute-puissance au service d'une misérable rancune, c'était indigne, non seulement d'un roi, mais même d'un homme.

Il s'agissait donc purement et simplement de dévorer en silence cet affront et d'afficher sur son visage la même mansuétude, la même urbanité.

Il s'agissait de traiter Madame en amie. En amie !... Et pourquoi pas ?

Ou Madame était l'instigatrice de l'événement, ou l'événement l'avait trouvée passive.

Si elle avait été l'instigatrice, c'était bien hardi à elle, mais enfin n'était-ce pas son rôle naturel ?

Qui l'avait été chercher dans le plus doux moment de la lune conjugale pour lui parler un langage amoureux ? Qui avait osé calculer les chances de l'adultère, bien plus de l'inceste ? Qui, retranché derrière son omnipotence royale, avait dit à cette jeune femme : « Ne craignez rien, aimez le roi de

France, il est au-dessus de tous, et un geste de son bras armé du sceptre vous protégera contre tous, même contre vos remords ? »

Donc, la jeune femme avait obéi à cette parole royale, avait cédé à cette voix corruptrice, et maintenant qu'elle avait fait le sacrifice moral de son honneur, elle se voyait payée de ce sacrifice par une infidélité d'autant plus humiliante qu'elle avait pour cause une femme bien inférieure à celle qui avait d'abord cru être aimée.

Ainsi, Madame eût-elle été l'instigatrice de la vengeance, Madame eût eu raison.

Si, au contraire, elle était passive dans tout cet événement, quel sujet avait le roi de lui en vouloir ?

Devait-elle, ou plutôt pouvait-elle arrêter l'essor de quelques langues provinciales ? devait-elle, par un excès de zèle mal entendu, réprimer, au risque de l'envenimer, l'impertinence de ces trois petites filles ?

Tous ces raisonnements étaient autant de piqûres sensibles à l'orgueil du roi ; mais, quand il avait bien repassé tous ces griefs dans son esprit, Louis XIV s'étonnait, réflexions faites, c'est-à-dire après la plaie pansée, de sentir d'autres douleurs sourdes, insupportables, inconnues.

Et voilà ce qu'il n'osait s'avouer à lui-même, c'est que ces lancinantes atteintes avaient leur siège au cœur.

Et, en effet, il faut bien que l'historien l'avoue aux lecteurs, comme le roi se l'avouait à lui-même : il s'était laissé chatouiller le cœur par cette naïve déclaration de La Vallière ; il avait cru à l'amour pur, à de l'amour pour l'homme, à de l'amour dépouillé de tout intérêt ; et son âme, plus jeune et surtout plus naïve qu'il ne le supposait, avait bondi au-devant de cette autre âme qui venait de se révéler à lui par ses aspirations.

La chose la moins ordinaire dans l'histoire si complexe de l'amour, c'est la double inoculation de l'amour dans deux cœurs : pas plus de simultanéité que d'égalité ; l'un aime presque toujours avant l'autre, comme l'un finit presque toujours d'aimer après l'autre. Aussi le courant électrique s'établit-il en raison de l'intensité de la première passion qui s'allume. Plus Mlle de La Vallière avait montré d'amour, plus le roi en avait ressenti.

Et voilà justement ce qui étonnait le roi.

Car il lui était bien démontré qu'aucun courant sympathique n'avait pu entraîner son cœur, puisque cet aveu n'était pas de l'amour, puisque cet aveu n'était qu'une insulte faite à l'homme et au roi, puisque enfin c'était, et le mot surtout brûlait comme un fer rouge, puisque enfin c'était une mystification.

Ainsi cette petite fille à laquelle, à la rigueur, on pouvait tout refuser, beauté, naissance, esprit, ainsi cette petite fille, choisie par Madame elle-même en raison de son humilité, avait non seulement provoqué le roi, mais encore dédaigné le roi, c'est-à-dire un homme qui, comme un sultan d'Asie, n'avait qu'à chercher des yeux, qu'à étendre la main, qu'à laisser tomber le mouchoir.

Et, depuis la veille, il avait été préoccupé de cette petite fille au point de ne penser qu'à elle, de ne rêver que d'elle ; depuis la veille, son imagination s'était amusée à parer son image de tous les charmes qu'elle n'avait point ; il avait enfin, lui que tant d'affaires réclamaient, que tant de femmes appelaient, il avait, depuis la veille, consacré toutes les minutes de sa vie, tous les battements de son cœur, à cette unique rêverie.

En vérité, c'était trop ou trop peu.

Et l'indignation du roi lui faisant oublier toutes choses, et entre autres que de Saint-Aignan était là, l'indignation du roi s'exhalait dans les plus violentes imprécations.

Il est vrai que Saint-Aignan était tapi dans un coin, et de ce coin regardait passer la tempête.

Son désappointement à lui paraissait misérable à côté de la colère royale.

Il comparait à son petit amour-propre l'immense orgueil de ce roi offensé, et, connaissant le cœur des rois en général et celui des puissants en particulier, il se demandait si bientôt ce poids de fureur, suspendu jusque-là sur le vide, ne finirait point par tomber sur lui, par cela même que d'autres étaient coupables et lui innocent.

En effet, tout à coup le roi s'arrêta dans sa marche immodérée, et, fixant sur de Saint-Aignan un regard courroucé.

– Et toi, de Saint-Aignan ? s'écria-t-il.

De Saint-Aignan fit un mouvement qui signifiait :

– Eh bien ! sire ?

– Oui, tu as été aussi sot que moi, n'est-ce pas ?

– Sire, balbutia de Saint-Aignan.

– Tu t'es laissé prendre à cette grossière plaisanterie.

– Sire, dit de Saint-Aignan, dont le frisson commençait à secouer les membres, que Votre Majesté ne se mette point en colère : les femmes, elle le sait, sont des créatures imparfaites créées pour le mal ; donc, leur demander le bien c'est exiger d'elles la chose impossible.

Le roi, qui avait un profond respect de lui-même, et qui commençait à prendre sur ses passions cette puissance qu'il conserva sur elles toute sa vie, le roi sentit qu'il se déconsidérait à montrer tant d'ardeur pour un si mince objet.

– Non, dit-il vivement, non, tu te trompes, Saint-Aignan, je ne me mets pas en colère ; j'admire seulement que nous ayons été joués avec tant d'adresse et d'audace par ces deux petites filles. J'admire surtout que, pouvant nous instruire, nous ayons fait la folie de nous en rapporter à notre propre cœur.

– Oh ! le cœur, sire, le cœur, c'est un organe qu'il faut absolument réduire à ses fonctions physiques, mais qu'il faut destituer de toutes fonctions morales. J'avoue, quant à moi, que, lorsque j'ai vu le cœur de Votre Majesté si fort préoccupé de cette petite...

– Préoccupé, moi ? mon cœur préoccupé ? Mon esprit, peut-être ; mais quant à mon cœur... il était...

Louis s'aperçut, cette fois encore, que pour couvrir un vide, il en allait découvrir un autre.

– Au reste, ajouta-t-il, je n'ai rien à reprocher à cette enfant. Je savais qu'elle en aimait un autre.

– Le vicomte de Bragelonne, oui. J'en avais prévenu Votre Majesté.

– Sans doute. Mais tu n'étais pas le premier. Le comte de La Fère m'avait demandé la main de Mlle de La Vallière pour son fils. Eh bien ! à son retour d'Angleterre, je les marierai puisqu'ils s'aiment.

– En vérité, je reconnais là toute la générosité du roi.

– Tiens, Saint-Aignan, crois-moi, ne nous occupons plus de ces sortes de choses, dit Louis.

– Oui, digérons l'affront, sire, dit le courtisan résigné.

– Au reste, ce sera chose facile, fit le roi en modulant un soupir.

– Et pour commencer, moi... dit Saint-Aignan.

– Eh bien ?

– Eh bien ! je vais faire quelque bonne épigramme sur le trio. J'appellerai cela : *Naïade et Dryade* ; cela fera plaisir à Madame.

– Fais, Saint-Aignan, fais, murmura le roi. Tu me liras tes vers, cela me distraira. Ah ! n'importe, n'importe, Saint-Aignan, ajouta le roi comme un homme qui respire avec peine, le coup demande une force surhumaine pour être dignement soutenu.

Et, comme le roi achevait ainsi en se donnant les airs de la plus angélique patience, un des valets de service vint gratter à la porte de la chambre.

De Saint-Aignan s'écarta par respect.

– Entrez, fit le roi.

Le valet entrebâilla la porte.

– Que veut-on ? demanda Louis.

Le valet montra une lettre pliée en forme de triangle.

– Pour Sa Majesté, dit-il.

– De quelle part ?

– Je l'ignore ; il a été remis par un des officiers de service.

Le roi fit signe, le valet apporta le billet.

Le roi s'approcha des bougies, ouvrit le billet, lut la signature et laissa échapper un cri.

Saint-Aignan était assez respectueux pour ne pas regarder ; mais, sans regarder, il voyait et entendait.

Il accourut.

Le roi, d'un geste, congédia le valet.

– Oh ! mon Dieu ! fit le roi en lisant.

– Votre Majesté se trouve-t-elle indisposée ? demanda Saint-Aignan les bras étendus.

– Non, non, Saint-Aignan ; lis !

Et il lui passa le billet.

Les yeux de Saint-Aignan se portèrent à la signature.

– La Vallière ! s'écria-t-il. Oh ! sire !

– Lis ! lis !

Et Saint-Aignan lut :

Sire, pardonnez-moi mon importunité, pardonnez-moi surtout le défaut de formalités qui accompagne cette lettre ; un billet me semble plus pressé et plus pressant qu'une dépêche ; je me permets donc d'adresser un billet à Votre Majesté.

Je rentre chez moi brisée de douleur et de fatigue, sire, et j'implore de Votre Majesté la faveur d'une audience dans laquelle je pourrai dire la vérité à mon roi.

Signé : LOUISE DE LA VALLIÈRE.

– Eh bien ? demanda le roi en reprenant la lettre des mains de Saint-Aignan tout étourdi de ce qu'il venait de lire.

– Eh bien ? répéta Saint-Aignan.

– Que penses-tu de cela ?

– Je ne sais trop.

– Mais enfin ?

– Sire, la petite aura entendu gronder la foudre, et elle aura eu peur.

– Peur de quoi ? demanda noblement Louis.

– Dame ! que voulez-vous, sire ! Votre Majesté a mille raisons d'en vouloir à l'auteur ou aux auteurs d'une si méchante plaisanterie, et la mémoire de Votre Majesté, ouverte dans le mauvais sens, est une éternelle menace pour l'imprudente.

– Saint-Aignan, je ne vois pas comme vous.

– Le roi doit voir mieux que moi.

– Eh bien ! je vois dans ces lignes : de la douleur, de la contrainte, et maintenant surtout que je me rappelle certaines particularités de la scène qui s'est passée ce soir chez Madame... Enfin...

Le roi s'arrêta sur ce sens suspendu.

– Enfin, reprit Saint-Aignan, Votre Majesté va donner audience, voilà ce qu'il y a de plus clair dans tout cela.

– Je ferai mieux, Saint-Aignan.

– Que ferez-vous, sire ?

– Prends ton manteau.

– Mais, sire...

– Tu sais où est la chambre des filles de Madame ?

– Certes.

– Tu sais un moyen d'y pénétrer ?

– Oh ! quant à cela, non.

– Mais enfin tu dois connaître quelqu'un par là ?

– En vérité, Votre Majesté est la source de toute bonne idée.

– Tu connais quelqu'un ?

– Oui.

– Qui connais-tu ? Voyons.

– Je connais certain garçon qui est au mieux avec certaine fille.

– D'honneur ?

– Oui, d'honneur, sire.

– Avec Tonnay-Charente ? demanda Louis en riant.

– Non, malheureusement ; avec Montalais.

– Il s'appelle ?

– Malicorne.

– Bon ! Et tu peux compter sur lui ?

– Je le crois, sire. Il doit bien avoir quelque clef... Et s'il en a une, comme je lui ai rendu service... il m'en fera part.

– C'est au mieux. Partons !

– Je suis aux ordres de Votre Majesté.

Le roi jeta son propre manteau sur les épaules de Saint-Aignan et lui demanda le sien. Puis tous deux gagnèrent le vestibule.

XL

Ce que n'avaient prévu ni naïade ni dryade

De Saint-Aignan s'arrêta au pied de l'escalier qui conduisait aux entresols chez les filles d'honneur, au premier chez Madame. De là, par un valet qui passait, il fit prévenir Malicorne, qui était encore chez Monsieur.

Au bout de dix minutes, Malicorne arriva le nez au vent et flairant dans l'ombre.

Le roi se recula, gagnant la partie la plus obscure du vestibule.

Au contraire, de Saint-Aignan s'avança.

Mais, aux premiers mots par lesquels il formula son désir, Malicorne recula tout net.

– Oh ! oh ! dit-il, vous me demandez à être introduit dans les chambres des filles d'honneur ?

– Oui.

– Vous comprenez que je ne puis faire une pareille chose sans savoir dans quel but vous la désirez.

– Malheureusement, cher monsieur Malicorne, il m'est impossible de donner aucune explication ; il faut donc que vous vous fiiez à moi comme un ami qui vous a tiré d'embarras hier et qui vous prie de l'en tirer aujourd'hui.

– Mais moi, monsieur, je vous disais ce que je voulais ; ce que je voulais, c'était ne point coucher à la belle étoile, et tout honnête homme peut avouer un pareil désir ; tandis que vous, vous n'avouez rien.

– Croyez, mon cher monsieur Malicorne, insista de Saint-Aignan, que, s'il m'était permis de m'expliquer, je m'expliquerais.

– Alors, mon cher monsieur, impossible que je vous permette d'entrer chez Mlle de Montalais.

– Pourquoi ?

– Vous le savez mieux que personne, puisque vous m'avez pris sur un mur, faisant la cour à Mlle de Montalais ; or, ce serait complaisant à moi, vous en conviendrez, lui faisant la cour, de vous ouvrir la porte de sa chambre.

– Eh ! qui vous dit que ce soit pour elle que je vous demande la clef ?

– Pour qui donc alors ?

– Elle ne loge pas seule, ce me semble ?

– Non, sans doute.

– Elle loge avec Mlle de La Vallière ?

– Oui, mais vous n'avez pas plus affaire réellement à Mlle de La Vallière qu'à Mlle de Montalais, et il n'y a que deux hommes à qui je donnerais cette clef : c'est à M. de Bragelonne, s'il me priait de la lui donner ; c'est au roi, s'il me l'ordonnait.

– Eh bien ! donnez-moi donc cette clef, monsieur, je vous l'ordonne, dit le roi en s'avançant hors de l'obscurité et en entrouvrant son manteau. Mlle de Montalais descendra près de vous, tandis que nous monterons près de Mlle de La Vallière : c'est, en effet, à elle seule que nous avons affaire.

– Le roi ! s'écria Malicorne en se courbant jusqu'aux genoux du roi.

– Oui, le roi, dit Louis en souriant, le roi qui vous sait aussi bon gré de votre résistance que de votre capitulation. Relevez-vous, monsieur ; rendez-nous le service que nous vous demandons.

– Sire, à vos ordres, dit Malicorne en montant l'escalier.

– Faites descendre Mlle de Montalais, dit le roi, et ne lui sonnez mot de ma visite.

Malicorne s'inclina en signe d'obéissance et continua de monter.

Mais le roi, par une vive réflexion, le suivit, et cela avec une rapidité si grande, que, quoique Malicorne eût déjà la moitié des escaliers d'avance, il arriva en même temps que lui à la chambre.

Il vit alors, par la porte demeurée entrouverte derrière Malicorne, La Vallière toute renversée dans un fauteuil, et à l'autre coin Montalais, qui peignait ses cheveux, en robe de chambre, debout devant une grande glace et tout en parlementant avec Malicorne.

Le roi ouvrit brusquement la porte et entra.

Montalais poussa un cri au bruit que fit la porte, et, reconnaissant le roi, elle s'esquiva.

À cette vue, La Vallière, de son côté, se redressa comme une morte galvanisée et retomba sur son fauteuil.

Le roi s'avança lentement vers elle.

– Vous voulez une audience, mademoiselle, lui dit-il avec froideur, me voici prêt à vous entendre. Parlez.

De Saint-Aignan, fidèle à son rôle de sourd, d'aveugle et de muet, de Saint-Aignan s'était placé, lui, dans une encoignure de porte, sur un escabeau que le hasard lui avait procuré tout exprès.

Abrité sous la tapisserie qui servait de portière, adossé à la muraille même, il écouta ainsi sans être vu, se résignant au rôle de bon chien de garde qui attend et qui veille sans jamais gêner le maître. La Vallière, frappée de terreur à l'aspect du roi irrité, se leva une seconde fois, et, demeurant dans une posture humble et suppliante :

– Sire, balbutia-t-elle, pardonnez-moi.

– Eh ! mademoiselle, que voulez-vous que je vous pardonne ? demanda Louis XIV.

– Sire, j'ai commis une grande faute, plus qu'une grande faute, un grand crime.

– Vous ?

– Sire, j'ai offensé Votre Majesté.

– Pas le moins du monde, répondit Louis XIV.

– Sire, je vous en supplie, ne gardez point vis-à-vis de moi cette terrible gravité qui décèle la colère bien légitime du roi. Je sens que je vous ai offensé, sire ; mais j'ai besoin de vous expliquer comment je ne vous ai point offensé de mon plein gré.

– Et d'abord, mademoiselle, dit le roi, en quoi m'auriez-vous offensé ? Je ne le vois pas. Est-ce par une plaisanterie de jeune fille, plaisanterie fort innocente ? Vous vous êtes raillée d'un jeune homme crédule : c'est bien naturel ; toute autre femme à votre place eût fait ce que vous avez fait.

– Oh ! Votre Majesté m'écrase avec ces paroles.

– Et pourquoi donc ?

– Parce que, si la plaisanterie fût venue de moi, elle n'eût pas été innocente.

– Enfin, mademoiselle, reprit le roi, est-ce là tout ce que vous aviez à me dire en me demandant une audience ?

Et le roi fit presque un pas en arrière.

Alors La Vallière, avec une voix brève et entrecoupée, avec des yeux desséchés par le feu des larmes, fit à son tour un pas vers le roi.

– Votre Majesté a tout entendu ? dit-elle.

– Tout, quoi ?

– Tout ce qui a été dit par moi au chêne royal ?

– Je n'en ai pas perdu une seule parole, mademoiselle.

– Et Votre Majesté, lorsqu'elle m'eut entendue, a pu croire que j'avais abusé de sa crédulité.

– Oui, crédulité, c'est bien cela, vous avez dit le mot.

– Et Votre Majesté n'a pas soupçonné qu'une pauvre fille comme moi peut être forcée quelquefois de subir la volonté d'autrui ?

– Pardon, mais je ne comprendrai jamais que celle dont la volonté semblait s'exprimer si librement sous le chêne royal se laissât influencer à ce point par la volonté d'autrui.

– Oh ! mais la menace, sire !

– La menace !... Qui vous menaçait ? qui osait vous menacer ?

– Ceux qui ont le droit de le faire, sire.

– Je ne reconnais à personne le droit de menace dans mon royaume.

– Pardonnez-moi, sire, il y a près de Votre Majesté même des personnes assez haut placées pour avoir ou pour se croire le droit de perdre une jeune fille sans avenir, sans fortune, et n'ayant que sa réputation.

– Et comment la perdre ?

– En lui faisant perdre cette réputation par une honteuse expulsion.

– Oh ! mademoiselle, dit le roi avec une amertume profonde, j'aime fort les gens qui se disculpent sans incriminer les autres.

– Sire !

– Oui, et il m'est pénible, je l'avoue, de voir qu'une justification facile, comme pourrait l'être la vôtre, se vienne compliquer devant moi d'un tissu de reproches et d'imputations.

– Auxquelles vous n'ajoutez pas foi alors ? s'écria La Vallière.

Le roi garda le silence.

– Oh ! dites-le donc ! répéta La Vallière avec véhémence.

– Je regrette de vous l'avouer, répéta le roi en s'inclinant avec froideur.

La jeune fille poussa une profonde exclamation, et, frappant ses mains l'une dans l'autre :

– Ainsi vous ne me croyez pas ? dit-elle.

Le roi ne répondit rien.

Les traits de La Vallière s'altérèrent à ce silence.

– Ainsi vous supposez que moi, moi ! dit-elle, j'ai ourdi ce ridicule, cet infâme complot de me jouer aussi imprudemment de Votre Majesté ?

– Eh ! mon Dieu ! ce n'est ni ridicule ni infâme, dit le roi ; ce n'est pas même un complot : c'est une raillerie plus ou moins plaisante, voilà tout.

– Oh ! murmura la jeune fille désespérée, le roi ne me croit pas, le roi ne veut pas me croire.

– Mais non, je ne veux pas vous croire.

– Mon Dieu ! mon Dieu !

– Écoutez : quoi de plus naturel, en effet ? Le roi me suit, m'écoute, me guette ; le roi veut peut-être s'amuser à mes dépens, amusons-nous aux siens, et, comme le roi est un homme de cœur, prenons-le par le cœur.

La Vallière cacha sa tête dans ses mains en étouffant un sanglot. Le roi continua impitoyablement ; il se vengeait sur la pauvre victime de tout ce qu'il avait souffert.

– Supposons donc cette fable – que je l'aime et que je l'aie distingué. Le roi est si naïf et si orgueilleux à la fois, qu'il me croira, et alors nous irons raconter cette naïveté du roi, et nous rirons.

– Oh ! s'écria La Vallière, penser cela, penser cela, c'est affreux !

– Et, poursuivit le roi, ce n'est pas tout : si ce prince orgueilleux vient à prendre au sérieux la plaisanterie, s'il a l'imprudence d'en témoigner publiquement quelque chose comme de la joie, eh bien ! devant toute la cour, le roi sera humilié ; or, ce sera, un jour, un récit charmant à faire à mon amant, une part de dot à apporter à mon mari, que cette aventure d'un roi joué par une malicieuse jeune fille.

– Sire ! s'écria La Vallière égarée, délirante, pas un mot de plus, je vous en supplie ; vous ne voyez donc pas que vous me tuez ?

– Oh ! raillerie, murmura le roi, qui commençait cependant à s'émouvoir.

La Vallière tomba à genoux, et cela si rudement, que ses genoux résonnèrent sur le parquet.

Puis, joignant les mains :

– Sire, dit-elle, je préfère la honte à la trahison.

– Que faites-vous ? demanda le roi, mais sans faire un mouvement pour relever la jeune fille.

– Sire, quand je vous aurai sacrifié mon honneur et ma raison, vous croirez peut-être à ma loyauté. Le récit qui vous a été fait chez Madame et par Madame est un mensonge ; ce que j'ai dit sous le grand chêne...

– Eh bien ?

– Cela seulement, c'était la vérité.

– Mademoiselle ! s'écria le roi.

– Sire, s'écria La Vallière entraînée par la violence de ses sensations, sire, dussé-je mourir de honte à cette place où sont enracinés mes deux genoux, je vous le répéterai jusqu'à ce que la voix me manque : j'ai dit que je vous aimais... eh bien ! je vous aime !

– Vous ?

– Je vous aime, sire, depuis le jour où je vous ai vu, depuis qu'à Blois, où je languissais, votre regard royal est tombé sur moi, lumineux et vivifiant ; je vous aime ! sire. C'est un crime de lèse-majesté, je le sais, qu'une pauvre fille comme moi aime son roi et le lui dise. Punissez-moi de cette audace, méprisez-moi pour cette imprudence ; mais ne dites jamais, mais ne croyez jamais que je vous ai raillé, que je vous ai trahi. Je suis d'un sang fidèle à la royauté, sire ; et j'aime... j'aime mon roi !... Oh ! je me meurs !

Et tout à coup, épuisée de force, de voix, d'haleine, elle tomba pliée en deux, pareille à cette fleur dont parle Virgile et qu'a touchée la faux du moissonneur.

Le roi, à ces mots, à cette véhémente supplique, n'avait gardé ni rancune, ni doute ; son cœur tout entier s'était ouvert au souffle ardent de cet amour qui parlait un si noble et si courageux langage.

Aussi, lorsqu'il entendit l'aveu passionné de cet amour, il faiblit, et voila son visage dans ses deux mains.

Mais, lorsqu'il sentit les mains de La Vallière cramponnées à ses mains, lorsque la tiède pression de l'amoureuse jeune fille eut gagné ses artères, il s'embrasa à son tour, et, saisissant La Vallière à bras-le-corps, il la releva et la serra contre son cœur.

Mais elle, mourante, laissant aller sa tête vacillante sur ses épaules, ne vivait plus.

Alors le roi, effrayé, appela de Saint-Aignan.

De Saint-Aignan, qui avait poussé la discrétion jusqu'à rester immobile dans son coin en feignant d'essuyer une larme, accourut à cet appel du roi.

Alors il aida Louis à faire asseoir la jeune fille sur un fauteuil, lui frappa dans les mains, lui répandit de l'eau de la reine de Hongrie en lui répétant :

– Mademoiselle, allons, mademoiselle, c'est fini, le roi vous croit, le roi vous pardonne. Eh ! là, là ! prenez garde, vous allez émouvoir trop violemment le roi, mademoiselle ; Sa Majesté est sensible, Sa Majesté a un cœur. Ah ! diable ! mademoiselle, faites-y attention, le roi est fort pâle.

En effet, le roi pâlissait visiblement.

Quant à La Vallière, elle ne bougeait pas.

– Mademoiselle ! mademoiselle ! en vérité, continuait de Saint-Aignan, revenez à vous, je vous en prie, je vous en supplie, il est temps ; songez à une chose, c'est que si le roi se trouvait mal, je serais obligé d'appeler son médecin. Ah ! quelle extrémité, mon Dieu ! Mademoiselle, chère mademoiselle, revenez à vous, faites un effort, vite, vite !

Il était difficile de déployer plus d'éloquence persuasive que ne le faisait Saint-Aignan ; mais quelque chose de plus énergique et de plus actif encore que cette éloquence réveilla La Vallière.

Le roi s'était agenouillé devant elle, et lui imprimait dans la paume de la main ces baisers brûlants qui sont aux mains ce que le baiser des lèvres est au visage. Elle revint enfin à elle, rouvrit languissamment les yeux, et, avec un mourant regard :

– Oh ! sire, murmura-t-elle, Votre Majesté m'a donc pardonné ?

Le roi ne répondit pas... il était encore trop ému.

De Saint-Aignan crut devoir s'éloigner de nouveau... Il avait deviné la flamme qui jaillissait des yeux de Sa Majesté.

La Vallière se leva.

– Et maintenant, sire, dit-elle avec courage, maintenant que je me suis justifiée, je l'espère du moins, aux yeux de Votre Majesté, accordez-moi de me retirer dans un couvent. J'y bénirai mon roi toute ma vie, et j'y mourrai en aimant Dieu, qui m'a fait un jour de bonheur.

– Non, non, répondit le roi, non, vous vivrez ici en bénissant Dieu, au contraire, mais en aimant Louis, qui vous fera toute une existence de félicité, Louis qui vous aime, Louis qui vous le jure !

– Oh ! sire, sire !...

Et sur ce doute de La Vallière, les baisers du roi devinrent si brûlants, que de Saint-Aignan crut qu'il était de son devoir de passer de l'autre côté de la tapisserie.

Mais ces baisers, qu'elle n'avait pas eu la force de repousser d'abord, commencèrent à brûler la jeune fille.

– Oh ! sire, s'écria-t-elle alors, ne me faites pas repentir d'avoir été si loyale, car ce serait me prouver que Votre Majesté me méprise encore.

– Mademoiselle, dit soudain le roi en se reculant plein de respect, je n'aime et n'honore rien au monde plus que vous, et rien à ma cour ne sera, j'en jure Dieu, aussi estimé que vous ne le serez désormais ; je vous demande donc pardon de mon emportement, mademoiselle, il venait d'un excès d'amour ; mais je puis vous prouver que j'aimerai encore davantage, en vous respectant autant que vous pourrez le désirer.

Puis, s'inclinant devant elle et lui prenant la main :

– Mademoiselle, lui dit-il, voulez-vous me faire cet honneur d'agréer le baiser que je dépose sur votre main ?

Et la lèvre du roi se posa respectueuse et légère sur la main frissonnante de la jeune fille.

– Désormais, ajouta Louis en se relevant et en couvrant La Vallière de son regard, désormais vous êtes sous ma protection. Ne parlez à personne du mal que je vous ai fait, pardonnez aux autres celui qu'ils ont pu vous faire. À l'avenir, vous serez tellement au-dessus de ceux-là, que, loin de vous inspirer de la crainte, ils ne vous feront plus même pitié.

Et il salua religieusement comme au sortir d'un temple.

Puis, appelant de Saint-Aignan, qui s'approcha tout humble :

– Comte, dit-il, j'espère que Mademoiselle voudra bien vous accorder un peu de son amitié en retour de celle que je lui ai vouée à jamais.

De Saint-Aignan fléchit le genou devant La Vallière.

– Quelle joie pour moi, murmura-t-il, si Mademoiselle me fait un pareil honneur !

– Je vais vous renvoyer votre compagne, dit le roi. Adieu, mademoiselle, ou plutôt au revoir : faites-moi la grâce de ne pas m'oublier dans votre prière.

– Oh ! sire, dit La Vallière, soyez tranquille : vous êtes avec Dieu dans mon cœur.

Ce dernier mot enivra le roi, qui, tout joyeux, entraîna de Saint-Aignan par les degrés.

Madame n'avait pas prévu ce dénouement-là : ni naïade ni dryade n'en avaient parlé.

Fin du tome troisième

Collection Alexandre Dumas :

1 - Récits fantastiques
2 - Contes à dire dans une diligence
3 - Histoire d'un casse-noisette et autres contes
4 - La bouillie de la comtesse Berthe et autres contes
5 - Les drames de la mer
6 - Aventures de Lyderic, Un coup de feu et autres nouvelles
7 - Blanche de Beaulieu et autres histoires
8 - Le château d'Eppstein
9 - Le Comte de Monte-Cristo - Tome I et II
10 - Le Comte de Monte-Cristo - Tome III et IV
11 - Le Comte de Monte-Cristo - Tome V et VI
12 - Le fils du forçat
13 - Le maître d'armes
14 - Le chevalier d'Harmental - Tome I et II
15 - Le meneur de loups
16 - Les mille et un fantômes
17 - La tulipe noire
18 - Acté
19 - Ammalat-beg
20 - Amaury
21 - Ascanio - Tome I et II
22 - Aventures de John Davys - Tome I et II
23 - Le bâtard de Mauléon - Tome I, II et III
24 - Black
25 - La boule de neige suivi de La colombe
26 - Le capitaine Paul
27 - Le capitaine Pamphile
28 - Le capitaine Richard

29 - Catherine Blum
30 - Le chevalier de Maison-Rouge
31 - Conscience l'innocent
32 - La femme au collier de velours
33 - Les frères corses suivi de Gabriel Lambert
34 - Georges
35 - L'horoscope
36 - Jacquot sans Oreilles suivi de Jane
37 - Les mariages du père Olifus
38 - Mémoires d'une aveugle
39 - Monseigneur Gaston Phoebus suivi de Othon l'archer
40 - Pauline
41 - Un cadet de famille
42 - La princesse Flora suivi de Un courtisan
43 - Une fille du régent

La trilogie des Valois :

44 - La reine Margot - Tome I
45 - La reine Margot - Tome II
46 - La dame de Monsoreau - Tome I
47 - La dame de Monsoreau - Tome II
48 - La dame de Monsoreau - Tome III
49 - Les Quarante-Cinq - Tome I
50 - Les Quarante-Cinq - Tome II
51 - Les Quarante-Cinq - Tome III

La trilogie des mousquetaires :

52 - Les Trois Mousquetaires - Tome I
53 - Les Trois Mousquetaires - Tome II
54 - Les Trois Mousquetaires - Tome III
55 - Vingt ans après - Tome I et II
56 - Vingt ans après - Tome III et IV

57 - Le Vicomte de Bragelonne - Tome I
58 - Le Vicomte de Bragelonne - Tome II
59 - Le Vicomte de Bragelonne - Tome III
60 - Le Vicomte de Bragelonne - Tome IV
61 - Le Vicomte de Bragelonne - Tome V
62 - Le Vicomte de Bragelonne - Tome VI

© Éditions Ararauna (2022)

Printed in France by Amazon
Brétigny-sur-Orge, FR